江苏高校哲学社会科学重点研究基地系列成果

当代美国文学
研究论丛

杨金才 主编

南京大学出版社

图书在版编目(CIP)数据

当代美国文学研究论丛 / 杨金才著. —南京：南
京大学出版社，2021.7
ISBN 978 - 7 - 305 - 22984 - 8

Ⅰ.①当… Ⅱ.①杨… Ⅲ.①文学研究－美国－现代
Ⅳ.①I712.065

中国版本图书馆 CIP 数据核字(2020)第 037577 号

出版发行　南京大学出版社
社　　址　南京市汉口路 22 号　　　　　邮　编　210093
出 版 人　金鑫荣
书　　名　**当代美国文学研究论丛**
主　　编　杨金才
责任编辑　陈　佳
照　　排　南京紫藤制版印务中心
印　　刷　广东虎彩云印刷有限公司
开　　本　635×965　1/16　印张 19　字数 292 千
版　　次　2021 年 7 月第 1 版　2021 年 7 月第 1 次印刷
ISBN 978 - 7 - 305 - 22984 - 8
定　　价　85.00 元

网址：http://www.njupco.com
官方微博：http://weibo.com/njupco
官方微信号：njupress
销售咨询热线：(025) 83594756

序

　　二战后，美国文学发展迅猛，逐渐成为世界文坛上充满活力，并富有深刻思考力和艺术创新精神的国别文学，在纷繁复杂的历史和政治格局中迭变，浸淫着绚丽多变的都市化进程和快速发展的科学滋养，并呈现出勃勃生机、斑斓的思想图景和艺术格调。美国文学不断调整创作形式和透视焦点，保持对人类经验复杂性的敏感，有效提供了生命体验中的怀疑精神和多元品格，对生存的遮蔽进行了深刻的质询和盘诘。多元文化的发展和日益深刻的全球化进程带来的跨文化、跨国界的交流、碰撞和融合，不仅使得美国文学场域中混声与独唱共存，也使其保持了一种探索的姿态，持续地对"什么是美国"进行诘问和反思，并试图描绘完整的时代图景、书写内在的真实体验。《当代外国文学》一直关注当代美国文学的发展轨迹与嬗变趋势，我们撷取 23 篇以当代美国作家为研究对象的论文，旨在展示我国当代美国文学研究的阶段性成果，从中我们也可以观瞻当代美国文学独特的文学景观，领悟文学作品背后的思维方式、主题意蕴、审美趋向和价值取向。

　　二战后，美国文学充满"喧哗与骚动"，普遍流行的怀疑精神冲垮了文学内部稳定的格局。"后现代主义是从现代性的不可能性中，从它的内爆或者具有反讽意味的自我攻击中产生的"[①]，因而后现代主义文学虽然延续了现代主义文学中对那种震荡式体验的描绘，面对危机四伏的世界，却不再相信文学对现实承担起的审美救赎作用，取而代之的是以碎片化和游乐园式的叙述来对当下进行某种回应，用激烈的文学形式实验与庸俗的社会观念保持距离。此时文学不再是现实的一面镜

---

①　特里·伊格尔顿：《后现代主义的幻象》，华明译，北京：商务印书馆，2014 年，第 75 页。

子,而更像是一种艺术形式的自由实践。虞建华的《冯内古特新作〈时震〉与后现代主义小说特征》试图穿越后现代叙述方式带来的阅读迷雾,去理解后现代书写方式背后隐藏的作家对"真实"的理解,以及这种对"真实"的理解如何作用于小说叙述形式。后现代主义文学创作虽然纷繁复杂、流派众多,但其写作倾向在更早的文学流派中已经初现端倪,方成的文章《后现代小说中自然主义的传承与塑型——唐·德里罗的〈白色噪音〉》关注美国后现代主义作家唐·德里罗,主要探讨其所开辟的独特的书写空间、艺术实践与对美国自然主义文学传统之间的继承。当下研究者侧重对"后现代主义"进行反思和再审视,对后现代主义所默认的"作者已死"和文本的狂欢化实践从艺术的价值维度进行探索,旨在阐述后现代主义文学的艺术精神。宋明对作者巴斯的研究,就从其小说《奇思妙想》对现代主义盛期与后现代主义文学、文化的紧密关系所做的思考入手,揭示了后现代主义后期的文学理念变化,并就小说与社会环境之间的关系进行开掘。

当代美国作家对历史拟写表现出很大的热情,力图通过对历史再现和想象来折射当下的现实。他们游走于后现代叙事方式与传统叙事之间,采用历史拟写、经典重写和话语实践等方式创造出独特的叙事空间,在历史性和文本性融合基础上深入探讨当下文化纷争、身份探寻和生命观念。特别是在种族、性别、身份等议题上,重审历史、重写历史的意义往往在于让差异、局部和偶然发声,引导读者从新的视角对已写就、已接受历史进行反思和再认识。陈靓在探讨本土裔作家路易斯·厄德里克的作品《踩影游戏》时,围绕文本构建的立体多元叙事空间,从异质空间对权威话语的破译的角度探讨叙事本身呈现的本土裔特质。乔娟在研究玛丽莲·罗宾逊的《基列家书》时,关注作家的创作方式,并审视罗宾逊如何以书信体形式书写美国社会从南北战争前夕到 20 世纪中叶百年间的种族关系衍变史,进而探讨作品中的种族史书写所蕴含的多元视角和历史态度,以及这种多元叙述中的"历史的层级"等。

当代美国文学书写的一个重要主题是危机与救赎。对于科技的滥用、人类中心主义的膨胀、全球恐怖主义的危机以及"他者"生命权利遭到威胁等问题,文学作品给予了积极回应。尤其"9·11"事件之后"全球性的反恐思维逐步催生了一种具有反思生命意义、深度关照历史并使历史与现实交融的文学文本,或称之为后'9·11'文学,体现了强烈的批判意识和人文关怀,重新审视了个体、国家与世界之间的复杂关系"①。曾桂娥从创伤的角度论述作家乔纳森·萨福兰·福厄的后"9·11"小说《剧响、特近》。这部小说如同一座博物馆,在陈列中展示其内核,不仅打破文本和现实之间的界限,也探索了创伤和记忆之间的博弈,较好地解决了创伤叙事中言说和沉默的悖论,因而成为后"9·11"的代表作品。但汉松关注美国后现代主义作家托马斯·品钦,认为品钦在"9·11"事件发生后改变了创作观念,如他在 2013 年发表的作品《放血尖端》表达了某种不同的价值观。小说以"互联网"为全书的叙事和隐喻焦点,折射出网络社会和后"9·11"时代的镜像关系,从而为小说家介入言说纽约恐怖主义袭击这个重大历史事件开辟了另一条艺术之路。对危机之后的文学,研究者大都注重作品呈现出的救赎内涵,并意识到地理、文化和经济上的区隔并不是解决之道,而是应该用全球化的视野和命运共同体的意识来进行观照。

如果说上述对文本的研究更多地偏重社会内涵,那么从艺术风格和语言层面上的研究就显得细腻深刻。吕爱晶的《凯·瑞安诗歌中的"老调新谈"》以及杨国静的《〈占乩板旁的对话〉中语言超越观与游戏观的争锋》均从语言入手研究诗歌的深刻主题。前者借助游戏批评,兼容日常生活批判视角审视诗歌中习语的"老调新谈",探讨瑞安如何从最平凡、最俗套的习语引入富有哲理性的思考,从而在知识分子主流文化圈外寻求自我的独特艺术。后者则从语言哲学入手,认为普拉斯诗歌中的语言焦虑反映了当代语境下两种语言观的交锋,并且在更深层面上直指人类在理性时代的信仰危机。诗人永远在进行语言的创新,他们从不满足于对现成词语不假思索的运用,而语言不仅仅是文学的符号和媒介,其背后也隐藏着作者的生命观念、审美取向和政治立场,因而值得探究。

跨界思维不断为文学研究带来新的视角,如认知科学的引入就为文学研究带来了新话题。美国"现代语言协会"(MLA)在几年前就成立了"文学认知研究"(Cognitive Approachs to Literature)分部,而当

① 杨金才:《21 世纪外国文学:多样化态势鲜明》,载《文艺报》,2017 年 9 月 4 日,第 7 版。

下中国学界也渐渐将认知科学和认知语言学等相关领域的内容运用于文学研究。熊沐清在《认知诗学的"可能世界理论"与〈慈悲〉的多重主题》运用认知诗学中的"可能世界理论"对莫里森的《慈悲》的多重主题进行了阐释,正如文中所说,"可能世界理论"不仅界定了什么是虚构,也有助于挖掘文本的审美潜能和美学价值。当然,文学认知研究不仅仅关注文本内部世界,它更关注文学如何作用于人的大脑并影响人的情感和认知,从这个意义上讲,认知研究的兴起重新关注了文学对人的影响问题,其思路已经从 20 世纪 80 年代以来流行的"权力"和"话语"等范式中跳出来,试图为赋予文本意义开辟一条新的路径,这一点同样值得我们关注。

21 世纪以来,学者对美国文学的研究范式和角度不断更新和突破,拓展了当代美国文学研究的视阈和深度,上述研究就体现了当下多元的研究范式和视角,为我们进行文本阐释提供了多种研究路径。同时整个文本分析涵盖了小说、戏剧和诗歌三大文类,较为全面地展示了当代美国文学研究的兴趣和视野。最后,希望文集能够在激发我们对文学阅读、思考和研究兴趣的同时,也能促使我们思考外国文学研究中应有的批判意识,从而对创作和研究的动向发出真正有价值的声音。

鉴于本论丛均选自《当代外国文学》不同时期刊发的论文,我们尽量保持论文原貌,对体例不做改动,特此说明。在编辑过程中,我们得到了《当代外国文学》编辑部的支持。南京大学出版社董颖主任和责任编辑陈佳就本书出版提出了许多好的意见和建议;博士生周博佳参与策划并做了大量的文字整理和校对工作。陈心怡、张诗苑、孙琪、陈丽羽、赵阳、池慧仪、王航等也参与出版前的校对工作。在此一并致谢。

杨金才

2021 年 3 月于南京大学侨裕楼

目　录

流派与流变

历史与叙事

危机与救赎

语言与风格

跨界与多元

流派与流变

后现代小说中自然主义的传承与塑型

——唐·德里罗的《白色噪音》

方　成

　　唐·德里罗（Don DoLillo,1936—　　）是当代美国最典型的后现代主义小说家之一，也是美国后现代社会文化的叙述者、阐释者、批评者。他从 1971 年发表第一部小说《美国影像》（*Americana*），到最近一部《行为艺术家》（*The Body Artist*,2001），总共出版十二部长篇小说，以辛辣反讽的笔触与临床透视式的描绘揭露了当代社会崇尚消费主义、追求感官刺激、充斥暴力谋杀的残酷现实，展示了一幅富裕社会面纱下充满物欲、性欲、堕落、暴力、悲剧的自然主义式的当代美国画卷。

　　尽管读者阅读德里罗小说的第一印象很难将其归类为 19 世纪末兴起的文学自然主义，但作家笔下的美国社会与自然主义所表征的美国社会非常类似。从作品结构来看，自然主义文学创作所蕴含的哲学理念、所关注的社会题材、所探讨的文学主题、所展示的艺术模式，都与德里罗的后现代小说有契合之处。自然主义作家所持有的决定论世界观、所探讨的商品社会、所表现的主体欲望、所揭示的主体野性与暴力甚至死亡、所使用的科学报告式的客观细节叙述等，大量地出现在德里罗的后现代文本中。这种类似性虽然并不能够证明德里罗的后现代主义就是自然主义的翻版，但的确能够说明德里罗在新的社会语境下可能传承了自然主义所蕴含的某种"泛历史价值"。

　　作为一种世界观与创作方式，美国自然主义文学主要来源于达尔文的科学进化论以及左拉等法国作家所提倡的"实验小说"。这种吸收当代科学研究成果、采用科学认识自然与社会的创作方式同样在德里罗那里得到发扬。所不同的是，德里罗采用的是当代新科学的研究成果，诸如系统论、控制论、信息论；这种以不同科学基础引申的文学创作在世界观与认识论方面与自然主义在本质上是一致的,都是"科学理论应用文学创作的典型代表"或一种"新的自然主义"。①从作品所表现的商品社会来看,自然主义最根本的创作倾向是"决定论、生存论、暴力论以及冲破禁忌",其中"决定论是本质核心"。②自然主义作家认为人的生命受遗传或社会环境所控制,人不过是整个冷漠宇宙中的一个分子;作为所有其欲望与本能存在这个世界上,人对食品与欲望媾和的原始冲动驱使他们进行生存的暴力竞争。作为一种艺术审美,自然主义客观而详细地反映人类在这种宇宙力量中的生存状况,探索"人类生存的各种悲剧"。③最后,作为一种社会认知及其价值体系,自然主义反映的是美国社会商品化与主体心理物质化的倾向,蕴涵一种充满悲观绝望的社会批判,而具有这种价值观和意识形态的文学一直传承到现在。正如批评家派泽(Donald Pizer)在分析后现代文学(包括德里罗)时说,自然主义对于每一个时代的美国作家都充满诱惑力,每一个时代的美国作家都以类似的自然主义认识方式融入他们对那个时代社会与精神的关照,那么,德里罗与其他后现代作家一样都在以不同的方式"弹奏自然主义文学的音符"。④

德里罗1984年出版的《白色噪音》(White Noise)被认为是美国后现代文学的代表作。作品以研究美国当代消费主义与影像文化为主题,展示了符号与现实、生产与消费、野性与暴力等社会文化层面的逻辑矛盾,以及自然主义在后现代语境中价值层面的持续传承以及表征层面的重新塑型,揭示了美国后现代社会人类生存的悲剧。本文以此为例,探讨德里罗作品与自然主义在社会文化表征、主体心理建构、文本写作策略方面的契合性及其价值观念的传承。

一

《白色噪音》的故事情节比较简单。作品以第一人称叙述了主人公"杰克·格兰德尼"走向堕落与暴力的生活历程。格兰德尼是一位大学教授,任美国中西部"山上学院"的"希特勒研究系"主任。他在北美首创"希特勒研究",并在院长支持下成立了这个研究希特勒生活与文献的专门机构,结果获得成功;学院也以希特勒研究走向全世界,成为知名度很高的美国高等学府。格兰德尼结婚数次,现在与不同前妻的四个孩子一起生活；现任妻子名叫"芭比特"，在一所成人教育中心担任业余教师。随着故事的发展，一场突如其来的毒气泄漏事故改变了这个家庭的命运。芭比特首先开始感到难以名状的死亡恐惧，后来竟为了一种能够消除恐惧的药品献出自己的身体，与别人通奸。同时，教授的精神也迅速崩溃，在对妻子不忠的悲愤中走向暴力，在试图谋杀妻子情夫的行动中变成沾满血腥的野兽。

小说的基本结构由三条平行的线索构成：一是教授及其同事的希特勒偶像符号学研究，二是充满空间的"电波辐射"对人们的心理操纵与控制，三是毒气事件及一种精神抑制类药物的研制。整个叙述按照时间顺序展开，共分三部分四十章：第一部名曰"电波与辐射"，共二十章，类似于一部美国"学院小说"，主要再现了教授一家及其同事的日常生活片段，揭示了商品社会中人类为了生存而进行的阴谋与斗争。第二部分"毒气泄露事件"，共一章，作者似乎采用了"灾难小说"的体裁模式，叙述了教授所居住的社区附近毒气泄露、人员疏散过程及其对人们的影响。第三部分是"达拉效应"，"达拉"是一种药品的名字，按照词源学分析可能是指某种"聚苯乙烯类"化学物品；该部分共有十九章，叙述了毒气泄露之后教授家庭生活的变化以及最后导致的暴力悲剧。

与传统自然主义小说一样，《白色噪音》一开始便描述了商品社会中社会主体追求生存的各种诡计。格兰德尼所创立的希特勒研究系就是其一。他把历史与文化变成一种商品，然后把这种商品通过现代社会的符号包装推向市场。作品叙述说，在创立希特勒研究的时候，院长建议格兰德尼首先要包装自己的姓名，因为作为一种符号表征，姓名对于一个人的学术声誉影响甚大。作为希特勒研究的创立者，"杰克·格兰德尼"这个名字显然不足以引起学术界的关注。院长建议他选择一个比较有影响的名字；最后格兰德尼与学院达成协议，在原来姓名的基础上增加两个大写字母，即把 Jack Gladney 改成 J. A. K. Gladney。与此同时，院长还要求格兰德尼改变自我形象，诸如增加体重、增大身体魁梧程度等。作者描述道，"校长最后似乎建议，如果我能够变得再丑陋一点，这会极大地帮助我的学术发展"，而且"眼镜框应该是黑色厚重的，镜片应该是墨色的，而且要留上一行浓密的胡子"。[⑤] 于是，希特勒研究教授就这样被包装起来，而格兰德尼"就成为整天围绕这个名字忙碌的傀儡人物"(17)。在大学校园里，格兰德尼总是以特别教授的包装形象出现,穿着学院讲袍,戴着墨镜,俨然一副学者气派。关于这种市场推销学术的自我包装,格兰德尼的同事希斯坎德曾讽刺说:"你利用希特勒为我们学院带来了一件奇妙的东西。你创造了希特勒研究,你培育了希特勒研究,你使希特勒研究成为自己的专利。"(12)

希斯坎德是一个犹太人,在学院另外一个商品化的研究部门——"美国通俗文化系"或"美国文化环境系"做客座讲师。他的主要教学与研究任务是"解码美国文化的自然语言"以及"对具有欧洲背景的童年时代所经历的享乐生活与荣耀制造一种形式方法论——例如对泡泡糖包装与清洁剂广告用语进行亚里士多德主义分析"(9)。这的确是一个荒谬的研究方向,却吸引众多学生听课。

当代美国社会商品的渗透程度远远比传统自然主义时代要高得多。像格兰德尼教授包装历史、知识、文化一样,许多研究者在挖掘所谓的"文化残渣"作为投资的资本。这种文化资本投资的一个典型例证就是"美国拍照频率最高的粮仓"。这是美国旅游业为了促进旅游收入而复制的风景点,一个"虚假的文化符号"。据说,此地曾代表一个美国文化典故,但实际情况没有人考证过。一天,希斯坎德邀请格兰德尼前往此地旅游。他们一起到那里时,旅游点已经来了许多游客,人们正在围绕这个"复制的粮仓"拍照留念,购买纪念品。作为研究美国商品与符号文化的讲师,希斯坎德只是默默无语,最后终于解释说:"粮仓究竟是什么样子? 它与其他粮仓有什么差异? 与其他粮仓有什么共同点? 我们不能够回答这些问题,因为我们已经见过这种复制的形象,我们见过的是人们拍摄的照片。我们不可能游离在这种形象的光环之外。我们只是这种光环的组成部分"(13)。

希斯坎德的解释非常精彩。主要意思就是,"粮仓"作为人们制造的一个表征符号已经代替了粮仓本身,能指成为它所代表的事物。人们永远不会追究真正的粮仓是什么样子,人们心理的粮仓就是代表粮仓的这个符号。但是,这个符号的真正目的是一种为资本家带来滚滚财源的旅游商品。

"粮仓"既是一个符号,又是一个完全被商品化的影像。人们在影像中忘记了现实,成为符号的"公共玩物"。当然,符号商品化最典型的例证是电视。在美国,电视并不是一种纯粹的政治宣传工具,而是一种隐含某种政治意识形态的商业宣传工具。更有甚者,电视本身作为一种媒体已经成为独立的商业企业。为了能够吸引观众的眼球，电视公司利用观众的猎奇心理，故意充斥一些最令人震惊性的事件，如谋杀、暴力、灾难、犯罪、纵欲等。小说叙述道："电视上全都是洪灾、地震、泥石流、火山喷发。……每一次灾难都激发我们的好奇欲望，渴望看到更多的灾难，渴望更大、更宏伟、更具有毁灭性的灾难报道。"（64）格兰德尼指出："现在，灾难性的数据已经成为一种工业。各种公司相互竞争看谁能够最大限度地吓唬我们。"（175）电视公司依靠向大众"出售"信息而获得巨大的利润，依靠各种各样千奇百怪的信息资源刺激大众的原始的欲望，消费大众大量的时间，渲染给大众暴力的价值观念，最后引导观众进入媒体所制造的虚幻世界。

由此看来，德里罗小说中所表征的后现代社会文化特征说到底还是传统自然主义小说所关注的社会生活普遍商业化的倾向：一切都成为可以交换的商品。与传统自然主义不同的是，这种商品化过程已经渗透到社会生活的各个角落，甚至渗透到科学研究和崇高的知识领域。正是在这个层面上，德里罗的小说传承了自然主义小说的主题关注，但又在不同的存在领域——知识、历史、文化、数据——中找到了新的塑型模式。

二

传统自然主义把人的心理看作是一种充满原始野性与本能的物质冲动，没有神圣的灵魂。在后现代社会中，人变成一种储存信息的工具，一种影像文化控制的奴隶。在《白色噪音》中，就连人的精神活动也被看成是"一种物质活动"：人的主体性依然没有脱离物质化的本质。例如小说在叙述教授及其妻子的堕落过程中，"达拉"这种聚苯乙烯类药品起了非常大的作用。据说，研究这种药物的科研机构非常相信一种名叫"心理生物学"的学科。此学科认为，所有人的精神状态以及心理过程都是一种化学反应，那么控制人类心理的各种神经都与某种化学物质有关系；治疗人类的心理疾病，如恐惧或精神变态等，均可以用这种特殊物质来实现。

小说中与教授妻子通奸的格雷博士就是这种"心理生物学"的科研人员之一。他首先把人看成是一种与低级动物类似的、可以简化成为细胞和分子的生物形式,然后用不同的化学物质来控制人的不同神经。格雷告诉教授妻子说,"我们不过是我们自己化学反应的总和而已"(200)。就连研究文化的格兰德尼教授也得出相同的结论,"我们就是我们所有信息的总和,就像我们是自己化学反应的总和一样"(202)。

主体的物质性意味着人类可以用物质来治愈其心理疾病,诸如孤独、恐惧、浮躁这样的精神疾病都可以用化学物质来消除。更有甚者,小说人物都有这样一个普遍认识:人类的基本欲望及其导致的心理病症也可以通过对物质的占有或消费得到解决。于是,超市、购物中心、专卖店、汽车旅馆等满足人们消费欲望以及感官刺激的场所便成为当代社会人类精神的"宗教寺院"。购物或休闲完全成为一种"灵魂归宿"或"心理治疗手段"。消费与快感成为大众认可的最高价值观念,成为一种具有宗教意义的欲望满足方式。每当人们在感到空虚与苦闷的时候,他们就都会想到消费。作者在回忆这种具有宗教情感的心理感受时说:

> 空虚感,整个宇宙的黑暗感,
> 万事达卡、维萨卡、美国万国宝通卡。(10)

这两句具有意象主义诗歌性质的言语把人类的精神世界和商品消费叠加在一起,揭示了主体心理与物质满足的密切联系。另外一个类似的例证是教授的其中一个名叫"旺尔黛"的女儿。按照她妹妹们的说法:"她不断地买东西(酸奶与麦芽糖),但从来不吃……因为她总是在头脑中想,如果她不停地购买,她就会逼着自己吃,最终会吃完这些东西。她似乎是在欺骗自己。"(7)这里,需要的并不是消费的动力,而是由此产生的购物快感。最后导致的情况是,购买时没有考虑自己的实际需要,所购买的商品往往最后成为垃圾被扔掉。旺尔黛的妹妹接着说:"这些东西占据了半个厨房,最后她不得不全部扔掉,因为东西变质了。然而,她又开始购买这些东西。"(7)

旺尔黛的消费纯粹是利用物质消除自己的心理疾病,而驱使这种行为的力量就是电视影像。正如媒体理论家维特齐尔所说:"电视是一种尼古丁或一个插件病毒程序,它隔离了人对现实的体验,固化、污染、刺激人的商品崇拜意识,导致人们精神的极端孤独,使人们最终走向顾影自怜、消极懈怠、浅薄粗俗。"⑥小说也叙述说,旺尔黛几乎不吃正餐,主要吃广告中说的"时尚食品",如薯片、营养麦圈、橘橙奶酪、果冻等;吃"购买的东西"远远比吃"母亲做的东西"更有吸引力,因为所消费的物质只有通过交换才具有旺尔黛所认可的价值。由此可以看出她对商品崇拜的心理意识达到何种程度。

更有甚者,这种商品影像已经成为主体判断自我的标准。例如,广告对女性的心理操作:它依靠制造一个能够吸引大众审美心理的"完美影像",使没有达到这种影像标准的女性陷入这种影像所制造的陷阱。脸形应该是什么形状,皮肤应该是什么颜色,眼睛应该如何明亮,睫毛如何修整,鼻梁如何手术,头发要什么洗发精、达到什么样的柔顺飘逸效果,身材应该符合什么尺寸,胸部应该达到多高多大,腰围应该精确到什么数字,臀部应该上翘多少,四肢中的手臂应该符合什么要求,大腿应该如何笔直、纤细、光滑,甚至脚部任何一个细节都不放过。总之,女性的身体必须全部修改,才符合广告宣传中的"完美女性的标准"。否则,女性会感觉到被广告制造的"现代标准女性光环"所抛弃。正如小说中教授的妻子在总结美国女性用品以及化妆品的广告时说,"这所有一切都是商业公司的连环宣传。防晒霜、市场推广、制造恐惧、疾病。你不可能要这个而不要那个"(264)。更有甚者,就连教授十一岁的小女儿"德奈丝"也开始注意自己的体形变化,因为"她总是不满意的是自己的臀部与大腿……"(7)

如果说传统自然主义所表现的主体物化本质还仅表现在自我对物质的追求上,那么德里罗的《白色噪音》则表明这种物质化倾向已经到达完全"否定自我"的程度。人类自己的灵魂与身体完全成为商品符号的塑形目标;社会主体的商品化与物质化已经达到一种宗教狂热程度。

三

主体性的物质化依赖于商品符号对主体的心理内化,而商品符号对主体的内化则依靠媒体制造偶像。最后,作为纯粹符号的偶像因过分激发人类无意识的本能欲望又必然导致暴力。在这一点上,美国的商品符号化与德国在第二次世界大战中希特勒纳粹建构符号偶像的后果有惊人的相似。作为一位研究希特勒的专业教授,格兰德尼深刻地意识到这一点。在某种程度上，小说的学术探讨重点就是美国影像文化与希特勒纳粹主义之间的对话。这里，德里罗文本策略最奇妙的特征就是把影像文化与纳粹主义的兴起联系起来，把作为商品符号学的影像文化与政治学中的偶像符号学隐喻性的统一起来。

在格兰德尼眼里，法西斯主义暴力的根源与"美国拍照频率最高的粮仓"那种所谓神圣的复制品一样，都来自对某种地方、事件、人物、物品的符号化或偶像化。例如，人们对希特勒母亲以及希特勒出生地的符号偶像化。按照作者的叙述，希特勒最崇拜自己的母亲，而母亲去世后，希特勒出生地就成为德国大众敬仰的神圣符号："人们纷纷前来瞻仰这块圣地。……他们照相，把一些小小物件装进口袋，作为纪念。后来，大批人纷至沓来，成群结队的人们挤满了院子，高唱爱国歌曲，在墙壁与农舍饲养的动物身上绘画纳粹党旗。"(73)有人曾把这种偶像符号形成过程称作"欲望谋杀"，即群众"似乎被希特勒的声音、党歌、火炬游行彻底催眠"(73)。而这种"催眠"一旦"成为大众认同的价值规范，就必然会导致暴力与死亡"。[7]

我们看到，纳粹主义的形成过程的确类似于"美国拍照频率最高的粮仓"的形成过程，更类似于资本制造影像推销商品及其意识形态塑形过程。也就是在这个过程中，所有希特勒的个人意志或资本推销商品的意志便成为大众集体无意识中"无比崇高"的意志，人们在无数符号、影像、声音、口号、歌曲等信息的渲染中得到精神的"宣泄"与"升华"，最后变成纳粹主义"民族崇高"旗帜下的屠杀机器，或资本作用下的消费机器。

笔者认为，教授所从事纳粹偶像研究揭示了商品符号学的下列意识形态特征：一是大众在"神化暴力"过程中的情感宣泄与心理快感问题；二是消费主体在被符号或偶像控制后的自我丧失。在纳粹意识形态中，人们在丧失自我的判断力之后便成为国家与民族"崇高精神"作用下赤裸裸的暴力实施者；而在商品意识形态中，人们则在心理快感和感情宣泄中认可暴力的崇高价值。例如，教授在分析美国电视影像中的汽车暴力时说，"我认为这些汽车碰撞事故是长期美国乐观主义传统的组成部分。它们都是些具有积极意义的事件，充满了传统中的"能干精神"(218)。于是，他这样告诉学生，"不要把影视中的汽车碰撞看成是一种暴力行为。它是一种庆祝活动。一种对传统价值与信仰的重新强调"(218)。美国影像文化就像法西斯影像文化中的极端民族主义一样，都是一种充满暴力、弘扬暴力的"民族精神"。它们都是策划、操作、控制社会主体的无意识欲望，使主体在快感过程中丧失自我判断，从而走向暴力与死亡。

希斯坎德曾解释过在偶像文化中培养起来的法西斯主义所具有的哲学、民族心理以及最后走向毁灭的悲剧根源。他对格兰德尼说："我们是高等学府的知识分子。我们有责任研究各种思想流派，有责任探索人类行为的深层意义。但要在你死我活的斗争中成为胜利者，看着对方那个狗杂种满地流血，那该是多么令人激动的事情啊！"(291)与希斯坎德的理论分析相比，格兰德尼更能感觉到美国影像文化的"死亡"本质。其实，《白色噪音》最具有渲染性的主题就是"死亡"。它几乎充斥小说的每一个影像符号，所以有的批评家才把这部作品看成是"讨论恐惧与死亡的后现代主义经典著作"⑧。

其实，崇高与快感、暴力与死亡一直是贯穿小说的主要线索。故事开始，格兰德尼就与妻子经常探讨："谁会先死？"(18)随着故事的发展，死亡问题成为一种日常生活的提醒。格兰德尼与妻子在床上准备做爱时说："谁会先死？"(30)格兰德尼晚上起床，看见钟表上的数字是"3：51"，便立刻想到："总是这样的奇数数字。这意味着什么？是不是奇数代表死亡？"(47)在讲到希特勒激发群众走向战争大屠杀时，作者写道，"死亡，这些群众中许多人就是为了死亡而聚集在一起的"(73)。教授在谈到飞机降落时说，"我们是从天空中掉下来！我们下降！我们是一架灯光闪烁的死亡机器"(90)。看到科学图片、数据、电视影像、计算机图像把人的死亡数字化或图像化，格兰德尼说，"这就是以某种图形数据展示出来的死亡形式，电视上经常有这样报道。在自然与自我之间，你会感到一种奇怪的分裂感。人们引入了一种符号象征系统，从上帝那里获得了一种令人敬畏的科技"(142)。最后，夫妻共同得出关于死亡的结论：

　　如果死亡就是一种声音，那将会是怎样？

　　一种电子噪音。你永远都能够听到这种噪音。所有空气中的声音。多么可怕啊？(189)

　　这段对话非常具有象征意义,点破了小说关于死亡的所有真理:电子噪音就意味着死亡。教授把美国消费社会所充斥的各种符号影像抽象化为一种"电波与辐射",一种电子噪音。它像空中传播的毒气一样正在破坏我们的灵魂与心智,给我们造成一种"记忆幻觉"(116,125,151,176 等),促使我们丧失所有的自我价值。而这种电子噪音与希特勒的偶像渲染一样是一种"隐约的死亡噪音",所以电波与辐射就成为一种"死亡语言"。于是,教授在试图谋杀自己妻子的情人之后,在超市的付款处,在那种扫描商品价格的机器中真真切切地"看到和听到了"这种死亡的声音:这种条形码扫描仪"就是电波与辐射的语言,就是死亡者向活者交流的语言"(326)。

　　总之,商品、欲望、符号影像在一种我们听不到、看不见的物质中找到统一:这就是"电波",就是贯穿小说始终的"电子噪音",也就是"白色噪音"。这种噪音就像传统自然主义所寻觅的宇宙力量一样控制和决定着人们的生活和思想,驱使人们在追求物质满足与心理快感过程中丧失自我,成为冷漠社会中没有任何价值判断、受原始欲望与本能支配的"享乐动物",最后在商品或偶像符号的阴谋中走向暴力与死亡。这就是德里罗在后现代语境下重新塑型的新自然主义。同时,这也印证了批评家派泽的著名论断:"自然主义在我们文学历史不同时期的出现表明,它作为一种重要的但又是通俗的文学运动生存下来,因为它反映了现代美国生活各个历史阶段的主题,也说明了它是一种合适的文学表现形式。"⑨

注解【Notes】

　　① Paul Givello, *American Naturalism and Its Twentieth Century Transformations: Grank Norris, Ernest Hemingway, Don Delillo*, Athens and London: The U of Georgia P, 1994, p.2.

　　② Charles Child Walcutt, *American Literary Naturalism: A Devided Stream*, Minneapolis: U of Minnesota P,1956, pp.20 - 21.

　　③ Donald Pizer, *Twentieth Century American Naturalism: An Interpretation*, Carbondale and Edwardville: Southern Illinois UP, 1982, p,2.

　　④ Donald Pizer, ed., *The Cambridge Companion to American Realism and Naturalism: Howells to London*, New York: Cambridge UP ,1995,pp.13 - 14.

　　⑤ Don Delillo, *White Noise*, New York: Viking, 1984, p.17.本文引文均源

自此版本，以下只注页码。

⑥ James B. Twitchell, *Carnival Culture*：*The Trashing of Taste in America*，New York：Columbia UP，1992，p. 250.

⑦ Warren French, *Don Delillo*，New York：Twayne Publishers，1993，p. 134.

⑧ Mark Osteen, *American Magic and Dread*：*Don Delillo's Dialogue with Culture*，Philadephia：U of Pennsylvania P，2000. p. 165.

⑨ Donald Pizer, *The Theory and Practice of American Literary Naturalism*：*Selected Essays and Reviews*，Carbondale：Southern Illinois UP，1993，p.xii.

作者简介：方成，国防科技大学国际关系学院教授。

原文载于《当代外国文学》2003 年第 4 期。

冯内古特新作《时震》与后现代主义小说特征

虞建华

十年前我在国外求学期间，参加了由我导师埃略克·洪泊格主要负责的亚瑟·米勒研究会。除了剧作家米勒本人两次来讲学以外，我们还时常邀请一些文学界名人，其中之一是库尔特·冯内古特。我十分欣赏他幽默、充满调侃的讲座。他本人是作家，谈文学却语带不屑，故意将文学创作以图表进行模式化，进行"伪科学化"。当时我努力理解他的"弦外之音"，但没有完全明白。讲座后我们有机会进行小范围交谈，可惜时间不长。临行前他赠给我两本他的小说：《棕榈树星期天》（*Palm Sunday*，1981）和《打闹剧或不再孤独》（*Slapstick, or Lonesome No More!*，1976）。他在扉页上用粗的蓝笔签名，字很大，占去满满半页。除了开头巨大的"K"和最后一个"t"之外，无法辨出其他字母，在眼花缭乱的曲线中，有一个清晰的"米"字符，让人百思不得其解。后来我在读冯内古特自传体的《棕榈树星期天》时，发现书中不仅有那次讲座中关于文学创作模式的演示图，而且也明白了他签名中"米"字符的含义。冯内古特是这样解释的："我把自己的肛门画在签名中。"

一阵目瞪口呆的惊诧之后，我突然对作为小说家的冯内古特产生了一种"顿悟"，对他作品的基调同时有了进一步的理解。他对所有既定规范都可以采取玩世不恭的嘲讽，甚至包括对代表自己尊严的签名的神圣性进行侵犯。综合他的小说来看，作家的这种态度既产生于一种愤世嫉俗的放纵，也产生于一种无所谓的退避，自嘲自得，两手一摊，不置可否，一笑了之。这是黑色幽默，让人啼笑皆非，又让人心灵震颤。

弥漫于《时震》字里行间的，正是这种愤怒、无奈、玩弄态度的综合体。这种态度也正是人们称之为后现代主义小说标志性的特征之一。

《时震》发表于1997年。从作者在小说中的暗示和其他信息来看，很可能是年近八旬的冯内古特的封笔之作。作家毕竟年事已高，作品中时常流露出"人生苦短"的喟叹，掺杂于"人生荒唐"的一贯态度之中，形成一点小小的矛盾。除此之外，冯内古特仍然观察敏锐，笔锋犀利，不拘一格的随意之中闪现着睿智和幽默，丝毫没有"迟暮老者"的缓钝。读者感受到的是冷峻的滑稽和敏捷的思辨。

我们很难为《时震》写出一个故事梗概，因为《时震》没有完整的故事。它由许多互不关联的片段组成。作者虚构了一个特殊的背景，即"时震"，或者说假设了这样一个前提：宇宙中的时空统一体出现了小故障，突然收缩，产生"时震"，将世界弹回到十年前，具体从2001年2月13日退回到1991年2月17日，然后开始"重播"。不管愿意不愿意，每个人在一种"记忆错觉"主导下，完全一样地重复以前所做的一切——"赛马时再押错赌注，再同不该结婚的人婚配，再次感染上淋病……"①生活困境在小说中进行着一成不变的重复，而"时震"结束时，世界上又出现了一片不堪收拾的混乱。

"时震"只提供了一个大背景，用的是冯内古特擅长的科幻小说模式。但是小说中的很多部分与这一大背景无关，互相之间也不存在外部的或内在的联系，像抛撒在地面上的一把碎石：散落的砂砾中有一颗形状奇特而显眼的鹅卵石，但你很难说明其中的结构和关联，也无法解释这一现象包含的意图和指涉的内涵。

习惯于传统小说的读者，对《时震》也许会感到迷惑、茫然，甚至反感、愤慨，谓其不知所云，怀疑作家是否负责任地进行构思创作。这是可以理解的，因为《时震》没有中心，没有情节，没有开头和结尾，没有前后时间顺序，没有逻辑规范，人物的行为没有明显的动机和目的，作者的叙述也似乎没有想要说明的观点。如果读者依凭理性，期望解读故事、寻找意义，那么，结果可能一无所获。《时震》无意取悦读者，满足他们对故事的渴盼、对"内涵"的期待。也就是说，阅读《时震》，读者必须改变业已养成的阅读习惯，放弃传统的"阅读期盼"，调整评判标准。不然，他就无法阅读。

库尔特·冯内古特是美国当代著名小说家，也是起自60年代的后现代主义小说流派的主要代表之一。后现代主义至今仍然是一个颇多争议的概念，有人认为是现代主义的后期发展，是量变，与现代主义之间难以划出明确的界线；有人认为是文学发展中的一次大转向和质变，是对现代主义的反拨，是进入信息时代的资本主义多种危机的产物；有的将后现代主义理解为一种艺术倾向；有的将它理解为西方文化现象和社会现象。尽管对后现代主义众说不一，但有两方面是显而易见的：后现代主义至少肯定包括文学现象；它与包括现代主义在内的先前的文学表达存在着很大程度的不同。

那么，主要的不同体现在哪些方面呢？《时震》为后现代主义小说特征提供了典型范例。

首先，像其他被标榜为"后现代"的作家一样，《时震》的作者放弃了对终极意义的追求，不在任何一种理想、目标、纲领之下进行创作，不谋求表达明确的信仰和意义。小说家相信，资本主义秩序所依赖的思想意识和文化价值都陷入了极度的混乱，如尼采所说，"价值判断已经失灵，一切意义都是虚伪的"。因此，文本所表达的观点往往是飘忽的、多元的、自相矛盾的。比如在《时震》中，宗教的权威被剥夺，连《圣经》中的"创世纪"也被篡改重写，撒旦变成了善良的女人，而上帝则高傲而愚蠢。在人世间，拯救世界的是一条莫名其妙的咒语："你得了病，现已康复，赶快行动起来。"这句话就如同"芝麻开门"一样灵验，激活了一个个麻木的人。你不能追问缘由，因为小说中理性没有地位。读马克·吐温或海明威，我们一般能知道他们想说明什么，以及他们潜藏于文本背后的褒贬态度。但后现代主义作家消解一切现存准则，拒绝被合理地翻译阐释。

人们常用四个字来概括这种后现代意识状态：上帝死了。这个"上帝"并不仅限于基督教概念，或宗教概念，而更宽泛地指一个可以认识的理性世界已不复存在。主宰者的圣明之光早已熄灭，世界一片黑暗。在《时震》中读者看到的是核轰炸、战争、凶杀、自戕和无穷无尽的蠢行。小说展现的是一个理性无法驾驭的疯狂世界。科学的进步带来的是对人类自身的威胁。聪明反被聪明误，而大多数善良的人们对人类自身的恣意妄为毫无警觉。冯内古特在小说中感叹道："人会如此精明，真是难以置信。人会如此愚蠢，真是难以置信。人会如此善良，真是难以置信。人会如此卑鄙，真是难以置信。"(14)这种自相矛盾的评述，说明无法以理智的尺度丈量人的行为。

著名德国哲学家曼·弗兰克深刻分析了"上帝死亡"这一概念所导

致的西方精神文化的困境：

> 这一思维框架（即这个世界）的摧毁导致了立足点和方向的丧失，而这个结果与古希腊罗马时代被基督教的中古时代所取代，或与中古时代在近代自然科学的先驱的冲击下的解体呈现出完全不同的方式。在这两次时代更替中，存在的意义，即构成人们生存的精神支柱地对世界的总体解释，并未随之被摧毁，而是在另一种发展了的观念中得到了继续，古代的自然神被基督教的上帝所代替，而上帝又被"理性"所取代。但是这里的理性本质上仍然保留着神学的色彩：对于黑格尔来说，神性的上帝之死作为一个历史宗教事件决定了他必然会在思辨的知识中复活。换言之，在这种知识中，欧洲的上帝并未被送上断头台，而是以更加真理化、更加崇高的理性面貌重新出现。可是在当代，虚无主义兴起的时代，作为世界信仰的堡垒的最高知识也被一笔勾销了——我们正在无穷无尽的虚无中摸索。

也就是说，解释世界和存在的整个价值体系散架了，因此不再能作出合理的、完整的解释。二千五百年来支撑整个西方文明的精神、哲学、宗教、政治、社会、文化和认识体系已不再有效，都打上了问号，终极意义已不再确定，所有合法化的基础都已动摇。而小说家不得不面对现存的一切，不得不重新思考指导创作的文学理念，寻求能够表现这种理智上极度混乱的状态的小说形式。这种"后现代"的精神状态，在《时震》中又常常被物象化、视觉化，展现为一群不可思议的人物在不可思议的背景中做着不可思议的事情。比如说《时震》的结构就是对西方理智状况和生存状况的刻意模仿，叙述没有时序，没有因果关系，没有完整性，文本没有可以阐释的意义。小说无始无终，第一章第一段讲自家有几个孩子，第二段是两句关于艺术的话，第三段说人活在世界上很狼狈，直到后记结束时，又说了一件作者年轻时与叔叔开玩笑的往事，似乎不着边际。随着"上帝死了"之后，作家也"死了"——作者的权威被消解，作品的教育、启迪、认识功能也被淡化。但与此同时，读者的地位被突出。作者与读者的关系不再完全是传播者与接受者的关系。作者并不讲清楚他要说明的问题（也许他不想说明任何问题），读者必须在阅读过程中积极地思考、体验、参与、介入。

其次，包括冯内古特在内的后现代主义作家在理论上相信，现实不是确定的，而是由语言搭建的虚构物，要让小说反映"真实的"现实更是无稽之谈——以虚构的文本来表现虚构的现实，其结果只能是更加不可思议的虚构。因此他们从不忌讳实话实说，强调和揭示小说的虚构本质，在小说中不时提醒读者，作品是人为编造的。在这方面，《时震》与现实主义小说之间存在着巨大的差异。现实主义认为客观世界是可以认识、可以得到忠实表现的；而后现代主义作家认为，世界存在于人的意识之中，语言是意识的载体，而语言的意义又是不确定、不可靠的，因此，小说、历史书和其他文本就其本质而言只能是虚构的。于是，"仅就文学而言，我们关于作家、读者群、阅读、写作、书籍、体裁、批评理论以及语文学本身的所有概念，突然之间统统产生了疑问"。

在《时震》中，冯内古特反反复复把文学作品称为"二十六个发音符号、十个数字和八个左右标点的特殊横向排列组合"，一下子剥去了文学的神圣外衣，赤裸裸地暴露出人为制造的本质。艺术也一样，小说中绘画被说成"涂着颜料的平面"。作家既对"艺术至上""美学原则"之类表示不屑，同时又感到文学艺术的地位受到了前所未有的威胁，极力为之辩护，一种矛盾态度赫然可见。《时震》中的小说家基尔戈·特劳特不乏机智，却是个半疯的怪人。他不断写小说，写好后投进废物篓，或扔在垃圾场，或撕成碎片从公共汽车站的抽水马桶中冲下去。他的外表滑稽得令人忍俊不禁：

> 他穿的不是长裤，而是三层保暖内衣，外披作为战时剩余物资的不分男女的大衣，衣下摆下面，裸露着小腿肚子。没错，他穿的是凉鞋，而不是靴子，头上包的是印着红色气球和五色玩具熊的儿童用毯子改制的头巾，因此看上去更像女人……（他）站在那里手舞足蹈地对着铁丝编的无盖的垃圾篓说话。（62）

对作家的行为与精神状态的刻意捉弄，也间接地说明文学——带有遗传特性的作家的产儿——的荒唐性和非现实性。此外，冯内古特又把《时震》的作者，即他本人，与《时震》中的小说家特劳特混搅在一起，说明特劳特时常不着边际的呓语，也是他自己的胡言，等于告诉读

者:你们别相信我！在小说的序言中,作者直截了当地指出小说基本构架上出现的漏洞:

> 在这本书中我假设 2001 年在海滨野餐会上我仍然活着。在第四十六章,我假设自己在 2010 年依旧活着。有时我说我身在 1996 年——那是现实状况,有时我说我在时震后的"重播"过程中,两者之间没有清楚的划分。
>
> 我一定是个疯子。(17)

冯内古特又告诉读者,"现在我如果有了短篇小说的构思,就粗略地把它写出来,记在基尔戈·特劳特的名分下,然后编进长篇小说"(17)。他又给自己揭底,"特劳特其实并不存在。在我的其他几部小说中,他是我的另一个自我"(15)。

这种"侵入式"(intrusive)的叙述,即作者闯进小说之中,交代几句,在以前是文学创作的大忌,因为它不仅打断叙述的连贯性,而且严重破坏了故事的"仿真效果"。这种作者的声音随意介入故事的做法,却在《时震》和其他后现代主义小说中司空见惯,是突出小说虚构性的有效手段。当我们在小说中读到"我正要写下一句的这一片刻,才突然意识到……"(211)这类插叙时,读者强烈地感到作者的存在,手中的文本是他"写作"或曰"编织"的产物。小说是文字游戏,没有揭示真理的功效,最多只能传达经验,提供娱乐。

传统小说家努力塑造接近生活原型的人物,让你与小说人物同喜同悲,而后现代派的作家希望读者在感情上与作品保持距离。人物是虚构的,因此,他们的语言不必合乎逻辑,他们的行为不需要明确的动机。《时震》中的科幻作家基尔戈·特劳特甚至直接对文学传统进行讽刺:"那些附庸风雅的蠢家伙,用墨水在纸上塑造有血有肉的、活生生的、立体的人物。……好极了！地球上已经因为多了三十亿有血有肉的、活生生的、立体的人物而正在衰亡,还不够吗!"(71)他补充说他这一辈子只塑造过一个有血有肉的、活生生的、立体的人物。那是他的儿子,不是用笔,而是通过性交创造的(72)。在这里,作者借特劳特之口想说明的是,小说不应该,也不可能模仿作品以外的现实。

再者,后现代主义作家一般对文化危机极度关注,冯内古特也是如此。在危机四伏的今天,文化首当其冲。作家们生活在文化圈中,有更多的亲身体验。在他们看来,被称为"后现代"社会的今天,是技术取代艺术的时代,传统的"高尚"职业,如艺术创作和文学创作,已经或正在遭人唾弃。照相机、摄影机可以轻而易举地夺走画家的饭碗,人们渴求的是信息而不是诗歌。

《时震》中的美国文学艺术院,门窗装上了铁甲板,喷涂伪装,雇佣武装警卫昼夜二十四小时戒备,俨然一个森严壁垒,如临大敌的孤独城堡。"时震"发生后,此地才真正派上用场,先当停尸所,后来纽约实行军事管制后又改作军官俱乐部。文学艺术院隔壁的博物馆改成了流浪汉收容所。也许很少有人会相信这是写实的手笔,但是在当今技术信息社会里,文学艺术的地位岌岌可危,这种感觉弥漫在小说的字里行间。冯内古特创造了一个虚构的场景,以想象发挥代替写实,不对小说的真实性负责,也不指望读者"信以为真"。他只是抓住现实生活中不合理的部分放大,进行嘲讽,使读者无法不正视赫然存在的荒唐。

《时震》中,对艺术嗤之以鼻的实验科学家,以两片瓷砖挤压颜料团然后掰开的方式,创作了现代画,成了艺术家。作家、文学经纪人、教授一个个都自杀了,只有精神病人和被称作"圣牛"的流浪汉才有滋有味地活着。年过七十的半疯老作家背着一杆火箭筒出场,最后成了英雄。另一个英雄是枪杀林肯的凶手的后代。他是演员,因在《林肯在伊利诺斯》中成功扮演了林肯的角色而受人尊重。

最后一点,后现代主义小说最引人注目的特征,是以荒诞表现荒诞。后现代主义小说家刻意表现生存处境的荒唐可悲:外部世界一片混乱,人的努力徒劳无功。他们通过黑色幽默,通过漫画的手法,对现实进行极度夸张,使之变得荒诞滑稽。他们一般对周围世界不怀好感,不抱幻想。甚至血淋淋的惨象、令人发指的丑行、绝望的痛苦,他们都付之一笑。他们似乎对荒诞习以为常。他们幽默滑稽的笑,实际上是一种悲切的哭泣。

必须一提的是《时震》的叙事结构与叙事形式。为了表现世界的荒诞和无意义、混乱和无秩序,小说的文本也呈现出相应的"无政府"状态。叙述没有清晰、连贯的线条,随意性极强。文本由许多轶事、回忆、生平、笑话、狂想、故事构成,像无数块碎片,不经筛选地用来拼贴在一起,因此画面支离破碎,光怪陆离,对"视觉"和心理造成了冲击。小说有意造成失真的、滑稽的、片段的、脱节的、残缺的效果,如狂人呓嚅,颠三倒四,如"痴人说梦,充满声音与疯狂却全无意义"。因为世界是非理性的,狂乱的,无法阐释的,小说也就不可能表达意义,但可以模仿现实。冯内古特远远抛弃了传统的现实主义,求助怪诞,只把小说看作文字游戏,玩一把,仅此而已。

《时震》由序、后记和六十三章组成,每章都很短,包括一个或几个互不相关的片段,彼此之间没有逻辑联系,呈现出明显的"无中心"。一个个片段像梦境一样闪过,频频变换,而作家却无意归总,满足于这种散乱状态。小说提出问题,却没有答案;出现结果,却没有起因。匪夷所思的编造中穿插着许多有案可稽的真人真事。虚构人物和真实人物时常出现在一起,历史话语和小说话语互相交织,真真假假,虚虚实实,假作真时真亦假,真作假时假亦真,文学与非文学的界限被打破。如果"小说"二字的传统定义不加以修正,那么,《时震》就不是小说,它也不是其他任何东西。

尽管我们说后现代主义小说是一种文化无政府主义的表现,否定创造性,并具有盲目消解一切的企图,但是既然小说是有思想的人写成的,它总是有意识无意识地传递着某种情绪和态度;不管多么间接,多么含混,也总是在暗示着某种认识。无目的性的表述,也是一种表态,这点毋庸置疑。这是对常规的反叛,对疯狂现实的呼应。废弃一切(包括所有文学传统)的态度,是对整个西方社会政治、历史文化、认识体系的断然否定。从达达主义者到"垮掉的一代"到当代后现代作家,他们都是文化反叛的极端主义者,都高喊"打倒一切"的口号。前两类都曾言辞激烈、行为出格,声嘶力竭地呵斥现实社会,而后一类面对令人震惊的现实,采用的是可怕的冷静态度,嘲讽几句,好像说:既然世界已经不可救药,批判于事无补,何必大动肝火?

但是,不管后现代主义作家的态度多么超然,多么玩世不恭,种种左右他们思想感情的倾向溢于言表,他们的痛苦、绝望、恐慌、无奈是很难掩饰的。闹剧式的文本背后,有一种冷观的清醒。作家走进作品,走进荒诞世界组成的一张巨网,像所有真实的和虚构的人物一样,在网中挣扎,无法脱身,只有狂乱的呓语、愤怒的咒骂、无奈的感叹、忧悒的宣泄、冷言的嘲讽、悲切的哭泣和故作滑稽的嬉笑从网眼中传出,汇成一片嘈杂。

　　《时震》使我们感到陌生。阅读《时震》需要我们调整习惯的心理姿态，挪动观察点和立足点，因为它比传统小说少了许多东西，同时又多了许多东西。这是库尔特·冯内古特的又一力作，时间将证明它在美国文学史上的地位。

注解【Notes】

　　① Kurt Vonnegut, *Timequake*, New York：Putnam, 1997，p. 15.本文中此书的引文皆出自此版本，页码在引文后的括号中直接标出。

作者简介：虞建华，上海外国语大学教授。
原文载于《当代外国文学》2000 年第 3 期。

从《白雪公主》看巴塞尔姆解构
文本意义的策略及意图

刘　辉

唐纳德·巴塞尔姆(Donald Barthelme,1931—1989)是美国最有影响的后现代小说家之一。他写作生涯的成功开始于20世纪60年代末,这正是后现代主义文学和解构批评开始盛行的时期。巴塞尔姆和其他后现代主义作家一样,试图变革小说的形式。他反对传统写作中的年代顺序、情节、人物、时间、空间、语法、句法、隐喻、明喻,以及事实与虚构之间的传统界限。他对语言及元叙事的不信任,对文学拼贴技巧的运用,以及他对小说的大胆实验使他在美国文学乃至世界文学中都占有重要的地位。

后现代主义作家在很大程度上是解构理论的积极实践者。解构批评反对逻各斯中心主义、语音中心主义,否认存在任何等级制度、结构、终极价值和意义,追求互文性和游戏性,这些特征都鲜明地体现在后现代主义作家的作品中。后现代主义作家常常因其反文化的姿态,反传统的态度和价值消解策略而广受批评。然而,从解构的理论视角可以帮助读者理解后现代主义作家在荒诞、游戏和虚无主义表面下隐藏着的严肃意图。

本文以解构主义为理论基础,通过分析巴塞尔姆的后现代主义经典小说《白雪公主》(*Snow White*,1967),从文体策略和隐喻两个层次来论证巴塞尔姆解构了语言的功能,使语言变得不值得信赖,因而挑战传统意义的等级秩序,最终强调文本意义的不确定性。并进一步论证巴塞尔姆解构文本意义是为了揭露现实的虚构性,颠覆代表统治阶级意志的意识形态和价值体系,把大众从语言虚构的现实中解放出来。

一、意义的不确定性

德里达从索绪尔那里得到这一观点：字词之所以拥有它们现有的意义是通过它们彼此间的关系实现的，而不是通过它们与语言以外的现实的关系达到的。

在索绪尔看来，一个单词并不是一个象征物，只象征某个物体，而是一个符号，它像硬币一样有两面：一面是声音和形象，另一面是概念，前者称作能指，后者为所指。举例来说，如果"树"字是这个符号的话，能指就是构成"树"字笔画和发音的整体，所指是人们头脑中对"树"的想象。因此，对于结构主义来说，语言是无参照物的，因为语言所指的不是世间的事物，而只是人们头脑中对世间的事物所形成的概念。索绪尔的符号公式如下：

符号＝能指（声音、形象、姿势等）＋所指（能指所指的概念）①

"能指"与"所指"之间的关系是任意的。

尽管索绪尔区别了"能指"与"所指"，并意识到它们是两个独立的系统，但他没有意识到当两个系统在一起时，一个语言单位的意义就变得不稳定了。德里达对同一个语言单位中的意义的稳定性产生了疑问。他解释道："'所指'的概念本身并不能出现，即不能以完全只指它本身而出现。每一个概念都一定在本质上是内接在一个链或系统中。在这个链或系统内部，它通过差异的系统游戏，又在指涉另一个或其他的概念。"②

以"树"这个字为例。如果"能指"是"树"这个字的话，那么"所指"就是人们在头脑中对"树"的联想。就"树"的概念来讲，不同的人会产生不同的联想。人们会联想到杉树、松树、榆树等树。因此，这个公式就演化成：符号＝能指＋所指＋……＋所指。但当人们从字典上查上述每一个"所指"时，它们又成了"能指"本身，并且又带来了一系列"所指"，这些所指又会成为"能指"，如此以至无穷。所以，结构主义所定义的"所指"其实是一连串的"能指"。"树"字永远也无法到达只指一个概念或一个"所指"的那个点上。

因此，对解构主义来说，语言并不是能指和所指的联合，而是能指的链条，它既不指代世间的事物也不指代事物的概念，而只是组成语言的能指的游戏。既然每一个能指都由更多的能指组成,并且在不断产生能指,这样就使意义被不断延宕,意义也就变得不确定且不断变化。

德里达创造了"延异"(différance)一词,它取自法语动词"differer",此词既有差异又有拖延的意思,因此德里达用它来指称"空间和时间差异共同在一起的构造"。③那么,任何一个字的意义(或所指)总是在一个特定的语言内区别于其他字的意义。所有字词的意义之所以成为其意义,就是由于它区别于其他意义,没有任何稳定和绝对的意义存在。意义是多样的、变化的和有语境的。

罗易兹·泰森总结了德里达的观点,语言有两个特点。① 能指的游戏使意义不断延宕;② 一个能指似乎所具有的意思是其区别于另一个能指的结果。④由于语言的这两个特点,意义不能确定,所以也不能相信语言可以表现现实。因此,语言与世界之间不是一一对应的关系。语言是由字词组成的,而字词又是一连串的能指,那么,用语言所反映的现实也是不可信赖的。正是因为这个原因,解构主义者偏爱意义的无等级的多重性或意义的"自由游戏",强调意义的不确定性。

二、解构文本意义的策略

在《白雪公主》中,巴塞尔姆为读者准备了一个语言的盛宴。小说中充满了各种文字游戏,斯坦雷·传弛坦博戈称其为"错综复杂的文字游戏"。⑤另一位评论家爱伦·塞和,则把小说描绘成"一部疯狂记录歇斯底里的声音的机器,这些声音不断地重复自身,使语言除了说明其自身功能丧失以外,几乎失去了所有的指代作用"⑥。然而,这些只是巴塞尔姆解构文本意义的手段。他运用文字游戏不是为了游戏,而是为了挑战意义传统的等级组织,最终强调文本的不确定性。为达到这一目的,巴塞尔姆从文体策略和隐喻两个层次上解构了语言。

(一)文体策略

麦克黑尔在《后现代主义小说》一书中提到了后现代主义作家常用的文体策略,其中包括:词汇展览、"沉重句"(back-broken sentence)和目录表(catalogue)。下面将一一分析这三种文体策略。

词汇展览指的是在文中引入本身就很惹人注目的词:稀有词、学究式的词、古体词、新造词、技术词和外语词等。⑦读者很容易在巴塞尔姆的小说中找到词汇展览的例证。

白雪曾对矮人们感叹道："噢,我多么希望能听到我从未听到过的词呀!"⑧矮人们响应她的呼吁,巴塞尔姆亦复如此。他在小说中创造了许多新词:用"horsewife"来代替"housewife",⑨"coptedout"作为"optedout"和"coppedout"的结合词,⑩"hurlment"作为动词"hurl"的名词形式,⑪"vatricide"指的是比尔所犯的罪行。⑫这些词或是运用构词法构成,或是纯粹编造而成,总之,在任何字典里都查不到。遇到这些生造的词时,读者无法知道它们的确切含义,所以就不再寻找意义,而是把注意力投到文字游戏上。

除此之外,巴塞尔姆还刻意违反语法和语义规则来实现词的并置。例如:"爱丽斯给我们看了她色情的点心。"⑬"色情的"和"点心"显然是一对不搭配的词,通过这种方式,巴塞尔姆毫不顾忌地在测试词语搭配的各种可能性。毛瑞斯·考图瑞尔和瑞吉斯·杜兰德把巴塞尔姆的写作艺术比作盖楼和绘画:"就像在诗歌里一样,字词不再作为媒介;它们就像用来盖楼的形形色色没号码的石块,或者像绘入一幅画中的线条和颜料。它们不再受到一贯规定它们意义和价值的代码的限制和约束。"⑭对巴塞尔姆而言,字词脱离了它们传统的意义和价值的束缚,成为绘画的颜料,所以,无论怎样操作,这些词都不是不可能的。因此,像"蜜蜂在夜里犬吠"这样的表达不仅是可能的,而且还非常有效地使读者忽略它的意义而去注意它的字词本身。

除了新造词汇和怪异的搭配外,巴塞尔姆还刻意罗列琐碎的词汇。他耗费了一页半的篇幅描绘白雪打扫房间的过程:"……然后白雪清洁了煤气管。她把炉子的喷火口和炉架下的盘子在热肥皂泡沫中彻底清洗干净,然后在清水中冲洗,并用纸巾擦干。她用苏打水和一个硬刷子清洁炉子的喷火口,尤其注意清洁了煤气出口处。她用发夹清理出污物……"⑮很显然,只要巴塞尔姆愿意,这一章还会无止境地发展下去。这些对琐碎的家务活的详尽描述没有给小说增加任何意义,仅仅是词汇的罗列。内容的琐碎使读者放弃对意义的期待,转而注意字词本身。

其中一个矮人把这里所使用的语言称作"填塞物",具有"一种'垃圾'的性质"。⑯保罗·毛特比曾这样评论语言的这种"垃圾"性质:"信息不断被复制出来,至少在大的通信网络中,它们绝大多数是低等的'信息',即失去意义的信息。信息膨胀,而意义紧缩。"⑰字词被写出来只是为了充斥纸面,却不带来任何意义。

巴塞尔姆不仅玩弄字词而且玩弄句子。在《白雪公主》中,巴塞尔姆运用"沉重句"来使意义延宕。布瑞恩·麦克黑尔认为,后现代主义作品的特色是使用姑且称作故意不流畅的策略:句子的构成极为笨拙(达到了不合语法的地步),以至于句子结构本身成了注意的焦点,它干扰了读者的注意力,使其忽略了这一句子结构本该承载的内容。[18]沉重句常常出现在后现代主义作品中,在巴塞尔姆的小说和短篇故事中也不乏其例。

在对矮人之一比尔进行审判的那一场景中,法官说:"比尔请你开始。通过用你自己的话告诉法庭你最初是怎样构想并支持这一幻想的,你潜在的伟大性这一幻想。通过这一方式你设法假定并保留住了你的领导权,尽管有大量的证据证明你是完全不称职的,最近的一个例子是你把装在棕色纸袋里的两包六瓶装的米勒牌豪华啤酒掷进了由艾·方杜和赫·麦伏特驾驶的蓝色福斯车的挡风玻璃里。"(Bill will you begin. By telling the court in your own words how you first conceived and then supported this chimera, the illusion of your potential greatness. By means of which you have managed to assume the leadership and retain it, despite tons of evidence of total incompetence, the most recent instance being your hurlment of two six-packs of Miller High Life, in a brown-paper bag, through the windscreen of a blue Volkswagen operated by I. Fondue and H. Maeght.)[19]

这里的第三句话尽管是一个很庞大的句子,却仅仅是第二个句子的一个从句,而第二个句子也只是第一个句子的一个状语而已。这里的第三句是一个典型的沉重句,它根本不是一个独立的句子,却在尽可能多地包含信息。此句的中心意思由于层层叠加的限定成分而处于延宕中,读者在阅读此句时则会迷失其中。这样的句子使读者不能辨明其意义,因为意义总是被延迟。意义的延宕使读者更多地意识到句子结构本身而不是其所表达的内容。

"目录表"是巴塞尔姆所青睐的另一策略。他时常求助于"目录表"来进行有限的和任意的列举,并且通过这一列举来表明物体的无限性。当白雪在遐想即将到来的王子时,她想到:"哪个王子会来呢? 会是安朱王子吗?伊格王子?阿尔弗王子?阿方索王子?……福廷布拉斯王子?"⑳文中共列举了 31 个王子的名字,而且结尾缺乏"等等"之类的字眼似乎表明白雪列出了一个完整的名单,但是实际上这一名单是无限的。

另举一例。在描写白雪在某个学院受教育时,巴塞尔姆不厌其烦地列出她所学的课程及其具体的题目,"她学习了《现代妇女:特权与责任》:妇女的本性及其培养,妇女在革命与历史中代表了什么,包括操持家务、养育子女、维护和平、治愈伤痛和奉献,以及这些是如何为当今世界的再度人性化做出贡献的。然后,她学习了《古典吉他一》……然后,她学习了——"㉑因为列举了一页多,读者会以为巴塞尔姆意图列出所有的东西,但是这一列举以一个破折号终结,而破折号在这里是一个表达无限性的符号。这一做法带来的结果则是可笑的:尽管费了半天周折,他仍然不能提供一个完整的清单。

保罗·毛特比用"清单"一词来作为"目录表"的同义词,他指出:"清单是巴塞尔姆最喜爱的形式之一,它被技巧地用作语言力量削弱的一个症候。在一个清单中被它们的位置所编码的字词常常是没有太大意义的;它们仅仅是作为所列物品中的任意一个而存在,被剥夺了语义的力量。"㉒

通过运用目录表的结构,巴塞尔姆剥夺了语言的语义力量,使得文本中的语言成为纯粹的词语展览,同时也封闭了读者在文本中寻找意义的通道。

(二)隐喻的运用

本雅明·赫鲁索夫斯基认为:隐喻的表达同时属于两个指涉框架。在一些框架中,这一表达具备其字面意义;而在另一些框架中,它具有比喻修辞的功能。只有第二种指涉框架实际存在于文本的虚构世界中,表达具备其字面意义的框架在文本的世界里是不存在的,只要比喻的框架存在,它就是缺场的。㉓一个隐喻通常只有在在场和缺场、存在与不存在之间存在张力的情况下才能发挥其功能。当相对于虚构世界来说不存在的表达进入了这一世界,就成了俄国形式主义者所界定的"实现了的隐喻":起初产生隐喻的事件、物体和情形在虚构的世界中变为现实。㉔

后现代主义作家是"实现了的隐喻"这一策略的积极实践者,通过这一策略,他们把隐喻的物体从不存在的状态中拯救出来,使它们作为存在物在文本所呈现的世界里再次出现。正如麦克黑尔所分析的那样,这样做的结果是"使隐喻本体的二重性置于前景,即隐喻参与到两种具有不同本体地位的指涉框架中。它是通过加重隐喻内在的本体张力来实现这一目的,因而使在场与缺场间本来就很慢的滑动更加缓慢"。㉕

在巴塞尔姆的隐喻世界中,隐喻通常是按字面意思解释的。例如:"'意义'不是通过阅读字里行间而获得的(因为在这些字里行间的空白中什么也没有),而是通过阅读这一行行的语句本身获得的。"㉖"读字里行间的意思"是一个人人皆知的隐喻表达,旨在"找到比字词表面上所表达的意思更多的意义"。㉗这一隐喻的字面意思在文本的世界中是不存在的,在文本的世界中只有隐喻的意义存在。然而,巴塞尔姆在括号中把文本中缺失的字面意思呈现出来,使其变成了一个"实现了的隐喻"。因此"读字里行间的意思"成了"读字里行间的空白"。字面的指涉框架与修辞的指涉框架共存于同一个层面,竞争读者的注意力。

再举一例。"在我们的街上有一条女孩和妇人的河流。由于有太多的女孩和妇人,所以车辆都被迫使用人行道……我们投票表决来尝试一下邻镇的那条河。他们有一条不太使用的女孩河。我们带着行李跳进小船,行李卷在帆布当中,中间用绳子绑着。女孩们在这额外的重压下发出呻吟声。接着,赫伯特把船推开,而比尔也开始为桨手打起了拍子。"㉘第一个隐喻"一条女孩和妇人的河流"可以理解为"一群女孩和妇人构成的人流"。而邻镇的"女孩河"这第二个隐喻则是一个"实现了的隐喻"。读者无法像理解前者那样理解后者,因为巴塞尔姆提供了诸如"小船""帆布"和"桨手"等与河流相联系的字面意象,又有"女孩们在这额外的重压下发出的呻吟声",读者会不由得相信真有一条女孩河。通过这种方式,巴塞尔姆加强了这一隐喻的本体张力,使其意义变得不可确定。

有时,"实现了的隐喻"这一策略也被用于对话中。下面是丹和亨利之间的一场对话。"丹,什么是一次被中断的性交(螺旋)?"亨利问道。"一次被中断的螺旋,"丹说,"是一次不连续的螺旋,就像在一个套轴尾部里,通过割掉螺丝的一部分或几部分,有时是一部分的旋转轴所形成的那样。用一个有相应插入部分的螺母。"㉙在亨利的提问中,"被中断的性交(螺旋)"(interrupted screw)有很强的性暗示。根据《朗文美语辞典》的解释,"screw"是一个禁语,意思为"与……发生性关系"。㉚因此,亨利想听到关于性交被打断的解释,而丹却用技术术语解释此词的字面意义。他们之间的对话是不成功的,因为他们没有在同一个文本世界里交流,亨利处在修辞的层面,而丹在字面的层面。结果是意义在对话中被延宕了。

亨利与丹之间的对话恰恰与读者阅读巴塞尔姆的"实现了的隐喻"的情景极为相似。读者对隐喻性表达的习惯性理解总是被作者对它们的字面解释所延迟,最终导致了意义的不确定性。

麦克黑尔把巴塞尔姆的短篇故事《气球》称作是一部后现代寓言。在这篇故事里,一个巨大的气球神秘地飘过曼哈顿,招来了纽约市民和读者对它的种种阐释。《气球》是一个具有文本长度的隐喻,在这个隐喻当中,气球是字面的指涉框架,而对它的种种可能的阐释则处于隐喻的指涉框架中。这两个层次的指涉框架不是被清楚地阐明的,而是被撒播在文本当中。

同样,在《白雪公主》中,白雪将其又长又黑的头发悬垂在窗外的举动是另一个"气球"。这一举动招来了许多人的注意,他们都从自己的角度对其进行阐释。头发的意义似乎是不能确定的,正如矮人的头目比尔所反思的那样:"它意味着她只不过是个该死的堕落者!是看待这一复杂而困难的问题的一种方式。它意味着'不在一起'比'在一起'体验起来更加迫切与真实。它意味着她在寻求一个新的情人……但同时,头发带着其重重意义悬挂在这里。我能做些什么呢?"㉛比尔的反思表明:有多种看待头发的方式,其中任何一种都是可能的,但没有一种是确定的。

斯坦雷·传弛坦博戈指出:"文学分析和在文本中寻找意义的企图本身成了巴塞尔姆戏仿的主体。"㉜也就是说,巴塞尔姆故意戏仿了寻找意义的过程,因为文本中根本不存在终极的意义,就像不存在对头发的最终解释一样,读者企图在文本寻求终极意义的企图是徒劳的。

如上所述,不管巴塞尔姆运用文体策略还是隐喻,语言的功能都被解构了。语言成了能指的无尽游戏,而意义则总是被延宕。语言作为传达意义的载体是不可靠的,由语言所构成的文本也是不可靠的,因此文本的意义被有效地解构了。

三、解构文本意义的意图

在巴塞尔姆的《白雪公主》中,语言没有正确地行使其功能。然而,巴塞尔姆并没有沉湎于自恋式的语言游戏,他这样做有其严肃的政治意图,即揭露被大众传媒用语言所虚构的现实,颠覆统治阶级意识形态和价值体系,把大众从虚构的现实中解放出来。

弗雷德里克·詹姆逊认为,后现代主义这一术语不是一种文体,而是一个阶段化的概念,这一概念是用来"联结在文化上出现的新的形式特色和新的社会生活类型与新的经济秩序"。他把这一新的经济秩序称作"现代化""后工业或消费社会""媒体或景观社会""多国资本主义",直至最后的"晚期资本主义"。③詹姆逊对晚期资本主义社会进行了划分,认为其在美国出现于 20 世纪 40 年代末或 50 年代初,而在欧洲出现于 20 世纪 50 年代末。他把 20 世纪 60 年代看作关键的过渡期。

在让·鲍德里亚看来,晚期资本主义社会,甚至有形的商品也往往被当作"社会的能指",而不是作为有使用价值的物质来消费,这种"社会的能指"对身份和行为进行编码。除此之外,这种"符号交换价值"的第一性也被解释为大众通信技术发展的结果。④保罗·毛特比进一步指出:"我们对符号事实上的着迷已经创造了一种文化,在这种文化里,现实事物的符号已经具有了现实本身的权威。大众传媒这一当今最为丰富的通信形式在这一符号的价格稳定当中起到了主导作用。"⑤

在晚期资本主义社会里,大众传媒是公众获取信息和娱乐的主要方式,因而也是控制公众观点的最有影响的力量。法兰克福学派的一位理论家保罗·拉泽斯菲尔德指出:"主要的权力集团……越来越多地采用通过宣传而不是更为直接的控制方式来操控媒体大众的技术。……经济权力……已经转向一种更为微妙的心理剥削的形式,而这主要是通过大众传媒的宣传来完成的。……这些媒体已经担当起了使大众顺应社会和经济现状的任务。"⑥因此,大众传媒不能仅仅被看作是信息和娱乐的工具,而是主要权力集团意图控制大众而进行"宣传"的代理人。

那么,构成大众传媒的语言的功能又如何呢? 亨利·勒菲弗尔把处于晚期资本主义发展阶段的语言看作是弱化了的媒体。他辨认出了"信号"对"符号"的替代,认为这一过程"消除了语言与意义的其他维度",并且因为主体不再能表达或总结其经验而产生了"一种普遍的无意义感"。[37]威廉·巴罗斯也表达了同样的观点,他认为:"西方控制机器的一个基本特色是使语言尽可能地变得非形象化,并把词语和物体或可观察的过程分离开来。"[38]因此,构成大众媒体话语的语言变成自我反射,并不能如实地指涉现实。从而,后现代主义作家常常投身于语言游戏以戏仿现实。

詹姆逊把晚期资本主义的一个显著特色称为"交换价值已普遍泛化到了使人们忘却了对使用价值的记忆的地步……"[39]在晚期资本主义社会里,随着大众通信产业的繁荣,语言与其他商品一样处于加速流通与复制的过程,这使得语言只作为交换价值而存在,剥夺了语言的使用价值,即意义。

毛特比指出,使用价值的失去使得语言变得"稀薄",因而"采取了时髦话、陈词滥调和空洞的措辞的形式"。[40]语言因为有了这种"稀薄"的特性已不被像巴塞尔姆这样的后现代作家所信任。语言在巴塞尔姆的眼中被"破坏性地污染了",语言成了权力集团用于犯罪和控制公众观点的有用的工具。这种对语言功能的不信任使得巴塞尔姆有意解构语言的功能以帮助公众察觉大众传媒用语言所操控的现实。

因此,在《白雪公主》中,语言变成了垃圾。正如矮人们所说的:"我们喜欢有大量垃圾的书……"[41]其中的一个矮人丹分析道:"你们现在大概都很了解这样一个事实:这个国家的人均垃圾生产量已从1920年的每天2.75磅增长到了1965年的每天4.5磅,这是截至去年的数据,并且还在以每年4%的比例增长。既然这一比例可能还要增长,因为它一直在增长,我打赌我们很可能会很快达到100%。到了这个点上,你们一定会同意,问题就从处理这些'垃圾'变为欣赏它们的这些特质,因为它已经是百分之百了,对不对?而且再也不会有'处理'它的问题了,因为它已经到处都是了,我们只得学着如何去'挖掘'它……而且那也是为什么我们要特别注意……那些语言中可以看作是垃圾现象的典范的一些方面。"[42]正是意识到了语言的这一"垃圾"特质,矮人们"想要走在这一垃圾现象的前沿",[43]毫无疑问,这也是巴塞尔姆的意图。

主人公白雪在小说的一开篇就对这一"垃圾现象"很是不满,她想听到她以前从未听到过的词语。为了达到这一目的,她一度热衷写污秽的诗歌,却没有成功。七个矮人虽也竞相说出一些奇词怪论,但终究无法让她满意。她对七个矮人满是牢骚:"他们七个加起来只等于两个我们从电影中和我们的童年中所认识的人,那时地球上有巨人。当然,可能在这个半真半假的球——地球上,不再有真正的人,那真会让人失望。人们只有满足于法国出产的彩色电影的巧妙的谎言,这些电影总是关于快乐的爱情的,并有莫扎特的配乐。"⑭小说中的七个矮人分别来自美国的七个国家公园,这里巴塞尔姆的寓意非常明显,矮人所代表的正是美国的中产阶级大众。而矮人们沉迷于用语言所操控的虚构的现实中,无法自救,更不用说拯救白雪了。

甚至是保罗这位假定的拯救者也不能拯救她。当白雪将头发悬挂在窗外引诱保罗的尝试失败后,她意识到:"保罗的王子性已经减退,赤裸的保罗没有了光环,只不过是另一个自满的中产阶级。"⑮保罗王子性的缺失说明他也只是在服务于主要权力集团的大众媒体控制下的一员,他满足于社会和经济现状,根本不能将白雪从其所处的枯燥现实中拯救出来。

小说中的白雪不断地去寻找新的语言来摆脱这种由于处在加速的流通与复制过程中而沦为垃圾的语言。正如约翰·利兰德所指出的那样:"就好像白雪希望逃离她的'小说'——说她的词语和她必须要说的词语——来寻找在表达她的存在的声音之外的存在。然而,白雪不能想到更好的东西,她被封锁在她试图要超越的文本中。"⑯这里语言的问题,如毛特比犀利指出的那样,"产生于语言的物质存在:在能指与所指自由结合的漂浮的能指的时代,语言处于挥发的状态;在一个交流渠道充斥着降格的信息的社会,语言处于可怜的境地"。⑰

由于白雪不能超越于由垃圾语言所建构的现实,巴塞尔姆便提醒读者"日常语言的遮蔽效果"。⑱既然语言在晚期资本主义社会已降格成"垃圾",读者无法相信语言所建构的"事实",也不能在文本中找到任何意义。身处晚期资本主义社会的美国公众也会遭遇到与白雪同样的困境,即被大众传媒的语言所轰炸,而传媒只是主要权力集团的宣传工具。这里,巴塞尔姆的政治意图被揭示了出来:通过揭露语言的垃圾特性,他要使美国公众意识到语言所虚构的虚假现实,并试图把公众从主导权力集团所控制的现存的意识形态和价值体系中解放出来。

面对白雪不断要超越垃圾语言所建构的事实的尝试,七个矮人也经历了改变:"在我们发现白雪在森林里游荡前,我们过着充满平静的生活。所有的人都很平静。我们洗刷建筑物,照管大缸……我们是简单的中产阶级……现在我们是复杂的中产阶级,我们不知所措。我们不喜欢这种复杂性。我们疲倦地随之旋转,时不时地用一个店主的食指来戳一下它:它是什么? 也许,它对生意不利?"⑧这种"复杂性"正是来自矮人们对语言所虚构的现实的警觉与无所适从,他们开始怀疑自身所处的现实的真实性,而这也正是巴塞尔姆试图让读者思考的。

　　巴塞尔姆在小说中通过各种策略来解构语言的功能,使语言变得不可信赖,进而使文本意义变得不确定,正是为了说明用语言所反映的现实也是不可信赖的。而巴氏所要颠覆的语言是晚期资本主义社会里主要由权力集团控制的大众媒体所使用的语言。他要把公众从大众媒体操控的语言所虚构的现实中解放出来,并号召美国大众去寻找"更好的东西"。正如矮人之一的爱德华所说的:"要去争取一个空间,甚至是个短暂的空间。要用一种新的方式进入每件事物。"⑩在《白雪公主》中,巴塞尔姆尽力用一种新的方式进入每件事物,去获得不受既定意义系统约束的更好的东西。他的小说作品,在毛特比看来,"是对腐化的和具象化的形式的语言的超越的一种尝试"。㉛巴塞尔姆对《白雪公主》文本意义的解构体现了鲜明的后现代文本特征,突出了后现代文本的革命性和解构本质。

注解【Notes】

① Ferdinand de Saussure, *Course in General Linguistics*, Charles Bally, Albert Sechehaye, Albert Reidlinger ed., trans., Wade Baskin, Beijing: China Social Sciences Publishing House, 1999, p.67.

② Jacques Derrida, "Différance," in Julie Rivkin and Michael Ryan ed., *Literary Theory: An Anthology*, Malden: Blackwell Publishers, 1998, p.392.

③ Zhu Gang, *Twentieth Century Western Critical Theories*, Shanghai: Shanghai Foreign Language Education Press, 2001, p.208.

④ Lois Tyson, *Critical Theory Today: A User-Friendly Guide*, New York and London: Garland Publishing, Inc., 1999, p.245.

⑤㉜ Stanley Trachtenberg, *Understanding Donald Barthelme*, Columbia: U of South Carolina P, 1990, p.15, p.167.

⑥ Allen Thiher, *Words in Reflection: Modern Language Theory and Postmodern Fiction*, Chicago: U of Chicago P, 1984, p.149.

⑦⑱㉔㉕ Brian McHale, *Postmodernist Fiction*, New York and London: Methuen, 1987, p.151, p.154, p.134, p.134.

⑧⑨⑩⑪⑫⑬⑮⑯⑲⑳㉑㉖㉘㉙㉛㊶㊷㊸㊹㊺㊽㊾㊿ Donald Barthelme, *Snow White*, New York: Atheneum, 1967, p.6, p.99, p.139, p.159, p.99, p.35, p.37, p.96, p.159, p.77, pp.25 – 26, p.106, p.15, p.29, pp.92 – 93, p.106, pp.97 – 98, p.97, pp.41 – 42, p.157, p.96, pp.87 – 88, p.142.

⑭ Maurice Couturierand Regis Durand, *Donald Barthelme*, London and New York: Methuen, 1982, p.66.

⑰㉟㊵㊼㊿ Paul Maltby, *Dissident Postmodernists: Barthelme, Coover, Pynchon*, Philadelphia: U of Pennsylvania P, 1991, p.68, p.62, p.28, p.58, p.74, p.81.

㉓ Benjamin Hrushovski, "Poetic Metaphor and Frame of Reference," in *Poetics Today*, Vol.5, No.1, 1984, pp.5 – 43.

㉗ A.S. Hornby, E.V. Gatenby and H. Wakefield, ed. *The Advanced Learner's Dictionary English—English-Chinese*, Hong Kong: Oxford U P, 1970, p.617.

㉚ Arley Gray, et al., *Longman Dictionary of American English with Chinese Translation*, Beijing: Foreign Language Teaching and Research Press, 1992, p.1089.

㉝ Fredric Jameson, *The Cultural Turn: Selected Writings on the Postmodern 1983 – 1998*, London and New York: Verso, 1998, p.3.

㉞ Jean Baudrillard, *Selected Writings*, M. Poster ed., Cambridge: Policy Press, 1988.

㊱ 转引自 Ralph Miliband, *The State in Capitalist Society*, London: Quartet Books, 1973, p.197.

㊲ Henri Lefebvre, *Everyday Life in the Modern World*, trans., Sacha Rabinovitch, London: Allen Lane, 1971, p.39, p.62.

㊳ William Burroughs, *The Job*, London: Jonathan Cape, 1968, p.98.

㊴ Fredric Jameson, "Postmodernism, or the Cultural Logic of Late Capitalism," in *New Lefe Review*, No.146, 1984, p.66.

㊻ John Leland, "Remarks Re-marked: Barthelme, What Curios of Sings!" in *Boundary 2*, Vol.5, No.3, 1977, p.804.

作者简介：刘辉，清华大学人文社科院外语系博士。

原文载于《当代外国文学》2007 年第 4 期。

《奇思妙想》与约翰·巴思的当代文学观

宋　明

　　《奇思妙想：五个季节构成的小说》（*Every Third Thought：A Novel in Five Seasons*）是约翰·巴思（John Barth，1930—　）于 2011 年发表的新作。除虚构的"前言"和"后序"外，小说由第一个秋季、冬季、春季、夏季和第二个秋季构成，①象征了作者的人生经历以及所见所闻，而作品实际的时间跨度则是从 1929 年到 2007 年，不过小说并未按照严格的时间顺序来展开，而是用后现代的时代错误（anachronism）手法来叙述这一段特殊时间。书中采用前面一部小说《退养新区》中的人物作为叙述者，旨在构建一部与之相关的续集。小说讲述的是退休文学家乔治·欧文·纽威特，即叙述者，在游览欧洲之际也重新经历了过往时光。评论界对这本小说的反响主要是侧重于元小说性、小说奇特的情节设计以及叙事的新意等方面。查尔斯·哈瑞斯（Charles B. Hairis）认为，后现代文学之于巴思，就如同现实之于虚构小说，都是自我意识作用的结果（17）。葛洛丽亚·贝丝·阿莫德奥（Gloria Beth Amodeo）则探讨作品中意识与思想的紧密关系："在所有神秘的与元小说的层面之下，我看到了约翰·巴思的叙述复杂性（坦白地说，他极其精通），我被引向最基本而又深刻的思想境界：最初的想法，可以被思想作为无限可能性开始的地方。"（247）小亨利·L.卡里根（Henry L. Carrigan，Jr.）详述了这部小说与上一部的情节联系，并指出："这部小说续接了巴思讲故事的愿望，展现上一部小说中人物不断发展变化的命运和生活状况，揭示了如同《一千零一夜》中山鲁佐德式的故事接故事的叙事嵌套。"（88）《科克斯书评》（*Kirkus Reviews*）的一篇评论对这部作品进行了概述，并指出作品的光芒是透过纽威特诡秘的双关语文字游戏而显现出来的，如从 autumnal equinox（秋分）一词派生出 autumnal equi-knocks（秋天均衡的敲击）一词，认为作品"特异、奇异和可读"。《纽约时报》书评评论家德怀特·加纳（Dwight Gamer）进一步明确指出，巴思对于经典作家作品和思想的灵活运用提高了对读者的要求，并赞赏巴思是"最高层次的喜剧天才"。唐娜·希曼则认为："巴思，美国文学界一个有创造性的人物，在他这部滑稽又富戏剧性的小说中，编织了对文学状况的连续批评。"(30)笔者认为，从巴思所涉及的文学批评来看，希曼提到的"文学状态的批评"实际上是对当代文学的反思，亦可称为巴思的当代文学观。

国内对巴思的研究由来已久，但对巴思新作的评论较少。巴思到底是怎样在《奇思妙想》中对当代文学进行反思的，是值得深入探究的问题。巴思的当代文学观包括对当代文学的反思，对当代文学奖项的观点以及对自己在文学史上的定位三个方面。本文从文本细读入手，结合巴思本人的文学论著和评论界的相关研究成果，对巴思《奇思妙想》中的当代文学观进行深入细致的实证研究。

一、巴思对当代文学的反思

在《奇思妙想》中，巴思关注当代文化，倾向于从文化的角度来阐释文学。他对当代文化进行了独特的巡礼，即借叙述者对当代历史文化进行回忆。从杜鲁门到奥巴马，从 1929 年的大萧条到 2008 年的世界经济风波，叙述者回顾了在当代文化史上留下痕迹的政治经济事件，用缪斯的语言再现一部当代的文化史。从 50 年代的麦卡锡主义，到 60 年代的反战、反文化风潮，再到 70 年代的水门事件，尼克松访华、访苏再到奥巴马与麦凯恩的竞选以及当代的政治与经济大事，都一并进入作品文化关注的视野，巴思以独特的历史书写呈现出一幅当代文化的图景。然而，在历史书写的过程中，他最为突出的主题则是 20 世纪美国文学，其历史书写总是伴随着对 20 世纪和当代作家的评论。历史书写为突出文学主题提供了文化背景知识。关于巴思对当代文学的批评观，读者可以从他对众多西方作家的隐射、对现代主义文学的评论，以及他对当代小说创作与发展史的批评观点等方面窥见一斑。

首先，巴思在《奇思妙想》中采用戏仿的方式对当代文学做出了批评。他借助叙述者或人物之口，在每个场景都提及现代主义和当代文学人物，如杰克·伦敦（Jack London）、欧内斯特·海明威（Ernest Hemingway）、福克纳（William Faulkner）、埃兹拉·庞德（Ezra Pound）、亨利·米勒（Henry Miller）、诺尔曼·梅勒（Norman Mailer）、乔伊斯（James Joyce）、卡夫卡（Franz Kafka）、阿娜伊斯·宁（Anais Nin）、卡尔维诺（Calvino）、纳博科夫（Nabokov）、博尔赫斯（Jorge Luis Borges）等现代主义鼎盛期（High Modernism）的作家，以及埃德嘉·莱斯·布罗斯（Edgar Rice Bourroughs）、霍华德·罗杰·嘉利斯（Howard Roger Gavis）、扎迪·史密斯（Zadie Smith）等代表时代文化精神的当代作家。巴思在各种场合和其他著作中都流露出对现代主义作家浓厚的兴趣，他在其评论性散文中频繁地提到博尔赫斯、纳博科夫、卡尔维诺、福克纳、海明威等人，将这些作家视为自己的"导航星"。巴思发表了一整套关于所谓现代主义鼎盛期的论述和见解。《奇思妙想》在很大程度上是一部自传式虚构作品，即它的虚构建立在作家本人的经历和体验之上。作品中的主角以及叙述者都具有他本人的影子。作品中的人物关注与评论文学对现代主义鼎盛期一些大师进行戏仿式的评论，作品中与文学相关的内容、观点都与巴思本人的文学喜好相一致。叙述者认为海明威式的硬汉气概在定义现代主义时至关重要，而乔伊斯是从现实主义的《都柏林人》和《青年艺术家画像》经过《尤利西斯》复杂的神话现实主义，到实质上的现代主义先锋派文学，达到极致。《芬尼根的苏醒》（*Every*，Barth，84），创作经历了从现实主义到现代主义的演变，其实这也是巴思对现代主义内在机制的深刻认识。叙述者提出庞德重要的现代主义"使之新"的观点是否已经过时的疑问，因为每个人都有自己的兴趣。最适合亨利·詹姆斯的不一定适合亨利·米勒，或者反之，但是各自都创作了适合自己的最佳作品（86）。这充分表明巴思深刻地意识到现代主义文学的多姿多彩和形式各异。巴思借人物玛莎之口，提出了一些现代主义内在机制的问题：

> 正如，在平面造型艺术中，印象主义被后印象主义接替，接着又依次被立体主义、超现实主义、抽象表现主义之类的继承，因此，在文学中，必然会有东西来替代已经定义了我们这个世纪并已经全部耗尽的现代主义鼎盛期美学原则。（*Every*，85）

　　玛莎从艺术入手过渡到文学,是对现代主义鼎盛期整体现状的评论。而这一观点正好与巴思在《枯竭的文学》中所表达的观点一致:"某种形式的耗尽或感受到的某种可能性的耗尽。"(Friday,64)巴思在《奇思妙想》中用戏谑的口吻对现代主义盛期的创作困境进行评说。作品中另一人物,奈德·普罗斯派尔发表观点道:"火炬即将经过,问题是怎样最好地抓住它并且从什么样的新方向来延续它。"(Every,Barth,85)奈德的观点暗示巴思对现代主义鼎盛期发展规则的理解,和曾经为探索新的创作方式做过的不懈努力。而叙述者认为,"每一种艺术流派需要背离前一种艺术流派来给自己下定义,是自19世纪浪漫主义时期就提出来的观点,此外,它还对科技进展做出一种值得质疑的类比。我们时代真正的新方向,可能是停止用那些术语进行思考,并且既不模仿最近的前辈,也不反对他们来定义自己"(86)。奈德和叙述者探讨的是现代主义盛期过后文学可能发展的方向,正如叙述者提出的那样,"在文学创作方面,应该是什么跟随现代主义盛期而来"(88)。

　　巴思看到了现代主义盛期产生的作品使当代文学五彩斑斓,而海明威、福克纳、庞德、米勒、梅勒、乔伊斯、卡夫卡、阿娜伊斯·宁、卡尔维诺、纳博科夫、博尔赫斯等作家都属于天才,因为他们在文学形式的创新上都体现出非凡的才能,为20世纪至今的文学创作提供了可以借鉴的典范,而自纳博科夫去世以后,天才就开始稀少了,文学的产量上升了,但质量已经下降。文学天才正如宇宙中的其他物质,其分布也是十分稀少且不均匀(Further,Barth,23)。这本小说频繁提及这些作家与他们各个方面的成就,其实质就是在探索现代主义与后现代主义之间的内在关系,归纳后现代主义的创作理念,以便更加细致地阐释他本人对后现代文学的理解。

　　其次,《奇思妙想》对当代文学的反思与感悟还体现在巴思对文学与历史文化背景之间关系的探索。巴思探求的是文化史在文学作品中的体现。如叙述者在作品中特别提到的超人、贝特曼等喜剧性的人物形象,以及《人猿泰山》和《汤姆·斯威夫特》系列作品,都是为了说明文化与文学之间的关系。小说中提到的《汤姆·斯威夫特》系列,是作家所青睐的文学作品,因为他在《最后的周五之书》中提到儿童时期从图书馆借阅《汤姆·斯威夫特》和布罗斯的书(Final,Barth,122)。"汤姆·斯威夫特的确可能是流行小说史上最为人知的英雄人物之一;关于其三个系列的异同点揭示了这一点以及它与出版时间的关系"(Molson,60)。《汤姆·斯威夫特》出版时,作家用的笔名是维克托·艾坡尔顿(Victor Appleton),实际上其真名是霍华德·罗杰·嘉利斯(Howard Roger Garis),小说系列出版的时间跨越几十年,但各个时期出版的《汤姆·斯威夫特》都细腻地表现出一种文化变迁。叙述者提到奈德小学时阅读的作品就是《一千零一夜》《人猿泰山》和《汤姆·斯威夫特》系列,这暗示着这些作品在当代文化史上有着重要的地位,因为它们曾经在很长一段时间占据美国人的阅读时间,这无疑影响着一代人的成长。阅读作为一种时代体验,是文化对历史的影响。因此,这也是一种文学与文化之间的直接关系。作品中的奈德是巴思的化身,这些文学作品实际上就是直接影响巴思本人的重要文化因素。而巴思在《奇思妙想》中对这一文化史的书写,目的是探究文化史与文学之间的内在关系。巴思甚至在作品中还直接演示了文化与小说创作的直接关系。比如,叙述者在小说中不时地提及20世纪发生的重大文化与历史事件,特别是对60年代的回顾。作品中虚构的人物乔治·纽威特和阿曼达·托德,于1967年10月底作为斯特拉福唯一的两名教职人员,在华盛顿的切萨皮克,参加了有五万名示威者的巨大的反越战的抗议,这次抗议也为梅勒的《夜幕下的军队》提供了灵感。从中可以看出巴思把文学作品与文化背景结合起来的能力,也说明巴思意识到了文学与社会现实之间的密切关系。

美国后现代文学的产生与后现代派作家所处的文化背景息息相关。作为后现代文学的先锋人物,巴思在描绘现实方面其实也紧密结合了文化背景。可以说,他不只是从古老的传统中去寻求灵感和创作源泉,而且在从古老传统中寻求形式的基础上赋予作品现实性。反而观之,他所处的时代、经历和文化体验,使他感悟到了时代的气息,并将之书写到作品之中。因而,其创作属于后现代新现实主义写作。纵观其作品,我们可以看到其中的时代气息。在创作《奇思妙想》之际,他已有近六十年的创作生涯,在这部作品中他对当代文化历史的回顾也是对他本人所经历的历史文化的阐释。从《奇思妙想》可以看到,后现代文学创作首先是一种文化体验的表现。他在作品中用戏仿的方式来评论《一千零一夜》《人猿泰山》《汤姆·斯威夫特》等作品,一方面是演示这些作品对后现代主流文学时期产生的文化方面的影响,人们对这些作品的阅读本身就是后现代的一种体验;另一方面,这些作品影响了一代后现代作家的文学创作。此外,后现代小说的书写是一种历史书写。《奇思妙想》中所提及的历史事件,特别是作品中提及的水门事件、越战等都是后现代作家关注的现实,如他在《奇思妙想》中提及的《夜幕下的军队》就是后现代历史书写的佐证。如今,他将这一历史和后现代文学的历史进行重提,将小说文本作为一种理论的演示,其主旨还是要进一步用后现代文学创作来解释这一文学流派发生的来龙去脉。这也是《奇思妙想》的意义所在。

再者,巴思对当代文学的看法还体现在他对"艺术状况"的关注。他本人是一名小说家,也是一名后现代文学理论家,所关注的艺术以小说发展状况为主,这也是 20 世纪众多小说家共同关注的一个问题。巴思的写作生涯实质上演绎了一个当代小说形式的探索过程。他自觉地投入后现代小说创作运动中,在当代小说的创作上不断探索。对小说形式的实验和探索在后现代文学运动中变得日渐明朗,并成为一股强大的潮流,对艺术进行反思与变革,而他则是后现代主义的最早倡导者,也是后现代主义写作的永恒卫士。但是,从他对现代主义文学的各种论述以及在作品中流露出的对后现代文学的态度,可以看出他已经体会到了后现代主义文学从崛起到高峰再到退落的历史过程。《奇思妙想》对艺术状况的关注,体现在巴思用戏仿的方式来反思 20 世纪以来小说的命运。在他看来,这一过程已经成为历史,所以他在《奇思妙想》中以回顾的姿态看待小说创作。文本中多处提到奈德、纽威特开设"创意写作"(creative writing)课程,以及这一课程在美国大学的普及等事件。而在作品的"后序"(afterwords)中,他又暗示后现代主义已经在吟唱自己的挽歌。如在一段对话记录中,巴思将后现代主义小说(postmodern fiction)戏谑地称为"死后小说"(postmortem fiction)。如叙述者说:"所有的关于小说之死的废话,你知道在 20 世纪后期的英语系有很大的影响。一诞生就死掉了。"(167)这一话语表明,巴思早已意识到人们提出的关于小说之死这一说法。在《最后的周五之书》中,巴思指出:"小说之死是现代主义经典连复段②之一,是 20 世纪上半叶占支配地位的审美观点。"(24)在此,巴思把小说之死的说法比作爵士乐中的连复段,也就意味着这一提法在 20 世纪小说评论中出现频繁,如今关于小说之死以及对后现代小说创作形式的探索已经成为后现代文学中的文化记忆。在《奇思妙想》中对这一段历史与文化的重访，充分说明巴思关注后现代文学以及艺术状况的核心思想。

阅读《奇思妙想》，我们可以得出这样的结论：巴思对艺术状况的关注主要是指对后现代小说创作历史的反思，以及以他自己独特的戏仿式反思来描述后现代小说发展状况。在60年代，评论界有舆论认为小说形式已经走到尽头，濒临死亡。有不少作家对此做出了回应，如巴思、苏克尼克（Ronald Sukenic）等是最早对这一问题回应的作家。巴思于1967年发表了《枯竭的文学》，阐明小说形式耗尽之后又可以用新的形式来获得重生。苏克尼克于1969年发表《小说之死及其他故事》，并在小说形式上进行了探索和实验。《枯竭的文学》被誉为后现代主义文学的宣言，他后来相继发表了《有所补益的文学》《后现代主义再思考》等文章来阐明自己对后现代文学理论的理解。同时，他还不断地对小说形式进行实验并取得重大创新。小说集《迷失在游乐宫》正是他小说创新的结果，是对口传文学与讲故事传统的探索，后来又创作了实验性颇强的异质宇宙小说（heterocosmic novel）《信札》并反复重写了《曾经沧海》。他还目睹了各种小说文类的产生，如纳博科夫的超小说（surfiction）——《微暗的火》和罗伯特·库弗（Robert Coover）的超文本（hypertext）实验小说——《隧道》（*The Tunnel*）。他对这样的实验十分赞赏，并且对同时代后现代主义作家和现实主义作家的创作都予以关注。他之所以在《奇思妙想》中关注当代文学艺术状况，是因为他亲历了这一历史，也是用自身经历在为后现代文学进行书写。当代艺术是他自始至终关注的客体，也是他创作主题和创作灵感的来源。从《奇思妙想》可以看出，后现代主义本身就是对艺术状况的探索和演绎。

二、巴思对当代文学奖项的观点

《奇思妙想》中对当代文学的反思还体现在巴思对文学奖项母题的植入。叙述者提及莎翁故居、瑞典学术委员会所在地斯德哥尔摩旅行的历程，并用叙述者获得"桂冠诗人奖"的虚构故事作为镜像模仿，借以表述自己对文学奖评定标准的看法，旨在回应文学作品产量丰富的美国竟在20年间未得诺贝尔奖提名而引起的国际争议。

巴思把学术争议的话题引用到故事情节中来，用两种对立的方式：

朝圣和戏仿加以归谬范式的演绎，来表述自己对文学最高奖项——诺贝尔文学奖的评定独持异议。巴思的叙事在欧洲地域展开，采用游记的书写方式，从英国的斯特拉福德郡一直到瑞典首都及学术圣地斯德哥尔摩，沿途叙述者独抒己见，褒贬与夺的风格与地域风光相得益彰，但提及斯德哥尔摩，忽然转变口吻，采用严厉之辞：

> 登船前享受一下漫步的乐趣，欣赏古色古香的老格姆拉斯坦小道，同时还向瑞典皇家学院比了一个带有寓意的手势，因为他们从未把他们的诺贝尔文学奖颁给现如今已故的可获奖人选：弗拉基米尔·纳博科夫、乔治·路易斯·博尔赫斯和伊塔洛·卡尔维诺——他们每个人都为奖项贡献了足够荣誉，就像奖项能带给他们的荣耀一样——但诺贝尔奖经常颁给那些我们文学爱好者们也许都很少听说过的作家，说得委婉些，肯定在翻译过程中失去原汁原味。（*Every*,17）

叙述者的口吻明显表露了对诺贝尔文学奖审核标准的不满，这一观点其实就是巴思本人对诺贝尔评奖不公平之处的直接批评。美国文学界和诺贝尔文学奖委员会之间的矛盾争议由来已久，特别是在近十年愈演愈烈，这也是巴思在作品中植入文学奖项母题的要因。从 1993 年托尼·莫里森（Toni Morrison）获诺贝尔文学奖之后，美国作家再没得到瑞典皇家学术委员会的首肯（Shivani,216）。2012 年呼声较高的菲利普·罗斯（Philip Roth）也宣布不再创作，其态度明显是对诺贝尔奖评定规则的不满。美国写作共同体（American Writing Community）向来对诺贝尔文学奖持一种不置可否的态度，而众多美国知名作家和文学家就诺贝尔文学奖评委会对美国文学的偏见持有强烈的反对意见。2008 年，霍拉斯·恩达尔③（Horace Engdahl）认为美国文学"太孤立，太狭隘"，并认为美国作家从未参与到大的文学对话中来（qtd. in Balee, 815）。此观点引起美国文坛的不满，而《奇思妙想》则巧妙地用虚构的文学游记回应恩达尔的尖刻抨击。

回应的第一种方式是将欧洲之旅与文学圣地巧妙地结合起来，以表示作者自己对欧洲文学源头之地的崇敬。在第一章"第一个秋天"，叙述者就大量引入了历史名胜。叙述者说道：

那历史悠久的波罗的海,对于我们俩:纽威特/托德还很陌生,虽然我们知道地中海、爱琴海、亚得里亚海、第勒尼安海④,还有欧洲其他海洋或者是海滨,但我们从未像这次一样痛快畅游过。……知道这次航游的终点站哥本哈根。但是我们很高兴能在斯德哥尔摩坐船,顺着运河和旁边圆顶的建筑航行到波兰的格但斯克,中间还在维斯比迷人的中世纪孤岛港口做了短暂停留,接着到哥本哈根,阿姆斯特丹,一直到莎士比亚的故土。(Every,19)

这些地方都是欧洲文明的发源地,叙述者在此用轻松语气描述文学家们愉悦的欧洲之旅,以此寓意文学家对文明发祥之地的向往和崇敬,证明美国作家并非"孤立、狭隘",而是更愿意去了解欧洲文学、历史和文明,并且还要用实证方法再次评价传统文学,而不是不加考证便作出有失偏颇的论断。叙述者从肯特郡乡下雪球般滚动的羊群一路欣赏到英国坎特伯雷郡,不禁感慨"乔叟在他那未完成的故事集中从未完成他以讲故事为主题的朝圣,但是我们纽威特/托德夫妇做到了"(Every,19)。每一段旅行记录都涉及对传统作家实事求是的评价,这恰如其分的讽喻和事实列举都证实了美国作家对欧洲传统的敬慕。

如果说旅行的含义是为美国作家辩护,那么小说里对美国文学的详述则在回应诺贝尔文学奖委员会认为美国文学"狭隘、孤立"的偏见。鉴于诺贝尔文学奖委员会对美国文学的片面了解,巴思把叙事内容框定在欧洲见闻和美国回忆的对比之上,不断地将美国学院派眼中的文学状况以及美国和世界文化、社会、政治动态以元小说的形式呈现出来。内容丰富繁杂,但是其话题始终围绕文学评论这一主题,并且透过地域名称相同这一联系,将欧洲旅记和个人美国生活感想作为叙述者的小说创作背景,在写作时用所谓"怪诞却高尚的观点"(Every,33)来表述对传统小说的滑稽模仿,解析当代文化、信息的价值在于帮助形而上的新文学思想冲刺艺术高峰。其中,美国文学以其灵活多样的表现方式冲击当今世界,特别是美国社会熵化主题的普遍运用,但是这种美国式的、自我意识突出的行文力量似乎与诺奖近些年所中意的政治经济思想毫无交集,这也是造成"美国孤立而无知"这种印象或偏见的重要原因。

巴思回应了世界文坛对这一问题的片面理解。后现代文学所酝酿的虚幻自我意识因素似乎随着世界的无灵魂化倾向而式微，可是他们的影响却明显存在着，其中一种力量就是将现代文学的意义扩大到以其为革新方式的美国声音。叙述者的回忆在空间上跨越欧美大陆，在时间上用五个连续季节来表达当代文化史纷繁复杂的场景。巴思探讨的内容实则为文学的历史和未来，评判的标准也与传统评价方式相同。但是，巴思并没有质疑现代主义作品，而是站在传统作家的立场上评价当代文学批判准则失真的事实。他用虔诚的膜拜来象征自己对传统文学的崇敬。为了表明自己作为传统严肃作家的思想，他在文本中几次提到传统文学在文学中的教化功能。比如，叙述者和妻子诗人/教授阿曼达·托德几十年的生活是这样的："满足于几十年来所教的优秀班级，认真评阅过的学生论文，易于相处的同事，熟读过的书本以及阅历丰富的旅行。"（*Every*，21）叙述者在回忆中不断强调欧洲风光所象征的古老文化底蕴，并着重表述美国作家对于欧洲传统的态度。一方面，欧洲文学作为当代文学创作的比照基准点，有其不可替代的参考价值，美国作家也同样受传统文学的影响。因此，评价作家贡献仍应按照传统的艺术作品整体价值和普世性意义，评判文学作品不能受当代社会倾向困扰，偏向个别标准，一味强调世界性。另一方面，叙述者也深入到写作本身来表明立场。他采用幽默调侃的语气，旨在证明自己的创作思想符合传统的艺术观，代表美国文学对整个文学构建的反思，欧洲文学作为传统在后现代及当代小说创作中具有参照和被模仿的作用。这也表明美国文学走出自己的地域，走向世界并实际地参与进更大的文学对话。这是巴思对美国文学获得诺贝尔奖的期望。

但从另一角度来看，巴思表现了一种对奖项的悲观又矛盾的情绪。在小说中，叙述者用传记的方式表达了作家对诺贝尔奖的渴望："'我'，奈德说，'我想要一个该死的诺贝尔奖，并不仅仅是因为它能让我出名，而是因为我做了值得做的事而出名，你知道吗？值得做的事。'"（*Every*，104）由此可以看出，作家们倾慕诺贝尔奖的原因仅是为了证实自己的事业有价值，自己的贡献能够得到认可。巴思把这种真实的作家情感通过讲故事的方式传达了出来，采用戏谑的手法借人物的语言行为对诺贝尔奖进行嘲讽。譬如，叙述者纽威特在斯德哥尔摩用表示轻蔑的手势表达对瑞典皇家学院的不满，后面在他自己的回忆创作当中又提到这件事，抒发抑郁之感。此外，巴思指出诺贝尔奖常常颁给一些没有

什么贡献的人……而不是发给那些真正做出贡献的人，这一点使很多
作家，不仅仅是美国的作家心存不满。所以，在叙述者的回忆录里，他
虚构了一个莎士比亚奖，并且做了详细的描述：

> 颁奖机构为莎士比亚剧院（Shakespeare House），即学院基础
> 写作课程指导中心，以前也许在哪里提到过。只是校外办事处，在
> 一幢合适的平房里，研讨会/研究班教室和学生休息区则是几十年
> 前买的，一个慷慨的校友提供了资金援助，因为他大学时代曾渴望
> 当个编剧，然而他后来以潮水公司首席执行官、鹭湾社区和其他产
> 业开发商的身份发家致富。他对捐赠不断高涨的热情不仅仅是维
> 持我们莎士比亚剧院的开销，另外还为我们的小小的文学期刊《斯
> 特拉特福评论》提供了资金，支付一系列的访学人员/旁听者每学
> 期的费用，和我们臭名昭著的每年学生文学奖的补贴——十分令
> 人难堪的"莎士比亚奖"。还有更多麻烦的美事（他们的评审委员
> 会往往由我们——纽威特/托德夫妇来服务，这无疑有时会帮我们
> 赢得同样轻蔑的手势，因为有人看见乔治·欧文·纽威特曾给诺
> 贝尔委员会留一些页码），读者或许会等着叙述者慢慢回到原来的
> 主题，就像一有机会他就去查看一则新闻叫作"吟游诗人奖"，这个
> 奖在那个故事系列的序言和这里"絮絮叨叨的"脚注里都提到过。
> (*Every*，34)

这一戏仿是巴思运用奇特的想象，让叙述者纽威特解释自己的学
者身份，并与真实存在的"诺贝尔奖"联系起来，用自我嘲讽的方式来表
达观点，即：对诺贝尔奖委员会的不满。这种特殊的争辩方式是巴思小
说独创性的表现，它用戏仿的方式逼真地解析了评奖人和作家之间复
杂紧张的关系，学术机构的窘迫与被动，当今世界文学发展导向令人茫
然的一面，艺术与艺术价值被误导的事实，这些状况对文学创作产生了
难以控制的影响和后果。巴思认为，权威的偏见和独断的存在便是对
文学艺术家的一种不敬，它支配着个人创作，使艺术距离最初的美学价
值越来越远，艺术当今的任务便是剖析这稳固且真实的巨大阴谋。如
果美国逐渐扩大的主题范围和艺术思想还不符合诺贝尔奖的审查标
准，那么，我们就应该重新审视这种凌驾于艺术之上的权威，使之回归

原来传统的审查标准。

事实上，巴思的不满早已在其他场合得到证实。例如，他于 1984 年邀请博尔赫斯来霍普金斯大学访问，当时大家都很遗憾他又一次与诺贝尔奖失之交臂。一个学生在公开场合追问他对又一次被诺贝尔奖忽视的感受，大家都觉得窘迫尴尬，博尔赫斯自己却微笑着，就像是高兴被问到这个问题一样，答道："你知道的，我多年来一直被列在短名单上，我怀疑他们已经颁给我奖了。"(Final，37) 巴思对此表示不平和遗憾。奖项对于作家来说是一把双刃剑。巴思早在 1966 年的"布兰德斯奖受奖词"中就有所论及：

> 但是，我偶然相信，歌德向魏玛公爵说的那样：拒绝荣誉就像是追求它一样的不谦逊。作为一名文学硕士在无知的领域发言，我怀疑，当它被人为保存的时候，它便变质为停滞点，开始是健康的隐私凝固成隐遁的怪癖。这就是关于得到承认的悲观观点。(Friday，60—61)

之后，在 1973 年全国图书奖的接受词中巴思又重申了这一观点：

> 在给魏玛公爵的一封信里，歌德写道："我深信，拒绝高的声誉几乎就像是固执地追求它一样不谦逊。"我赞成这一观点，尽管这种声誉是明显的瞬息即逝。我们对文学奖的态度同样都是悲观的；但是如果没有奖项，文学将会令人乏味；但获奖时置之不取令人愉悦；一个有价值的文学奖，我估计，是遇到必要时会颁发给一位作家，而不考虑他或她是否应该得奖。(Friday，100)

从以上两种情况可以看出，巴思对于奖项的看法是出自一种矛盾的心情。作家都会想要争取奖项和荣誉，对于他们一生的艺术追求来说，得到权威机构的认可十分重要，但是作家如果得奖就会失去隐私与创作的纯真，创作会受到很大的影响。这种两面性在任何情况下都会存在，得此失彼。同时，巴思暗指了萨特获诺贝尔奖却拒绝接受的事件，赞赏他对荣誉和艺术追求做出了极好平衡。因此，把对诺贝尔奖的看法写入小说，第一次成为巴思创作的重要主题。他用巧妙的文学创作回应了恩达尔的苛刻批判,表现了自己作为作家对文学奖或得或弃的矛盾情绪。因此,他在文中的戏仿表达了他对奖项的最好设想,简而言之,就是能够建立起一个实至名归的艺术家团体,真正实现对艺术价值的公正评价,并以此作为对传统的替代。

三、巴思对自己文学地位的评估

巴思是一位对文学历史和未来都有深刻理解的作家,在小说中倾向于表现自我对文学传统所做出的革新思想。《奇思妙想》的叙事非常复杂,各章话题之间并无紧密联系,按照小说中提出"万物皆有季"(73)的说法,他把故事和篇章的关系仅用季节这一时间单位来联结,进而突出叙事的时间范围在 1929 年美国经济大萧条一直到当今社会⑤,讨论主题集中在反思文学的历史和历史的文学,而反思的方式则是通过戏仿与自我戏仿的手法来完成。而这一手法的使用不仅仅是为了制造出新想象,最重要的是致力于定义自己在文学史上的角色和位置。

自我评估和自我戏仿的手法对于巴思的创作来说起着至关重要的作用,它指出巴思作为小说家一生致力于探索小说形式的潜力与前途。小说中的五季象征着人生和小说皆具生命周期的共性,而他自己正处于这一周期的第九个阶段,即已经走过一生中家庭与工作的重任时期,开始把聚焦点转向人生和职业反思,特别是自我历史定位。巴思在《退养新区》与《奇思妙想》之间建构一种类似于马克·吐温《汤姆·索亚历险记》与《哈克贝利·费恩历险记》之间的那种互文关系,旨在阐明自己在文学史上的位置。巴思认为,哈克一直以来都是美国偶像,他的木筏历险叙事在最初赢得了粗糙的文学声誉,然而马克·吐温却忽略了一点:半文盲的哈克怎么能够以第一人称的口气向"你"讲述这 250 页的故事呢? 因此,巴思自信坦言:"在我这里,故事就不会这样来讲。"(*Every*,2)他把故事叙述者纽威特的身份设定为已退休的戏剧学教授,实际上也是巴思自己的学院派经历,并自嘲为"老派的老小说家",让他戏仿自己的学术生涯和作品。更加巧妙的是,巴思用戏仿的方式让叙述者模仿自己设计小说情节,即"故事嵌套",在故事中讨论各种话题,就像是《迷失在游乐宫》和《信札》一样,扩展了小说的空间,丰富了作品的内涵。叙述者在故事中取代作家直接和读者对话:

从没听说过我们？可以原谅。作为我，或多或少我会说："天哪，我知道的"，但是这小小的双关语会失去意义（或者它的意义被剥夺），在翻译这种不可能实现原意的活动中。（*Every*,3）

这也明白地道出巴思作为小说家自己的心声，也表达了作品被翻译后误读的担忧。可以说，无论小说风格还是文学贡献，巴思都可以与马克·吐温相比较，而他这样的自我定位在以前的小说和理论中未曾阐明过。作为自己最后十年的创作丰碑（*Final*,3），他鲜明地将自己的立场与文学观写进小说，以回应文学界以往对他模糊的界定，也强调自己的创作方式与众不同。

从创作方式来讲，巴思的题材和形式都来源于自己以前的创作和文学思想，而创新实际上是"积极分解消化生活经验和文学语料库的活动，紧接着是巧妙构建新的小说和诗歌"（*Every*,105）。巴思刻意戏仿自己在《曾经沧海：一出漂浮的歌剧》中的叙述者写传记故事的形式，让故事嵌套在新的文本主题中发挥了新的作用，即模仿经典作品的框架，用第三人称的方式，综观自我文学道路和未来远景的特质。在文本写作的讨论中，巴思以多年教授小说写作的经验，对传统文学写作进行重新思考，大胆地超越传统批评观的保守路线，反驳许多传统社会价值观对文学的衡量标准。在创作过程当中，他对每个故事的叙述方式都要经过再三思考，不断寻求全新的方法来展现自我意识。因此，他可以在小说中灵活地转变叙述方式，多维度地表现同一件事。通过探索新的思想领域和一切可被使用的方式，根据更高的法则——神学，或者更准确地来说，根据灵感说对文学写作法则的影响，进行更深入的思考。所以，他总能在普通的生活景观和文学阅读中开拓出更加广博、深刻的视野。比如，巴思在"后序"中点明：

又一次跨越一世纪由活泼调皮的守护神泰斗撰写的《英国教会的爱情神话》，要提醒他自己，暴虐的罗马人在他们征服已知世界之前在打算着什么，又一次敬拜祖先，（不管他们知不知道）所有后来的幽默/讽刺散文，塑造了塞万提斯、狄德罗、斯泰恩、斯威夫特一直到乔治·欧文·纽威特等人。他拿出同样的精神，若有所思地掂量，恭敬地拿出来，很久之前（而非近来）所翻阅过的詹姆斯·乔伊斯的《尤利西斯》的副本,他曾在潮水州立大学的现代文学课上虔诚地标注过的索引,表明每个部分对应荷马所著的《奥德赛》的哪个地方。(*Every*,158)

巴思善于从历史、文化和文学多个角度来展现某种文学思想的诞生和发展,而古老文学则是巴思创作的史料来源。对于作家而言,了解历史和当下都是必要的。他之所以模仿古人,是因为他希望将古典的精华与史实融合在一起,构成一个丰富的多维世界,将自己的化身(叙述者)放置进去加以恰当的评论,巧妙地构成一幅展示作家撰写过程的思维图,远远高明于元小说的"过程评价",丰富了小说内容和思想深度。《奇思妙想》围绕着创作这一主题展开,把精致的戏仿,巧妙的文学讨论融入叙述者的回忆录,或者是巴思自己的学院经历当中,把自己与传统做了鲜明的对比,从而实现自我历史定位的目的。

在自我评介的过程中,巴思对于当代文化环境、社会氛围的关注也集中表现了自我意识的主动性。巴思在小说中大量使用文化术语,比如在五个季节出现的对于美国总统奥巴马和克林顿的政治动向追踪。他描绘了他们的决策对美国公民的影响,还描绘了在同一时段世界各地的动态,以及叙述者个人生活圈子的变化,例如他们的"电子小说"演示实验,学术奖的内幕与争议。"在这个 ipod、黑莓和平板、高清、数字电视的年代,'我们⑥ 很幸运能够拿到养老金和薪水,再加上社会保障'"(*Every*,152)。这种自我意识来源于巴思对社会动态的关注与思考。这些元素的加入增添了叙事的真实性,使自我讨论的内容丰富多元,而巴思幽默戏谑的言论更是使得小说故事情节生动自然。

此外,当代社会现实对于小说创作的影响也同样是巴思关注的焦点。文化氛围是影响作家创作的关键外部因素。而这部小说大部分场景基本框定在校园内,以及隶属的文学奖项委员会的校外办公地点。为了突出这些影响自己创作的外因,巴思把这些模仿现实的场景片段不时引到叙事中来,不断地提醒着读者,叙述者和妻子的工作和生活重心是文学创作和学术。而对于现实中充斥了不可靠和逆向力的经验和偏见的事实,巴思用调侃的手法进行抨击和嘲讽,这也是促成他叙事进展的内力。这种内力的凸显形成作家自己的立场,无论是从小说开始的欧洲旅记还是到后来的传记模仿,都突出了作家强烈的自我意识和创作理念。因此,这部小说可看作是一部对巴思自己创作经历有着强烈意识的艺术回忆录。

四、结语

《奇思妙想》极大地丰富了当代美国小说的主题,使其呈现出历史和文化倾向。小说审视了现代主义盛期与后现代主义文学、文化的紧密关系,透彻地阐释了文学思想的转变过程,比较了现代主义作家与后现代作家的思想异同,揭示了后现代主义后期的文学理念变化。这部小说具有更多的国际性,它实践了文学思想旅行,将世界文学的思想囊括其中,并以实证主义回击了诺贝尔奖对于美国小说的偏见与谬解。巴思借此表达了自己对诺贝尔奖的渴望与悲观。小说采用了经典戏仿与自我戏仿的双层艺术手法来表现艺术家的自我意识和创作思想,反思自己的创作经历,对于临摹艺术的异议,并且指出了探索写作方法的道路。可以说,这部小说具有很强的理论价值,是写作理论的典范。从这一点来看,《奇思妙想》不仅向读者展现了审美意识和艺术价值本质的理解,而且引导作家在写作上打开创造性想象之门,这赋予巴思的小说国际性意义。

注解【Notes】

① 这里巴思所涉及的时间范围是从第一个秋季开始,经过冬季、春季、夏季,再到第二个秋季,共为五个季节时间。

② 巴思最早是音乐专业的学生,后来才改行文学创作,所以他喜欢用音乐方面的术语来写作。连复段在这里是一个隐喻,即反复出现的论题。

③ 诺贝尔文学奖评委会常任秘书。

④ 巴思这里指意大利中西部古国伊特鲁里亚。

⑤ 这一时间范围暗指巴思从 1930 年出生到现在的几十年时间。

⑥ 指代纽威特和托德夫妇等大学退休教授。

引用文献【Works Cited】

Amodeo, Gloria Beth. "John Barth: *Every Third Thought*." *The Literary Review* 55.2(Spring 2012):247.

Balee, Susan. "Consequences and Possibilities." *The Hudson Review* Translation

Issue (Winter 2009): 815.

Barth, John. *Every Third Thought: A Novel in Five Seasons*. Berkeley: Counter Point, 2011.

——. *The Friday Book*. Baltimore: The Johns Hopkins UP, 1984.

——. *Further Fridays*. New York: Little Brown & Company, 1995.

——. *Final Fridays*. Berkeley: Counter Point, 2012.

Carrigan, Henry L., Jr. "John Barth: *Every Third Thought*." *Library Journal* 137.1 (2012): 88.

Garner, Dwight. "Inside the List." *The New York Times Book Review* 5 Oct. 2008: 26 (L). ⟨http://www. nytimes. com/2008/10/05/books/review/InsideList-t.html⟩

Harris, Charles B. "Algebra and Fire." *American Book Review* 33.5 (2012): 17 - 18.

"Kirkus Review: *Every Third Thought* by John Barth." *Kirkus Reviews* 1 Oct. 2011. ⟨https://www. kirkusreviews. com/book-reviews/john-barth/every-third-thought2/⟩

Molson, Francis. "Three Generations of Tom Swift." *Children's Literature Association Quarterly* 10.2 (Summer 1985): 60 - 63.

Seaman, Donna. "*Every Third Thought* Book View." *Booklist* 108.3 (2011): 30.

Shivani, Anis. "Whatever Happened to the American Short Story?" *Contemporary Review* 291.1693 (Summer 2009): 216.

作者简介：宋明，华东师范大学外语学院博士。

原文载于《当代外国文学》2014 年第 1 期。

历史与叙事

消融界限的百年求索

——玛丽莲·罗宾逊《基列家书》的种族史书写

乔 娟

在美国非裔文化传统中,"基列的乳香"(Balm in Gilead)①被解读为能医人创伤、拯救有罪之人的良药,以基列的乳香来医治心灵的创伤暗含了遭受奴役的黑人对种族平等的热切渴望。"基列"以其"疗伤之所"的隐喻被当代美国作家玛丽莲·罗宾逊(Marilynne Robinson,1943—)引入其代表作《基列家书》(*Gilead*,2004)的书名中,这充分展现了作者对种族问题的特别关注。对于小说如此关注的非裔种族问题,克里斯多夫·道格拉斯(Christopher Douglas)认为这是"小说解读不可回避的至关重要的问题"(334),并且提出"从文化多元主义和基督教复兴运动的视角进行分析"(335)。中国学者胡碧媛较早注意到作品投射出的种族问题,她将这一问题置于救赎主题下进行讨论,认为"种族问题的历史性意味着需要被打破的旧秩序,种族问题的现代特征意味着多元平衡的建立"(101)。

小说以书信体形式讲述了生活在美国中西部爱荷华州基列小镇的埃姆斯家族从南北战争到 20 世纪中叶百年间所经历的沧桑变迁和亲情纠葛。以埃姆斯一家为代表的质朴善良的美国民众是否应该接受种族界限的消融是小说的核心设问。以这一核心设问为主线,不同的种族观念在埃姆斯家族中引发的父子矛盾贯穿全篇。文章拟从历史和未来两个层面阐释人们对"疗伤之所"的百年求索以及蕴含其中的种族关系认知的衍变。第一部分聚焦于埃姆斯家族四代的父子亲情故事,透过家族史,分析美国百年间激进与保守此消彼长的种族关系的变迁。第二部分从文本化的历史与历史化的文本两个视角探讨小说中表现的种族共融趋向。

一、历史的困境

在美国自由主义国家精神的大旗下,自由平等与种族界限始终是一种矛盾存在,如钱满素所言,"历史中的奴隶制和现实的种族歧视最大的理论困境就是如何在自由、平等、民主的前提下维护种族的不平等,而自由主义从本质上讲是绝不能接受奴役制度和种族主义的"(52)。小说对美国种族历史的点滴叙事落脚于埃姆斯家族祖父、父亲、埃姆斯和杰克等多个人物。他们成为百年种族关系衍变史的代言人,透过不同的代言人,种族史书写呈现出多元的视角和态度,并在这种多元的叙述中形成不同的历史层级。

祖父生于缅因州,在 19 世纪 30 年代废奴呼声日益高涨之际为了帮助自由土壤党(freesoilers)②人争取选举权不惜举家从缅因州迁移至堪萨斯。在晚年之际,他远离家人,再次奔赴自己年轻时代战斗过的堪萨斯,并在那里终其一生。对于祖父来讲,堪萨斯已然成为某种信仰和精神的寄托,是其人生理想的奋斗地和实现地。

翻阅美国史,我们发现,堪萨斯在美国废奴运动中,占有浓重的一笔。1854 年通过的堪萨斯-内布拉斯加法案(Kansas-Nebraska Act)推翻了长期保持南北势力平衡的密苏里折中案(Missouri Compromise)。堪萨斯州无论加入哪方阵营,都有可能使美国南北双方在国会内势力失衡。因此,双方为了在堪萨斯州取得人数上的优势,派遣了大量的移民移往堪萨斯地区,并为了争夺地盘发生了大量的流血冲突。该领地也因此有"流血的堪萨斯"(Bleeding Kansas)之称。可见,南北战争前夕的堪萨斯已然成为废奴与蓄奴之争的前沿阵地,而祖父带着一腔废奴热情,从废奴州搬到堪萨斯这一前沿阵地,足以证明其废奴的决心和勇气。战前,祖父将废奴热情发展成为一种战争狂热,他时常带着枪进入教堂,为会众讲述上帝的仁慈和恩典,天罚和报应,以此方式鼓动人们为废奴发起战争。战争中,他奋不顾身、蹈锋饮血,虽然失去左眼却并不在意。为战争疯狂的祖父甚至认为"战争是净化人的火"(106)。

与祖父不同,父亲是一位虔诚的和平主义者。父亲与祖父的矛盾在一次教堂礼拜后的谈话中公开,祖父对战后社会现实表达了无尽的失望,"我吃饭失望,喝水失望,醒来失望,睡着也失望"(90)。对于祖父的失望,父亲针锋相对:"我知道你对战争寄予无限希望,我却把希望寄托在和平上……"(90)父亲与祖父对解决奴隶制以及系列种族问题的观念之差显露无遗。罗宾逊所强调的"家人彼此间的认同与共享"(*Death of Adam*,87)在埃姆斯家族祖父与父亲的身上无处寻觅,而导致祖父与父亲之间情感裂痕的根本原因是他们对废奴方式的不同见解,换句话说,祖父与父亲的分歧与隔阂正是美国废奴历史中激进与保守两种思潮的个体化呈现。祖父所代表的是废奴运动中的激进派,他们主张以战争和暴力的手段实现废奴,解放黑人;而父亲则是19世纪下半叶美国绝大多数白人的代表,他们认为:废奴应该是自然和非暴力的过程,太过激进的行为只能导致血腥和伤害,对黑人的解放和生存状况的改善于事无补。

小说的前半部分集中叙述祖父与父亲之间的冲突,后半部分则逐渐展开了杰克归家的故事,浪子杰克的命运选择将种族身份问题的探讨引入20世纪中叶,进而掀起了讨论这一问题的另一个高潮。杰克是埃姆斯的老友鲍顿的儿子,因鲍顿怜惜埃姆斯半生孤苦,膝下无子,将杰克送给埃姆斯为教子,埃姆斯为其命名。而这位教子从年幼时期就与其教父处于疏远的状态,年轻时更是由于对一位名叫安妮的贫穷人家的女孩犯下始乱终弃的大错,使其家族蒙羞,今时又遭遇了更大的人生难题。别离家乡二十余年后,杰克重返故乡,意在为自己的混血家庭寻得一栖之枝,他的黑人妻子黛拉和混血幼子罗伯特是其此次归返家园的最重要动力。他满心期待在自己的家乡基列能够得到人们的谅解和接纳。然而,在自己的故乡,他却遭遇了坚如磐石、不可撼动的冷漠。

即便是埃姆斯这样一位小镇人心目中的"心灵之父",当他看到杰克一家的照片时,也大吃一惊,因为照片中杰克的妻子是个黑人。事实上,在教子归乡之前,埃姆斯并未意识到自己内心隐蔽的种族主义立场,直至看到杰克与其黑人妻子的照片后,埃姆斯才开始重新审视家族、小镇和国家的种族历史。跨种族婚姻对于埃姆斯而言,遥远而不可思议,因为多年来,在他周围从未出现过类似的事情。德高望重、受人尊敬的埃姆斯牧师尚如此保守,可想而知,在基列小镇,以他为代表的社区普通民众对黑人依然存在很大的偏见。在归返基列的时段内,杰克经历了从期待、尝试、犹疑直到绝望的心理历程。他的处境是对20世纪50年代美国普通黑人大众生存境况的折射,以埃姆斯为代表的基列民众是否能够接受杰克及其混血家庭的归返意味着小说对种族关系前景的不同回答。

透过埃姆斯家族四代人的种族态度叙述，读者可以理解的是美国种族关系发展中时而反复的曲折历程。重新梳理南北战争后南方重建的反复和困顿有利于我们理解小说中人们对以祖父为代表的整个激进废奴群体的不理解和遗忘。诚然，战后重建曾经为黑人获得人权和经济权利迈出了艰难而重要的第一步。战后初期一些反对种姓制（anti-caste）的激进的自由义者们推动国会先后通过第十三和第十四修正案，从法律上确保了种族平等原则。然而很快，在全美经济危机（1873年经济恐慌）、共和党政府内部腐败（如：格兰特政府危机）和南方白人有组织甚至是暴力抵抗（如"三K"党）的共同影响下，战后胜利成果还没来得及得到巩固就半途而废，导致美国正式进入半个多世纪的正义缺乏和种族歧视的保守时期。

关于这段历史，小说以埃姆斯父子千里跋涉，不辞辛苦，远赴堪萨斯祭奠祖父之坟的经历细节呈现。"我"和父亲在堪萨斯寻觅祖父的坟茔时，在饥寒交迫之际得到一位中年妇女的救助。那个女人称："还是当个南部邦联的百姓好，他们给了我那么多好处。"（10）时值1892年，这位堪萨斯妇女的话反映了当地普通百姓的直接政治感受。这位中年妇女的朴素的政治立场代表了当时处于社会底层的白人自由农这一群体的政治态度。他们虽然本身不属于白人种植园主，但是他们渴望对黑人保留种族优势。在这种情况下，生活窘迫的他们很容易被利诱而倒向代表南方旧贵族的民主党。之后，在1896年的大选中，美国迎来了内战结束后第一位民主党总统克利夫兰，政治上的变化影射了当时美国社会种族关系的保守性转向。③

当我们对那位生活艰难的堪萨斯妇女饱含同情时，不妨想想生活境况远不如自由农的黑人民众。南北战争的胜利并未能实现如同祖父一样的激进人士所期待的确保黑人获得土地的愿望。事实上，战后的美国，在土地规划问题上触及了自由资本主义的核心要义——财产自由，美国传统的洛克式自由主义思想不能为黑人瓜分前奴隶主的土地提供依据。另一方面，联邦政府在战后极力推动工业化大发展，而这需要大量的公共土地作为发展基础。在此双重影响下，联邦政府选择了抛弃黑人。此外，科学的发展以意想不到的方式影响着人们对包括种族关系在内的社会认知。从南北战争到 20 世纪 50 年代的百年间,在种族优越论、优生论和社会达尔文主义的强大科学种族主义思想理论的影响下,"吉姆·克劳"(Jim Crow)政策体系从南到北,逐渐弥漫到联邦各地。这一制度化的种族主义政策以生物种族主义为意识形态基础,以空间距离取代社会距离,使得黑人从生到死被限定到不同空间,白人与黑人之间无法形成有益的对话。

上文所述即是小说中重返故乡的杰克所要面对的整体社会情况。考虑到作者将故事发生地"基列"设置于爱荷华州——全美历史上从未颁布过禁止异族通婚的两个州之一(另外一个是缅因州),主人公杰克所面对的黑白种族界限森严的问题就已然超越了法律文书的规定,而涉及人与人内心的信任和认同。正如作者罗宾逊对杰克的遭遇所做的评述:"杰克自然有归返爱荷华的千万种理由,然而,当他真正回归时,却连提出问题的勇气都没有了"("Obama & Robinson I")。杰克在基列感受到的是不可撼动的漠然,事实上,杰克不但与自己的生父老鲍顿和教父埃姆斯之间存在难以简单化解的矛盾,同样,他与黛拉的父亲之间也存在严重的信任危机。杰克因为试图跨越种族界限而被排斥,因而他的存在导致极度的错位感。无论在基列这样沿袭着白人文化的传统小镇,还是在孟菲斯这样的黑人聚集城市,他都被排斥在主流之外,而这种边缘化带来的后果是,在内心信仰上他持续着与上帝的分离,在尘世生活中更是与家人慰藉的分离。杰克最终选择了离开,这样的结局意味着打破种族隔离,实现种族公平的家园建设之路还待艰难而漫长的求索。

二、种族共融前景

《基列家书》所体现出的种族共融的趋向与罗宾逊作为一名新教自由主义者的思想认知密不可分。在罗宾逊看来,宗教上"打动心扉的自由直觉"(*Death of Adam*,227)与世俗生活中的自由民主思想紧密联系、互相贯通,而这两种思想得以贯通的基点在于它们共有的包容性原则。具体到种族问题,罗宾逊认为,"不同群体的后继者们欣然接受并维持自己独特的身份是人们承认种族和身份多样性的有效方式"(*Death of Adam*,97—98)。可以说,自由新教主义的立场已经渗透到她小说书写的方方面面,无论是文本内书写的历史还是文本外历史化的书写都包含着其自由新教主义的社会观念,而这种观念最终主导了她对种族界限趋向消融的价值判断。

从文本对历史的书写来看,小说通过对废奴运动的激进参与者祖父和跨种族婚姻的践行者杰克两个人物的深入刻画,有效呈现了种族界限的消融性力量——宗教人文主义和民权运动。在祖父那里,激进的废奴热情由其朴素的宗教人文主义思想促发,主要体现为基督教的受难、救赎和平等观念。作为牧师,祖父坚信在上帝面前,所有的人无论其社会地位高低,都是平等的罪人,都希望得到救赎。祖父梦境中的上帝幻影是其心底深处宗教信仰的投射,而这种宗教上的"救赎"在世俗化的种族关系中衍变为"解救"。此后祖父对废奴事业的无悔付出很大程度上带着宗教虔诚性,正是新教思想中的因信称义和尊重个人的意识促使祖父为消融白人与黑人之间的种族界限而进行无畏的战斗。

对于杰克这位教父眼中的"无神论者"而言,消融种族界限需要的是民权运动的社会力量。如前文所述,归返的杰克在教父埃姆斯那里感受到的是不可撼动的漠然,然而在基列,杰克依然获得了包括妹妹格罗瑞(Glory)和埃姆斯年轻的妻子莱拉(Lila)等人的支持和信任,而众人的支持与信任所代表的正是风起云涌的民权运动在社会基层单元的影响投射。格罗瑞无私地对杰克的生活进行照顾,而莱拉在命定论的讨论中,以"如果无法改变,救度也就没有意义了"(165)的回答强调了人生命运的可变性,从而给予杰克莫大的信心和鼓励。当我们将杰克的求索与美国20世纪60年代广泛推进的黑人民权运动联系考查时,这一个体行为就被置于历史潮流之中,并被赋予了一缕希望的亮色。

除去祖父与杰克代表的消融种族界限的积极参与者,即便在父亲与埃姆斯代表的普通民众(尤其是农村和小镇居民)那里,在其思想中深深扎根的反对暴力、反对突变的保守主义立场中,也同样闪烁着宗教自由主义的思想星光。父亲虽然不能认同祖父激进革命的观点,但也认为奴隶制是一种罪恶的制度,他希望长期地、耐心地、最重要的是以和平的方式解决种族歧视。换一种角度来看,父亲的和平主义观念同样深受基督救赎和仁爱观念的影响。作为牧师的埃姆斯,其职业本能促使他对自己的偏见行为进行反复的审思。埃姆斯将自己对妻子诚挚的爱慕之情与对教子杰克近乎不近人情的淡然态度进行对比,得出结论:对于如此类似的两位"迷途的羔羊"和"堕落的人",不应该有如此截然不同的态度。小说末尾,埃姆斯与教子杰克冰释前嫌、彼此谅解,这一情节反映了小说暗含的种族共融趋向的价值判断。

在种族共融趋向的价值判断上,小说书写的百年史与小说创作的时段呈现出历史的互文关系。诚然,在宗教人文情怀与自由民权思想两座种族界限消融发展过程的高峰之后,美国陷入了漫长的种族关系瓶颈期。民权运动后的美国"并不比以往更不看重肤色……所改变了的只是关于黑人与白人适当关系的规范性界定"(Schuman,201)。随着 20 世纪 80 年代后保守联盟登上政治舞台,美国当局不再将黑人视为进化序列上的落后种族,而将重点放在黑人群体的道德观、价值观等文化特征上,从而将后民权时代黑人的落后状况归咎于黑人自身文化上的缺陷,美国开始奉行放任自由的种族政策(Laissez-Faire Racism),逐渐进入保守势力全面联合的后民权时代。

显然,罗宾逊创作《基列家书》时正值美国保守势力全面联合的时代,她将自己对美国渐趋保守的种族政策的反对态度融入了对种族界限消融发展过程的两座思想高峰的书写中,以深沉的笔调呼唤自由种族思想的复苏,以历史书写的方式批判了美国当局种族政策的保守转向。小说文本对种族界限消融史的书写有效回应了作者书写小说时所处的现实处境。小说出版的 2004 年与小说书写的 1956 年有着惊人的相似之处——两者均是总统大选年,分别迎来了来自共和党的总统:艾森豪威尔和小布什。虽然这两位总统均来自美国现代史上在种族政策上更趋保守的共和党,但是他们不约而同地选择了顺应时代的呼声,在其执政时期致力于温和的种族政策,巩固了黑人的福利与地位。在艾森豪威尔卸任后,美国迎来了当时最年轻的民主党总统——肯尼迪,从而掀起了 60 年代风起云涌的民权运动。而在小布什卸任后,这个世界上曾经有过最惨痛的种族歧视的国家,在已拥有几十个清一色的白人男性总统后,迎来了历史上的第一位黑人总统。奥巴马的当选掀开了美国种族关系史上全新的一页,虽然不足以扭转保守的种族政策方向,但是他给予人们希望和信念。

如果说小说出版的 2004 年与小说书写的 1956 年之间的历史相似性有几分偶然的话,奥巴马对《基列家书》一书的喜爱和推荐,以及他与作者罗宾逊的直接会谈和对小说文本内容的直接评述则将小说所体现的种族共融的展望有效地融入历史性书写中。在与罗宾逊的会谈中,奥巴马坦言:他为《基列家书》中的埃姆斯一角而着迷。他认为埃姆斯是一位"和蔼、文雅的人,他为如何调和自己的信仰和家庭的遭遇而感到迷茫"("Obama & Robinson Ⅱ")。埃姆斯是一个在自我与他者的矛盾间焦虑的老者,一个在历史与现实间徘徊的沉思者。埃姆斯在处理"我"与"他"、"历史"与"现实"的关系时感到的无助与迷茫引发了读者奥巴马的思想共鸣,这是文本人物与现实人物的一种互文性呈现。会谈中,奥巴马不无幽默地称,希望通过坦率表达对《基列家书》的喜爱来激发读者对该书的更多兴趣,并希望通过此举促进《基列家书》的销量。会谈后,《纽约书评》对此次会谈进行连载报道,让刚刚发生的事件与此书书写的种族历史融为一体。当美国总统奥巴马将《基列家书》与爱默生的《论自助》一起挂在自己的脸书上向公众推介它们,并将前者称为"改变我一生的作品"(*Henderson*)时,我们有理由相信《基列家书》不但是对过往历史的书写,更以自身对美国种族关系的展望而参与了现时历史的塑造。

结　语

历史是现实的前身,现实是历史的投射。理解历史可以为现实的选择提供借鉴和参考。《基列家书》不但浓墨重彩地书写了美国黑人百年民权求索史,更以对黑人民权运动的呼唤参与了历史行进的进程,预示着在历经艰难而漫长的求索之后,种族界限不断消融的前景。在《基列家书》对美国种族史的书写背后,始终隐含的是或激进或保守的思想暗流。无论是对历史曲折历程的述说,还是对种族共融前景的呈现,都存在着对划界现实的批判和界限消融的展望。从废奴运动到小说书写的 1956 年再到创作小说的 2004 年,纵观这三个时段,可以发现:美国种族发展史中一直存在着自由与保守之间此消彼长、相互对话的关系,而种族界限的消融是玛丽莲·罗宾逊一贯的选择。

注解【Notes】

① 源于 18 世纪,北美黑人广为传唱的"基列有乳香"(*There Is Balm in Gilead*),歌词大意如下:基列地有乳香,可医人创伤。基列地有乳香,可医有罪灵魂。有时我感觉气馁,认为自己徒劳无功,就在那时,神灵唤醒我的灵魂。假如你不能像天使那般歌唱,如你不能像保罗那样讲道,你仍然可诉说对基督的爱,说他为救赎世人而牺牲。"There Is a Balm in Gilead." Web.17 Oct.2015 ,https://en.

wikipedia. org/wiki/ There_Is_a_Balm_in_Gilead♯Traditional_Lyrics.

② 1848—1854 年间反对奴隶制的美国政党，提出"自由土壤，自由言论，自由劳动，自由人民"的政治口号。参见：玛丽莲·罗宾逊：《基列家书》，第 80 页。

③ 此时的民主党不同于富兰克林·德·罗斯福新政后美国现代自由主义时期的民主党。

引用文献【Works Cited】

Douglas，Christopher. "Christian Multiculturalism and Unlearned History in Marilynne Robinson's *Gilead*." *Novel* 3（2011）：333 – 353.

Henderson，O. Kay. "Iowa's Marilynne Robinson Is a National Humanities Medal Winner." 〈http://www. radioiowa. com/2013/07/ll/iowas-marilynne-robinson-is-a-national-humanities-medal-winner/〉.

Hu，Biyuan. "Home as a Redemption of Modernity in Marilynne Robinson's Home." *Contemporary Foreign Literature* 3（2012）：95 – 102.

［胡碧媛：《家园模式的现代性救赎——评玛丽琳·罗宾逊小说〈家园〉》，《当代外国文学》2012 年第 3 期，95—102 页。］

Obama，Barack，and Marilynne Robinson. "President Obama & Marilynne Robinson：A Conversation in Iowa Ⅰ." *New York Review of Books* 5，25 Nov. 2015. 〈http://www. nybooks. com/articles/2015/11/05/president-obama-marilynne-robinson-conversation/〉

——. "President Obama & Marilynne Robinson：A Conversation in Iowa Ⅱ." *New York Review of Books* 19，25 Nov. 2015.〈http://www.nybooks. com/articles/2015/11/19/president-obama-marilynne-robinson-conversation-2/〉

Qian，Mansu. *American Liberalism and Its Transformation*. Beijing：The SDX Joint Publishing Company，2006.

［钱满素：《美国自由主义的历史变迁》，北京：生活·读书·新知三联书店，2006。］

Robinson，Marilynne. *Death of Adam*：*Essays on Modern Thought*. New York：Picador，1998.

——. *Gilead*. Trans. Li Yao. Beijing：People's Literature Publishing House，2007.

［玛丽莲·罗宾逊：《基列家书》，李尧译，北京：人民文学出版社，2007 年。］

Schuman，Howard，et al. *Racial Attitudes in America*：*Trends and Interpretations*. Cambridge，MA：Harvard UP，1985.

作者简介：乔娟，山西大学外国语学院讲师。

原文载于《当代外国文学》2016 年第 4 期。

异质空间中的本土特质

——评《踩影游戏》的空间叙述

陈　靓

美国本土文化中的空间概念深深地根植于它的生态意识，并进一步塑造了自然与人之间的关联。而现代化进程中产生的环境恶化和土地流失等环境问题是导致身份缺失等现实问题的直接根源。所以对当代美国本土文学而言，"要重新恢复或阐述身份，就需要逐渐重新发掘地域和部落的归属感……这是美国本土小说的核心问题"（Owens，5）。从空间的角度上看，路易斯·厄德里克的"北达科他"系列作品不仅是历史性的地域文本构建，也是一个空间上的多重投射建构。同时，情节发生的行动域也是呈现了空间上的复杂性，其中不乏超自然领域的空间领域，也模糊了地理界限。可以说，这是一个极具包容性的动态领域，囊括了所有文化领域内的活跃因子。

空间写作的风格同样延续到了《踩影游戏》（*Shadow Tag*）中。与前期的小说不同的是，厄德里克刻意淡化了作品的美国本土风格，尝试以一种摆脱种族、政治、地域身份界定的因素，以更为宏观的视野观察、写作。在内容上，《踩影游戏》跳出了她之前所构建的"北达科他"系列小说以及惯用的多人称叙事手法。但是就创作技巧而言，依然在文本层面延续了"北达科他"系列的空间构建特质。在厄德里克的创作理念中，要建立文本的主体性，不是对美国本土传统元素的简单借用，而应将其内化为一种创作视角，以此构建带有独立特质的文本性。

在对空间结构的具体探讨中，本文拟从空间并置和叙述时间两个角度来展现《踩影游戏》中的空间特质。从空间的角度来看，这部小说有明确的空间并置特征，且赋予了艾琳的女性意识以鲜明的异质空间特质。在异质空间（heterotopia）概念中，福柯旨在展示权力是怎样通过空间的划分及对异质的排斥和规训来实现有效运转。"异质空间"本身是多元、破碎、繁多的无数空间的集合,包容二元并超越二元。它通过自身矛盾、片段和破碎的状态对权威话语进行破译,凸显空间自身的异质性本质,并以此来消解主体的权力秩序。在《踩影游戏》中,艾琳的女性意识以阴影的形式时刻处于被男性控制的边缘化位置,且内部有着丰富矛盾的冲突性,从这个意义上说,它本身有着鲜明的异质空间特征。虽然小说集中描述了一位女主人公,但厄德里克将她置于男权主体空间的审视下,以艾琳的女性意识构建了异质空间,并将抽象意识概念以空间并置的形式具体化呈现出来,突出了它的复杂性和矛盾性,从而呈现出一个立体多元的空间结构。

一、肖像与阴影:男权主体空间与女性异质空间

在《踩影游戏》中,以阴影的象征所构建的女性异质空间强调了美国本土文化中的差异性、开放性和复杂性,它依托本土文化对个体力量的界定,撕裂了男权对女性美好乌托邦的幻象性构想,揭示出那些未被粉饰的真实空间。具体而言,在作品中,阴影作为作品的核心象征,承载了厄德里克对女性意识的关键性构建。而吉尔绘画中的塑像作为典型的男性主体空间构建,与阴影构建的女性异质空间对立存在。从性质上来说,这两种空间无法直接彼此沟通,而以显性和隐性的形态并置对立,这种意识隔阂也是造成两人情感裂痕的主要原因。

从动态的文本性出发,厄得里克采用转喻的方式,由艾琳叙述的画家乔治·凯特林(George Catlin)为少女明科(Mink)绘画的嵌套故事来阐释阴影的具体内涵。在创作中,故事嵌套的方式是厄德里克常用的手法。从情节上来看,艾琳对历史的文本改编展示出艾琳对画作与灵魂的关联性意识。在奥吉布瓦文化中,人的个体概念不局限于骨骼所构建的肉体,它有着更广泛的精神延伸。奥吉布瓦人把一个人的形象,包括影子,都视为个体的组成部分。为他人画像可以影响到这个人的人生,同样,如果伤害到了他的影子也会伤害到他的真实身体。从作者的创作理念上考察,厄德里克对历史性和文本性的多元特质的思考也为小说中多元空间的构建做了铺垫。除了彰显文本的多元性,这个嵌套故事也正式建立了影子这个隐性的异质空间,并让它拥有了比肖

像画的男性主体空间还要强大的力量。至此,厄德里克成功搭建了以肖像和影子为代表的两个空间,并将吉尔与艾琳的主体意识放入其中进行权力审视。

在创作中,吉尔的画作成为男性想象的载体,并将艾琳描绘成不同的形象来自我满足。在这种想象性构建中,吉尔的画作构建了男权意识的空间,这个空间是显性的,占据着视觉接受的主导地位。对于吉尔来说,绘画不仅仅是一个艺术行为,而且被赋予了权力,换言之,在吉尔的想象中,绘画已经成为他操纵与艾琳关系的象征性方式,他通过这种方式来获取男性权力的自我认可,并确认在两性关系中的掌控力。

与此同时,如果考察文本中的女性身体,不难发现艾琳对自己的裸体有着明确的自我意识,"孩子们都睡着后,艾琳溜进了卫生间,把门锁上,开始洗澡,把自己泡在发烫的热水中"(Erdrich,17)。在这里,艾琳流露出了明确独立的自我意识,而这种意识仅在浴室这个封闭的空间里独自呈现,这里的女性空间呈现出鲜明的私密化特质。如果说吉尔的画室的封闭式空间特征是主体进行控制的必然要求的话,艾琳的封闭性浴室空间则是出于对自我意识的保护。同时,两种空间的物理性封闭也展示了两人的情感矛盾,并在画作和阴影这一对显性和隐性的空间并置中被进一步强化。吉尔的画作和艾琳的浴室可以被视为第一维度的地理空间,但小说用了大量笔墨描绘第二维度空间,即浓缩在肖像和阴影之中的性别意识空间。从空间的角度来看,肖像与阴影的空间彼此关联,但无法沟通。这对空间中有丰富的情感投射,但它们更多地被赋予了权力斗争和冲突的特质。

从理论上看,异质空间能够将彼此矛盾的多个空间并置在一个地方。这一特征凸显的是异质空间的多元性和包容性,它可以将多个不同类型的、彼此冲突的空间以一种隐喻的方式组合拼接到一起,并生成新的价值与意义。这种多元开放的空间特质展示了异质空间内部复杂的空间关系及其平等性。在作品中,为了从内部细致展示艾琳女性意识的矛盾和冲突,厄德里克在异质空间内部设置了两个并置喻体:红色日记和蓝色日记。

二、红色日记与蓝色日记：异质空间内的开放并置

早期的厄德里克作品在叙述手法上呈现出复杂的蛛网结构，这展示出她娴熟的叙述技巧和强大的文本整体性把握能力。不过在《踩影游戏》中，厄德里克采用了相对简单的并列叙述结构。

首先，从主题上来看，作品的空间性可以从对称性结构这个宏大框架上展示出来。对称结构不仅反映着人物间的关系和情感诉求，小说的情节发展也以维系这种对称结构的平衡向前推进。对它的把握，不仅可以分析作品的人物关系，也可以进而揭示作品的主题。我们可以在吉尔与艾琳的爱情模式中看到对称结构。他们爱情中的对称与和谐因为吉尔强大的男权想象逐渐演变成压制性的力量，而让这种结构出现了失衡。这种失衡直接导致了肖像与阴影这两个空间的出现，标志着两人之间的隔阂与距离。长期受到压制及边缘化的阴影需要自我释放和调节，并因此导致了第二个对称结构——红蓝日记的出现。因此，并置的两个日记所构建的空间有效地维持了阴影这个异质空间内部的平衡。红色日记是艾琳女性意识中针对吉尔男性想象的反抗，蓝色日记则是其女性意识的真实记录。在小说中，厄德里克将红色日记和蓝色日记以日记体的方式直接嵌入文本。它们将一个女性意识的个体以对应投射的方式同时展示，并在情节上相互参照，这种互文性生动展示了女主人公的女性意识，并赋予文本鲜明的空间叙事特征，同时以强大的文本召唤力激发了读者的阅读想象。

在小说中，蓝色日记属于自我倾诉性的封闭式叙述，红色日记是以丈夫吉尔为假设对象的叙述。在最后一篇红色日记之前，蓝色日记有四篇，红色日记有五篇，而第一篇的蓝色日记在文中被分为两个部分，分别在两个章节展示，所以无论从数量还是篇章布局上来说，蓝色日记和红色日记是典型的对称性存在。这种对称性的存在是艾琳设计的一个迷局，她用红色日记构建了一个虚幻的空间，在这个空间里，艾琳虚构了对丈夫的诸多不忠行为，甚至编造了三个孩子各有三个不同的生父这样的情节来刺激、羞辱吉尔，而她则平静地躲在蓝色日记的空间中书写自己在看到吉尔各种反应之后的心理状态。

在小说的开篇，厄德里克用第一人称的视角开始描述蓝色笔记，并

在文中直接与"你"即丈夫吉尔进行交流。"你花了这么多力气,我想应该找到红色笔记本了吧。你应该一直在读它,想确认我是不是在欺骗你。第二个日记,也就是你所说的真正的日记,我正在写着它"(Erdrich,5)。

从小说的主题上看,处于核心地位的影子所指涉的是艾琳真实、充实而理性的意识,这个意识隐藏在蓝色日记的空间。它在吉尔的画作中被误解、扭曲,无法被吉尔所感知。在与男权意识的压制与反压制中,强大的压力导致了艾琳的意识分裂,这一点可以从艾琳的酗酒中反映出来。酗酒的状态会带来她对生活感知的虚拟感,这也是她为何在红色日记中虚构情节的主要原因。红色日记代表的是一个不真实的空间,以及沉浸于虚拟世界无法自我安置的艾琳。红蓝色日记的对立是一种虚拟和真实的女性心理对立,它的构建起因是艾琳对自己真实的女性意识无法被感知而实施的报复,所以,在非理性的疯狂之外,她会寻求蓝色日记的真实空间来帮助自己取得平衡。可以说,这两组空间中的四个元素都存在作用力与反作用力。红蓝日记所构建的女性空间是第一组肖像与阴影空间冲突的产物,它的出现舒缓了艾琳的精神压力,其中强大的女性意识在不断挑衅吉尔的男性幻想。这种报复性的对抗在吉尔读到艾琳与三个不同男人偷情后达到了高潮,同时也加剧了吉尔与艾琳的矛盾,打破了整个空间的平衡。吉尔盛怒之下,将日记扔在地板上。如果说在吉尔和艾琳关系破裂之前,红蓝两本日记折射了艾琳女性意识的两面性的话,在吉尔意识到自己偷看日记的行为被艾琳知道以后,此时红色日记构建的虚拟空间已发挥了效果。因为吉尔不会再阅读红色日记,艾琳也不再需要蓝色日记展示自我的真实意识,她所致力构建的并置空间就没有了存在的必要。在平衡完全被打破后,如何处理之前的两种不同的女性意识?最后一篇12月16日写的红色日记就很值得回味。面对失衡的危险状态,艾琳以真实的自我坦诚面对现实情境,以对话的方式和开放的姿态展示自己内心的情感。她以一只仓鼠来隐喻吉尔脆弱的生命,渴盼挽留这只受到伤害的仓鼠。她将真实的自我从蓝色日记空间释放到红色日记的空间中,以真诚的姿态宽慰吉尔,重建空间的平衡,让两人关系回归到正常的状态。但是吉尔在最后选择了自杀,在这个天平上,吉尔的死去也意味着艾琳无法独自支撑,在对称结构失去平衡后,她选择与吉尔一同死去也就可以理解了。

三、异质空间的叙述时间和叙述视角

如果我们从空间的角度，从叙述时间和叙述视角这两个层面看这部小说，其空间特征就更为明显。文本中的空间不仅是情节的背景，而且可以"生成话语的意义"（Hoffmann，588）。而在对文学空间的讨论中，有一个问题必须要解决，即：文字作为一种线性表述方式，是无法进行共时性构建的，如此，它是如何在文学文本中表述或生产出以共时性为特征的空间的呢？在莎伦·斯潘塞（Sharon Spencer）的阐述中，现代主义带有空间特质的作品"通过破碎和并置这两个最有效的方式打破时间的线性叙述，并将事件重新以空间方式构建"（156）。在斯潘塞的理念中，破碎和并置所产生的共时性正是对时间的线性特征的消解。从红蓝两本日记的情节设计上来看，虽然这两本日记的写作时间有历时性的差异，女主人公艾琳大多先在家中完成红色日记，然后会前往银行的保险间写完蓝色日记。但在整部小说中，这种历时性的时间差距感几乎无法被感知到，读者更多感受到的是两本小说中同时存在并互相冲突的两种女性意识。也就是说，厄德里克试图让读者从共时性而不是历时性的角度去理解作品，这也正是空间形式小说的典型特征。空间手法的运用，不仅从多维的角度细节化放大了艾琳的女性意识，凸显了情节的共时性，同时也通过这种陌生化手法延长了读者的体验过程。

在《踩影游戏》这部空间特征明显的小说中，很明显的特征就是降低物理时间的作用。作者把抽象的线性时间之流切割成多段，以红蓝日记的隐喻性空间交替呈现。在叙述中，红蓝日记虽按照线性时间的结构铺展，但作者也有意识地对这种结构进行了共时性的拓展。如在第二篇蓝色日记（2007 年 11 月 2 日）的叙述中，整部日记被分为两部分，在两个不同的章节分别展开。在小说的开篇，作者以 2007 年 11 月 2 日的蓝色日记展开叙述。在随后的章节中，厄德里克打破了时间的线性特征，开始展示 11 月 1 日的红色日记。在交替穿插叙述中，随后展示的蓝色日记也同样没有按照时间顺序，而以回叙的方式展示 11 月 2 日蓝色日记的第二部分。叙事结构中自然时序的改变会延缓甚至中断情节的推进，从而达到一种时间停顿和共时性的陌生化效果，增加了读者与作品的细节之间的审美距离,空间形式感随之加强。读者通过时序和意象参照来掌握各部分之间的联系,在迷宫一般的结构中体会人物关系和叙述对象的内涵。从 11 月 2 日蓝色日记的分割叙述的效果来看,在展示艾琳对婚姻的失望和与吉尔关系的疏离感上,这种分割叙述的手法取得了慢镜头般的聚焦特效。

这种通过加大叙述时间(以缩小被叙述时间)的方式,正体现了厄德里克创作中敏锐的空间感。在对叙述对象的展示上,红蓝日记发挥了双重投射的效果,这里所凸显的不是时间的流动性,而是凝聚在一个时间点上两个不同投射视角的共时展示。所以我们可以说,这部小说虽然与其他作品一样有着明确的时间标识,但它反而更加强调其空间构建。同时,在空间化的理念上,与第一维度的物理空间相比,小说更注重表现人物的心理和情感空间。红蓝两部日记仿佛对应放置的两面镜子,折射出艾琳复杂的矛盾意识。从叙述时间的物理速率来看,这种结构已经将传统速率有效减缓,使读者在这里停住并集中关注艾琳挣扎的内心与丰富的情感。

从叙述的视角来看,小说以红蓝日记为主要媒介的空间结构看起来是封闭的,置于一个平面,但它远非这么简单,厄德里克不仅赋予了这个结构以动态的特质,而且隐藏了另一个叙述者——瑞尔。在最后一章,瑞尔写道,"所以你知道了吧,我就是小说中的第三人称叙事者。我有着全知的视角"(Erdrich,251)。在情节即将结束的时候,作为隐含叙述者的瑞尔的突然出现对读者的阅读体验是一个很大的冲击,这使得小说脱离了红蓝日记固定视角的局限,兼具内聚焦和外聚焦的双重特质,赋予文本以更大的叙述张力,这种方式以陌生化的手法提高读者对艾琳的女性意识感知难度,使得对红蓝日记的解读变得愈发晦涩,并让读者对之前的叙述判断产生不确定感。

正如对线性时间顺序的割裂和重置一般,叙述者的多元化本身也代表了多维度的空间形式。如果说红蓝日记的空间形式是对艾琳的女性意识的平行映射的话,瑞尔的叙述则增加了投射的立体维度,丰富了对叙述对象的展示,读者在两本日记的意识冲突中可以感受到其主体性的复杂性和不确定性。

四、异质空间的本土族裔特质

厄德里克的作品在吸收了西方现代创作元素的同时,在创作的风格和主题上凸显了美国本土文化特质。首先,就两本日记的设计而言,它们作为艾琳女性意识两个不同方向的投射,在奥吉布瓦部落文化中可以找到相似的文化结构。在奥吉布瓦族的神灵观念中,每个人有两个灵魂。在身体入眠的时候,第一个灵魂(或称为"自由灵魂")会在做梦期间离开身体远行,因此,会有第二个灵魂(或称为"本我灵魂")驻守在身体里,它在人的心脏位置,可以自由出入身体,并给予身体以智力、推理能力、记忆、意识和行为能力,它可以短暂地离开身体,但长时间分离会让人生病乃至死亡。而第一个旅行的灵魂停留在大脑中,并与身体互相独立存在,可以在身体睡眠期间自由离开,它作为"本我灵魂"的眼睛一般,可以感知远处的事物。从功能上看,它类似于心理学中所探讨的第六感。这两个灵魂都独立存在,并与身体保持着和谐关系。"在身体死亡的时候,'本我灵魂'会随即离开身体,前往往生世界,而'自由灵魂'则会成为鬼魂,在墓地附近停留一段时间,并最终也会前往往生世界与'本我灵魂'汇合"(Vecsey,60)。就三者的关系而言,"'本我灵魂'会为身体提供力量,没有了它,身体将没有意识。同时,身体要依靠'自由灵魂'以获得灵性的沟通能力,这也是他们维系自己与神灵玛尼托(Manitos)的必要关联。可以说,这两个灵魂从物质和精神上为身体的正常运转提供了必要的保证"(Vecsey,61—62)。

从这两个灵魂的性质上看,蓝色日记作为记录艾琳最为真实情感的载体,符合"自由灵魂"的特征,它具有敏锐的感知能力,并经常离开身体自由穿行,轻灵而无所羁绊。同时,蓝色日记一直被置于银行,与艾琳保持了一定的空间距离,这也与"自由灵魂"远离身体的情况相吻合。而红色日记作为艾琳的女性意识与男性协调、沟通的部分,它具有更多的是"本我灵魂"在身体上的实际功能,如智力、意识和行为能力,所记录的文本所承载的意义和实现的价值都被固定在现实层面,即与丈夫的情感试探和沟通上。它也是在围绕维系现实中的家庭而发挥现实性作用。从这个意义上看,红蓝两本日记从性质和功能上均符合奥吉布瓦族对"自由灵魂"和"本我灵魂"的传统神灵观。

从整篇文章的象征结构上看,厄德里克借用了奥吉布瓦部落文化中的药轮结构,以药轮十字架的空间结构和环形的时间观念构建了作品中的几个核心意象。如果将以上的分析以图表的形式总结,我们可以得到下图:

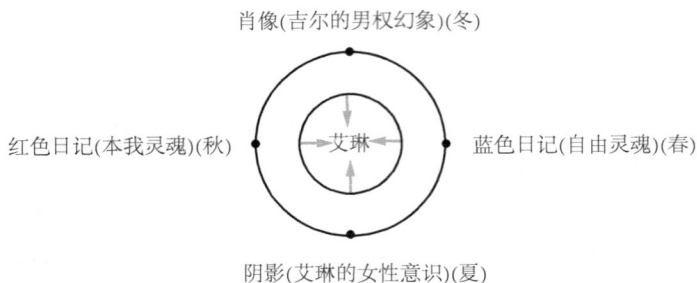

肖像(吉尔的男权幻象)(冬)

红色日记(本我灵魂)(秋) ← 艾琳 → 蓝色日记(自由灵魂)(春)

阴影(艾琳的女性意识)(夏)

这个结构中,艾琳作为厄德里克在本部小说中凸显的女主人公被置于核心位置,作为男权幻想的肖像和艾琳女性意识的代表阴影分别作为异质空间遥遥相对,而两本日记作为平衡艾琳女性意识的拓展空间被置于两侧。这个结构与奥吉布瓦族的药轮结构极为类似。在奥吉布瓦部落文化中,药轮是一个对称的环形结构,象征着生命、时间和精神的循环。自然以环形的顺序发展,对时间的测量也以自然的环形顺序为准,这种四位一体的神话模型构成了本土文化中自然和时间的基本象征。其中的四个方向分别有着不同的意义。北方为白色,象征冬季;东方为黄色,象征春季及自我的新生;南方为红色象征夏季及青春蓬勃的状态;西方为黑色,象征秋季。学者乔治·汀克(George Tinker)曾介绍道,"对于平原地区的印第安人来说,生活中的基本象征是圆形。这个多元的象征暗含着家庭、氏族、部落以及万物创造。作为一个造物性象征,这个圆形的重要性在于它真切的平等性。没有办法把一个圆形等级化。因为它没有起点,也没有终点,所有的一切都在这个圆形中享有平等价值"(123)。

如果以艾琳的女性意识为标准来分析这四个方位,我们可以发现,这个结构符合药轮的四季时间结构,它以艾琳的女性意识的感知出发,展示了不同空间的价值。肖像作为压迫性的男性意识,对于艾琳的女性意识而言是最为对立且冰冷的;而蓝色日记(自由灵魂)作为艾琳自己的内心独白,从情感上来看最为接近女性意识,可以被视为一种春季般的萌芽和亲切;阴影如夏季般,则是女性意识最为本真和炽热的状态;红色日记(本我灵魂)是艾琳的女性意识被置于男性审视之下的产物,多局限在现实层面,其中的生命力开始削弱,符合秋天的特征。从这个意义上说,厄德里克在主题上将美国本土的核心精神元素融入了创作,搭建了独特的空间框架,营造了富含象征意义的叙述结构。

结　语

综合以上的空间特质,我们可以说《踩影游戏》是一部以时间性为线索,致力于空间构建的作品。小说正是通过多维的空间叙事性构建,多角度展示艾琳女性意识之内的激烈冲突。在对艾琳女性意识的聚焦中,通过空间并置、叙述视角以及故事情节嵌套的叙事手法打破及淡化时间的线性发展速度,从而有效延缓物理时间,增强了对叙述对象的聚焦强度和细腻程度,这些都赋予了《踩影游戏》以鲜明的叙述空间性,展示出追求空间化效果的趋势。作品中的空间性不仅仅是一种西方现代写作风格影响下的一种策略,它更多地与美国本土的文化特质相关联。在环形的时间结构所包围的自然生存景观中,厄德里克依托以"四"为参数的空间方位搭建了美国本土宇宙观的基本框架。空间作为美国本土文化中的一个重要特质,也作为族裔性的一部分被纳到厄德里克的创作中,它不仅进入作品的象征层面,也构建了作品的框架和意义生成范式。

引用文献【Works Cited】

Chavkin, Nancy Feyl and Allan Chavkin. "An Interview with Louise Erdrich." *Conversations with Louise Erdrichand Michael Dorris*.Ed. Allan Chavkin and Nancy Feyl Chavkin. Jackson: UP of Mississippi, 1994.

Erdrich, Louise. *Shadow Tag*.New York: Harper Collins Publishers, 2010.

Hoffmann, Gerhard. *Raum, Situation, Erzahlte Wirklichkeit*. Stuttgart: Metzler, 1978.

Owens, Louis. *Other Destinies: Understanding the American Indian Novel*. Norman: U of Oklahoma P, 1992.

Spencer, Sharon. *Space, Time and Structure in the Modern Novel*. New York: New York UP, 1971.

Tinker, George. "Spirituality, Native American Personhood, Sovereignty, and Solidarity." *Native and Christian: Indigenous Voices on Religious Identity in the United States and Canada*. Ed. James Treat. New York and London: Routledge, 1996.

Vecsey, Christopher. *Traditional Ojibwa Religion and Its Historical Changes*. Philadelphia: The American Philosophical Society, 1983.

作者简介：陈靓，复旦大学外文学院教授。

原文载于《当代外国文学》2017 年第 2 期。

记忆不能承受之重

——《考瑞基多拉》及《乐园》中的母亲、记忆与历史

曾艳钰

正是由于母亲,通过母亲作为一种记忆的源泉,个体才被置于家庭谱系之中。

——盖·杜格斯[①]

抱着孩子的母亲拥有着(承载着)她孩子的记忆。

——詹妮弗·弗雷切纳[②]

黑人文学在美国有着很长的历史,但是由于民权运动和黑人美学运动的影响,美国黑人文学的内容和特征自 20 世纪 70 年代后发生了很大的变化,其中一个重要的变化便是黑人女作家群体的出现及黑人女性主义文学批评的形成。20 世纪 70 年代起,以托尼·莫里森、艾丽斯·沃克、玛雅·安吉露、托尼·凯德·巴姆巴拉、歌劳莉亚·奈勒以及盖尔·琼斯等为代表的黑人女作家群体的崛起,对黑人文学传统中男性中心主义提出了挑战,丰富了美国黑人文学的内涵,促进了黑人女性主义文学批评的形成和发展。她们一方面继承黑人文学的传统,继续在种族、身份等问题上进行探讨,另一方面又开始超越传统,对激进的黑人民权运动进行审视,对黑人文化传统进行反思,在人物的刻画上不再固守陈规,塑造出一批与黑人文学传统模式化人物大相径庭的角色。很多评论认为,美国黑人女作家的创作思想和作品主题,突出反映了黑人女性积极建构种族文化身份以及女性身份的愿望,揭示了黑人女性所受的双重苦难——种族压迫和性别歧视,反映了黑人女性在以白人为主导和男权统治的社会环境中积极建构种族身份、寻找自我的历程。[③]作为美国黑人女作家的重要代表,盖尔·琼斯和托尼·莫里森

分别在小说《考瑞基多拉》(Coregidora，1975)和《乐园》(Paradise，1998)中，塑造了饱受历史创伤的黑人母亲形象，在描述她们所经受的从肉体到心灵，从种族到性别的累累伤痛时，两位作家指出了承载着历史记忆的黑人前辈女性们所陷入的困境。本文从母亲在黑人社会中的独特地位出发，从创伤记忆的角度切入，分析这两部小说中母亲在传承历史记忆中的"不能承受之重"。

正由于"母亲作为一种记忆的源泉"，一个人才被置于家庭谱系、历史、民族及传统之中。作为一种直接记忆的宝贵源泉，"母亲"常被"置于过去之中"，却又被置于历史之外。安妮·麦克科林托克认为，女性常常是口述记忆传承的直接渠道，而她们自己却被"拒绝于任何(历史)作用之外。"④将女性/母亲作为(个人和社会)记忆的主要载体与官方书写的历史却是大相径庭的，因为民族主义及反殖民主义的话语将女性的作用局限于"生产者"和"文化传递者"。⑤正是由于中心/边缘、家庭/世界、传统/现代、女性/男性的二元对立体系造成了"母亲"作为"牺牲品和英雄"的双重角色，母亲形象常被看作失落的传统身份中缄默和坚忍不拔的象征，代表着民族精神核心未来的成长。⑥

在民族主义及反殖民主义的话语体系中，女性被刻画成民族的精神核心，被作为国家英雄儿子的生产者，而在后奴隶时代(postslavery)的美国黑人文学中，母亲形象更多地通过母女关系得以呈现。母亲作为文化记忆和传统精神承载者的形象，常常通过母亲谱系的叙述得以刻画。在论及母系作为传统隐喻的作用时，玛德胡·杜贝指出，"黑人女性主义批评家通常用母系的隐喻来构建黑人女性文学传统……把母亲当作女性文学传统的源泉，当作它延续的捍卫者"。⑦可见，在杜贝看来，母系隐喻在构建黑人女性文学传统中起到了十分重要的作用，而这一母系文学传统的构建又将黑人女作家紧密相连，使她们成为这一传统中"黑人女性文学的母亲"及"赋有责任感的女儿"。爱丽丝·沃克在其《寻找我们母亲的花园》一文中也曾指出，从历史发展上看，美国黑人妇女不外三种命运：一是受苦受累、生儿育女的牛马命运；二是某种机遇使少数人得以施展才华；三是当代黑人妇女才有的继承黑人文化传统、改变所生活的世界的命运。⑧

黑人母亲在历史上遭受种族主义和性别歧视的境遇，造就了她作为女性另一种声音的表达者及记忆的传递者。赫坦斯·斯彼勒思认为奴隶"家庭生活"的特殊境遇导致了美国黑人女性(作为母亲和女儿)独特而强有力的位置,⑨戴安娜·萨德芙进一步指出黑人母亲身份(motherhood)与"双重历史"紧密相连。⑩母亲,一方面是奴隶制最终的牺牲品,另一方面又起着传承这种历史压迫记忆的媒介作用。著名美国黑人女权主义批评家帕特里希亚·希尔·柯林斯认为:"虽然作为母亲对于一些女性意味着压迫之源,但对于其他绝大多数女性,不管是在个人意义还是集体意义上来讲,它都是一条通向自我实现和完成之路。母亲可以被看作一个场域:在那里,女人可以有表达和学习自我定义的权利,珍惜、尊重自己的重要性及自我依靠和独立的必要性。"⑪可见,女性记忆被当作女性增强自我力量的源泉。因此,探讨当代美国黑人女作家作品中的母亲形象、母亲与传统及文化记忆之间的关系,成为当下美国黑人文学批评的重要方面,"母性传统"(matrilineal tradition)和"女性记忆"成为黑人女作家及女权主义批评家研究的重要主题。盖尔·琼斯的《考瑞基多拉》和托尼·莫里森的《乐园》这两部重要小说自然也不例外。

很多评论着重分析这两部小说体现出的在挑战"父权的"(大众的,历史的及书写的)话语基础之上的"母性"(女性的,个体的及口头的)话语。但在这些研究中,一个重要方面被忽视了:这两部小说并没有解决历史与记忆之间的区别,因为两部小说都指出了同一个事实,"母性"记忆常常屈从于父权话语的历史,如果说母亲所拥有的创伤记忆是一种财产,那么这种财产又将如何得以传承?而作为"生产者"和"文化传递者"的母亲真的是这些财产的合法继承者吗?根据玛丽安娜·赫斯其的观点,创伤幸存者的后代所经历的创伤记忆为第二代创伤,或"后记忆";一个创伤幸存者的后代,总是力图在"她自己的生活叙述"中理解"在她出生前的创伤记忆"。她认为,那些从未被经历过的事件构成的第二代后记忆的视觉及叙述再现,采用"同一代人之间的接受和认同行为",即,幸存者后代接受那些她们所未经历过的创伤经历,接受那些记忆,使之成为自己的记忆并写入到她们自己的故事之中。⑫后记忆表现出的是一种在时间和地点上的困惑,一如琼斯和莫里森笔下的人物所经历的困惑,她们不能直接进入对现实有巨大影响的过去之中,不能拒绝记忆的责任,也不能无视创伤在历史和当代文化中引起的政治效果。后记忆引发了一种精神上的束缚,创伤幸存者的后代们必须在"无法承受的空缺"中找到关联。⑬

　　《考瑞基多拉》和《乐园》两部小说中的家庭所经历的历史创伤,明显早于见证这些创伤的母亲(女儿)们所讲述的故事,通过她们讲述的故事,母亲/女儿们承担了历史见证的责任,但她们同样表达出作为黑人女性这一特殊身份构建历史的不合法性。在讲述奴隶制和美国种族主义的创伤后果的故事时,琼斯和莫里森分别刻画了一个传承和讲述家族历史的母亲/女儿形象,故事围绕着她们的历史意识展开,即历史创伤在家族谱系完整和记忆传承中形成了一道无法逾越的障碍,因此她们与她们的母亲及母性谱系隔离开来;这种隔离感源于她们记忆的丧失,这种丧失并非因为她们对家庭创伤历史的忘却,而是因为她们不能通过主流渠道传承她们的记忆。在《考瑞基多拉》中,小说主人公厄莎·考瑞基多拉描述了自己"繁衍后代"的家庭责任,而"繁衍后代"是延续考瑞基多拉女性记忆、见证痛苦历史创伤的主要方式。生活在20世纪的美国,远离她祖辈们的经历,厄莎陷入一种困境:她感觉到见证残忍过去的紧迫性,却又无法进入到这些记忆之中。厄莎见证责任所采取的是繁衍后代这一方式,而《乐园》中的主人公帕特丽莎·贝斯特则是以文字的形式来记录她的先辈们所经历过的创伤。作为一名教师,帕特丽莎力图以文字重构家庭及社区的历史,但一如厄莎,她也有一种历史的隔离感,因为她也没有经历过经济上的剥夺及种族隔离的创伤,而恰恰就是这些元素构成了她所生活的小镇及其家庭的社会身份。帕特丽莎尽管在小镇长大,成为一个社区活动的积极参与者,却始终被一种隔离感所困:她是社区的一部分,又不能逾越社区划定的界限。作为创伤经历者的后代,两部小说中的黑人母亲/女儿处于一种矛盾的困境之中:她们认识到自己在家庭谱系轨道中的重要性,但又感到自己不能进入这些家庭记忆之中,因此,重要、基本的家庭记忆的传承被隔断了。考瑞基多拉·厄莎曾用一句话概括了这种夹在家庭历史内外的意识:"考瑞基多拉是她们的,不是她的。"⑭那么,琼斯和莫里森是如何描述出这种传承记忆的不可能性呢?这种不可能性又是如何造成的呢?

　　作为托尼·莫里森同时期的作家,盖尔·琼斯在美国黑人文学史上也占有独特而重要的位置。她的小说大胆探讨美国黑人作家一直谨慎而不轻易涉及的美国黑人文化中的暴力、性欲和疯狂等主题。《考瑞基多拉》讲述了奴隶主考瑞基多拉的性侵犯给考瑞基多拉家族四代女性带来的心灵上的摧残和影响。

西蒙·考瑞基多拉是一个巴西的咖啡庄园奴隶主，他肆意凌辱庄园的女性，不仅使厄莎的曾祖母怀孕，又强暴了厄莎的祖母——他自己的亲身女儿，并使她怀孕。考瑞基多拉烧毁了所有能证明这些妇女曾是他的奴隶的证据。这些女性一代代承诺她们要不断地"繁衍后代"，以传承历史记忆。厄莎是考瑞基多拉家族的第四代女性，是一个在夜总会表演的布鲁斯歌手，从她的曾祖母和祖母那儿知道了家族的历史。厄莎答应母亲会"繁衍后代"，将"考瑞基多拉女性们"的故事传承下去。当所有的官方证据被销毁后，讲述及重述这些记忆便成了保存和延续考瑞基多拉女性记忆、见证痛苦过去的方式，这样不仅使这些记忆根植于厄莎的脑海中，确保这种见证的延续，还是她的前辈女性们与创伤妥协的一种方式。

"讲述"一方面作为一种治疗方式，帮助经历创伤的女性，"就好像那些话在帮助她，那些不断重复的话语好像能替代记忆，从某种程度上超过了记忆"。⑮另一方面，讲述又作为使这种过去的创伤记忆延续的方式："重要的是要繁衍后代……这就是证据"。⑯要实现讲述的双重目标，厄莎是要付出代价的，她"继承"了她"母亲们"的创伤，最终这些变成了她自己的创伤。前辈女性们的创伤经历成为厄莎身体的直接体验，也就是伊丽莎白·亚历山大所说的"身体的知识"或"身体的记忆"。⑰从母亲传给女儿的创伤记忆将世世代代以最直接的方式紧密联系在一起，在谈到"母亲们"的记忆时，厄莎说："她们的过去在我的血液中……我的血管是几世纪的会合。"⑱在了解到前辈女性们遭受到的性侵犯后，厄莎感到她们的主人考瑞基多拉先生"依然在（她）体内号叫"。记忆变成了一种见证的伦理承诺，使厄莎全盘接受了她前辈女性们的创伤。厄莎将她面对的现实与她先辈们的过去融为一体，以至于她丧失了区别的能力。当厄莎第一次告诉塔德颇（她的第二个丈夫）关于她传承前辈女性们记忆的责任时，塔德颇问她："我想你恨他，是吗？"塔德颇此处的"他"指的是马特，厄莎的前夫，也是一个布鲁斯歌手，在与厄莎结婚后他不愿意再让厄莎演唱布鲁斯，在一次争吵中把已有身孕的厄莎从楼梯上推了下去，这使她不仅失去了孩子，还从此失去了生育能力，她无法再实现"繁衍后代"的承诺。但厄莎的回答是，"我甚至都不知道这个坏蛋"⑳,显然,厄莎所说的"这个坏蛋"是奴隶主考瑞基多拉。可见,厄莎将代表现实的马特与代表过去的考瑞基多拉混淆在一起,厄莎的这种困惑贯穿于整部小说中,因为厄莎的现实经历不断让她回到前辈女性们的过去之中。

厄莎这种把自己的生活与其先辈女性们生活的混淆,就是过去与现实的混淆。这使得厄莎的生活与其前辈女性们的经历遥相呼应。一如考瑞基多拉过去对厄莎祖母的称呼,马特称厄莎为"我的猫咪""我的小金片"。小说结尾处,厄莎和马特在二十年后重逢,他们在曾住过的旅馆相逢,"并不是原来的房间,但是同一个地方。同样地方的感觉"。此刻不仅厄莎与马特的过去再次浮现,厄莎曾祖母和考瑞基多拉的过去也重现出来。厄莎力图通过展现她"母亲们"的过去来恢复与马特的关系,"我握着他的脚踝。就像我不知道哪些是我和马特,哪些是曾祖母和考瑞基多拉"。㉑马特和考瑞基多拉之间的区别模糊了。整部小说采用过去时介绍了厄莎的记忆,或者可以说是厄莎从前辈女性们那儿继承的创伤记忆,在这个记忆中,现实从过去中剥离了。这种本作为官方历史记忆反对力量的母性记忆,最终成为一种不由自主地重复,"将考瑞基多拉女性囚禁于一个非她们自己创造的历史之中,因为她们所拥有的历史给予她们的只不过是被剥夺的历史"。㉒因此,女性(母亲)记忆的建立本用来反对女性在历史中的缺失,却使女性在历史再现中缺失了。

厄莎无法进入考瑞基多拉家族的历史之中,因此也无法重复这个历史,黑人女性在黑人社会文化身份的缺失,使她认为自己不是这个历史的合法传承者,而她自己也不想用这样的历史来构建自己的主体身份。当她在探寻不可及的过去时,厄莎又拒绝了那些会对她产生重要影响的过去的记忆。作为故事的讲述者,厄莎具有选择再现历史的叙述因素的主动权,尽管厄莎力图清晰地表达她生活历史的连贯叙述,但整部小说中充满了倒叙、梦境、幻觉和时间上的跨越。这种有意识的碎片叙述表明她拒绝将自己的出生及身份仅仅置于考瑞基多拉家族历史之中的愿望。

母亲记忆能跳出自己的束缚,呈现"这一历史的跨越"吗?有没有办法使母亲记忆不仅能面对历史的安排,而又能阻止拥有话语权的官方历史的不断重复呢?莫里森的《乐园》对此做出了回答。莫里森的历史三部曲《宠儿》《爵士乐》及《天堂》所反映的是跨越了两百多年的黑人历史，从 18 世纪掠捕和贩运黑奴，到 20 世纪 70 年代的美国社会。在《宠儿》和《爵士乐》中，个人与集体的历史最终对现在都产生了积极的影响，使生活在痛苦现实中的人们获得了解脱和新生，而在《乐园》中，莫里森的历史意识聚焦到了历史创伤对历史重构的影响。《乐园》的背景是建于 1949 年的俄克拉荷马州鲁比镇。鲁比的人口都是黑人，过去黑奴的遗族。所谓"乐园"，是指小镇边缘的女修道院。女修道院里都是逃避男人的女性。莫里森使用了双重线索的叙述手法，一条线索围绕鲁比镇的男性展开，讲述他们对历史的重构和杀人动机，另一条则围绕鲁比镇和修道院的女性，讲述那些女性为何逃入修道院躲避的故事，两条线索相互交织，又平行发展。

鲁比镇与其他居民区不同的是与世隔绝。不仅白人在鲁比镇不受欢迎，甚至浅肤色的黑人也要受到排挤和歧视。黑人罗杰·贝斯特是小镇上第一个破坏了血统规矩的人。他娶了一个浅肤色的棕发女子为妻，从此，他的家族不仅被从"圣室之家"中剔除，一家人在鲁比镇都受到牵连。他的妻子狄利亚就因为模样像南方的白人而且又生了一个白人长相的女儿而遭镇上黑人的愤恨。当狄利亚难产时，人们不愿送她去医院致使她不幸身亡。狄利亚和罗杰的女儿帕特丽莎和外孙女比莉·狄利亚同样因为肤色而陷入痛苦的深渊。帕特丽莎是学校的历史教师，业余时间研究鲁比镇诸家族的谱系历史。为了改变受人歧视的命运，她嫁给了长得像"煤矿最深层八层石头"的黑人比利·卡托，并生下一个女儿。令她难过的不仅是丈夫的早逝，更是女儿比莉·狄利亚继承了她的浅肤色而受到镇上人的孤立和非议。当帕特丽莎最终醒悟是小镇的人们使她一家成为种族主义的替罪羊时，她懊悔自己认同并按照鲁比镇的道德标准来约束比莉·狄利亚，使女儿失去了母亲的保护。最终，帕特丽莎把她多年收集整理的鲁比镇家族的历史资料付诸一炬。从形式上看，帕特丽莎的这一行为与《考瑞基多拉》中被烧毁的证明黑人被奴役的证据相似，虽然两个焚烧行为的社会语境和社会力量并不相同，烧毁本身却象征着与历史、文化记忆及合法财产权利的抗争。历史证据的销毁使"官方故事"得以完整保存。烧毁的行为发生在小说"帕特丽莎"这章的结尾，而在此之前的叙述却充满着反叛的历史证据。为了让帕特丽莎有能力选择烧毁她的家族记录，她得有权进入官方历史和非官方的文化记忆中去。

碎片化的记忆、多层的历史、过去与现在的交织贯穿于《乐园》的整个叙述。每个人物、每个地方都有其自己的历史,这些历史又成为其他人物历史的一部分,而根据每个人物的个体需要,这些犬牙交错的历史又不断地被否定。如,莫里森把帕特丽莎这一章紧置于康索雷塔章节之后,这两个女性叙述之间视点的转换是"讲述"。康索雷塔是"女儿国"——修道院的核心,康索雷塔以善良、理解、博爱的宽阔胸怀,接纳、抚慰玛维斯、格蕾丝、塞尼卡、迪薇这些伤痕累累的女子,她不仅给她们提供了一片寒舍,还教导她们学会自爱和互爱。而比邻的鲁比镇却是一个典型的父权制社会:男人们紧紧控制了经济、社会、家庭大权。对帕特丽莎而言,鲁比镇代表的是这个地区所有事件发生的中心,而修道院代表的是所有反叛及非法行为发生的边缘地带,也就是说,鲁比是合法社区的代表,修道院则是一个非法的附属。相反,康索雷塔把修道院当作一切场景的中心,鲁比被认为是一个重要但陌生的附属邻居。这一点在对从鲁比去修道院的吉基的刻画中得以充分体现:"突然间,她已出了小镇。当地人称之为'中央大街'在这中断,吉基到了鲁比的边缘,与此同时也到了它的中心。"[23] 在莫里森的笔下,小镇与修道院分开的 17 英里(1 英里=1.6 千米)在边缘与中心的交汇处消失了。

帕特丽莎对小镇宗谱的寻求与她的另一部小说《宠儿》有类似之处,却又不同。在《宠儿》中,忘却是黑人从痛苦创伤中走出来的方式,"他们忘却了她(宠儿),她就像一个噩梦……记忆似乎是不明智的"。[24] 在《乐园》里,鲁比镇的头领们高度警觉地保护、追随着过去,并把过去当成小镇合法的身份象征,率领男人冲击修道院的头领摩根认为,"如果你,你们中的任何一个,忽视、改变、抹去或者添加那烤炉上的话语,我会砍掉你的头……"[25] 摩根兄弟的祖父泽迦利亚和其他人向俄克拉荷马迁徙的过程中,遭到沿途各城镇居民的拒绝,其中包括当过奴隶的黑人们。遭到一连串的拒绝之后,他们最后意识到,是自己本引以为豪的纯正的黑色皮肤使那些浅肤色黑人都鄙视他们。于是他们建立起了自己的小镇。在摩根两兄弟的记忆中,祖辈的这段历史就是由永恒的耻辱、仇恨、排外和对乐园的梦想构成的,而能代表这段历史的就是当初祖辈们建造的烤炉。烤炉刚建成时,祖父在烤炉嘴上写过一句话:"小心他皱眉。"——"他"指的是上帝。在摩根兄弟的心目中,这个烤炉具有见证与代表祖辈历史的神圣地位。"孪生兄弟相信,是当祖父发现正直之途非常狭窄时为烤炉的嘴唇选择了这句话",而且"要表达能够永恒的至理"。⑥社区关于烤炉的争论贯穿于整部小说中,年轻一代既没有经历过恐怖的美国奴隶制,也没有经历过二战后的种族压迫,却被不断重复告知这些历史创伤的原因和后果,在力图进入祖辈们的过去之中时,他们又创造出他们自己的版本和解释,而这恰恰是老一代所不能接受的。颇具讽刺意味的是,摩根这个反对种族隔离的保守黑人民族主义的代言人,一方面谴责年轻一代的鲁莽行为,另一方面却以枪杀修道院的女性来"保护"鲁比的父权控制,保护他们祖辈们的历史。

帕特丽莎在记录小镇和居民的官方历史时,还记录了她母亲的非官方故事。从某种程度上来说,帕特丽莎是通过回忆来讲述她母亲的历史的,在她母亲和小镇的历史之间,帕特丽莎感觉自己是被迫在写她母亲的记忆,而不是她自己的记忆,由于母亲的过世,也由于小镇的老一辈不愿分享他们的个体记忆,帕特丽莎找不到自己问题的答案。如果说帕特丽莎的任务是记录小镇期望看到的合法的历史,她失败了,因为她的记录中包括了被小镇首领们看作是不合适、反叛、甚至是亵渎上帝的事件。如果说她的责任是记录她母亲的历史,她也失败了,因为在一种麻痹的"后记忆"状态之下,她无法进入不属于她的历史创伤的"真实"之中。但她作为宗谱记录者的失败证明了她作为见证人的成功,因为她力图使她母亲的经历合法地进入小镇的"官方故事"之中。帕特丽莎是小镇的忠实居民,却又游离于其外,作为一个历史教师,她对小镇有一种认同感,而与小镇的隔离感又使她力图发现官方合法历史与黑人创伤历史之间二元对立的意义。作为这些创伤事件的见证者,帕特丽莎的记忆努力证明了"后记忆"的矛盾(困惑):她是一个继承了太多又太少记忆的矛盾体,她还是一个意欲将这些记忆传承下去却又无法完成的母亲。她将自己的生活和意识融于过去的历史之中,而正是这个过去又使她不能完全理解和拥有。像《考瑞基多拉》中的厄莎一样,帕特丽莎的愤怒直指"官方故事",因为它们造成了作为文化记忆传承者的母亲身份的断裂。所以,帕特丽莎自己烧毁了一切。对厄莎和帕特丽莎来说,对家庭历史的评述及对家庭母系族谱的重构并不是一种复活母女感情纽带的方式,因为这种断裂是无法弥合的,而正是这种断裂才留给了她们叙述的空间。

　　丧失生育能力的厄莎无法完成"延续前辈女性们记忆"的重任,在经历了失去子宫这一创伤后,厄莎开始意识到她必须在祖辈们的历史之外找到自己的声音,她必须学会唱一首"能触及她和她的生活"的新歌。②而作为母亲的帕特丽莎也使女儿失去了母亲的保护。两个主人公似乎都没有成为真正的母亲,但这并不意味着对其母性的否定,并不能割断母亲与母系族谱及记忆之间的关系。这两部小说使我们意识到记忆所起到的意识形态的巨大作用,甚至在女性自我力量加强的叙述中也如此。在这种叙述中,女性的知识和话语成为女性口述传统的重要部分,同时也成为女性记忆的负担,因为她们现在的故事得屈从于前辈们过去的经历,除了传承那些坚忍不拔的生存故事之外,她们还必须传承那些创伤记忆,从祖母传给母亲,从母亲传给女儿。她们无法承受的这些"记忆"碎片最终又成为一种创伤,周而复始,无法弥合。因此,盖尔·琼斯和托尼·莫里森的这两部小说重新审察了"母亲"与"记忆"之间的必然关系,把女性/母亲从她们作为文化记忆的传播者这一必然角色中解放出来。那么到底由谁来传承这些记忆呢？琼斯和莫里森堪称当仁不让。是她们这样的黑人女性作家承担了这个"记忆不能承受之重",其作品中母亲的记忆看似中断了,但由无数记忆碎片建筑起来的创伤是永恒的,可以穿越时空的隧道,不断让人从中领略到黑人女性被分裂的自我及其文化身份。

注解【Notes】

① Guy Dugas, *La Litérature judéo-maghrébine d'expresion francaise entre Djeha et Cagayous*, Paris: L'Harmatan, 1991, p.144.

② Jenifer Fleischner, *Mastering Slavery: Memory, Family, and Identity in Women's Slave Narratives*. New York: New York University Press, 1996, p.2.

③ 参见王守仁、吴新云:《性别·种族·文化——托妮·莫里森的小说创作》,北京大学出版社,2004年,第74—75页;参见骆洪:《身份建构中的双重话语——谈美国黑人女作家的创作思想和作品主题》,载《云南师范大学学报》2005年第4期,第96页;参见吴新云:《今见功名胜古人——当代美国黑人女作家创作述评》,载《外国文学动态》2003年第6期,第4—5页。

④ Anne McClintock, "No longer in a Future Heaven: Gender, Race and Nationalism," in Ane McClintock, Aamir Mufti, and Ela Shohat, eds., *Dangerous Liaisons: Gender, Nation and Postcolonialism Perspectives*,

Mineapolis：Universityof Minesota Press，1997，p.89 – 112.

⑤ 参见 Floya Anthias and Nira Yuval-Davis，*Racialized Boundaries：Race*，*Nation*，*Gender*，*Colour and Class and the Anti-Racist Struggle*，London：Routledge，1992，p.7.

⑥ 参见 Partha Chaterje，"The Nationalist Resolution of the Women's Question," in Kumkum Sangari and Sudesh Vaid eds.，*Recasting Women：Essays in Colonial History*，New Delhi：Kali For Women，1989，p.233 – 253.

⑦ 参见 Madhu Dubey，"Gayl Jones and the Matrilineal Metaphor of Tradition," in *Signs* 20.2(1995)，p.245 – 267.

⑧ 参见 Alice Walker，in *Search of Our Mothers' Garden：Womanist Prose*，New York：Harcourt，1984，pp. 231 – 243.

⑨ 参见 Hortense J. Spillers，"Mama's Baby，Papa's Maybe：An American Grammar Book," in *Diacritics* 17.2 (1987)，pp. 65 – 81.

⑩ 参见 Dianne F. Sadoff，"Black Matrilineage：The Case of Alice Walker and Zora Neale Hurston," in *Signs* 11.1 (1985)，pp. 4 – 26.

⑪ 参见 Patricia Hill Collins，*Black Feminist Thought：Knowledge，Consciousness，and the Politics of Empowerment*，New York：Harper，1990，p.46.

⑫ 参见 Marianne Hirsch，"Projected Memory：Holocaust Photographs in Personal and Public Fantasy," in Mieke Bal，Jonathan Crewe，and Leo Spitzer eds.，*Acts of Memory：Cultural Recall in the Present*，Hanover，N. H.：University Press of New England，1999，pp. 2 – 23.

⑬㉓㉕㉖ 参见 Toni Morrison，*Paradise*，New York：Knopf，1998，p.102、p.67、p.87、p.14.

⑭⑮⑯⑱⑲⑳㉑㉗ 参见 Gayl Jones，*Corregidora*，Boston：Beacon，1975，p.102、p.10、p.22、pp.45 – 46、p.46、p.10、p.184、p.59.

⑰ 参见 Elizabeth Alexander，" 'Can You Be Black and Look at This?'：Reading the Rodney King Video(s)," in *Public Culture* 7 (1994)，pp.81 – 98.

㉒ 参见 Madhu Dubey，"Gayl Jones and the Matrilineal Metaphor of Tradition," in *Signs* 20.2 (1995)，p.253.

㉔ 参见 Toni Morrison，*Beloved*，New York：Plume，1987，p.87.

作者简介：曾艳钰，湖南师范大学外国语学院教授。

原文载于《当代外国文学》2008 年第 4 期。

反种族主义立场与种族主义无意识

——从《第二十二条军规》看约瑟夫·海勒的种族困境

赵莉华　石　坚

　　评论界对《第二十二条军规》的关注主要集中在三个方面：艺术手法、人物和主题。小说的黑色幽默、反英雄人物以及荒诞主题被反复言说、挖掘。在"中国期刊网"中搜索到的篇名中含有《第二十二条军规》的 81 篇论文中，有一半文章在篇名、关键词或主题中出现"黑色幽默"，另外有相当多的部分讨论荒诞主题、反英雄人物、悖论等。小说的人物如约塞连、米洛、卡思卡特上校、丹尼卡医生以及牧师等也得到足够的关注，除专门的人物分析论文之外，主题讨论论文也反复分析上述人物，而最近发表的《权力话语的建构：论第 22 条军规中的性别隐喻》①一文，则弥补了评论界对小说中女性形象讨论的不足，小说的性别政治因此得以彰显，但小说中笔墨相对不少的人物印第安人一级准尉怀特·哈尔福特几乎无人提及，小说的种族政治仍然隐而不现。

　　英语评论界情况非常相似，《二十世纪文学批评》（*Twentieth Century Literary Criticism*）第 131 卷专章讨论《第二十二条军规》，大致勾勒了英语评论界对该小说的批评图画，认为对该小说的主题多集中在小说所表现的"荒诞、滥用职权、资本主义大工业的毁灭力量"②等方面。而人物约塞连等也有细致分析，印第安人哈尔福特除了出现在人物列表上，几乎完全隐身，更没有评论从种族主义视角来分析这个印第安人形象及其与小说其他人物的关系。笔者所见到的其他评论中，唯有詹姆斯·米拉德（James M.Mellard）注意到哈尔福特，他分析了重复出现的哈尔福特抹人脖子和肺炎二事，但目的只是说明小说中反反复复出现的重复，或如牧师所言"似曾见过"，从而看出作品荒诞的一面，③丝毫未注意到哈尔福特的种族身份、其种族主义注视下的印第安形象定式(stereotype)及其所暗示的作者或作品中其他人物的种族主义无意识。

不可否认,印第安人怀特·哈尔福特是个次要人物。约瑟夫·海勒在他的写作记事本上列出的人物有:约塞连、丹巴/麦克瓦特、克莱文杰/莱特利、乔/多布斯、奥尔、米洛、阿费、布莱克上尉、牧师、丹尼卡医生/斯塔布斯、梅杰中校/丹比中校、卡思卡特上校/科恩上校以及德里德尔将军/佩克姆将军、意大利人、护士和其他美国女人等,怀特·哈尔福特和全身素裹的战士等只是以"其他服役军人"(other enlisted men)一词囊括,④因此,即使在作者眼中,印第安人哈尔福特也不是本小说的重要角色。但是,小说中哈尔福特笔墨并不见少。小说第5章以"一级准尉怀特·哈尔福特"为标题,专章描述哈尔福特,另外,第6、9、10、12、14、19、24、25、29、32和35章都有描述或提及,总共一万多字与哈尔福特直接相关。在一部描写了四十多个人物的四十多万字的小说中,印第安人哈尔福特的描绘并不单薄得可以忽略。本文即拟从文化研究的视角,分析哈尔福特的人物形象及其与其他人物的关系,探讨哈尔福特控诉种族迫害的英雄形象与其印第安形象定式(魔鬼、醉汉和废物⑤)之间的矛盾,研究作者反种族主义立场与种族主义无意识的悖论,揭示小说的种族政治无意识。

一、种族英雄与反种族主义立场

或许,海勒的少数族裔身份和反种族主义立场掩盖了小说对哈尔福特的种族主义处理。犹太裔与美国土著一样,在美国属于边缘群体,是WASP(白人、盎格鲁-萨克森、新教)文化映照下的他者。作为犹太裔作家,海勒在种族关系中理应持反种族主义立场,而在本小说中,至少在表面上,更确切地说,在小说的开头部分,海勒没有忘记族裔作家的重任,没有辜负边缘群体的期望,他赋予印第安人哈尔福特话语权、控诉权,将哈尔福特塑造成言说、控诉白人罪行的种族英雄。第5章哈尔福特首次出现,海勒就让他控诉白人的种族歧视态度和暴行,白人为了石油(之前为了土地和其他自然资源)把他的部落赶得四处流浪,最后走投无路,整个家族只有他一个人存活下来。作者甚至让哈尔福特直接使用"种族歧视"一词指责白人,以彰显自己的反种族主义立场。

控诉在这里体现为两个层面的对抗:一是语言、历史层面的指责,即揭露白人对土著居民所施的恶行。二是权力、话语层面的诉求,即打破沉默,发出声音(voice),"贱民"(subaltern)开始说话,参与历史书写,纠正错误历史认识,还原历史真实。西进运动以及其间和其后的西部自然资源开发并非只是先驱者们浪漫、勇敢的胜利之战,高高石油井架下滚滚流出的黑色黄金,掩盖不了土著居民流离失所、背井离乡、种族灭绝、文化消亡的血泪辛酸。正如福柯所言:知识就是权力。哈尔福特掌握历史真实、言说历史真实,知识成为他反抗主流压迫的权力,言说将他推至种族英雄的高处。

如果说哈尔福特的石油故事是"印白"关系史的缩影,那么他的肺炎故事则是印白关系史的隐喻。哈尔福特死于肺炎并非偶然,而是他的宿命,也是白人带给很多印第安人的宿命。"印白"关系史上,白人抢走印第安人土地,把他们赶进保留地,杀死水牛,剥夺他们使用水、牧场等自然资源的权利。在白人到来之前,很多印第安人部落以渔猎和畜牧为生,农业技术不太先进,而白人到来之后,"赐给"印第安人的保留地多处贫瘠山区,耕作土地难以维持生计,印第安人穷困潦倒,无法生存,许多人只好借酒消愁,加上饥寒交迫,最后死于肺炎。值得注意的是,酒也是白人提供的。因为酒,殖民时期的印第安部落酋长糊里糊涂签订了割让土地的契约,也因为酒,许多印第安壮年男子失去了健康,成为肺炎的俘虏。几乎可以这样说,肺炎是白人带给印第安人的"礼物",在强势文化面前,印第安人只有接受。因此,从一开始,哈尔福特就打定主意要得了肺炎死去,而白人弗卢姆对此深信不疑,只是耐心等待,到了冬天,就自信地搬回帐篷,哈尔福特也就乖乖地到医院去死于肺炎。他虽然奉命搬进医生的帐篷,以保障身体健康,但还是难逃宿命。与石油故事相比,肺炎隐喻更令人触目惊心,哈尔福特以整个生命进行言说,书写历史,颇有悲壮的英雄气势。海勒不厌其烦地回到这个话题,表面上与一再重复的"第二十二条军规"一样,幽默荒诞,实质却暗含作者默默愤怒和声声控诉。

控诉、抗议是族裔作家写作中惯用的策略,以此进行权利诉求和主体建构。哈莱姆文艺复兴领军人物理查德·赖特等就倡导黑人写作为种族权利斗争服务,提倡抗议文学(protest literature),华裔作家赵健秀等人也持类似观点。他们不仅身体力行,分别在他们各自作品《土生子》(*Native Son*)和《鸡笼中国佬》(*The Chinhencoop Chinaman*)中实践这种立场,还批评在他们眼里未按照这一原则写作的女性作家,因此引出两件著名公案:前者公开批评非裔作家佐拉·尼尔·赫斯顿作品缺乏种族政治性,后者与汤亭亭上演"关公""木兰"之战。此外,在后现代多元的背景下,美国族裔作家也采用多元的策略进行多元诉求,以创造多元主义基础上的生存空间。除了控诉和抗议,解构也是美国族裔作家作品常采用的另一重要策略。解构的方式有多种,有颠覆欧洲中心主义传统中的主体/他者、白人/有色人种二元对立,如黄哲伦的《蝴蝶君》(*M. Butterfly*),也有通过塑造有色人种英雄人物来粉碎白人文化中有色人种的形象定式,如汤亭亭的《女勇士》(*The Woman Warrior*)等。

很显然,海勒作为少数族裔作家,也以这两种策略为反种族主义法宝。在《第二十二条军规》中,他虽然没有为自己的民族——犹太民族抗争,甚至根本不以族裔问题为重心或重心之一,却自觉运用控诉和解构两种策略,书写土著居民哈尔福特,表达自己的反种族主义立场。上文已经分析其控诉策略,下面再考察本小说体现的解构策略。詹姆斯·琼斯注意到:"种族主义强调本种族的正面特质,同时也强调他种族的负面特质。"⑥因此,种族主义的根本在于德里达式的带有等级秩序的二元对立,即白人/有色人种二元对立,白人身处中心,理当主体,有色人种低居边缘,自然为"他者"。体现在小说中常常是白人英雄人物形象高大;有色人种作为陪衬人物,卑微猥琐。两者之间互为映衬、互为对照。而少数族裔作家的任务便是颠覆这种二元对立,典型的例子可见于黄哲伦的《蝴蝶君》对《蝴蝶夫人》的后殖民解构。与黄哲伦不同的是,海勒没有采取德里达式的颠倒次序的解构策略,因为即使次序、等级颠倒了,仍然有强势和弱势,主体和"他者"之对立,以问题解构问题,最终不能解决问题。海勒以无中心来解构白人、有色人种二元对立,以无英雄、反英雄来反衬哈尔福特的种族英雄形象。小说描写的是一个疯狂的、乱糟糟的世界,二战的杀戮大背景,军营里一个个官僚,一个个疯子,一个个懦弱无能、胆小怕死、纵欲无度。卡思卡特上校为了升官晋爵,一再提高飞行次数,并主动请缨危险任务,完全不顾飞行员死活。米洛为了谋取利润,随意调动轰炸机,满世界倒买倒卖,竟然还拆掉飞机上"碍事"的救急用品,更为荒唐的是,居然与敌军签订协议,为了钱财帮助敌军轰炸自己的营地以及在敌军控制区炮击前来执行轰炸任务的盟军飞机。梅杰中校一生平庸、乏味,缺乏自信,父亲玩世不恭地将他的名字取为梅杰·梅杰·梅杰(Major Major Major)令他童年倍感痛苦和惶惑,入伍后计算机再一次与他开玩笑,把他当成中校(Major),于是他便成梅杰·梅杰·梅杰中校(Major Major Major Major),军衔高于训练教官,教官不知如何是好,只好草草应付后将他送到战场。卡思卡特上校将玩笑升级,隔着老远,巨吼一声,他又成了指挥官,令他瞬间失去刚交的朋友。升官加爵于他从来就不是好事,总是感觉自己受到捉弄,无所适从,最后竟发展为自我封闭,任何人都不见,下令只在自己不在办公室时才允许人去他的办公室。丹尼卡身为医生,不愿理会士兵的疾病,把工作丢给两个公式化处置病人的助手,却一味抱怨兵役打断了他在后方发财的美梦,还贪念飞行补贴,不上飞机,却登记飞行记录,最终自食其果,成为活死人,"爱妻"虽明知他还没死,却卷着抚恤金消失不见。如此种种,这里没有英雄形象,唯一具有英雄气质的人物约塞连却无英雄行为(has heroic qualities, but acts anti-heroically)[⑦],总是想方设法逃避战斗任务、逃避死亡,据称这恰恰是其英雄气质的重要表现。

因此,在一群可悲的小人物中,小人物哈尔福特虽然醉酒、暴力,却并不突出的卑微,似乎难以突显为"他者"。不仅如此,他以言说和生命改写印白关系史,种族英雄形象可歌可泣。海勒消解了中心/边缘、白人/有色人种之间的二元对立,表达了反种族主义立场。

运用少数族裔作家惯用的控诉和解构策略,海勒塑造种族英雄,重写印白关系史,纠正西进运动以及整个美国发展史,形成福科所谓的"对抗记忆"(counter memory),[⑧]剥除传统历史的伪装,质疑其真实性,昭示了作家的反种族主义立场。

二、形象定式与种族主义无意识

如同康拉德和福克纳等有识作家一样,虽然努力采纳反种族主义立场,却无法消除自己的种族主义无意识,海勒的反种族主义鲜明立场也没能完全使自己免疫种族主义无意识,原因就在于他虽然身为族裔作家,但同时又身处主流文化,深受主流语言文化的影响。而"种族主义意识形态本身就反映并更新于人们读写和言说的语言",它"深深根植于人们的普通常识和日常生活。"⑨因此,无论是白人作家,还是有色人种作家,只要谙熟英语,都免不了受到该语言所隐含的种族意识形态影响,正如托里·莫里森所言:"在完全种族化的社会中,无论是白人作家,还是黑人作家,都无法逃脱被种族主义侵蚀了的语言。"⑩意识形态已经被植入语言。经过后结构主义对语言的重新考察,语言不仅失去了传统的事物指涉意义,甚至不再如结构主义所说指向观念,语言的中性面纱被无情地撕开,从能指到所指,出现了意义的滑动,语言的意义成为"延异"(différence)⑪。就英语中"印第安人"(Indian)和"美国土著"(American native)两个能指来说,他们在白人的语言中已经被赋予白人的种族意识形态,体现着欧洲中心主义和白人的权力规划。因此,他们指向的不是现实的美国本土居民,也非中性的地球人种概念,而是与白人主体相对的他者,具体体现在由一系列印第安形象定式("魔鬼之子""嗜血杀手""酒鬼""废物")组成的能指链,永远也不能达至其所指,即真正的美国本土居民。

形象定式具有话语功能,表达权力集团的基本利益。基于白人自身的利益,白人将印第安个体的某些特征扩大、简化,并盲目地将其普遍适用于印第安整个群体。其危害不言自明,它"构成了跨文化交际中影响价值判断、干扰沟通理解和决定交际策略和方式的一个重要链接性因素,它直接导致和影响跨文化交际行为的结果"。⑫即使是海勒这样的激进族裔作家,也被印第安形象定式蒙蔽了双眼,从而塑造了哈尔福特这个种族英雄与"魔鬼""醉汉""废物"同体的矛盾体。

表面上,海勒站在"贱民"的立场,将哈尔福特塑造成改写白人种族关系叙事以及美国发展叙事的英雄,但是,英语语言带着意识形态悄悄进入作者的意识,不着痕迹地扭曲了印第安人形象,因此,海勒笔下的印第安种族英雄便不可避免地笼罩在印第安形象定式的阴影之下。英雄不再英雄,成为"魔鬼之子""嗜血杀手""酒鬼"和"废物"。无论是海勒对哈尔福特的人物刻画与命运安排,还是对其与其他人物的关系处理,都表现将印第安人"他者化"的一贯传统。

第五章怀特·哈尔福特还没出场,海勒便写道:"对哈尔福特,丹尼卡医生极害怕,可又很鄙视。"⑬暗示了白人对"嗜血杀手"印第安人的恐惧。至于他的出场,则更精彩:"他正巧蹒跚着走进帐篷,一手捧了瓶威士忌,在他俩中间坐了下来,一副咄咄逼人的模样。"(47)寥寥数语,"杀手"兼"酒鬼"的形象便跃然纸上。从此,哈尔福特每每出场或被提及时,都与这两种形象之一或两者都脱不了干系。第6章阿普尔比与奥尔因乒乓球打架,约塞连上前阻止,反挨了阿普尔比一记重拳,哈尔福特见状"乐不可支,于是,他转过身,照准穆达士上校的鼻子也重重击了一拳"(64)。只有暴力的杀手才会这样喜欢暴力并无缘无故实施暴力。

海勒不仅通过直接描写刻画哈尔福特的杀手形象,还通过小说中其他人物与哈尔福特的关系间接传达这一可怕形象。小说中与哈尔福特相关的人物要么害怕他,敬而远之,要么利用他的杀手形象去控制、威吓别人。丹尼卡和弗卢姆属于前者。前面已经说过丹尼卡医生害怕哈尔福特。他的行动更是明白无误地表明了这一点。小说中两次提道:哈尔福特一进与医生合住的帐篷,医生就一声不吭地站了起来,把椅子挪到外面去,他一出去,医生便把椅子搬进来。弗卢姆更是深信不疑其印第安杀手形象,而且深受其害,吃尽苦头。跟一级准尉怀特·哈尔福特合住,他始终处于极度的恐惧之中。他脑子里老是困扰着一个念头:说不定哪个晚上,一级准尉怀特·哈尔福特会趁他酣睡之际,悄悄走到他的床前,一刀切开他的咽喉。(65)他之所以这么害怕,也绝非空穴来风。全因哈尔福特本人:

> 有天晚上,弗卢姆上尉正打着盹儿,一级准尉怀特·哈尔福特确实蹑手蹑脚地走到他的床前,极凶险地用尖利的嘘声威胁道:总有一天晚上,趁他,弗卢姆上尉,熟睡的时候,他,一级准尉怀特·哈尔福特,会一刀割开他的咽喉。弗卢姆上尉吓得浑身直冒冷汗,睁大了双眼,抬起头,直愣愣地注视着一级准尉怀特·哈尔福特那双离他仅几英寸远的闪闪发亮的醉眼。(65)

虽然作者解释:"他扬言这么做,就如同他说要死于肺炎,要给穆达士上校的鼻子狠狠一拳或者要同丹尼卡医生比角力,全都只是想开个玩笑而已。"(65)但如同他安排一级准尉哈尔福特果真死于肺炎、的确常常狠揍穆达士上校的鼻子一样,他笔下的弗卢姆可不把此当作玩笑,竟吓得不敢回帐篷而在灌木丛中生活了几个月,直到冬天哈尔福特要死于肺炎时才敢搬回来。其间他受尽磨难,过着幽灵的生活,当牧师不期在林中遇见他时,他已是疯疯癫癫、面无血色、衣衫褴褛、胡须浓密、粗硬、眼睛下方布满了大大的黑圈圈,而且怪模怪样、畏畏缩缩地央求牧师不要伤害他。对于小说中的白人和白人作者,哈尔福特都毫无疑问是令人恐惧的"嗜血杀手"。

其他人物虽没表现出惧怕哈尔福特,却利用他骇然的形象去控制和吓唬别人,以达到自私目的。小说的英雄人物约塞连"冒着蒙蒙细雨,黑灯瞎火地跑去邀请一级准尉怀特·哈尔福特搬来跟他一起住,打算借助他的恐吓诅咒和下流习惯把这帮衣食讲究、生活严谨的狗杂种赶出去"(418)。德里德尔将军老是喜欢让哈尔福特揍他讨厌的女婿穆达士上校,卡思卡特上校也因此喜欢他,而且还希望他也会开始朝科恩中校的胖脸上狠揍。

哈尔福特的"酒鬼"形象更是由始至终、一以贯之。他一出场,便手捧威士忌,而且步履蹒跚,到 32 章他收拾行李,准备去医院等死时,还"小心地把威士忌倒入三个空的洗发香波的瓶子里,又把瓶子放到他正在收拾的军用背包里"(419)。其间每每提到哈尔福特出场时,都是或喝酒或醉酒或偷酒。有关哈尔福特的描写充斥着与酒鬼相关的字眼,如"醉眼""醉醺醺""酒""酒瓶""打开黑麦威士忌酒瓶,喝了一口""那该为此喝上一杯"以及"极用心地盗用定量配给的威士忌酒,假冒了那些滴酒不沾者签名,且又边喝边快速地往一个个瓶子里灌,想抢在布莱克上尉记起这事后便懒洋洋地匆匆赶来盗了余下的酒之前,尽可能地多偷一些"(170—171)。

"酒鬼"自然也是"废物"。他差不多是个文盲,不识一字,也不会写字,却被委派担任布莱克上尉的助理情报官。开车时忘了拐弯,"错过了途中的第二个拐弯"(151),还把吉普车开上了一条陡峭路堤的最高处以致翻车,陷于泥泞中。

除此之外,小说还延续了从库柏到马克·吐温再到 20 世纪文学作品中"极具报复心"的印第安人形象定式。文中两次直接表示哈尔福特报复心强,一心想报复白人。这既是"嗜血杀手"形象定式的延伸,也是其佐证。

在海勒及其小说中的人物眼中,哈尔福特并不是一个有血有肉、有灵魂的人,而是一个空壳的印第安人形象。他暴力、嗜血、醉酒、报复心强,而且最终必定死于肺炎。种族主义无意识使他们看不到真正的哈尔福特个体,也使他们延续传统,继续把印第安人"他者化"。因此,哈尔福特虽不时地替德里德尔将军重重拳击穆达士上校的鼻子,纵然如此,"他依旧还是个局外人"(66)。约塞连他们虽不得不和他一同工作打仗,但他们在罗马等地寻欢作乐时却永远没有哈尔福特。哈尔福特醉鬼、暴力的形象鲜明突出,粉碎了他种族英雄的形象,他反种族主义话语成了酒鬼的疯话,形象定式剥夺了话语权,抹杀了种族英雄形象,海勒的反种族主义立场被种族主义无意识消解。

结　语

海勒书写哈尔福特的石油故事、肺炎隐喻,控诉白人夺取印第安人土地的恶行,还消解中心/边缘以及白人/有色人种二元对立,塑造哈尔福特种族英雄形象,以此表达自己的反种族主义立场,不期却在人物和人物关系刻画中不自觉地以形象定式流露出种族主义无意识。一方面反映出二战后美国白人知识分子对多元文化思潮的灵敏嗅觉和前瞻特质,另一方面也折射出他们难以逃脱的传统文化和话语的深刻影响。这种反种族主义立场与种族主义无意识之间的悖论不仅导致作者愿望与人物形象的错位,还使哈尔福特的人物形象略具复杂性。在非人的形象之外,他偶尔表现出人的情感。因醉酒而胡乱开车导致汽车翻倒时,他关切地问:"大家没事吧?"(152)看到没人受伤他便如释重负,长叹了一口气,与看到约塞连挨了阿普尔比一记重拳后乐不可支的哈尔福特判若两人。不仅如此,这个一向"咄咄逼人"、打人、挑衅和威胁别人而且一心想报复白人的醉鬼居然也会关心弗卢姆:"嘿,弗卢姆上尉出什么事啦?"(155)而且同情将要执行最危险的轰炸任务的白人战友:

"你们这些可怜的"。几分钟过后,一级准尉怀特·哈尔福特很是同情地低声说了一句……"别担心,弟兄们",一级准尉怀特·哈尔福特说,"机场跑道这会儿太松软,明天还用不起来。或许还没等机场干透,

天就又下起雨来了。"(154)

按常理，哈尔福特主张暴力，一心想要报复白人，白人去送死时他应该如常地"幸灾乐祸""乐不可支"，此处他反倒同情，显得极有人性。为什么有这样的偏差，只能解释为作者的反种族主义立场和种族主义无意识的悖论所致。

简而言之，在《第二十二条军规》中，海勒虽然运用族裔作家惯用的控诉和解构策略，表达了自己的反种族主义立场，但是在刻画哈尔福特的形象及其与其他白人的关系中，不自觉地继承了白人种族主义传统，将哈尔福特形象定式化和边缘化，与白人主流社会形成共谋，维护现有种族秩序，流露出他难以逃脱的种族主义无意识，表现出作者的种族困境。

注解【Notes】

① 褚蓓娟：《权力话语的建构：论第 22 条军规中的性别隐喻》，载《外国文学》2006 年第 2 期，第 59—64 页。

②④⑦ Janet Witelecc, *Twentieth Century Literary Criticism*, Vol. 131, Detroit Mich.：Thomson G ale,2003,p.28,p.27,p.25.

③ James A Mellard, "Catch—22:Deja vu and the Labyrinth of Memory", in *Joseph Heller*,*Catch-22*,New York,Dell,1973,pp.513－514.

⑤ 邱惠林在《印第安悲剧的悖论分析》一文中梳理了印白交流史上，白人在不同时期为不同目的而塑造的印第安形象定式。殖民初期："异国情调的他者"(exotic other)、"高贵的红种人"(noble ledman)、"自然之子"(child of nature)。西进运动时期：魔鬼之子(children of devil)或"嗜血杀手"(blood—thirsty—killer)。西进运动之后："酒鬼"和"废物"。参见《印第安悲剧的悖论分析》，载《西南师范大学学报》，1999 年第 3 期。

⑥ James M.Jones, *Prejudice and Racism*.New York:McGraw Hill,Inc.1972, p.4.

⑧ Michel Foucault, *Language Counter—Memory*, *Practice*, Oxford: Blackwell,1977.

⑨ David Goldberg,*Racist Culture:Philosophy and the Politics of Meaning*, Oxford:Blackwell, 1993,转引自 Frances Henry and Carol Tator, *Discourse of Domination:Racial Bias in the Canadian English Language Press*, Toronto: University of Toronto Press,2002,p.22.

⑩ Toni Morrison, "Play in the Dark." In Julia Rivkin and Michael Ryan:

Literary Theory:*An Anthology*,Malden,MA and Oxford:Blackwell,2004,p.1009.

⑪ Jacques Derrida,"Différence" in Julia Rivkin and Michael Ryan: *Literary Theory*:*An Anthology*,Malden,MA and Oxford:Blackwell,2004,pp.278 - 299.

⑫ 范捷平:《论"Stereotype"的意蕴及在跨文化交际中的功能》,载《外语与外语教学》2003 年第 10 期,第 27—30 页。

⑬ 约瑟夫·海勒:《第二十二条军规》,杨恝等译,南京,译林出版社,2002 年,第 44 页,以下不另注,仅标注页码。

作者简介:赵莉华,西华师范大学外国语学院教授;石坚,四川大学外国语学院教授。

原文载于《当代外国文学》2006 年第 3 期。

略论美国文学中自然观的转换和发展

杨亦军

大自然以其美丽和雄伟陶冶人的性情，以其丰富和深邃开启人的智慧，也以其蛮荒和险恶锻炼了人类顽强的精神。卷帙浩繁的自然之歌，是美国文学中最辉煌的篇章之一。从惠特曼对大自然的热烈礼赞、马克·吐温的"自然之子"、杰克·伦敦的"荒野的呼唤"，到福克纳描写的大森林之子的"狩猎"和"追求"、海明威叙述的老人与大海的搏斗……组成了美国社会的一曲纷繁复杂的交响乐。它保留着古希腊人探索、征服自然的历史足迹，饱含着希伯来人的宗教超越精神，回荡着浪漫主义"回归自然"的响亮口号，更是美国人拓垦西部荒野的顽强精神的展现—— 一种高速发展的资本主义文明与原始的淳朴民风之间的融合与较量，由此形成了美国文学描写自然的一股势不可挡的潮流。作家们由于所处的时代和环境不同，创作题材和表现手段各有特色，再加上社会文化的心理结构的差异，他们的自然观也就显得丰富多彩，然而在总体上却形成了一种由自然价值论向自然本体论转化的趋势。本文将以美国文学的几位代表作家为例来论述这个转化过程。

一

文学自然观的价值论，是人们在自然审美活动中形成的对山水草木的审美认识与人和社会的道德价值、情感价值、理念价值的统一体。西方文学中这方面的先驱者是文艺复兴时期的诗人。他们突破了古希腊的自然神秘论，尤其是突破了中世纪自然宗教神学化的樊篱，反对神权，主张人本主义，咏叹自然；但真正给自然以崇高地位和评价的是19

世纪的浪漫主义文学,在美国则是伟大的民主主义诗人惠特曼。他用自己的诗歌建起了一座咏颂自然的丰碑。马克·吐温继承和发扬了这种精神,用崭新的艺术形象更为丰富地表现了他的文学自然观。《哈克贝利·费恩历险记》就是这方面的杰作。小说叙述了一个普通的故事,一个被"文明社会"抛弃的孩子,回归自然以后获得了健全的心灵,成为真正的"自然之子"。马克·吐温在作品里倾注了满腔的热情,尽情地赞美大自然:密西西比河两岸树木葱郁、鸟语花香,河中绿波荡漾、木筏泛舟,就连主人公逃跑时藏身的荒岛也充满了自由的阳光。惠特曼对大自然那种奔涌的激情,在马克·吐温的笔下化成了一股来自荒山野林的潺潺清泉,恬静、淡然,使人倍感亲切。作品中那个蔑视"文明"、不做礼拜、不去上学,更不堪忍受寡妇道格拉斯的"悉心栽培"和酒鬼父亲打骂的"野孩子",就恰似这山野中的清泉。不过主人公哈克对自然的亲近并非只是作者赞美自然的情感寄托,而是包含着更深的哲理,即用物我相亲的审美形式达到了对自然本体的观照。因此,主人公亲近自然的情感不是一种单向的审美选择。自然在这里已经成为人的直接群体、亲密无间的朋友。天光水色、山川河流与人已没有主从之别,而是完全对应的。主人公召唤自然,得到自然亲切的回应,赖以栖身的荒林、漂泊荡舟的密西西比河"似与游人相乐";自然也悄悄地走近主人公,就连汹涌的波涛,野外的丛林,天上的孤鸟也"飞舞奔走与游者偕来",亲近人、愉悦人,成为主人公的知音。显而易见,在作者笔下的大自然里,那些具体的物象已经失去了功利性、实用性,所谓自然价值包含的道德象征、理念世界正被一种舒坦自在、优游闲适的情趣所代替。至此,主人公哈克强烈的自我意识不知不觉地转化为深沉潜在的无意识,进入一种物我相融之境,试看小说第 19 章写到密西西比河黎明中的哈克:

> ……四处都没有一点儿声音……只是偶尔有几只大蛤蟆,也许会呱呱地叫上三两声……然后天空上有一块地方发白;到后来那块白色渐渐往下里扩大;于是这条河的远处一带的颜色,也变得柔和了许多,成了灰色,不再是那么黑乎乎的一片了;你能够看见一个一个的小黑点儿,远远地漂流着……有时候你能够听见一支长桨吱吱地响;或是一阵嘈杂的人声……过一会儿你又能够看

见水面上有一道纹路……你还可以看见雾气由水面卷起,东方红了,河也红了……最后你看见天光大亮,一切东西却朝着太阳微笑,那些歌唱着的鸟儿,简直闹翻了天!

这段景物描写显然极为生动,但作者的真正意图在于展示哈克内心那种物即我、我即物,自然本体与人的本体同化为一的审美体验:他的视觉、听觉和其他感觉器官已和密西西比河黎明时色彩的变幻、音响的消长产生一种"通感",彼此交叠影响。由此可见,马克·吐温借助艺术形象对自然本体的观照,已经从物我相亲达到了物我同化之境。

马克·吐温意在把人物放到大自然最富神韵的瞬间去融化、铸炼,让自然的本体存在与自我的本体存在具有某种同一性,从而使人物清除"文明社会"的毒害,摆脱尘世俗念,不为己扰,不为物役,战胜畸形的心态,回归到人的自我本体,获得健全的心灵。哈克历险的整个过程就充分地展示了这一点。哈克是一个被"文明社会"所摈弃、为世人所侧目的"野孩子",他不服管教,不守规矩,"自由自在、无法无天",对"文明社会"大加蔑视。然而,他终究不是生活在真空里,周围那些"体面"人物的说教,等级森严的种族歧视,特别是他的酒鬼父亲攻击"自由黑人"的恶言秽语,都时刻在戕害他幼小的心灵。因此他尽管不满和反抗"文明社会",但也难免受到"文明社会"的毒害,受到所谓"良心"的束缚。他在出逃后与黑人吉姆一起流浪漂泊,内心有过复杂的矛盾和斗争,每当关键时刻都有所动摇。当吉姆自以为自由之邦卡罗在即,他就要成为"自由人"而欣喜若狂的时候,哈克心里却七上八下,坐立不安,简直如坐针毡,他犹豫、胆怯起来,想到自己帮助黑奴逃跑是做了一件触犯法律、违拗"良心"的坏事;当吉姆再次被骗拐后,哈克又动摇了,他想给吉姆的主人写信来"解救"吉姆,但同时又时时萦绕着一种犯罪感:窝藏和帮助黑奴出逃不仅触犯法律,而且为道德和上帝所不许,感到上帝和"良心"是不会饶恕他的,甚至觉得上帝"明明打了我一个耳光……上帝的眼睛一直盯着我……我实在害怕得要死……像你这样帮着黑人逃跑,一定得下十八层地狱"。最后,严酷的现实生活使他"野性"难改,他冒着下地狱的危险,不顾至高无上的上帝和神圣不可亵渎的"良心",铤而走险,终于帮助吉姆获得了自由。哈克这种心灵"历险"在马克·吐温的时代里已是绝无仅有,但作品更为独特的风格,还在于作者巧妙地把哈克的"心灵历险"与美丽的自然风光融为一体,从而使小说蕴含丰富而深刻的哲理,真实地展现了这个"自然之子"的内心境界。试比较作者在《汤姆·索亚历险记》里的一段景物描写:

> ……整个的夏季世界是光明灿烂、生气勃勃、洋溢着生命的气息的。……刺槐正在开花,空中弥漫着花香。村外面高耸的高第夫山上草木长得很茂盛,遍山是青的,它与村庄的距离恰好不远不近,正像一片"乐土",梦一般的境界,安闲而诱人。

这是汤姆眼里一个小村庄夏日的晨景。景色很美,描写也很浪漫,但景与人之间有一道无形的距离。你虽能感觉到自然的优美,却无法走进自然和它交融。这是汤姆与哈克之间的差异,也是作者对自然不同层次的审美体验所致。像汤姆那么一个"体面"人家的孩子,虽然也顽皮淘气,讨厌"文明世界"的繁文缛礼,却不可能去帮助一个黑奴出逃,经历哈克那样的心灵"历险",在自然山水的陶冶中回归人的自然本体。也许作者在描写汤姆眼中的夏日晨景时并未意识到这一点,但哈克之所以能不知不觉地化入无目的无价值的自然之中,正显示出作者对自然的观照已经达到了一个更高的审美层次。

值得注意的是,作者在观照自然本体的同时,并未让他的人物完全驰向"自由王国",隐遁自然,忘情于山水,变为一种无情的存在。恰恰相反,自然净化和恢复了他健全的心灵,也孕育了他更为丰富的感情。由此可见,哈克回归的自然人性是一种感性的存在、现实的存在。人首先要维护自身的生存,反对文明对感性的压抑,进而谴责文明,使久为现实所蒙蔽的人们回过头来目睹人性的自然情状,觉悟到今日社会制度的不合理,从而建立自由平等的新社会。这就使得作品的现实因素更加丰富,思想内容更加深刻。正因为这部小说不仅尖锐地讽刺了南北战争后喧嚣一时的"美国民主",而且深刻地揭露了资本主义"文明"的虚伪和狰狞,所以它在1884年年底节选发表后就震动全国。它所揭露的野蛮残酷的族仇把人们吓得"毛骨悚然",却得到了评论界和许多作家的高度评价,被海明威称为"美国文学史上第一部、也是最佳的一部书"[①]。

杰克·伦敦同样善于把大自然作为主人公活动的环境,但是他一反马克·吐温对大自然的赞美之情,极力展示自然的蛮荒、残酷和对人类的暴虐:冰天雪地的阿拉斯加,淘金者和猎人与自然拼死搏斗;寒风凛冽的雪地里,驯化了的布克狗突然反奴为主、野性大发;茫茫无际的荒原上,一群群濒于死亡的男男女女正在严寒、饥饿和疲惫中垂死挣扎……与马克·吐温笔下的"微笑的自然"相比,杰克·伦敦的"冷峻的自然"失去了温馨和宁静,但是更突出了人的生命意志,更体现了美国的本土特色,因而显示出不同的审美意向,把传统的自然观向前推进了一步。

与马克·吐温相比,杰克·伦敦的自然观首先蕴含着更加丰富和强烈的哲理。20世纪初,他连续发表了几则"北方的故事"和一些小说,主题都是探讨人类的乃至宇宙的生命。在《荒野的呼唤》里,他通过动物超狗的形象叙述了生命的冲动和消亡。巴克狗原来是一只驯养的护羊狗,它经历了残酷的自然环境的考验和与同类的不断搏斗,战胜了一个又一个的对手,成为群狗的头目。最终它为了替主人复仇,又从狗变为一只凶猛的狼。在另一部小说《白獠牙》里,白獠牙走的是相反的道路,它没有响应野性的呼唤,而是被主人驯化了。这两部作品通过狗与狗的竞争,以具体、形象和象征的手段,充分体现了斯宾塞的"生存竞争,适者生存"的思想。布克狗和白獠牙完成的进化过程,证明了自然界始终如一的、残酷的自然选择的法则。在这两个故事里,杰克·伦敦不是以拟人的方式将野兽人格化,而是将人作为动物来进行无区别的描写,并在一定程度上超越了自身作为人的观念,大胆地摒弃了人性的二重性,使之沦为兽性。因此在阅读的过程中,人们体验到的不是野兽的搏斗,而是人类的自相残杀,以及他们与严酷的大自然的不屈不挠的抗争。小说里体现的是自然界"以牙还牙"的法则,显示的却是人类社会生活的全部目的和意义:人们只有适应比自己强大得多的社会个体和群体,才有希望获得生机。在适应的过程中,人或狗同样会暂时受挫,但最终能够获得胜利。这就要求人或狗在体能上要适应自然的严酷,在精神上要适应社会的贪婪、盗窃、奸诈、暴力和个人主义。《热爱生命》里人与狼的较量,充分显示了杰克·伦敦对于生命的表现力:一个饿得濒临死亡的掘金者,一头饿得无法动弹的瘦狼,他们在荒野里相遇,都想吞噬对方,却都没有打倒对方的力量,因此只有难挨的等待和周旋。最后掘金者凭着顽强的毅力战胜了狼,获得了这场生命较量的胜利。这是一场残忍的悲剧，但也是一曲生命的赞歌。唯如此才能显示强者的生命力。人与狼是这样，人与人也是如此。在《海狼》中，超人劳森粗野残暴，凌驾于弱者之上，最后死于非命。然而他的坦率和真诚，他对理想的执着，却闪烁着不熄的生命之光。这些人和动物的故事，蕴含着丰富的生命哲理。杰克·伦敦在探索着人类和宇宙存在的法则：在社会的自然选择中争做强者。面对人类无休无止的苦难，既不退避也不屈服，而是挑战。这就是他的生命哲学。

初看起来，在杰克·伦敦的自然观里，生命的自由意志总是与自然处于对抗的状态，自然对于人类也总是冷酷无情的。然而这只是一种表象，他的自然观里不仅有着丰富而深刻的内容，而且对大自然也有着不同寻常的特殊感情。1897 年，杰克·伦敦被一场淘金热卷到了阿拉斯加州。后来，他的淘金梦虽然破灭了，但他在那里发现了比金子更宝贵的文学宝藏。北极光下的阿拉斯加令他心旷神怡，激发了他强烈的创作热情。荒野、雪地成了他创作的源泉，也成了他精神生活中不可分割的一部分。在此后十多年的创作中，在这块冰封雪积、人迹罕至的土地上，他付出了极大的精力，使现实变成了关于自然的一个又一个的神话。

亨利·索洛在论及人与自然的关系时有一个重要的命题，即自然是发现自我的最佳场所。在他看来，处在现代文明这种"人造的"生活环境里，人们是难以认识和发现自己的，因为他们的思维方式和生活习惯都受到了这种环境的制约。要改变这种状况，重新发现"原先的我"，就必须走向自然、回归自然，只有处在大自然的原始状态下，人们才可能真正地感悟到自己的存在，才可能真切地体会到自己的本质。亨利·索洛所说的自然，就是旷野荒地的同义词。它不仅为人们提供了认识和发现自我的良好环境，而且是人们开发心智、锻炼意志、发展才能的最佳场所。杰克·伦敦显然受到了亨利·索洛的自然观的影响。他笔下的超狗、强者正是如此。他们时刻都感受到荒原野性的刺激，滋生出强烈的生存欲望，也就是不断地从自然界的原始力量中汲取生命的能量。在《白茫茫的雪原》中，猎人麦佐在冰天雪地里历尽艰辛，在临近目的地时却受了重伤。为了不拖累同伴，他毅然命令他们把自己打死在"悬空的坟墓"中，以自身的消亡来保存他人的生存。这是对生命何等的热爱！《巴素克》中的印第安女人，为了帮助丈夫解救被困在雪原中的人们，默默地忍受着饥饿与疲惫的煎熬……严寒的北极地带是生命的禁区，但是杰克·伦敦笔下的人物焕发出"生命之酒"（wine-of-life）的激情。正如亨利·索洛所说的那样，"森林和荒野里有各种各样使人兴奋的东西和令人胆寒的叫声。它们能帮助人们振奋精神，增加胆略"，这是人类的活力、灵感和力量的最根本的源泉。②

人只有走进荒野，才能够排除一切尘世杂念，全身心地投入内心的体验之中，淋漓尽致地发挥自己的才智。他的感悟一旦与荒野中的精神沟通，他的激情、思绪、灵感就会自然而然地喷发出来。更为重要的是在这个过程中，他将真正懂得生命的内涵，懂得如何生活才能体现出生命的全部意义。麦佐以自身的消亡来表现对生命的热爱，印第安女人在承受极限中显示生命的顽强，使荒野成了"生命的最基本的素材"⑤。由此可见，注重"人与自然的对立"只是杰克·伦敦偏爱的表现手段，其真正目的是在于强调人与自然的"对话"和"交流"，在于以自然中最富刺激性的瞬间来显示人类生命的辉煌。马克·吐温善于在和谐中展现人的心灵历程。相比之下，杰克·伦敦在人与自然的对立中寻找生命的永恒，则更加多了一些悲壮，具有更加震撼人心的艺术魅力。因此可以说，杰克·伦敦的这种独特的审美情趣，已经与他的自然观中蕴含的生命哲理完美地融为一体了。

不仅如此，杰克·伦敦当年能从冰天雪地的阿拉斯加州淘回比金子更宝贵的东西，找到取之不尽的创作源泉，为自己开拓了新的生活，是由于他比同时代的作家更为强烈而深刻地感受到大自然涌动不息、神秘莫测的力量，所以他的自然观对后来的一些重要作家，甚至对现代派文学都有一定的影响。正如亨利·索洛所说的那样："除非我发现那两大荒野，不然，我将永远处于迷惘状态。"④杰克·伦敦全身心地投入内心体验的活动之中，以一种特殊的语言与大自然"对话交流"，并且在大自然的呼应下，使自己在心理上逃离无法改变的社会现实，回归到简朴和原始的世界——那个狗和狼都能充分展示本性的世界里去。从这个角度来看，杰克·伦敦与现代主义已有某些相通之处。这种倾向在西方文学中可以追溯到波德莱尔。他从主观的感觉，即直觉出发，认为大自然中蕴藏着无数与人相通的信息，一切都与人的感官相对应。这就是所谓的"通感"说。在现代主义文学里，这种观点演变为对张扬个性、复归自然的追求，审美上也宣扬"物我齐一"，由内向外，缘情造境，被德国美学家里普斯称之为"移情外射"。它的主要特征是强调把"我"

的主观感受外射到物境上，使物境染上心境的色彩。正如卡夫卡的《变形记》那样，是主人公的心理变化造成了对外界的变态感受，而不是真正的变形影响了他的心理。这在杰克·伦敦的作品中已见端倪：驯服的巴克狗为了替主人复仇，忽然变成了充满野性的"狼"。白獠牙被主人体贴周到地驯化了，所以也是心理的变化改变了它对外界的态度。

当然，杰克·伦敦的创作主要是现实主义的，所以他对大自然的感悟与现代主义还是有所区别的。他虽然加强了自然界中原始生命力的律动感，充分显示出人与自然对抗的审美冲动，但他仍然注重人存在的现实性、现世性，强调生命的本能和活力的可贵，肯定环境对人物性格的重要影响。他的创作倾向也主要是由外向内，即从精心设计的特异环境（尤其是自然环境）着手，特别注意捕捉人物在特定环境里微妙的心理活动，并且从正面展开人与环境的尖锐冲突，以表现人物的精神风貌——坚定顽强的意志、吃苦耐劳的本性、经久不衰的精力，从而使"他的作品充满了诗一般的景象和北方的神秘，而主调却是悲哀的。处处是人与自然搏斗的场景"，[⑤]这种悲剧情调在一定程度上被后来的海明威继承。

对环境的现实性和现世性的重视，使杰克·伦敦的自然观包含着积极进取的人生态度，而且对社会有着比较明显的反抗和批判。因此他的故事被人称为"是一个自身创造的个人神话与他的生活和作品所代表的民族神话的结合体；一个从穷孩子到百万富翁的美国梦实现者的神话，也是企图以暴力反抗形式摧毁资本主义工业社会的革命神话"[⑥]。和马克·吐温一样，他坚定地批判美国工业革命造成的现代文明所带来的人性沦丧，不同的只是他逃到荒野、北极、海上，想要恢复自己的野性，以牙还牙地报复整个社会，维护自身的生存权利。

由此可见，正是在人与自然的抗争中，杰克·伦敦捕捉着最富于生命冲动的瞬间，以展示人类的乃至宇宙生命的永恒和魅力。从这个意义上来说，杰克·伦敦已经从具象的生命中超脱出来，达到了彻底忘我、万思归一的境界，把自己化入万物万象，融于宇宙生命的脉动之中，触摸到了自然的底蕴，获得了对自然本体的认识，实现了人类对美的又一次追求，充分展示了人类生命意志的无穷创造力。实际上，这也是美国特定时代的民族精神，即由开拓西部发展而来的勇于冒险、坚韧不拔、积极进取精神的艺术体现。

三

如果说杰克·伦敦的《北方的故事》较多地展现了极地的蛮荒之气的话，那么稍后福克纳的"大森林三部曲"里对南方荒林的描绘，与马克·吐温笔下优美的密西西比河相比却毫不逊色。因而，该三部曲"成为美国文学史上写打猎、写大森林的最优美的作品。它们充满神话色彩，饶有象征意味，是极耐人寻味的艺术珍品"⑦。然而在这曲"森林赞歌"中，作者流露的感情却相当复杂，对南方那片土地既痴迷又怨恨："我爱南方，也憎恨它。这里有一些东西我根本不喜欢，但是我生在这里，这是我的家。因此我愿意继续维护它，即使怀着憎恨。"⑧这种感情在《熊》里体现得最为充分，而且和浓郁的乡土气息、虔诚的基督教精神融为一体，形成了作品久远而神秘的、神话般的魅力。有人称之为"一首颂歌，一首圣歌"，"是福克纳进入光明世界的第一次尝试，这个光明世界同基督化身为人以后的世界很相似"。⑨

综观西方文学的发展过程，可见它的源头就是古希腊文化和基督教精神，从中可以追踪到西方人迈开文明脚步时的心灵足音：西方远祖与自然、与自我相交时的历史回声；西方人在历史进程中所作的痛苦而又幸福的庄严选择，以及勇敢承担其选择的后果的崇高而悲壮的精神。随着西方文明的发展，这种回声变得悠长而久远，逐渐变弱而消失在文明的大海之中，但生命的韵律却深深地潜藏在心灵的最深处和文化的最深层，化为一条不息的生命之流，成为引导西方人适应和抗衡现实苦难的一种情感方式。与同时代的其他作家相比，福克纳对这种情感方式领悟更深，把握得更加准确，在他的创作中深深地融入了古希腊的感情悟性和基督教的精神。

《熊》描写的是发生于19世纪80年代正在被文明吞噬的美国南方的故事。主人公艾萨克是一位年轻的猎手，他每年跟随老猎人进入大森林，去捕猎一只似乎不可征服、永生不死的大熊"老班"，其实也是去向大自然进行朝拜和祭祀。大熊既象征着人必然与之搏斗的"命运"，又是人赖以生存和发展的"大自然"的一个组成部分。它既伟大又尊严，神秘地体现了高尚、勇敢、忍耐、怜悯、谦恭等种种美德，丝毫未受城市里的社会风气的影响，体现了一种古老而淳朴的人格力量。但它又不是"未开化的理想"和"原始主义"，而是先于文明又对抗文明的。艾萨克对"老班"的捕猎也是一种追求，是以崇高的原则、公正的行为来对待自己的对手，在捕杀"老班"的同时创造自己。

福克纳把"创造的欲望同毁灭的欲望"、把爱与恨真正交织在一起，使小说必然会有一个悲壮的结局。在凶悍的猎狗"狮子"的配合下，艾萨克和猎人们终于杀死了"老班"。但"狮子"随即死去，教会艾萨克狩猎的法泽斯也无疾而终，因为没有了对手，他在这个世界上的生活也就失去了意义。年轻的艾萨克实现了自己的追求，但是他崇拜的大森林却随着"老班"的死亡而开始消失。机械文明导致了莽莽苍苍的大森林的毁灭，预示着一个英雄时代的结束。艾萨克陷于困顿和迷惘，最后离开了那片被文明玷污的土地，又回到了靠近大森林的地方。

福克纳用平静的语调，叙述了一代美国人的追求和悲剧的命运。正如古希腊神话中普罗米修斯盗天火给人类后被钉在高加索山上，俄狄浦斯无法摆脱杀父娶母的命运，美狄亚难逃被弃又杀子的劫数一样，这一代美国人的追求和悲剧的命运，既是他们现实的基调，又成了他们神话的主题。福克纳把无尽的挽歌和英雄的赞歌同时融入这首森林之曲，用复杂的多声部展现了美国南方畜奴制种植园的没落，歌颂了那些顽强生活着的"森林之子"，咏叹二百年来、特别是本世纪初以来美国南方的历史变迁，使《熊》的神话里饱含着浓郁的现代气息。它"继承了库柏及马克·吐温的传统，也描写了一个男孩在开化的文明世界与尚未受破坏的混沌世间的边境上如何生活成长并且懂得人事；它还描写了美国文学广泛反映的人间戏剧；少年如何对付我们文化所造成的一切障碍，努力长大成人"⑩。有的评论家还指出，"《哈克贝利·费恩历险记》是这个故事的重要原型"，只是马克·吐温用幽默、讽刺来表达的对文明的愤怒，被福克纳以隐秘的手法，通过对人性邪恶的"原罪"的批判所取代了。福克纳追根溯源，同样想了解"他们时代的令人迷惑的灾祸"，揭示奴隶制的罪行和"新世界从建立之时起从未短缺过的罪恶"⑪。

在《熊》这首"大森林的咏叹调"里，福克纳不仅彻底感悟了古希腊人的感情，而且对基督教精神更有着一种超乎寻常的虔诚之心。关于世界和人类的解说，《圣经》与古希腊神话有着惊人的类似，但更有着明显的区别。基督教揭示的主要是世界的理性缘由或根据，所体现的主要是容忍、克己、赎罪的精神。它认为是上帝创造了世界，然后把人类发配到人间这片浊土上来接受痛苦的惩罚。只有克制、忍让、布施，才能回到天国，获得永生。然而现实的诱惑、情欲的冲动又常常使人性堕落，因此灵与肉、本能与教义的角逐就成了宗教文学的主题。

福克纳把这种灵魂与惩罚的警戒和原罪的威胁化为一种浓郁的悲剧气氛，渗透在他的自然观之中，令人感觉得到而又无处可见。《熊》里的艾萨克成年以后，发现了祖父卡洛瑟斯犯下的可怕罪行——诱奸女黑奴，而她很可能就是祖父的亲生女儿。于是艾萨克离家出走，又回到大森林附近，"尽量接近道德力量的源泉"⑫，过着简朴的猎人生活，而且乐善好施，为他的父辈和祖辈赎罪。于是这位在大森林里成长起来的英雄，就成了"举止仿效基督的人"，"即便不是基督化身为人"，也是"一个肉体化身为人的现象"，"更确切地说，我们得到了肉体的再生；我们看到了赎罪行动，可以相信它会发展成为拯救赎身。"⑬

除此之外，就连艾萨克的诞生、受洗及早年的磨难都不乏神秘，恰如一首圣歌。但福克纳并不打算把艾萨克塑造成重返人间的基督。"他不过看上去好像在光明世界中活动——微弱的光明，但亮度足够，可以阅读过去的历史。这一点，昆丁·康普生办不到。"艾萨克面对的世界是一个新的世界，是人世的邪恶，而不再是森林里的"熊"，这里的价值只有在权力的基础上才能得到肯定。所以艾萨克与那些圣徒形象迥然不同，他的拯救赎身是对社会道德价值的超越。这种超越把他带出了历史的流沙，同时也几乎把他带出了凡人的世界。他"既代表失去的希望又代表未来的可能性，正因为如此，艾萨克才显示了一个凡人与神之间的——密西西比地区的一位猎人与基督形象之间的——相似之处。他在自然之中获得永恒，成为圣者，"达到了文学所企图实现的最高度"，使作者探索的主题"深入到了人类极限的边缘"⑭，从而奏响了一曲荒野与英雄的赞歌。

与福克纳不同，海明威继承了杰克·伦敦的传统。他的自然观里也蕴含着丰富的生命哲理。正如杰克·伦敦笔下的冰封雪原一样，莽莽苍苍的绿色森林和波涛汹涌的蓝色大海，就是海明威取之不尽的创作源泉。前者的自然观所展示的生命呈现出一派严酷的冷色，而后者却相反，充满了勃勃生机。《老人与海》是海明威的名篇，讲述老渔夫桑提亚哥出海打鱼，连续八十四天都一无所获。第八十五天他照样出海，同一条从未见过的大鱼搏斗了两天两夜,终于把大鱼杀死,但等他竭尽全力把大鱼拖回来的时候,它已经被鲨鱼啃得只剩下一副骨架了。

在与大自然的较量中,老渔夫看来是失败了,但是他的生命的价值得到了充分的体现。他的拼搏精神是永恒的,就像那些倒在血泊中的斗牛士、拳击手和猎人一样,"一个人可以被消灭,但就是打不败"。显而易见,海明威笔下的大自然是人的对手,在与之抗争的过程中,人的生命冲动得到了充分的展示,生命的价值得到了充分的肯定和实现。与杰克·伦敦不同的是,他着重在人与自然的对立中揭示人最起码的精神需要,展现人的理念追求,而不是强调人的生存欲望和生命的自然本能。所以瑞典学院在授予海明威诺贝尔文学奖的授奖词里指出:"勇气是海明威的中心主题……是使人敢于经受考验的支柱,勇气能使人坚强起来……敢于喝退大难临头时的死神。"⑮ 这就是海明威的硬汉精神。

不仅如此,海明威还从人与自然的统一中揭示生命的本质。在他的笔下,大自然也是生命的源泉,"生命是山坡上微风吹拂中起伏的田野,生命是一只翱翔在空际的雄鹰……是山冈、是河谷、是河流,是岸边的树林,是远方的原野,是身后的山峦"。他描写的人物常常和大自然息息相关。《乞里马扎罗的雪》中的哈里,为了摆脱空虚无聊的人生,远离社会来到非洲平原狩猎,"为的是要从头开始,摒斥一切生活的享受……把心灵的脂肪去掉"。正是在狩猎的时候,生机勃勃的羚羊才使他感到生命在自己身上跳跃。在《永别了,武器》中,亨利和凯瑟琳为了逃避战争而双双逃离战场,前往瑞士蒙特尔山林寻找安身立命之地。《丧钟为谁而鸣》里的乔丹,在生命的最后一刻还"感到自己贴着树林里铺满松针的地面上的那颗心正在怦然而动"。从这个方面来看,海明威和杰克·伦敦对自然达到了完全一致的认同,人的力量在与自然的对立中得到显示,人的精神却在这种对立中与自然和谐地统一起来了。这就是渗透在海明威和杰克·伦敦的自然观里的辩证法。

海明威的自然观里包含的生命哲理还是多层次的,不仅像杰克·伦敦那样具有悲剧色彩,而且像福克纳那样散发着神秘的宗教气息。在《老人与海》里,老人与大海、与大鱼搏斗,实际上隐含着对原始生活的向往。原始时代的先民们与自然息息相通,在与自然的搏斗中获得生存的意志和勇往直前的信念。万物有灵,人和万物是处于同一生命层次的生物,没有高下优劣之分,因此人与任何一种生物在对立的同时又平等相处。桑提亚哥与海和鱼的关系,既是人与自然的关系,又是一种阴阳对立的关系。老人把大海当成女性。大海的神秘莫测正是阴性力量变幻不定的显现,而阴阳的融合与对立,正是自然万物之本源,即生命之本源。老人在杀死大鱼之前,仰望苍天为鱼祝福。"蒙恩的圣母,这条了不起的鱼就要死去了,让我为它祈祷吧。"这实际上是一种宗教仪式,一种对生命的虔诚,一种对大自然的膜拜,呈现出一种原始的、静穆的崇高之美。这就像福克纳《熊》里描写的追踪熊的宗教仪式一样:人们每年都要为老熊举行盛典,既把它当成顶礼膜拜的森林之神,又要把它杀死,从而吟唱出一曲死亡与诞生的圣歌。

由此可见,古希腊人的感情、基督教的精神同样深深地渗透在海明威的创作之中,所以依卡洛斯·贝克说《老人与海》的内容是宗教性的,老渔夫象征耶稣基督,并不是毫无道理的。正因为如此,海明威笔下的人物才具有一种凝重的悲剧感,他们企图摆脱自我,摆脱喜怒哀乐乃至生与死的尘世烦恼,将自身融入那高耸的青山、乞里马扎罗的雪峰、辽阔的大海和无边的森林,由最起码的生存要求向寻找永恒生命的精神境界升华。从某种程度上来说,海明威在大自然里展现的生命的蓬勃生机,已经获得了本体论自然观最高的审美意义。

综上所述,从马克·吐温的"自然之子",杰克·伦敦的超狗、超人,到福克纳的大森林的圣徒,海明威的打不败的硬汉子,美国文学的自然观里包含着丰富的哲学内容和理念精神,呈现出从物我相亲、物我同化发展为超越自然的趋势。这种审美体验本来具有一种安宁恬静的心理基础,犹如王国维所说的"无我之境,人唯于静中得之",提倡的是一种宁静和穆的精神境界,似乎与开放式的西方社会不相适应。但是这些作家是在另一个层次上展现这种审美体验的,也就是康德在《判断力批判》中论及的"自由的美和只是依存的美"。所谓"依存的美"是在价值观念的指导下体验到的美,而"自由的美"则是摒弃任何价值观念,只注重事物本身的美。这种美追求的是"永恒和无限",体现这种意向的作品"是能和自然竞赛,具有精神上是完整有机的东西,并且赋予艺术作品以一种内容和一种形式,使它显得既是自然的,又是超自然的"⑩,而且作品里的"自然"也会成为一种超感性的、趋向永恒的精神境界的暗示。

马克·吐温对大自然的歌颂,杰克·伦敦对荒野的热爱,福克纳对大森林的膜拜,海明威对大自然的迷恋,全都展示了这种审美体验。作家必须有广阔而深邃的宇宙意识,才能深刻地体察自然,在贴近自然的过程中弹奏出高亢的生命之歌,向纯净永恒的精神境界升华。而上述几位大师达到的这种审美层次,正是几代美国作家努力追求的目标。

注解【Notes】

①《中国大百科全书·外国文学》,中国大百科全书出版社,1982 年,第 1010 页。

②③ *The writings of Henry Favid Thoreau.* Cambridge:The Riverside Press,1983 年,第 9、275—277 页。

④《亨利·索洛日志》,第 14 卷,转引自《解放军外语学院学报》1993 年第 1 期,第 25 页。

⑤ 林倩编:《美国文学名家》,哈尔滨出版社,1983 年,第 135 页。

⑥ 参见《四川外语学院学报》,1993 年第 1 期,第 25 页。

⑦ 李文俊主编:《外国著名文学家评传》,第 5 卷,山东教育出版社,1990 年,第 33 页。

⑧ 赵乐等主编:《西方现代派文学与艺术》,时代文艺出版社,1986 年,第 229 页。

⑨⑩⑪⑫⑬⑭ 转引自李文俊编选:《福克纳评论集》,中国社会科学出版社,1980 年,第 206、221、224、207、225 页。

⑮ 辛格:《海明威传》,周国珍译,浙江文艺出版社,1983 年,第 191 页。

⑯ 歌德:《〈希腊神的门楼〉的发刊词》,转引自《文艺研究》,1986 年,第 5 期,第 76 页。

作者简介:杨亦军,四川师范大学文学院教授。

原文载于《当代外国文学》2001 年第 1 期。

危机与救赎

恐怖之"网"？

——托马斯·品钦《放血尖端》中的"9·11"叙事

但汉松

近年来"9·11"小说备受关注。托马斯·品钦（Thomas Pynchon，1937— ）最新推出的《放血尖端》（*Bleeding Edge*，2013）格外引人瞩目。这不仅是因为品钦在美国文坛巨大的影响力，更重要的是该小说与其他"9·11"文学叙事的迥异之处。围绕世贸中心被困者们绝望的纵身一跃这一核心意象，十多年来的"9·11"小说创作走向了两个再现方向。第一种以《下坠之人》（*Falling Man*，2007）、《世界之窗》（*Windows on the World*，2003）和《特别响，非常近》（*Extremely Loud and Incredibly Close*，2005）为代表，它们"以自杀为喻体来剖析美国的共谋责任，强调艺术与恐怖之间的相互滑动"（Anker，464）。另一种则以《转吧，这伟大的世界》（*Let the Great World Spin*，2009）为代表，将"坠落"从创伤式悲剧变成一种"后现代崇高"（postmodern sublime），可怖的死亡在这里成为激发潜在感官愉悦的后现代景观（Anker，471—472）。这两种方向的书写要么对"9·11"的悲剧浪漫化，要么疏离了"作为社会文化的和政治现实的'9·11'"，从而逃避了"更为沉重的道德自责"（Anker，473）。换言之，"9·11"小说当下的困境并不是创伤书写中的美学问题，而是如何阐明"9·11"事件与晚期资本主义意识形态的种种复杂关联。《放血尖端》恰恰是在这个意义上，与之前德里罗、福厄、麦凯恩、厄普代克等人的"9·11"题材作品有所区别，从而为小说家介入言说纽约恐怖主义袭击这个重大历史事件开辟了另一条艺术之路。

一、品钦化的"9·11"

　　《放血尖端》的独特之处具体而言究竟是什么呢？首先，虽然小说的背景是 2001 年的曼哈顿，但恐怖袭击并未构成全书的情节核心。"9·11"事件出现在小说的第 294 页，而此时全书已完成了大半。小说中仅有女主人公玛克欣（Maxine Tornow）的前夫因为在世贸中心工作而一度被家人担心困在楼中，不过最后证明只是虚惊一场。除此之外，"9·11"似乎并未殃及各个人物的日常生活，或者更进一步地说，闪烁在经典"9·11"小说中的死亡（包括自杀）意象在这里并不存在。品钦选择了一种半严肃、半戏谑的通俗文学（更确切地说，是政治惊悚小说）架构，有意避开了类似作品中常见的诗性抒情与创伤悲剧的风格。另一方面，《放血尖端》为"9·11"提供了一种阴谋论的视角，这在同类题材的严肃文学作品中实属罕见。

　　这部小说的第三个特别之处最为关键，那就是"互联网"视角。品钦着意避开了创伤视角和少数族裔视角，选择用"互联网"作为贯穿全书的叙事背景和隐喻焦点，让"9·11"事件在这个科技视角的棱镜下变幻出异彩。在小说的封面上，吞吐着海量数据的网络服务器群（server farm）在黑暗中闪烁，宛如曼哈顿夜色中的摩天楼群，而这不难让人想起那已经坍塌的双子塔。可以说，品钦的主旨修辞正是网络社会与"9·11"时代的镜像关系，他也因此用一种新的方式来命名那次灾难——"11 September"，而非约定俗成的"September 11"。小说的标题"bleeding edge"则进一步点明了作者的运思方向。它源自软件工程中的一个术语，意思是比"尖端"（cutting-edge）技术更为先进的革新，但由于这种技术并未接受可靠的系统检测，所以其尖端性也意味着潜在的巨大危险。这种科技性与毁灭性并存的后现代末日寓言，原本在 20 世纪末被想象为"千年虫"（Y2K）的全球危机。当千禧年后的世界貌似安全无虞后，小说中电脑极客们甚至聚在一起，在"9·11"之前一周的曼哈顿举行了主题为"劫后余生"的狂欢派对（295）。随后发生的纽约恐怖袭击就构成了最强烈的反讽，但更重要的视角内涵是，品钦将"9·11"置于互联网时代末日论想象的大语境之下，从而赋予这场千禧年灾难在地缘政治之外更为独特的历史景深。

品钦这样独特的写法，当然会在评论界引起颇多非议。《纽约时报》的书评人角谷美智子延续了对品钦近年创作的一贯负面看法，认为这是"一本趣味和乏味并存的拼凑之作"，虽然"对时代氛围的想象异常精确，但在细节的组织上笨手笨脚"（Kakutani）。塔里萨·史蒂文森刊登在《卫报》上的批评甚至更加苛刻，她认为像品钦这样拥有真正天赋的作家，不应该把精力浪费在"插科打诨"上，因为"一部好的类型小说也要强过一部糟糕的严肃文学小说"（Stevenson）。这两种看法的共同点可能是，既然品钦等了这么久终于决定加入德里罗、麦凯恩和福尔等当代小说家的行列去书写"9·11"这个当代题材，他就应该运用一种合适的语言风格和叙述结构来经营这个极其严肃的主题。然而正如胡尔斯·米切姆（Mitchum Huehls）反驳的那样，"《放血尖端》并不是一部迎合之作；它也不是'简版的品钦'；它根本不算是品钦的'9·11'小说。《放血尖端》是最典型的品钦风格，我们应该像严肃对待他的其他作品那样来读这部小说……根本不存在'严肃文学的品钦'和'类型文学的品钦'之分"。（Huehls，863）

事实上，如果我们认真对待了品钦的《葡萄园》（*Vineland*，1990）和《性本恶》（*Inherent Vice*，2009）这两部常被轻视的中后期作品，就会发现以"互联网"的科技政治（technopolitical）视角来统领其关于新世纪的小说，这对于晚年品钦而言是一次必然的行军。《性本恶》虽然以20世纪60年代末的洛杉矶和嬉皮士为历史题材，但主人公多克（Doc）已经在旧日同事的机房里见识了因特网的前身——尚处于试验阶段的"阿帕网"。这些感慨于旧时代结束的老嬉皮士们隐约感到，一个新的时代即将在1970年后开启，因为这个网络空间实现了超越地理界限的人与人的联结，"就像是迷幻药，完全是另一个奇异的世界——时间、空间，所有这些都不同"（*Inherent Vice*，Pynchon，195）。在品钦看来，南加州海滩小镇青年对冲浪的热爱，其实与新世纪人们在互联网上的"冲浪"一脉相承，都是在追求新的乌托邦空间并寻找自由、分享和极速。小说结尾多克在高速公路（另一个互联网隐喻）的浓雾中等待的未来，就是因特网及其所带来的网络时代的崛起。可以说，《性本恶》在某种意义上构成了他下一部小说的预告片。

《葡萄园》与《放血尖端》的亲缘关系更为隐蔽，但也更重要。在《葡萄园》故事发生的 1984 年，互联网还只是属于少数科学技术热爱者的试验品，另一张网罗住世人的流行媒介正是电视。品钦想象了一个叫作"类死人"（Thanatoid）的地下组织，他们居住在葡萄园附近的山上，"像死一样，只是方式不同……只要醒着，无时无刻不盯着电视"（*Vineland*，Pynchon，170—171）。《葡萄园》对电视媒体所代表的大众文化进行的反乌托邦想象，在新世纪自然而然地被品钦更新为网络媒体，因为两者都不仅仅是实现远距离通信的多媒体信息输送渠道，而且都深刻定义了各自时代人类的后人类主义处境。早在属于"前信息时代"的《葡萄园》里，品钦就已深刻预见了计算机将如何改变我们的宇宙观和生命观："假如 1 与 0 的模式就'像'人的生与死，那么在电脑中被一长串生与死所表征的个体该属于什么样的生物？它可能至少要高一个层级——天使、小神或 UFO 里的来客"（*Vineland*，Pynchon，90）。这种"无重量、无形状的电子在场与缺席的链条"从《葡萄园》进入了《放血尖端》，成为品钦笔下那个收容"9·11"亡灵的虚拟网络之城——DeepArcher。

二、网络社会的恐怖寓言

在具体讨论品钦小说中对于互联网、"9·11"和反恐战争的看法之前，不妨先回顾一下我们现在所处的信息时代究竟意味着什么。首先，互联网绝非科学家们建造的和平之地。作为 20 世纪 70 年代美苏冷战的产物，互联网从一开始就是在五角大楼的主导下进行开发实验的。早期互联网作为国家暴力工具的这一原罪，在《性本恶》中被品钦暗示得很明白。在了解到"阿帕网"的神奇之处后，多克就预言说这一技术将被政府取缔："当年他们发现迷幻药能变成一个通道，让我们看见某些他们不希望我们看见的东西，于是就立刻宣布这种药非法，还记得吗？信息跟这个不就是一码事吗？"（*Inherent Vice*，Pynchon，195）。虽然今日的互联网早已无法禁绝，但虚拟空间中统治与被统治、权力与反权力、控制与被控制的战争从未停歇，SOPA（美国颇具争议的《禁止网络盗版法案》）、"棱镜"计划、阿桑奇和斯诺登都是最好的例证。或者正如德勒兹所言，现在已经并非福柯笔下以封闭空间为特色的"规训社会"（disciplinary societies）了，取而代之的是"控制社会"（societies of control），是网络节点和交换机中更为隐匿和无所不在的监视与治理（Deleuze，4）。

互联网的另一个特点，则是它内在的乌托邦精神。曼纽尔·卡斯特（Manuel Castells）有一个重要观点，即网络社会的形成与 70 年代三个相互独立的进程有关：工业制度的危机和调整、信息和通信技术的革命、60 年代以来以自由为目标的社会文化运动（卡斯特，16）。由于这一运动的主要参与者是美国大学生，个人计算机及与之相关的开源代码运动就携带了某种反主流文化的标记。事实上，因特网接入的 TCP/IP 协议构成了网络社会的一种通信协议文化，它是"通过给予别人以及从别人那里获得而形成的协同的基础上进行发展"，它"从根本上实现不同文化之间的通信，但是不一定要共享价值观，而要共享通信价值"（卡斯特，44—45）。互联网这种对于开放性和共享性的信仰，显然与资本主义企业和政府对于知识产权的保护和逐利形成了鲜明对比。当这种从 60 年代传承而来的乌托邦精神与资本家的信息经济和政府的信息控制格格不入时，就产生了一种所谓的"黑客"伦理，他们通过对代码的破坏或植入来入侵网站和交换机，表达一种对网络权力的反抗，或实现一种更为激进的开放和共享。

互联网发展史中这悖论的两面，在品钦的这部小说里得到了充分体现。书中 2001 年春天的曼哈顿"硅巷"（Silicon Alley）是美国东部的 IT 业中心，但在经历一场惊心动魄的转折。这场发生于 1995 年至 2000 年的网络公司投机热及之后的大崩盘被称为"互联网泡沫"（Dot-Com Bubble），代表这一新兴经济的纳斯达克指数从 2000 年 3 月暴跌，在 2002 年 10 月时已抹去了 IT 界约 5 万亿美元的市值，导致一半左右的网络公司倒闭。品钦的小说人物正是在这样一个对互联网而言充满末日情绪的春天登场，其中贾斯丁（Justin）和卢卡斯（Lucas）就是两个"劫后余生"的互联网创业者。他们合作开发的软件 DeepArcher 可以向用户提供虚拟城市体验，作为进入"深网"（Deep Web）的导航。值得一提的是，"深网"并非品钦杜撰的术语，它仍然是万维网的一部分，但与"浅网"（Surface Web）不同的是，它利用动态网页技术进行加密，因而不能从外部通过超链接访问，也无法被搜索引擎检索。一方面，"深网"成了保护商业和政治敏感信息的堡垒。艾斯公司涉嫌恐怖主义的非法往来账目就加密存储在这里,正是凭借黑客艾瑞克(Eric)的高超技术才得以破解闯入。大概因为这里隐藏了太多的阴谋黑幕,艾瑞克"每次从深网中浮出来,都会变得更怪诞"(Pynchon Bleeding Edge,58)。而另一方面,"深网"又向那些无根、无权的网络社会"贱民"提供一个逃离之所(注意,DeepArcher 正是 departure 的双关),从而让人们得以摆脱那个监视与控制无处不在的"浅网"(尤其是在《爱国者法案》和反恐战争笼罩下的时代)。由于贾斯丁等人设计的网络技术能自动抹除节点间访问的痕迹,并能随机生成新的动态链接,这种匿名性对于政府网络控制是非常危险的。当意识到软件 DeepArcher 的 root 权限①可能已被政府秘密部门窃得后,他们遂将源代码变为开源发布在互联网上,让它以最大限度的共享来反抗政府对之进行逆向工程破译的图谋。

如果说互联网的历史与现状代表了 60 年代终结之后美国嬉皮士精神与晚期资本主义之间某种抗争的延续,那么"9·11"则在更广阔的领域隐喻了以信息互联为标志的现代科技在全球化与反全球化张力下的一种暴力断裂。为此,品钦在《放血尖端》里试图用历史和虚构来拼贴出一种阴谋论的"9·11"叙述,并让因特网与恐怖主义形成一种互文式表征。在历史现实的一轴,作者假借艾斯某职员之口,暗示布什家族在中东的石油利益益至在"9·11"之前即预言:"接下来会有灾难……办公室里大家在传美国在那儿有巨额政府合同,大家都在抢,中东会有大买卖,圈子里有人说第二次海湾战争。有人觉得布什想和他老爸比个输赢。"(48)这场战争的形式却与 90 年代的海湾战争不同,因为它包含了"残忍的网络空间之战,每日每时,永不停歇,黑客对黑客、DOS 攻击、特洛伊木马、病毒、蠕虫……"而且这样的战争没有硝烟,"甚至是当星巴克咖啡馆里那些电脑屏幕上激战正酣时,旁边的普通市民们也浑然不觉"(47)。

而在另一层意义上,"9·11"又意味着某种奇特的因果报应的循环。在品钦看来,这个事件似乎并非美国遭遇的"无妄之灾",甚至也不是历史上的仅有。小说中的一个重要人物温达斯特(Windust)是 FBI 资深特工,他第一次有档案记载的行动就是在 1973 年 9 月 11 日,为智利政变军人的飞机轰炸总统阿连德的官邸做侦查(108)。当然,这个"9·11"是作为美国干预他国内政的"不方便的真相",其历史地位与后来的"9·11"是判若云泥的。温达斯特不仅是前一次"9·11"的参与者,也是后一次"9·11"重要的当事人。小说中,他代表了美国情报机构对世贸中心袭击的深度卷入,虽然这种卷入的性质被品钦故意模糊化——美国对基地组织的阴谋或许知情,或许一度想将计就计,透过艾斯的中东金钱网络,在幕后利用这个事件为美国全球战略服务。但FBI对事件的进程出现了误判,这种失职责任最后由温达斯特承担。在小说结尾,他遭到本国情报部门的暗杀处决,最后其幽灵只能和其他"9·11"遇难者一样,游荡在贾斯丁设计的 DeepArcher 这个深网空间中。

互联网与"9·11"事件最具体而神奇的联结,在小说中体现在品钦对"全球性知觉实验项目"(Global Consciousness Project)的指涉上。这个确有其事的实验是以普林斯顿大学为中心,每秒不间断地收集世界各地近百个站点的随机事件发生器(Random Event Generator)的数据。这些数据来自各地计算机完全随机发出的"0"与"1"数值,科学家能够以此计算它们的全球相干性(global coherence)。更通俗地说,它们是一组组毫不相干的随机数,是贾斯丁能想到的"最纯粹"的任意性数字串,因此被用来作为 DeepArcher 的随机密码,以提高该网站的匿名性(341)。然而诡异的是,"在9月10日晚上出了问题,从普林斯顿得到的这些数字突然偏离了随机特征……这种情况持续到9月11日和随后的几天。然后一切又神秘地回到原来近乎完美的随机状态"(341—342)。小说并未虚构的事实是,"全球性知觉实验项目"所统计的全球相干性的确在"9·11"事件发生前几个小时出现了重大异常,随机特征在重大全球灾难发生前骤然消失。这似乎印证了普林斯顿科学家们提出的一个理论:"假如我们的思维都以某种方式连接在一起,那么当出现重大全球性事件和灾难时,(征兆)就会体现在这些(随机)数字中。"(341)也就是说,在"网络化生存"时代里,全球居民的思维意识具备某种神秘的共通结构,这种思维意识可以感知未来,并与机器进行互动和沟通,甚至可以影响物质世界的行为模式。

当然,这个泛心理学的试验本身备受争议,它和其他大数据计算方法一样,并非基于传统实证科学中的因果(causality)分析,而是在海量数据中寻找无法解释的相关性(correlation)特征,所以以此来解释"9·11"事件的罪责(culpability)问题是危险的(Mayer-Schonberger and Cukier,163)。如果将这个试验作为关于"随机性"的哲学寓言进一步引申,或许可以认为,品钦对"9·11"的理解也不是像其他小说家那样旨在阐明历史原因,或区分第三世界和美国式西方霸权的责任与是非。品钦真正想做的,与其说是要用互联网的历史来解释新世纪全球恐怖主义的兴起,还不如说是提出一种认识范式的变化,从而让读者看到从互联网到恐怖主义的一系列相关性特征。

三、互联网与后人类主义

事实上,《放血尖端》中地缘政治的阴谋论视角只是作者的"虚晃一枪",它是互联网文化的外在表征之一,而非这部"9·11"小说深层的归指。在品钦惯用的科技政治母题中,因特网的实用主义功能不是核心,真正要害的是其形而上的意义——"全球性知觉"赋予互联网一种精神维度上的人工智能,而"深网"中的 DeepArcher 又将"虚拟现实"(virtual reality)技术带入后人类主义思考中。换言之,互联网是新世纪的超级"机器",它代表了一种新型的人与机器的关系,对它的施用与反抗构成了品钦式后"9·11"想象的主线。

鲍德里亚早在 20 世纪 80 年代就提出了三种拟像(simulation)的区分:第一种是明显的针对现实的模仿,第二种是几乎可以以假乱真的现实仿制,第三种则是"制造出自己的现实,而无须基于真实世界的任何特征"(Lane,30)。鲍德里亚认为迪士尼乐园是第三种拟像的最佳例子,因为它所创造的"现实感"甚至遮蔽了洛杉矶(乃至整个美国)的真实性(Baudrillard,25)。但如果他当时预见到信息时代的来临,也许会更认同另一种判断,即"虚拟现实"才是属于我们时代最重要的第三种拟像,因为它"以计算机语言或代码生成了一个世界",背后是"0"与"1"组成的抽象的数学模型或算法(Lane,30)。这种计算机软件和互联网通信带给我们的"超真实"(hyper-real),构成了品钦这部作品关于新世纪科技与政治暴力的最重要思想语境。

因此,《放血尖端》这部纽约小说最具诗性的城市描写,并不是地理意义上的,而是程序员设计的位于"深网"中的虚拟之城,用小说中设计师卢卡斯的话,这是"献给大苹果(即纽约市)的情人节礼物"(34)。在女主人公玛克欣探访这里之前,她已经在孩子们玩的电脑游戏中领教过三维动画设计出的虚拟现实。这款电脑游戏为推广 DeepArcher 而设计,它可以看成是后者的单机简化版,主题以即时扮演的城市枪战为核心,而"这个城市空间看上去非常像纽约"(33)。虽然这款游戏没有加入爆头喷血的设计,但这所谓的"virtually nonviolent"(34)究竟是"几乎没有暴力",还是"虚拟的非暴力",因为"virtual"的双关而显得殊为可疑,让读者对于纽约的城市末日有了不祥预感。后来,当玛克欣初次点着鼠标进入 DeepArcher 时,她在电脑屏幕上看见的是"一个弓箭手站在深渊边缘,拉着满弓,朝下瞄准那无边无垠的混沌之所,等待着"(75)。抵达这个虚拟城市后,玛克欣发现这里的 3D 设计美轮美奂,所有场景的逼真度都高得惊人,"《最终幻想 X》②相比之下,就像是儿童蚀刻素描"(75)。里面虚拟人物的每个细节(包括发丝的飘动和眼皮的跳动)都纤毫毕现,而且其面容都是基于真人而来,"有些(脸)玛克欣乍一看觉得自己认识,或者应该认识"(75)。用设计者的话说,"当你从屏幕的一端进入虚拟现实中,这不就像是人死去,然后又得以投胎转世吗?"(70)。

值得注意的是,这样的场景并不属于以"赛博格"(cyborg)或"阿凡达"(Avatar)为代表的后人类(post-human)情境,因为这个网络空间的居民并非任何意义上的人机一体的生命,也不寄居于任何有形的独立肉身或物质之中。海耶斯(N. Catherine Hayles)一直反对用"灵肉分离"(corporeal disembodiment)来界定"后人类主义"的未来,她更倾向于用"电子化主体"(digital subject)来命名(*Mother*, 2),而这也正是玛克欣在 DeepArcher 经历的一种后人类状态。更确切地说,在虚拟现实的网络城市中,电子化主体变成了人类主体的一种投射,它是以代码书写的一种超文本(如同文学文本对于人物的再现),可以在比特世界里跨越地理时空和进行交际,但依然受到人类主体意识的主宰和操纵。正如海耶斯指出的,人机界面就是一种媒介,"如果没有人去发明它们,这个媒介就不会存在,如果人们不赋予它们意义和重要性,它们的存在也无目的性可言"(*Mother*, 35)。小说中的 DeepArcher 从创设伊始,就被其两位创立者赋予了象征意义。贾斯丁"希望回到过去,回到一个从未存在过的加州,终日安全无虞,阳光普照,那里太阳从不落下,除非有人想看一次浪漫的日落",而卢卡斯的想法则是想去"一个略微黑暗的地方",那里有着"如大风一般呼啸的沉默,里面拳握着毁灭的力量"(74)。这样一个"第三种拟像"的虚拟网络空间,就变成综合了加州和纽约,圣殿和避难所,过去和未来的媒介。

当然,品钦笔下的"电子化主体"在深网之中并非简单地"生活在别处",他们与电脑—互联网媒体的互动关系才是问题的关键所在。1984年,品钦在《纽约时报书评》发表了《做一个勒德派是否可行?》(*Is It OK To Be A Luddite?*)的文章,探讨了勒德派与机器的悖论关系。对于网络时代而言,最无孔不入的超级机器变成了由无数个电脑组成的万维网,似乎它就是现代勒德派分子(如书中的无政府主义黑客们)需要抗争和逃离的对象。然而,虽然品钦对现代科技及背后统治阶级倾轧下的勒德派有着深刻的同情,但他的态度远远比同情要复杂和暧昧,因为信息技术既是一种对日常生活的入侵,同时也给予那些"资本主义无法想象的他者"一种自由和保护(Jarvis)。品钦认为,"随着资讯革命的到来,越来越难以在任何时候去愚弄所有人了"(*Is It OK To Be A Luddite?*)。所以,对于互联网时代的"勒德派分子"而言,他们真正要去反抗和打破的并不是"科技与社会的辩证式进步"本身,而是"集权主义的工具理性结成的网络"(McDonald,103)。他们的反抗工具并不是传统的大锤和镰刀,而恰恰是这个"控制社会"赖以建构的计算机代码、键盘和网线;他们凭着这些东西得以重新定义"技术"与"身体"的关系,让身体得以在网络世界获得延伸和变形。就像《葡萄园》中的"类死人"那样,"深网"的居民进入一种后人类的状态,"打破后现代中的单一化现实",同时"创设出新的身体,一种多元的、非线性的、跨界的外形"(McDonald,117)。

但是,对于虚拟现实中的后人类社群,品钦既未抱以天真的乐观,也不认为 DeepArcher 的这种"打破"和"创设"最后能实现某种真正的"逃离"和"超越"。甚至连这个网站的构建者们也在"9·11"前后迅速意识到了这种幻灭:

> 除了夏天会结束得太快,一旦他们下到了(深网)这里,一切都会郊区化,速度比所谓的"晚期资本主义"还要快。于是,它就会变得和阴影之下的上方世界如出一辙。从一个链接到另一个链接,他们会将所有东西置于控制之下,使之变得安全、体面。每个角落都有教堂。所有的沙龙都需要执照。任何人如果还想要自由,就不得不收拾行囊,去往别的地方。(241)

就像玛克欣在纽约史泰登岛的垃圾填埋区（Fresh Kills Landfill）领悟的那样，"深网"貌似是一个"无边无际的垃圾场"，它"背后却是一个由各种限制构成的无形迷宫"，其"不可侵犯的圣殿"很快就被"商业性的网络爬虫程序"入侵和腐蚀（167）。当人们将 DeepArcher 作为逃离"浅网"的工具时，这种幻灭或许已经是注定的，因为从本质上说，他们在反抗晚期资本主义对网络工具性（instrumentality）的滥用时，并未能、也无法去打破科技的工具性，而是从另一个方向拥抱了这种工具性。在品钦看来，网络作为权力机器和抗争武器的双重性，会让人们陷入"不可避免的进退维谷，最终会导致悲剧"（Hayles, *Cosmic*, 11）。

另一方面，品钦的悲观也源自他对于网络媒介的怀疑。或者说，品钦并没有麦克卢汉（Marshall McLuhan）那样的乐观，认为"媒介即信息"，相信"媒介塑造并控制了人类联系和行动的范围与形式"（qtd. in Mohamed, 63）。《放血尖端》中揭示的 DeepArcher 作为一种逃离式乌托邦的失败，暗示了品钦所谓的"肉身空间"（meat-space）依然是无法超越或抛弃的。迈克卡伦姆（E. L. McCallum）认为，在"赛博朋克"叙事（cyberpunk narrative）中，真实空间其实是数字空间幻想里"惊人重要的一轴"，因为"要想象和实践那种超越距离的技术（譬如网络的访问存取），仍然有赖于性别、族裔或其他方式的差异性特权来作为中介"（McCallum, 351）。可以说，后现代社会中的网络媒介仅仅实现了一种表象的后人类状况，它并未真正摆脱旧的权力分布，也没有真正颠覆霸权知识的元认知方式。对这种信息技术的幻象，海耶斯有着极为精彩的论述："信息之梦最初具有一种逃离的形象，但当它愈发强力地体现为一个可靠的寄居之地，它就愈发看上去不像是逃离，而是一个竞技场，在这里统治与操纵能够以新的方式进行角力"（*Mother*, Hayles, 65）。

结　语

最后，我们不妨将德里罗与品钦做一比较，这样就能更好地理解以上关于网络的抽象讨论如何能嵌入对"9·11"小说的阐释。德里罗在《地下世界》（*Underworld*, 1997）中最重要的两个文学象征物就是互联网和世贸中心，它们同时也是全球化的典型符号。然而，对于德里罗来说，世贸中心代表了一种可怕的东方与西方的对称式分裂，而互联网则意味着一种弥合的尝试,所以网络时代的出现在德里罗那里具有某种宗教意义。哈达克更进一步地认为,"在德里罗看来,万维网是一种循环的超灵(Over-Soul)和精神全球化的象征,它或许能弥合分裂,弥合……双子塔、东方与西方、冷战的双生分裂——弥合上面这个世界的二元性"(Hardack,151)。作为另一个文本间性的证据,德里罗的笔下人物尼克(Nick)也和玛克欣一样,在史泰登岛的垃圾填埋区凝视着远处的双子塔,获得了某种精神顿悟,并感觉到那个摩天楼与垃圾场背后的所指存在着"一种诗性的平衡"(DeLillo,184)。

事实上,德里罗在"9·11"之前就已经写出具有惊人预见性的小说,而品钦显然是熟悉《地下世界》的。某种程度上说,他在"深网"和纽约"垃圾场"之间建立的换喻关系,是对德里罗的"双子塔"和"互联网"这套隐喻体系的进一步拓展与批判,让读者看见在互联网中同样存在着"地上世界"和"地下世界"的断裂。《地下世界》的封面是以雨雾中隐没一半的双子塔为背景,前景则是世贸中心比邻的著名古迹——建于殖民地时期的圣保罗教堂,而空中有一只如同飞机形状的海鸥,似乎要撞向那个大楼。《放血尖端》的封面并没有太多宗教救赎的暗示,它用网络服务器群譬喻世贸中心,似乎在暗示互联网与世贸中心一样,是全球化时代的精神图腾,也同样可能变成恐怖主义暴力的复仇对象。品钦书中结尾处有个耐人寻味的细节:俄国特工绑架了玛克欣等人去往纽约郊外属于艾斯的网络服务器群所在地,并用电磁脉冲炸弹将之摧毁。由于 Hashlingrz 公司幕后"是属于联邦政府的,是美国安全部门的武器",玛克欣担心这将是"恐怖主义行径"(或者说,一次微型的"9·11"),但最后艾斯以无所谓的口吻告诉她:"纽约州北部的服务器? 不用担心,我们已经切换到拉普兰德去了。"(462,468)拉普兰德(Lapland)位于芬兰和挪威的北部,有四分之三处于北极圈之内,品钦的这个细节似是闲笔,却充满机锋地告诉读者:双子塔倒下后,后"9·11"时代的反恐战争与恐怖主义将延绵不绝,因为分布式存在的互联网无孔不入。

注解【Notes】

① "root 权限"是指的软件系统中的最高级权限,相当于超级管理员,一旦获取就可以对软件系统进行任何修改。

②《最终幻想 X》是日本 Square 公司开发的一款著名角色扮演游戏。

引用文献【Works Cited】

Anker，Elizabeth S. "Allegories of Falling and the 9/11 Novel." *American Literary History* 23.3 (2011)：463 - 482.

Baudrillard，Jean. *Simulations*. Trans. Paul Foss，et al. New York：Semiotext [e]，1983.

Castells，Manuel. *The Network Society：A Cross-Cultural Perspective*. Trans. Zhou Kai. Beijing：Social Sciences Academic Press，2009.

［曼纽尔·卡斯特：《网络社会：跨文化的视角》，周凯译，北京：社科文献出版社，2009 年。］

Deleuze，Gilles. "Postscript on the Society of Control." *October* 59.4 (1992)：3 - 7.

DeLillo，Don. *Underworld*. New York：Scribner，1997.

Hardack，Richard. "World Trade Centers and World-Wide-Webs：From *Underworld* to *Over-Soul* in Don DeLillo." *Arizona Quarterly：A Journal of American Literature，Culture and Theory* 69.1 (Spring 2013)：151 - 183.

Hayles，N. Catherine. *My Mother Was a Computer：Digital Subject and Literary Texts*. Chicago：University of Chicago Press，2005.

The Cosmic Web and Literary Strategies in the 20th Century. Ithaca：Cornell UP，1984.

Huehls，Mitchum. "The Great Flattening." *Contemporary Literature* 54.4(2013)：861 - 871.

Jarvis，Michael. "Pynchon's Deep Web." *Los Angeles Review of Books* September 10，2013. Web.

Kakutani，Michiko. "*Bleeding Edge*，A 9/11 Novel by Thomas Pynchon." *New York Times* September 10，2013. Web.

Lane，Richard J. *Routledge Critical Thinkers：Jean Baudrillard*. New York：Routledge，2000.

Mayer-Schonberger，Viktor and Kenneth Cukier. *Big Data：A Revolution That Will Transform How We Live，Work and Think*. New York：Houghton Mifflin Harcourt，2013.

McCallum，E. L.. "Mapping the Real in Cyberfiction." *Poetics Today* 21. 2 (Summer 2000)：349 - 377.

McDonald，Riley. "The Frame Breaker：Thomas Pynchon's Post-human Luddites." *Canadian Review of American Studies* 44.1 (2014)：102 - 121.

Mohamed, Feisal G. "The Globe of Villages: Digital Media and the Rise of Homegrown Terrorism." *Dissent* 54.1(Winter, 2007): 61 - 64.

Pynchon, Thomas. *Bleeding Edge*. New York: Penguin, 2013.

——.*Inherent Vice*. New York: Penguin, 2009.

——. "Is It OK to Be a Luddite?" *New York Times Book Review* October 28, 1984. Web.

——.*Vineland*. New York: Penguin, 1990.

Stevenson, Talitha. "Review on *Bleeding Edge*." *The Guardian* 23 September, 2013. Web.

作者简介:但汉松,南京大学外国语学院教授。
原文载于《当代外国文学》2014 年第 3 期。

创伤博物馆

——论《剧响、特近》中的创伤与记忆

曾桂娥

灾难是文学的一个永恒主题,从古代希伯来人的洪水神话到 20 世纪的反战文学,灾难书写以文学形式超越真实、警醒世人。2001 年美国"9·11"恐怖袭击将人类灾难推向新的高峰,以此为主题的文学作品在过去 10 年间层出不穷,构成继大屠杀文学(Holocaust Literature)之后的另一种灾难文学:"9·11"文学①。国外文学批评界对"9·11"文学的研究已经大量涌现,《后"9·11"文学》(*Literature after 9/11*, 2008)探讨政治与美学、历史与叙事的关系;《"9·11"与恐怖文学》(*9/11 and the Literature of Terror*, 2010)考察"9·11"文学中的表征、叙事以及历史与虚构之间的张力;《坠落之后》(*After the Fall*, 2011)则从作家如何想象灾难、危机以及跨国主义等角度对"9·11"事件进行反思。国内的"9·11"文学研究主要集中在小说研究上,朴玉和但汉松等学者对"9·11"小说的创伤书写和叙事维度进行了较为深入的探讨。目前国内学界对"9·11"儿童文学的关注并不多,美国作家乔纳森·萨福兰·福厄(Jonathan Safran Foer, 1976—   )的小说《剧响、特近》②(*Extremely Loud and Incredibly Close*, 2005)是为数不多的"9·11"儿童小说之一。该作品以一个 9 岁孩子的"寻锁"之旅为线索,探讨创伤和记忆之间的博弈,较好地解决了创伤叙事中言说与沉默的悖论,成为美国"9·11"题材小说中富有代表意义的儿童创伤叙事篇章。

诺贝尔文学奖得主帕穆克认为,好小说类似于一座博物馆,在陈列中展示其内核③。《剧响、特近》在表征创伤时,用文字、图片、录音等各种媒介将几代人近 100 年的创伤体验融入小说文本之中,打破人物的年龄、性别、种族、国籍等界限,体现集体创伤的历史深度,也以更广阔

的视域探讨恐怖主义和灾难全球化对人类的冲击。该小说的表征方式类似一座博物馆,本文试将它划分为三个"展区":创伤人物、创伤书写和承载创伤记忆的图片,通过分析"展品"的多样性以及多种呈现方式揭示创伤的不可表征性,并指出源自创伤社区的关爱对于治疗创伤发挥着关键作用。

第一展区:创伤人物

弗洛伊德曾经指出创伤的特征之一是"延后"(afterwardness)(qtd. in Huehls,42),卡西·卡鲁思(Cathy Caruth)也认为创伤性事件"在始发之际并没有被吸收和体验",具有一种"延迟性"(belatedness)(*Unclaimed Experience*,11)。创伤的延迟特征和强迫重复症状在小说主人公奥斯卡身上表现出来。他在父亲死于双子塔内两年之后依然沉浸在沉重的丧父之痛中,继续清理父亲的遗物,并且因为偶然发现的一把钥匙开始了执着的探寻之旅。奥斯卡将"9·11"事件带来的危机转换成一场执著的求索之旅,这种执着也是创伤神经症(traumatic neuroses)的症状之一,即:病人"执著"(fixed)于过去的某个时间点而无法摆脱(林庆新,23)。

奥斯卡与君特·格拉斯的小说《铁皮鼓》的主人公同名,两人都有一面小鼓,只是《铁皮鼓》中的奥斯卡放弃成长,囿于自己的世界,而《剧响、特近》中的奥斯卡毅然走上求锁(索)之路,以一种人类学家的态度去观察和探寻,试图在纷繁的世界中理出一丝秩序感。他敲打着小鼓,时时提醒自己:"尽管在不同的街区穿梭,我还是我。"(*Extremely Loud and Incredibly dose*,Foer,88)然而事实上奥斯卡并不知道自己"是什么"。他的名片上印有"发明家、珠宝设计师、业余昆虫学家……电脑顾问、业余考古学家"等12种"头衔",并罗列着各种藏品:"珍稀硬币、自然死亡的蝴蝶、小仙人掌、披头士乐队的纪念物、可能有些价值的石头,等等"(*Extremely Loud and Incredibly dose*,Foer,99)。名片呈现出的是一个热爱自然、珍惜动物、喜欢科学的儿童,甚至可以被称作"博学之士"。但灾难发生后,他陷入自我认同的危机,并不具备清晰的自我认识,周围人对奥斯卡的看法也反映了这一点。在同学们的眼里,奥斯卡是"怪异的"(*Extremely Loud and Incredibly dose*,Foer,189)。在心理医生眼里,他是创伤后应激障碍患者,需要住院治疗。在"世纪老人"老布莱克的卡片库里,他是"儿子"。奥斯卡幼年丧父的经历让他提前结束童年,成熟得远超同龄人。

在迪米斯特(Karen DeMeester)看来,"创伤不可避免地破坏了受害者过去对自己和世界的认识,让他努力寻找新的更可靠的意识形态让创伤后生活恢复秩序和意义"(650)。奥斯卡的求锁(索)正是重新寻找秩序和意义的表现。9岁的他执着地"要一个说法",于是独自一人在纽约的大街小巷穿行,拜访彻头彻尾的陌生人,试图找到锁的主人;他更想知道父亲到底怎么死的,以停止对父亲死亡方式的各种恐怖幻想。但是,当他发现找到的锁与父亲并没有直接关系后,非常坦然地结束了寻锁之旅。奥斯卡一直受到父亲"求索"哲学的影响,强调探究的过程而非结果,因此寻锁(索)过程让他从精神上更靠近父亲,逐渐远离创伤。

那么,在奥斯卡求锁(索)的8个月时间里,他到底收获了什么?爱可能是最直接的答案,也是治愈他伤痛的唯一药方。该过程让他在心灵上与父亲走得更近,更重要的是,他与母亲消除误会、重新沟通。父亲遇难后,奥斯卡不敢对妈妈直言恐惧和怀念,把父亲的电话留言转换成莫尔斯码,制成项链送给妈妈,希望她能够注意到自己的绝望,结果却是徒劳。他在身上划出41道伤疤,当妈妈帮他穿睡衣的时候,他希望她能够发现并追问原因,渴望听到妈妈承诺:"我不会死,不会留下你一个人。"(173)但是妈妈始终一言不发,这让奥斯卡更感孤独与恐惧。直到最后奥斯卡才明白,妈妈从一开始就知道他的"寻锁"计划,并可能事先告知每一个他即将拜访的人,这也解释了为何许多"布莱克"都提前知道他的名字以及妈妈为何不追问他的行踪。奥斯卡意识到:"我的寻访就是妈妈已经写好的剧本,当我开始时,她已经知道结局。"(292)在这种无言状态下,母爱更显深沉。虽然最初奥斯卡曾经对妈妈说过"我宁愿是你死掉"的"恶语",但两人最终达成和解。他说,"在我唯一的生命里,她是我妈妈,我是她儿子"(324)。这种对于现实的基本陈述看似平铺直叙,但对于一个创伤儿童来说,最基本的身份定位意味着他回归常规生活秩序,继续正常生活。

对于经历创伤的人而言,"幸存本身可能是一种危机"(*Trauma*,Caruth,9),对于儿童来说,这种危机可能更具毁灭性。奥斯卡在寻锁过程中消减危机、寻找记忆,同时构建新记忆和身份。正如门迭塔(E. Mendieta)所说,"我们总是被冲击而来的力量撞得粉碎。我们调和这些力量,从而在一个想象之地找到立足点:自主权"(408)。通过拜访布莱克,奥斯卡探索如何找到自主权,在"创伤社区"遇到的同病相怜之人使他从别人的伤痛中调和悲伤,最终与妈妈和解,接纳妈妈的新恋人,与祖父团聚并一起去父亲墓地,将祖父未寄出的信件装进空棺之中。这些爱的表达帮助奥斯卡的世界回归正常,一句"我会开心、会正常的"正是他找到"自主权"的标志(323),表明他暂时实现人的基本需求:安全、秩序、爱和联系。(Alexander,3)

　　在奥斯卡的寻访过程中,20 世纪各种灾难的亲历者在小说中一一登场,其共同点是他们都背负着记忆重担。最具博物馆意义的是奥斯卡楼上的"活化石"——世纪老人布莱克。他出生于 1900 年 1 月 1 日,妻子死后的 24 年来他不曾下过楼,拒绝戴助听器,电话是他与外界联系的唯一通道。这位老先生曾是战事记者,见证了 20 世纪的每一场战争,家里收集了各式物品,并且给每个人制作只有一个词的传记索引,例如基辛格、圣雄甘地、作家埃利·维瑟尔(Elie Wiesel)等人的卡片上写的都是"战争"。他说:"90%的重要人物都与金钱或战争相关";"在过去的 3500 年里,整个文明世界只有 230 年是和平年。"(159,161)奥斯卡在倾听他的故事后帮他戴上助听器,重新将他与世界连接起来。老布莱克也加入奥斯卡的寻锁之旅,见证恐怖主义带给纽约人的伤害。他们老少相扶,走在灾难之后的纽约街头,更显孤单和凄凉。

　　除了老布莱克这位世纪灾难见证人之外,广岛原子弹爆炸的幸存者的经历也非常具有代表性。奥斯卡曾经让同学们听一位日本女性幸存者的采访录音,听闻她如何目睹人们葬身火海、皮肤剥落、蛆虫遍身,嗅过的空气中有类似于烤鱿鱼的味道。她并未回应采访者让她描述黑雨的要求,而是一直讲如何焦急等待女儿回家,最后女儿痛苦地死在自己怀中。这位创伤亲历者以非常个人的叙述回忆灾难,将个人历史从宏观历史中剥离出来,传递出明确的信息:"如果任何人看到我所目睹的一切,我们就永远不会再有战争。"(189)奥斯卡选择 20 世纪的灾难幸存者的录音与班上的小学生们分享,并且从科学角度分析爆炸的产生,看似沉着、客观的分析背后隐藏了奥斯卡对父亲如何在"9·11 事件"中丧生的种种想象。无形中,他与这位受害者产生共鸣,创伤成为跨越年龄、性别、种族和国界的共同体验,是全球化过程的必然产物之一,正如法国《世界报》(*LeMonde*)在"9·11"之后报道的那样,"我们都是美国人"(Lampert,4)。同理,在全球化时代,我们也可以说:我们都是犹太人、日本人、中国人。

在小说的第一"展区"中,福厄以"9·11"事件为背景,将两次世界大战和"9·11"恐怖袭击的受害者的经历交织起来,描绘创伤者群像,并以老布莱克的"老"和奥斯卡的"幼"形成对照,让其痛苦具备了"个体和文化意义"(DeMeester,652)。他们的创伤记忆也会融入读者的体验之中,产生移情效果,成为集体记忆和创伤文化的一部分。

第二展区:创伤书写

法兰克福学派理论家狄奥多·阿多诺(Theodor Adorno)曾言:"奥斯维辛之后,写诗是野蛮的。"(34)此语道出了灾难对于文学表达的毁灭性打击,也凸显文字在表征灾难时的无力。创伤的破坏性后果之一是言说能力的丧失,因此,尽管灾难拒绝诗情画意,诗歌(创作行为)对于个体而言可能是对言说能力的一种挽救,具有疗伤作用,德萨尔沃以及彭贝克等学者都探讨过写作对于疗伤的重要意义。④治疗性写作包括日记写作、信件写作、自传写作和主题写作等。受害者通过写作将创伤文字化,"建立起叙事、自我和身份的联系,有助于创伤者在社会环境中形成对自我和身份的认识"(转引自朴玉,63)。

小说中奥斯卡祖父母的沟通和写作是创伤博物馆中最具代表性的文字展品。祖父老托马斯是二战期间德累斯顿大轰炸的幸存者,失去亲人后他不再言语,通过手上纹出的"是"和"否"以及写有简单日常用语的记事本进行最基本的沟通,并且在迫不得已的沟通时刻选择英语而非母语德语,试图与过去彻底隔绝。失语的老托马斯选择"信件写作疗法"来医治创伤,在离开的40年里,他不停地给儿子写信,但只寄出一封。反复阅读后,儿子用红笔标出错误的拼写、有问题的标点符号以及印象深刻的地方,他对父亲的责问在红色圈圈点点中体现无遗(小说采用彩色印刷)。除了给儿子写信外,老托马斯还给奶奶每天寄一只空信封,或者是无话可说,或者有太多话要说,正如奶奶写的:"我们对彼此有那么多话要说,却没有办法说出来。"(81)

在克莱尔·斯托克斯看来，"创伤对记忆的影响、对恼人经历以及创伤带来的自我分裂感进行有效、真诚的沟通对于身份建构具有重要意义"(71)。然而，灾难记忆常常成为日常生活的障碍，让幸存者失语，无法与他人沟通，对此让-马丁·沙克(Jean-Martin Charcot)、皮埃尔·让内(Pierre Janet)以及威廉姆·詹姆斯等许多心理学家都有过论证(Kolk & Hart, 158)。由于"某些事件可能会在受害者身上留下不可磨灭的恐怖记忆，受害者会反复记起，并夜以继日地遭受记忆的折磨"(Janet, 205)。灾难之后，老托马斯已然是一具"空壳"(他姓 Schell，与 shell 谐音)，陷入身份危机，"不承认自己是谁，也从来没有承认过"(81)。只有那一句"曾经在屏风后面做爱的男孩是怎样变成今天坐在桌边写这封信的男人的？"(216)，道出其内心隐痛，也对灾难制造者发出无声拷问。即使儿子死后，老托马斯也没有终止写信，继续向这个永远安全、同时永远缺席的听众描述当下正在发生的事情。在描述祖孙的第一次见面时，老托马斯为亲情感动，说"我面对着我自己"(280)，但是奥斯卡把他当作安全的陌生人，让他听父亲的电话录音。父亲的声音让祖孙三代以一种奇特的方式联系起来，但充斥着强烈的陌生感。在亲情的冲击之下，老托马斯开始担心没有足够的空间书写，"我快没空地儿写了"的表达反复出现(278,280,281)，并且字迹越来越密集，最后变成长达三页、不可辨识的漆黑。对于空间的担心折射出老托马斯对生命将逝、表达未尽的遗憾，他"想要一本永无穷尽的空白书和剩余的时间"(281)，以便继续描写当下、继续生活；然而他被创伤记忆的镣铐捆缚，始终力不从心。

创伤记忆向叙事记忆的转化有助于受害者走出过去的阴影，然而，"创伤记忆不像成年人的普通记忆那样编码，不同于日常生活的线性语言叙事"(Herman, 156—157)。对于幸存者而言，创伤性事件往往是"难以想象、无法言说"(Edkins, 2)的。他们总是陷入两难境地：一方面想借助书写回忆来治愈创伤，另一方面又不能坦然面对回忆。因此"写作疗法"的产品因此也呈现出非延续性、不可阅读的特征。奶奶的书写结果是一本多达千页、无法卒读的"无字天书"——《我的人生》。她解释说："我一次又一次地敲空格键，我的人生故事就是空格。"(176)灾难制造者将个体生命变成空白，也印证了"写诗是野蛮的"。灾难摧毁个体，让幸存者无法继续正常生活，正如爷爷和奶奶的共同感慨："我们不得不活着,这是耻辱。但我们只能活一次,这是悲剧。"(133,179)两人均以非线性叙事书写记忆,其结果是:爷爷密集的书信没有读者,奶奶的回忆录没有内容。对于祖父母来讲,"写作疗法"均以失败告终。

奶奶的灾难书写中透露出强烈的生存和沟通欲望。在给奥斯卡的信中她坦诚描写德累斯顿大轰炸以及自己与姐姐安娜和老托马斯的感情故事,同时穿插"9·11"带给她的当下体验,"电视上播出熊熊燃烧的大楼时,我没有任何感觉。我甚至不感到惊讶"(224—225)。这意味着奶奶已经将创伤记忆的碎片与当下心理整合起来,并努力"转化成叙事性语言",从一定程度上治愈创伤,因为"当一个人能够讲述故事、敢回顾过去的时候,他才彻底康复"(Kolk & Hart,176)。奶奶的信件将历史与现实交汇起来,利用叙事记忆创建新的记忆,在治疗自己时也帮助奥斯卡渡过难关。她给奥斯卡的信用句简短,并且大量使用空格,呈现出"满满的空白"效果,与爷爷的密集书写形成对比。她还以短小句式改写《创世纪》,"夏娃将苹果放回树枝,树缩回泥土,变成树苗,树苗变成种子";"他说:要有光。于是有了黑暗。"(313)奶奶对《圣经》的改写流露出改写历史的愿望,但是,个体在历史灾难面前异常无助,德累斯顿大轰炸以炮火摧毁光明,让遇难者和幸存者都堕入永世的黑暗,只有爱才能带来一线光明,她对孙子写道:"奥斯卡,这是我一直试图告诉你的最重要的事情:爱要说出口,这永远有必要。我爱你。"(314)在奶奶的影响下,奥斯卡也采用"逆转"手法,改写"9·11":父亲离开双子塔,回到地铁站,回到家中,躺在床上,为奥斯卡讲故事。如果这样,"我们可能就安全了"(326)。时光倒流的童年梦想在文字建构中得以实现。

爷爷、奶奶的大量书信,爷爷辨识不清的密集书写以及奶奶的"无字天书"是《剧响、特近》中的重要"展品",祖辈的创伤记忆与当下历史形成对照,让半个世纪前的灾难与"9·11"产生对话,链接祖孙三代的创伤,进一步印证前文探讨的"创伤全球化",并以微观的家族创伤凸显创伤全球化的杀伤力。记忆在书写中与疗伤形成对抗,创伤者的写作疗法似乎以失败而告终,但是创伤者彼此的关爱能够对抗现代性的脆弱,为疗救创伤带来最后的希望。福厄充满温情的叙事补充了"9·11"叙事两个基本场域:"悼歌"和"批判"(但汉松,66),让关爱成为创伤叙事的轴心。

第三展区:承载创伤记忆的图片

法国哲学家鲍德里亚指出:"9·11"之后,"世贸中心大楼的倒塌是无法想象的,但是这并不足以让它成为一个真实事件……现实与虚构不可剥离,对于袭击事件的着迷首先是对图像的着迷"(28)。包括桑塔格和霍米·巴巴在内的许多理论家也指出,人们对于"9·11"的回应是电影式的(Lampert,37)。在小说中,福厄插入大量图片、信件、照片,用电脑排版技术呈现不同的文字效果,还利用大量空白与分段在纸上展现文字的声音效果,因此被萨尔曼·拉什迪(Salman Rushdie)称为"烟花式"(Pyrotechnic)小说。小说结尾处多达15页的坠落的人升回楼顶的图片被一些批评家指责为"翻页器",被称为"图画书"⑤。还有批评家认为,"9·11"题材非常沉重,《剧响、特近》出版时距离恐怖袭击只有4年时间,用"玩笑"方式插入大量图片、玩排版游戏等显得不够肃穆。对此,福厄指出:"谈论9月11日发生的事情需要视觉语言。"他认为,使用图像对于这本书非常重要,"因为人们看世界时就像在内心拍照片一样",同时"'9·11'事件是有史以来图像记录最多的历史事件。想起那件事时,我们脑海里会浮现一些画面——飞机撞上大楼,人在坠落,双子塔倒塌。这是我们经历它的方式,也是我们铭记的方式,我想忠于这一体验"(Mudge, up close and persord)。在笔者看来,小说中的视觉呈现不仅贴合9岁主人公看世界的方式,同时也体现了信息爆炸时代电视、报纸、网络等大众媒体对恐怖事件的重复报道对普通大众的影响,让民众觉得无所适从,恐怖主义事件以一种表演性事件(performance event)每时每刻敲打着人们的神经,让人们感到那一天"剧响、特近"。

小说中的图片承载着奥斯卡以及每一位灾难幸存者的记忆,成为"创伤博物馆"中最为形象的展品。奥斯卡就像波德莱尔笔下的"现代生活的画家",体验现代性的"过渡、短暂、偶然"(32),他收集的图片展现瞬间美学,以更为生动也更为隐蔽的方式书写创伤。经历创伤之后奥斯卡像许多幸存者一样有着"难以言表的恐惧",转而用符号或者其他感觉层面来表达,这体现出一种矛盾:"心理创伤的中心矛盾是一方面想否定恐怖事件,另一方面又有大声表达的意愿。"(Herman,1)在奥斯卡身上,这对矛盾非常明显:一方面,他不愿意直接描述父亲的死亡,从来不用"9·11"这一表达,而是说"最糟糕的一天",也从不与家人谈及电话留言和当天发生的一切;另一方面,他与陌生人分享电话录音的秘密,从容讲述父亲的惨死。与祖父母不同,奥斯卡拒绝用文字表达内心感受,而是选择图片来凝固记忆,同时创造出新记忆。厄普代克曾经指出,奥斯卡的剪贴画日记本有助于我们"了解他的内心世界",挖掘创伤儿童的内心世界(Updike)。

小说中的图片大体可以分为三类。

第一类:父子关系图。奥斯卡的贴图日记中并没有父亲的照片,但父子情深在许多看似不相干的照片中体现出来,躺在地上的网球运动员的照片就是一例。该照片是"9·11"前夜父子共读的报纸头版照片,奥斯卡用它来纪念与父亲共度的最后时光。另一幅有意义的图片是过山车。奥斯卡带着恐惧乘坐过山车,"我不停地想我的这种感受是不是就像坠落一样"(147)。他用过山车照片记录自己下坠时的恐惧感,并"体验"父亲坠楼而亡的情形。最能体现奥斯卡对父亲的怀念的图片大概是小说结尾处"坠落的人"的飞升图。奥斯卡通过逆转"坠落的人"的照片顺序,表达让父亲脱离危险、重返家庭的愿望。他设想了父亲临死的各种情形,但是需要一个"定论":"如果我能精确地知道他怎么死的,我就不用想象他死在卡于楼层里的电梯间……世上有那么多种不同的死法,我就是想知道他到底是怎么死的"(257)。这组顺序颠倒的照片真实以"电影式、动作的实时表演"实现了儿童心中让时光倒流的愿望,同时也为创伤提供了一种"以过程为基础的实时解决方案"(Heuhls,43—44)。与其他"9·11"小说尖锐的批判之风不同的是,小说的结局为创伤叙事增添温情,在真实刻画儿童心理的同时也迎合了创伤者和广义的幸存者们宣泄情感的需求。

第二类:叙事连环画。当代社会已进入一个视觉时代,奥斯卡深受视觉文化影响,利用图片记录日常生活。他的日记本中大量不同形状和风格的锁的照片揭示了奥斯卡寻锁过程的艰辛。小说中唯一重复出现的图片是一张门的照片,它是奥斯卡寻访的布莱克中的第二家,也是最后一家,让寻锁过程出现一个轮回。奥斯卡拜访房主艾比·布莱克(Abby Black)时,觉得她"特美",甚至想提升自己的谈吐举止、谎报年龄,以获芳心。奥斯卡此时的心理活动令人费解,但如果把布莱克女士看作奥斯卡母亲,问题就迎刃而解。奥斯卡渴求母爱,把自己对母亲的爱和沟通欲望转移到一位陌生女士身上。奥斯卡为她拍了一张背影,这幅背影图"更真实"地表达了奥斯卡对爱的渴求,只是他自己不愿意面对。另一幅背影是艾比·布莱克的丈夫,也是锁的主人。布莱克父子关系欠佳,父亲死后留给他的钥匙被无意中卖掉,他与奥斯卡一直在互相寻找对方。奥斯卡的寻锁与布莱克的寻匙过程都是寻找过去,努力实现父子的沟通。正因为如此,奥斯卡将这位布莱克先生当作父亲,问出一直萦绕心间的问题:"你能原谅我吗? 原谅我没能接电话? 没能告诉任何人?"(302)布莱克先生肯定的回答最终打开奥斯卡的心结。钥匙与锁的漫游让两对父子和一对陌生人实现沟通,成为叙事连环画中的另一个轮回。

第三类:纽约都市。作为"9·11"事件的发生地,纽约的大街小巷和高楼大厦都跳动着现代都市的脉搏,也留下奥斯卡穿行都市的足迹。然而,看得见的现代性背后隐藏着脆弱与创伤。例如上文提到的艾比·布莱克夫妇的家门和后脑照片,每扇门后都隐藏着一段伤心故事。奥斯卡的贴图中有一幅是 CNN 报道的一艘渡轮撞击桥墩造成人员伤亡的事件(241),图片下方有"萨达姆·侯赛因下台'大快人心'"的新闻。奥斯卡可能并不知道萨达姆是谁,此人与"9·11"事件以及父亲的死有什么必然联系,他只想记录下自己乘坐渡船时恐惧的心情:"如果船沉了会怎么样? 如果有人把我推下去呢? 如果有人用肩射式导弹击中它了呢?"(240)"蕴含着纽约精神的帝国大厦"的图片也在奥斯卡的贴图日记本中出现,第一次出现在纽约全景图中;第二次则是奥斯卡登上帝国大厦之后,对着玻璃拍下一幅没有对焦的照片,人影杂乱斑驳,体现了他当时烦乱和恐惧的心情。奥斯卡想象飞机撞上帝国大厦,浓烟四起,周围的人们高声尖叫。他甚至挣扎于应该跳楼还是等着被烧死,"感到疼和感觉不到疼,哪种死法更好?"(244—245)死亡的阴影时刻笼罩着他,"但凡出生的东西都会死,这意味着我们的生命就像高楼一样"(245)。若非恐怖袭击事件,9 岁的孩子如何会将生命比作高楼大厦? 尽管高楼大厦大多坚固、挺拔,然而飞机能够撞进大楼,在瞬间将其夷为平地,高楼与人的生命同时殒灭。因此我们不难理解奥斯卡为何拒绝电梯,步行 1860 级台阶走下帝国大厦,也不禁要问:帝国大厦是否真的象征着纽约精神? 即将在"归零地"(Ground Zero)上重新建起的"自由大厦"又代表着谁的自由？现代都市能否在毁灭之后再生？现代科技打造的都市如果能够再生，其承载的文明和集体记忆是否能够续延？

奥斯卡弃绝文字，以图片方式记载寻父记忆，用"零度叙事"呈现一种所谓的"价值中立"和客观，实则更加彰显恐怖主义给儿童带来的创伤。他的贴图日记中看似零散的图片与祖父母的零散叙事呼应，模糊了虚构与现实的界线，让读者产生临场感，近距离呈现灾难给幸存者带来的创伤、揭示现代性的脆弱。同时，小说中的大量图片是奥斯卡建构个人身份过程中的重要环节，当奥斯卡的贴图日记本全部贴满，即将开始新的一册时，奥斯卡也决定开始新的生活，变得"开心和正常"。这一建构记忆的过程也必然汇入纽约、美国乃至世界的集体记忆之中，让美国重新以亚当式的纯洁和乐观继续谱写历史。

《剧响、特近》以博物馆的呈现方式刻画创伤社区的群像，多维展现创伤带给世人的重创，描写人们将创伤记忆转化为叙事记忆的努力，体现了创伤叙事中书写与沉默的悖论，并提醒我们创伤并非彻底的异己文化，人人都是灾难潜在的在场者。虽然福厄的小说不及物理意义上的博物馆那样让人触手可及，但是由于小说文本的流通性远超博物馆，因此在传播信息、教育民众以及美学层面上具备更广阔的想象空间，引起更广泛的共鸣，就像耶路撒冷的犹太大屠杀博物馆一样，能够在谴责灾难制造者的同时构建集体记忆，以一种历史责任感抵挡遗忘，以其独特的叙事方式发挥更重要的社会功用。作为"9·11"儿童文学的代表性作品，《剧响、特近》运用表征策略将灾难戏剧化，加入对"9·11"事件意义的公共讨论之中，借以反思美国的政治、宗教、外交、文化等政策。虽然"9·11"的灾难已经过去十年，但正如小说标题所示，灾难离我们依然"特近"，那声"巨响"依然在耳旁回荡。

注解【Notes】

① "9·11"文学除了"所有涉及9·11袭击及美国之后的外交政策和社会议题"的"9·11"小说之外（转引自但汉松，72），还包括"9·11"诗歌和戏剧，已经出版的诗集包括 *An Eye for an Eye Makes the Whole World Blind：Poets on 9/11*（2002）以及 *Poetry After 9/11：An Anthology of New York Poets*（2002）等；目前"9·11"戏剧作品并不多见，Theresa Rebeck 和 Alexandra Gersten-Vassilaros 创作

的《饭局》(*Omnium Gatherum*)是第一部聚焦9·11遇难者的剧作(Brustein 244)。

② 标题中的"extremely"和"incredibly"是小说主人公的口头禅,因此笔者将其译为具有中国北方方言特征的"剧""特"。目前能见到的译名还有《特别响,非常近》。

③ 参见方柏林:《好小说是一座博物馆》,《南方都市报》,2011年1月24日〈http://nf.nfdaily.cn/nfdsb/content/2011-01/24/content_19549031.htm〉。帕穆克在创作小说《纯真博物馆》时走访了全球各大博物馆,并且将多年前在伊斯坦布尔购置的一处房产改造成名为"纯真博物馆"的实体建筑,2010年起开始接待游客。

④ 有关写作与疗伤的专著包括 Louise DeSalvo, *Writing as a Way of Healing: How Telling Our Stories Transforms Our Lives* (Boston: Beacon Press, 2000)和 *James W. Pennebaker: Writing to Heal: A Guided Journal for Recovering from Trauma and Emotional Upheaval* 等。

⑤ Harry Siegel 指责福厄"剧烦、特假"("Extremely Cloying & Incredibly False") (April 20, 2005, 〈http://www.nypress.com/article-11418-extremely-cloying-incredibly-false.html〉)。厄普代克是欣赏福厄的"图画书"为数不多的评论家之一。

引用文献【Works Cited】

Adorno, Theodor W. *Prisms*. Trans. Samuel and Shierry Weber. Cambridge, Mass.: MIT Press, 1983.

Alexander, Jeffery C. *Cultural Trauma and Collective Identity*. Berkeley: U of California P, 2004.

Baudelaire, Charles. *The Painter of Modern Life*. London: Phaidon Press, 1995.
［波德莱尔:《现代生活的画家》,郭宏安译,杭州:浙江文艺出版社,2007年。］

Baudrillard, J. *The Spirit of Terrorism*. London: Verson, 2002.

Brustein, Robert. "Theater after 9/11." *Literature after 9/11*. Eds. Ann Keniston and Jeanne Follansbee Quinn, Routledge, 2008.

Caruth, Cathy. Ed. *Trauma: Exploration in Memory*. Baltimore and London: The Johns Hopkins UP, 1995.

——. *Unclaimed Experience: Trauma, Narrative, and History*. Baltimore: The Johns Hopkins UP, 1995.

Dan, Hansong. "Two Narrative Dimensions in '9/11' Novels: *Falling Man* and *Let the Great World Spin.*" *Contemparory Foreign Literature*. 2(2011): 66-73.

［但汉松:《"9·11"小说的两种叙事维度——以〈坠落的人〉和〈转吧,这伟大的世界〉为例》,《当代外国文学》,2011 年第 2 期,第 66—73 页。]

DeMeester, Karen. "Trauma and Recovery in Virginia Woolf's *Mrs. Dalloway*." *Modern Fiction Studies* 44.3 (1998): 649 – 673.

Edkins, Jenny. *Trauma and the Memory of Politics*. Cambridge: Cambridge UP, 2003.

Foer, Jonathan Safran. *Extremely Loud and Incredibly Close*. London: Penguin Books, 2005.

Herman, Judith Lewis. *Trauma and Recovery*. New York: Basic Books, 1992.

Huehls, Mitchum. "Foer, Spiegelman, and 9/11's Timely Traumas." *Literature after 9/11*. Eds. Ann Keniston and Jeanne Follansbee Quinn. Routledge, 2008.

Janet, Pierre. *Les médications psychologiques*. 3 Vols. Paris: Société Pierre Janet, 1919—1925 (1984).

Kolk, Bessel A. Vander and Onno Van Der Hart. "The Intrusive Past: The Flexibility of Memory and the Engraving of Trauma." *Trauma: Exploration in Memory*. Ed. Cathy Caruth. Baltimore and London: The Johns Hopkins UP, 1995,152 – 82.

Lampert, Jo. *Children's Fiction about 9/11: Ethnic, Heroic and National Identities*. New York: Routledge, 2010.

Lin, Qingxin. "The Narration of Trauma and 'Intransitive Writing'." *Foreign Literatures*. 2008(4): 23 – 31.

［林庆新:《创伤叙事与"不及物写作"》,《国外文学》2008 年第 4 期,第 23—31 页。]

Mendieta, E. Foreword: "Identities: Postcolonial and Global." *Identities, Race, Class, Gender and Nationality*. Eds. Linda Martin Alcoff & E. Mendieta. Melbourne: Blackwell, 2003: 407 – 417.

Mudge, Alden. "Up Close and Personal: Jonathan Safran Foer Examines Violence through a Child's Eyes." *Bookpage*, April 2005. ⟨ http://bookpage.com/interview/up-close-and-personal⟩

Pennebaker, James W. *Writing to Heal: a Guided Journal for Recovering from Trauma & Emotional Upheaval*. Oakland: New Harbinger Publications, 2004.

Piao, Yu. "Trauma of 9/11 Fiction and Don DeLillo's *Falling Man*." *Contemporary Foreign Literature*. 1(2011): 59 – 65.

［朴玉：《从德里罗〈坠落的人〉看美国后"9·11"文学中的创伤书写》，《当代外国文学》2011 年第 1 期，第 59—65 页。］
Updike，John. "Mixed Messages." *The New Yorker*，March 14，2005.
〈http：//www.newyorker.com/archive/2005/03/14/050314crbo_books1〉

作者简介：曾桂娥，上海大学外国语学院教授。
原载于《当代外国文学》2012 年第 1 期。

《但以理书》：暴露国家政治暴力的创伤叙事

陈世丹　张红岩

E. L. 多克特罗（E. L. Doctorow，1931—2015）是一位重要的美国后现代左翼作家。他在小说创作中以绘声绘色的文字、高超的技巧，变化无穷的形式、布局和格调进行哲学探讨，表现后现代政治左翼的价值观，解构和再造美国文化的神话。2015 年 7 月多克特罗去世时，美国总统奥巴马称赞多克特罗是美国最伟大的小说家之一。在其 20 世纪 70 年代初创作的历史小说《但以理书》（*The Book of Daniel*，1971）中，多克特罗从政治左翼的视角，以正在参加 60 年代变化不定的政治斗争的但以理为主人公兼主要叙述者，用创伤叙事讲述了 20 世纪 50 年代"冷战时期"，但以理的父母被国家以间谍罪处死的历史悲剧及其给后代留下的严重的精神创伤。类似弗洛伊德帮助病人使潜意识中的创伤经历回到意识中来，让病人意识到病源，从而治好精神创伤的"谈话治疗"，作家在文学作品中用创伤叙事使受创伤者重现过去的创伤情景，将创伤与历史记忆联系起来，找到创伤的根源是国家违反民主制度的政治暴力，同时提出了参与意识形态和美国权力机构形象重构的左翼思想主张。

一、历史与虚构结合

精神创伤是灾难性事件导致的、在心理过程中造成持续和深远影响甚至导致精神失常的心理伤害，它使受害人"永远沉迷于回忆之中"（Freud，217），无法走出创伤的影响。弗洛伊德用"谈话治疗"方法医治精神创伤，即通过与病人谈话"使病者把含有症状意义的潜意识历程引入意识"(Freud,220),让病人意识到病因。卡鲁斯指出经受精神创伤的个体医治精神创伤需要经历的三个过程:一是回到该事件之中,并设法将各种碎片整合起来以获得对于该事件的理解;二是尽管创伤的个体在现时对世界的理解已经发生了很大的变化,但他仍将其创伤经历糅合到现时他对世界的理解之中;三是用一种叙事语言将该创伤经历叙述出来(Caruth,137),从而找到创伤的根源。小说家用创伤叙事描述创伤事件或经历,找到创伤的根源,帮助人们走出精神创伤。在后现代主义小说中,创伤和叙事成为相互依赖的术语。后现代创伤叙事解构现实主义线性叙事风格,表现时间性的中断,记忆通过对过去的延宕来区分它所包含的内容。在小说《但以理书》中,多克特罗通过一个叙事性的自我来讲述一个连续不断的创伤故事,故事由过去经验与当前环境、历史与虚构结合而成,表现最终走出创伤的叙述者但以理对未来的期盼。

小说《但以理书》中的主人公兼叙述者但以理,被他未曾目击的事件——父母被国家以叛国罪电刑处死所纠缠,更宽泛地讲,被他自己错过的感知所纠缠。这一错过的感知时刻在创伤叙事中反复出现,造成目击过去事件的可能性。多克特罗小说中的创伤叙事将一系列有关叛国罪以及国民与法律之间关系的问题与一系列有关未被目击的事件和精神创伤继承问题结合在一起,再现艾萨克逊夫妇遭受国家政治暴力迫害的创伤事件。在《但以理书》中,美国国家的创建作为一种被主人公反复错置的重复而发生,同时作为一种主人公无法与自己个人暴力充分区分的暴力。小说以对主要场景——艾萨克逊夫妇被国家以叛国罪电刑处死——的思考,来抵制现代主义用单一的、固定不变的逻辑、公式以及普适的规律来说明和统治世界的原则,主张"有可能、有必要打破传统,开始一种新的生活和思维方式"(Lyotard,1613)。在思考主要场景的逻辑中,一切都以不确定的再现开始。

小说《但以理书》的创伤叙事不时地被突出的、挑战感知的场景描写所打断,也不时地被主人公目击重要事件的场景描写所打断。还很年幼的但以理在他家前门廊玩耍时,碰巧目睹了一场事故发生:一位手拎杂货袋的妇女被一辆失控而滑上人行道的小汽车撞死。但以理走过大街看到:破碎的玻璃片、牛奶与那位妇女的血混合在一起(101)。这一大概真实同时又像虚幻的场景,似乎是但以理所错置的家庭创伤的某种形式。以其不够具体化看，这一场景可能是但以理在事件发生多年后重构的回忆。这种非具体化的场景表明，多克特罗的主要场景描写并不要求读者在回忆和虚构之间做出选择。

类似于弗洛伊德的临床病人案例，病人叙述的主要场景是幻想的还是真实的并非十分重要，对于多克特罗小说中的主要场景思考而言，至关重要的是但以理作为一个刺探隐秘者——一个对不确定事件过量投入的目击者的身份。《但以理书》中对主要事件的思考存在一种确定的文学性，即历史的文学性。这是因为批评的主体绝对不可能接触到一个所谓全面而真实的历史或他在生活中不可能体验到历史的连贯性。历史不是铁板一块，而是充满需要阐释的空白点（Wang，185）。一方面，当主要场景发生时，但以理还是个孩子。他告诉我们：他的父母"做爱时并未粗心大意到能让我看见他们性交的程度，但无论如何我认为我看见了。"（41）然而，更引人注意的是小说延伸了这一逻辑，为我们提供了一个理解但以理与其行为或情景建构之间的关系。作为目击者和刺探隐秘者，但以理是一个历史场景的局外人。

创伤既没有现在时，也没有特定的过去区域。因此，创造关联并制造意义，最后查出创伤根源的叙事，不一定是虚假而不可信的。但它毕竟是一种心理分析过程的人工制品。弗洛伊德在其后期作品《分析中的建构》中承认，"始自分析者建构的小路应该在患者的回忆中结束；但它并不总是引向很远的地方。相当经常的情况是，我们不能成功地使患者回忆被压抑的东西。既然这样，如果分析不能正确进行，我们就使患者确定地深信建构的真实，这种建构会像再体验的回忆那样取得同样的治疗结果"（Freud，265—266）。在多克特罗小说的结尾，但以理去西海岸调查与父母冤案有关的历史真实。他在迪斯尼乐园——奇妙的幻境里，遇见了出卖他父母的朋友塞利格·敏迪什。正是在这一充满奇妙幻想的语境下，但以理建构了另一对夫妇的理论：艾萨克逊夫妇代替另一对是真正间谍的也有两个小孩儿的夫妇，被以间谍罪处死。但以理可能知道有另一对夫妇：莫里斯和洛娜·科恩，有两个小孩儿的美国共产党夫妇，他们在罗森堡夫妇被捕时消失了。这"另一对夫妇"也许是，也许不是弗洛伊德所称的错觉中"历史真实的碎片"（Freud，267—268）。但这里更有启迪作用的是但以理的理论基础，就是说，还有另一个他不能目击的场景："当塞利格·敏迪什被叫到证人席时，妈妈在椅子上坐起来,双臂交叉放在胸前,抬起头。……在他说出要将他们送入坟墓的话之前,他转过身来,……注视她的目光片刻……她很惊讶,在他的目光中读出的不是一个叛徒的信息"(295—296)。在这一场景中,但以理看见的只能是所谓"看见"的,因为母亲成为他叙事中的一个人物,这是一个历史与虚构结合的场景。小说中的主要场景始终与多克特罗作为作家的叙述连接在一起。

小说《但以理书》以牛奶和鲜血、匹克斯基尔的骚乱、法庭戏剧和电刑处死等事件来支持但以理不可能目击的父母被国家以叛国罪电刑处死的场景。《但以理书》并未要求我们判断这些回忆是否真实,而是要求我们接受小说与历史并非是完全可以区分的叙事话语这种后现代假设。小说的叙事表明,关于死刑场景的真正目击者的叙述不会比但以理自己的不可能的回忆或多克特罗的虚构的叙述较少受到幻想的阻碍。也就是说,《但以理书》致力于回到电刑处死的场景,并非表现"一个在记忆中重现或反照、反作用的过程",而是表现一个"分析,回忆"的过程(Lyotard,1615),从而将过去的不确定的创伤事件叙述出来。

二、揭示国家的暴力父权

20世纪60年代女性主义与新左翼政治之间的关系是不融洽的。在"莫宁塞德高地包围"(学生接管了哥伦比亚大学,这一幕出现在《但以理书》的结尾)期间,激进的女性抗议者们被与她们同等的男性"分派"承担家务管理的责任。斯托克利·卡米歇尔告诉女性主义者们"在大学生非暴力协调委员会中,女性的唯一地位就是俯卧"(Gatlin,86—87)。在60年代,特别是由于男子反对越战激进主义的兴起,对卷入政治的女性的关心至少说是处于次要地位。并非偶然的是,多克特罗1971年出版的《但以理书》就是在目睹20世纪妇女运动发展的同一时期创作和出版的,也表现出对妇女解放的可能性及其与身份联系的关心。在多克特罗的小说里,性是一种隐喻,它仅仅意味着它被用来最明显表示的其他东西。但以理的历史与他对妻子的性虐待之间存在着意义复杂的关系。苏珊的话"他们还在强暴我们"(fucking us)(19),听上去像那个时代的俚语,但对小说叙事而言是十分重要的。但以理对妻子的性暴力隐喻地表现对主要场景(国家对无辜民众的政治暴力)的思考，它使多克特罗的创伤叙事文本达到了很大程度的饱和。

但以理在幼年因父母被国家政治暴力处死而失去了儿童应有的父爱和母爱，这是一种生活的极端形式，他不能适应和接受这种生活。因此，但以理对性暴力的强烈爱好可以解读为对其早期不能适应这种生活的逆转。但以理对妻子的性虐待可能是一种欲通过暴力来克服他自己作为主要场景局限对象（或服从主要场景）的地位。弗洛伊德将男性受治疗者与骄傲的国家做了类比：一个男性"受治疗者的幻想与一个伟大而骄傲的国家用以掩盖其初期的渺小和失败的传说一致"（Freud，20）。小说中，但以理对妻子的性暴力等同于父权的作用，它象征着国家的暴力父权。小说中但以理的性暴力隐喻绝非偶然，具有十分复杂的多元的象征意义，其中之一就是被用来隐喻国家的暴力父权。

三、找到创伤事件的根源

《但以理书》充斥着各种情景和场景：错过目击的情景、不可能的情景、充满幻想的场景和被非常仔细观察的场景。但以理的主要场景在多种意义上是在公共领域内，或者说它是一个将最公开和最秘密结合起来的场景：就像1776年6月27日，乔治·华盛顿将军在托马斯·杰弗逊的著名文献《独立宣言》发表一星期以前就"宣告"美国的独立，命令将叛徒托马斯·希基处死这一历史事件一样，艾萨克逊夫妇被电刑处死是对托马斯·希基被处死的移置，是对国家创建的重复。就像但以理所声称的那样，这个国家是以要求其公民死的方式来表明其自己身份的："根本的存在条件是公民身份。**每一个人都是他自己国家的敌人……**所有的公民都是战士。所有的政府都为了自己的利益把它们的公民交托给死亡。"（85）人们也会以艾萨克逊夫妇的死，来目睹一个国家的（再次）诞生。如果说1776年华盛顿将军以忠于代表封建专制的英国国王的希基之死，宣告美利坚合众国——一个民主共和国的诞生，那么20世纪50年代美利坚合众国又以艾萨克逊夫妇之死，宣告除封建专制国家外一个什么样的国家诞生呢？

当然，但以理没有看见其父母保罗和罗谢尔·艾萨克逊夫妇被电刑处死（他更没有看见美国创建）的情景。但是，他还是设法描写了其父母先后被电刑处死的场景。他就以《但以理书》这个文本成为其父母生活与死亡的目击者和美国历史骚乱的见证者。多克特罗小说中的主要场景其实是一场革命。对所谓的叛国罪的处死将革命转变成阴谋；它在戏剧性地表现现存国家的权威时，防止了新的创建。在这个意义上，叛国罪与创伤事件的根源和主要场景密切相关。多克特罗写道："没有失败的革命，只有非法的阴谋"（False，Doctorow，24）。《但以理书》告诉我们，美国宪法规定，新的共和国禁止惩罚有罪主体的家庭成员或后嗣。他们对自己的历史享有权利。在这一点上，美国法律与封建法律（1350 年首次在英国编成法典）之间存在重大差别。封建法律"实行血统株连"，而"美国的宪法禁止这种惩罚，从而防止无辜孩子遭受因其前辈违法犯罪而带来的不公正"（Gifts，498）。事实上，但以理与苏珊毫无疑问受到了封建法律血统株连的惩罚：他们不能选择拒绝父母留给他们的创伤遗产。但以理不得不继承的创伤遗产破坏了家庭历史可以很容易与国家权力分离的幻想。此外，甚至国家也不相信自己的公民有独立于国家的幻想。《但以理书》讽刺、深刻地揭示了美国政体与公民为敌的本质："联邦政府不会不管但以理；即使他能够'忘记'自己的父母曾犯有叛国罪，他也一直被并将永远被秘密警察监视着"（Morgenstern，164）。创伤叙事深刻暴露了精神创伤的根源：国家政治暴力，而且这种暴力将永远存在。

作为一个哲学概念，暴力是一种激烈而强制性的力量，通常是指个人或犯罪集团之间因利益冲突等各种矛盾而发生的殴斗以及凶杀。权力的形成也往往要诉诸暴力威胁，强制对方服从。政治暴力是指政治行为体出于特定政治目的、针对统治关系实施有组织的物质力量，对自我、他人、群体或社会进行威胁和伤害，从而产生重大政治后果的活动。小说中，政府出于冷战的需要，违反民主制度，破坏公民自由，对自己的国民施以滥杀无辜，将艾萨克逊夫妇处死的滥用国家权力的行为，是一种不折不扣的政治暴力。

四、参与意识形态和美国权力机构形象的重构

小说《但以理书》中，20 世纪 60 年代末，哥伦比亚大学博士研究生但以理·艾萨克逊·列文努力地重构其父母保罗和罗谢尔·艾萨克逊夫妇 10 多年前被国家以叛国罪处死的历史悲剧。但以理痛苦地指出：

"我找不到证明他们有罪或无辜的任何线索。也许他们既无罪又无辜。"(145)走不出创伤的妹妹苏珊试图以自杀来告别这个黑暗的不公正的世界。在反思父母惨遭迫害的那段历史时，但以理意识到那是"一种新的独创的历史情景，在这样的情景中如果我们用自己的方式考察历史，我们就被宣告有罪，……这种情景是历史的幻影"（Jameson，25）。但以理的话揭示：历史是按统治阶级主导意识形态的核心价值观反复撰写的文本，是为统治阶级服务的，其本质是虚构的。

小说的创伤叙事以但以理的独白揭示，因为父母被国家政治暴力迫害致死，但以理感到他和妹妹小小年纪就被剥夺了父爱和母爱，在家庭情感方面受到严重的伤害。苏珊无力减小悲剧的严重程度，只能努力限制她所能应对的真实。她不仅相信她父母是无辜的，而且还相信产生于美国民族良心的某种东西即将出现，能为她父母的毁灭提供法律根据，为他们实际上的自我牺牲做出补偿。但是，她终究不能承受国家对她家庭所做出的毁灭行为，最后选择自杀，成为杀害她父母电椅上的替代受害者。但以理必须在没有妹妹支持的情况下继续前行，努力寻找历史真实和社会公正。实际上他发现，他并不孤独，与他同行的还有千千万万正直和善良的人。

在20世纪60年代晚期，政治左翼运动提出了一种只能产生于共同冒险和历险的归属意识。大学校园左翼行动团体鼓动人们用产生于更强大的人民群众团结斗争，抵制国家政治暴力，呼吁社会公正这样的共同冒险和历险的归属意识来替代微小的不堪一击的家庭关系。小说后来去五角大楼的示威游行和学生占领哥伦比亚大学行政大楼的情节都表现了这一产生于共同冒险和历险的归属意识。在纽约东南部的贫民区，但以理偶遇游击队战士阿蒂·斯特恩里克特，与他讨论建立一个纪念但以理父母牺牲的"革命基金会"，为发展革命意识，用但以理兄妹的抚恤金资助出版物，给社区活动和行动计划提供经费。斯特恩里克特是一个有才智、有同情心的人，更是一个行动者，主张通过斗争改变但以理所厌恶的这个世界。斯特恩里克特意识到，新的后麦克卢恩[①]革命者将用形象进行革命，他的媒介将是独特的美国艺术形式，电视中的广告节目："我们将用形象推翻美国！"(155)

多克特罗的小说通过斯特恩里克特的主张表现了政治左翼的乐观主义：**只要人们团结起来，勇敢斗争，参与意识形态的重构，参与美国形**

象的重构，眼前这个荒诞的世界就能被改变。但以理被左翼激进分子的活力和才智所唤醒，立刻停止了正在从内心世界毁灭自己的步伐，仿佛自己已经置身于劳动人民群众之中，从他们身上获得了行动的力量。小说以学生们关闭哥伦比亚大学巴特勒图书馆而结束，这是 60 年代左翼运动的第一个著名行动和最卓越的媒介事件。多克特罗描写学生左翼反对权力机构形象行动的语气是实际的和充满信心的。在小说最后，找到了创伤根源的但以理从此走出创伤，积极参加学生左翼发起的改变美国权力机构形象的革命行动。

　　如尼采所言"生命通过艺术而自救"（28），小说《但以理书》表明后现代主义文学的创伤叙事通过人在遭遇严酷的现实困境和痛苦的精神磨难后真诚的心灵告白，来医治人的精神创伤。但以理和苏珊所继承的精神创伤来源于国家的政治暴力：在实施民主制度的美国，国民必须为国家的政治需要做出牺牲。作为后现代左翼小说家，多克特罗通过创伤叙事的叙述者但以理之口，质问世界上所谓最讲人权、最讲民主和最讲公正的美国："我的国家！你为什么不是你声称的那个样子？"（51）小说的创伤叙事和反讽格调有力地谴责了美国政府违反民主政治制度，对人民群众实施政治暴力的行径。

注解【Notes】

　　① 马歇尔·麦克卢恩（1911—1980），加拿大传媒问题专家。

引用文献【Works Cited】

Caruth, Cathy. *Trauma：Explorations in Memory*. Baltimore：John Hopkins UP, 1995.

Doctorow, E.L. *The Book of Daniel*. New York：Random House, 1983.

——."False Document."*E. L. Doctorow：Essays and Corersations*. Ed. Richard Trenner. Princeton, New Jersey：ontario Review P, 1983.16 - 27.

Freud, Sigmund.*The Standard Edition of the Complete Psychological Works of Sigmund Freud*. James Strachey. Vol.23. London：Hogarth,1953.

——. *Psychoanalytic Theory*. Trans. Gao Jufen. Beijing：The Commercial Press, 1984.

［西格蒙德·弗洛伊德：《精神分析论》，高觉敷译，北京：商务印书馆，1984 年。］

Gatlin, Rochelle. *American Women Since 1945*. Jackson：U of Mississippi P,1987.

Gifts, Stephen H., ed. *Law Dictionary*. New York：Barron's, 1991.

Jameson, Fredrick. *Postmodernism；or，The Cultural Logic of Late Capitalism*. Durham：Duke UP, 1991.

Lyotard, Jean-François. "Defining the Postmodern." *Norton Anthology of Theory and Criticism*. Ed. Vincent B. Leitch, et al. New York：W. W. Norton and Co., 2001. 1612 - 1615.

Morgenstern, Naomi. "The Primal Scene in the Public Domain：E. L. Doctorow's *The Book of Daniel*." *Contemporary Literary Criticism* (*Vol. 214*). Ed. Hunter W. Jeffrey. Detroit/Munich：Thomson Gale, 2006. 157 - 69.

Nietzsche, Frèedrch. *The Birth of Tragedy*. Trans. Zhou Guoping. Beijing：SDX Joint Publishing Company, 1986.

［尼采：《悲剧的诞生》，周国平译，北京：生活·读书·新知三联书店，1986 年。］

Wang, Yuechuan. *Literary Theories of Post-colonialism and New Historicism*. Jinan：Shandong Education Press,1999.

［王岳川：《后殖民主义与新历史主义文论》，济南：山东教育出版社，1999 年。］

作者简介：陈世丹，中国人民大学外国语学院教授；张红岩，江苏科技大学外国语学院副教授。

原文载于《当代外国文学》2017 年第 3 期。

冷战的核暴力与终结话语

——以西尔科的小说《典仪》为例

李雪梅

1977年，莱斯利·马蒙·西尔科(Leslie Marmon Silko)凭借长篇小说《典仪》(*Ceremony*)一举成名，与莫马迪(N. Scott Momaday)、杰拉德·维兹诺(Gerald Vizenor)、詹姆斯·韦尔奇(James Welch)并称为"印第安文学四大家"，成为美国印第安文艺复兴的领军人物。该书出版当年就获得"纽约书评奖"，奠定了她在美国本土裔文学史上的地位(Ruppert，1)。小说出版后，获得了评论家的热议。蕾切尔·斯坦恩(Rachel Stein)从女权主义的角度，强调了印第安人的口述故事和部落神话对于"重构欧洲人征服美洲大陆历史的重要性"(193)。罗伯特·M. 纳尔逊(Robert M. Nelson)着眼于小说中物质世界和精神世界中心的布普洛，探讨了地理景观的治愈力量和生命潜力(39)。著名印第安文学评论家杰斯·韦弗(Jace Weaver)指出西尔科采用反种族主义叙事来唤起西方主流文化对本土文化的关注(52)。国内评论界对西尔科的研究并不多见，秦苏珏从深层生态学的角度考量了《典仪》的生态整体观(112)；郭颖和王建平从印第安文化身份重构的方面解读了《典仪》(86)，张慧荣对该作品进行了创伤解读(145)；康文凯用文化比较法分析了不适宜运用女性主义视角解读西尔科作品的原因，指出了美国土著女性特征不是男权社会中所定义的女性特征，而是广义上的人性特征，具有广泛的包容性(84)。综合国内外研究可以看出，西尔科小说中所蕴含的反冷战思想，尤其是对核暴力的控诉鲜有人关注。在《典仪》中，西尔科追踪了主人公塔尤的自我救赎的历程，记录下封闭的印第安部落遭遇冷战的核暴力和终结政策冲击下的时代变迁。然而，《典仪》中并没有弘扬宏大的美国战后主流历史叙事，而是以一个印第安退伍军人的视角,管窥二战胜利、东西方冷战、核军备竞赛这些社会历史进程中的重大史实,并悉数印第安人饱受战争创伤、环境污染以及战后人性扭曲的每况愈下的人生际遇。

本文主要关注西尔科的小说《典仪》中所呈现的核殖民、核暴力等反冷战意识形态话语,揭露冷战的核暴力和终结话语对印第安人的戕害,展现了作家对战争创伤的诘问,对环境污染的反思,对印第安退伍军人归家的两难境遇的抗争,并借此表达了作家对当今世界核威胁下的人类生存境遇的担忧和对人类社会未来的终极关怀,从而使小说对冷战核暴力和终结话语的质询和抗争具有了明确的历史维度和普世性意义。

一、二战的核梦魇和战争创伤

战争给塔尤带来的梦魇几乎凝缩了美国二战胜利后退伍军人普遍遭遇的心理创伤。如果说塔尤的治愈历程是自我救赎和自我实现的旅程,那么只有经历了这个痛苦不堪的重生之旅,塔尤才能真正理解西尔科所说的"共同真理"(*Yellow Woman*,Silko,32),他的治愈之旅才算真正结束。这个"共同真理"告诉人们,二战虽然结束了,但是核殖民主义和核霸权主义依旧存在,它们无时无刻不威胁着人类的安全(*Yellow Woman*,32)。塔尤的故乡生产的原子弹摧毁了日本的广岛和长崎,预示着全球冷战,即"确保相互毁灭"的新时代的到来。在《典仪》的开篇,难以愈合的战争创伤在塔尤身上一览无余。当塔尤从二战的太平洋前线归来时,他一直无法摆脱创伤后应激障碍(Post-traumatic Stress Disorder)带来的梦魇。每天塔尤在各种"声音"的纠缠中入眠,"今晚歌声最先到来,一个男人在吱吱作响的铁床上唱着西班牙情歌,他一遍又一遍地吟唱着'和我在一起',旋律熟悉而单调。有时候,日本人的声音先到来,声音愤懑而响亮,迫使情歌的声音慢慢隐去。后来在梦里他听到了声音发生了变化,⋯⋯声音也变成了拉古纳的声音了"(5—6)。塔尤极度渴望获得"某种物什"来帮助他解释日本人的声音和印第安人的声音在梦中交替出现的原因。可是,事与愿违,他从战场上归来后,患上了失语症。白人医生想尽办法让他开口说话,结果都徒劳而返(31)。他根本无法和白人医生交流,"他伸手摸了摸自己的嘴,不经意间碰到了自己的舌头;舌头干燥而呆板,如食草动物的尸体一般"(15)。可怕的战争经历使他瞬间失语。精神病学家贝塞尔·范·德·科耳克(Bessel Van der Kolk)指出,"当人们受到创伤,或者说,遭遇了超越普通人所能承受的可怕事件,他们就会经历一种'无言的恐惧'。这种体验无法用语言来表述"(172)。战争的创伤使塔尤内心充斥着强烈的疏离感,并于周围的环境格格不入。他甚至感觉自己是一个隐形人,"很长时间他觉得自己是一股白烟。直到离开医院那一刻,他才意识到白烟本身并没有意识"(Ceremony,14)。茱蒂斯·赫尔门(Judith Herman)曾说过:"受到创伤的人感觉自己完全被抛弃了,极度孤独,被弃绝于那些人们赖以生存的,并为人们提供保护和关爱的人类组织或者神职系统之外……因此,到处充斥着一种疏离感、断裂感"(52)。战争的梦魇在塔尤战后的生活中如影随形,给他营造了一种无法言说的幻灭与虚无。

追根溯源,塔尤的这种疏离感和虚无感源于战争中他经历的一个典型的创伤性事件。在"某个无名的太平洋岛屿"的丛林里,塔尤被下令处死一队日本战俘。

> 战俘们在山洞前并排站着,手放在脑后。可是塔尤没有扣动扳机。发烧使他浑身颤抖,汗水刺痛了他的双眼,他无法看清眼前的一切;就在那一刹那,他看见约西亚正站在那里,因背对着太阳而面色黯淡;他眯着眼睛,仿佛要对塔尤微笑。塔尤站在那里,身体僵硬伴着恶心,当他们向日本兵开枪的时候,他看见他的舅舅倒下了,他知道那是约西亚;甚至在洛基晃动他的肩膀,要他停止哭泣的时候,他仍然相信约西亚就躺在那里。(Ceremony,7—8)

因为父亲缺失,塔尤一直把约西亚舅舅当作代理父亲,二人感情深厚。战争的创伤已经使塔尤分不清梦魇和现实的界限,他始终坚信他们杀的人"就是约西亚"。正如大卫·贝克尔(David Becker)所说,"创伤个体在经历了战争、奴隶制和性侵等灾难事件之后,常常面临'认知混乱'的危机"(105)。为了唤醒塔尤失去的意识,洛基试图让塔尤看清死者的面容,朝他喊道:"塔尤,这是日本人! 这是日本军装!"然后他用靴子把尸体翻过来,说:"看,塔尤,看他的脸。"可是就在那时,塔尤开始尖叫,在他眼里那不是日本人,而正是约西亚,他的眼睛已经缩回到头骨里,双眼呆滞,闪烁着黑色的死亡光芒(*Ceremony*, 8)。可是,"创伤使得受害者对自我和现实的认知产生了混乱,并使得他混淆了家庭成员和社会成员之间的关系"(Judith, 51)。塔尤坚信日本兵和他的拉古纳舅舅之间存在着某种内在的不为人知的联系。

当塔尤亲眼看见拉古纳铀矿的核景观之后,他终于弄清了日本人和印第安人、拉古纳保留地和广岛之间的联系,厘清了缠绕他很久的核梦魇和现实世界之间的联系。塔尤记得祖母曾经讲过 1945 年 7 月 16 日在新墨西哥州的白色沙滩上成功爆炸了世界上第一颗原子弹的事情:"一道闪光穿过窗户。那么大,那么亮,甚至我的老花眼都能看到它……我想我看见太阳又升起来了,但它又消失了。"(*Ceremony*, 245)塔尤的家距离爆炸原子弹的核试验场仅有三百英里。在赫梅兹山深处,坐落着顶级秘密实验室,往东北走仅一百英里就是洛斯阿拉莫斯国家实验室,四周被高高的电栅栏围绕着,二战期间科学家们在那里研制原子弹。一个月后,8 月 6 日日本广岛遭到原子弹的轰炸,8 月 9 日长崎遭受氢弹的轰炸。在美洲印第安保留地开采铀矿、测试原子弹与日本爆炸原子弹之间的关系不言而喻(Denncs, 84)。塔尤把原子弹看作白人原罪的中心意象。由此,"美国印第安人神圣的伊甸园被彻底地摧毁了,人类,无论是受害者还是破坏者,都将面对相同的死亡周期"(*Ceremony*, 246)。太平洋群岛,富含铀矿的拉古纳部落,以及"一万二千英里远的日本城市"都处于这个"死亡之圈"之中(*Ceremony*, 246)。在这个"死亡之圈"中,战争和暴力是贯穿始终的主线。二战结束前夕,日本士兵和美国士兵在太平洋岛屿进行了最后的较量,硫磺岛、塞班岛、天宁岛、菲律宾等许多太平洋岛屿都濒临毁灭的边缘。随后的原子弹轰炸使美国西南部的拉古纳和日本的广岛和长崎都难逃战争因果的惩罚。

核武器带来的伤害没有地理、种族和民族之分,日本人与塔尤的拉古纳家庭成员都是核暴力的受害者。核暴力不仅导致美国拉古纳保留地经济衰退和环境恶化,而且也给太平洋彼岸的日本造成了灾难性的后果。这是塔尤会在日本士兵的脸上看到了约西亚舅舅的影子的缘由。由此可见,核暴力的影响超越了区域性的层面,上升到全球性的概念。劳伦斯·布伊尔(Lawrence Buell)把这种现象称为彼此相连的生态之网(286)。因为在全球的生态环境中,不同文化之间彼此相连,作为核暴力的牺牲品,美国的布普洛和日本的广岛与长崎被联系在一起。保拉·艾伦(Paula Gunn Allen)在《圣环》中曾写道,"每个个体都是有生命的整体的一部分⋯⋯构成整体的每一部分因参与了整体的存在而彼此互相联系"(60)。地球被认为是一个"有生命的整体",整体中的个体相互作用、相互影响。"不同文化,不同世界被用扁平的黑线画在精美的细沙上,在药师最后一个典仪的沙画中汇聚。从那时起,人类又成了一个大家庭,破坏者为所有人,所有活着的生命策划的命运使人类空前团结在一起;吞噬了一万二千英里之外的城市人民的死亡之圈使人类联合起来,而受害者将永远不会知道这些台地,也永远不会见到这些夺走了他们生命的色彩细腻的岩石"(Ceremony,246)。

二、冷战的核殖民和环境污染

原子弹是冷战开始的重要标志。在战后的几年里,美国把原子弹视为树立其大国形象的一个关键因素。"美国的核垄断和对未来永久的核霸权的梦想,一举造成了原子间谍的恐慌。1949年苏联原子弹研制成功结束了美国核垄断的霸权地位,这一切都有助于美国冷战时期的外交政策的制定和民族想象的重新确立"(Judith,340)。随着冷战时代的到来,西尔科的家园也"和国家安全问题产生了千丝万缕的联系"(Yellow Woman,127)。美国印第安人的家园是原子弹的发源地,是冷战起始的地方。西尔科亲眼看见冷战对她的故乡拉古纳造成的影响。西尔科在她的散文集《黄女人和精神之美》中,讲述了拉古纳北部的杰克派尔铀矿的历史,并痛斥了铀矿对当地的经济、环境以及土著居民心理造成的毁灭性影响。杰克派尔矿是当时最大的露天铀矿,位于新墨西哥州拉古纳保留地帕瓦蒂附近,其最深的矿井深藏在纳瓦霍人和布普洛人的泰勒圣山之中(Seyersted,12)。对于拉古纳的人们来说,"杰克派尔铀矿象征着冷战永恒的,有毒的遗赠"(Jacobs,41)。

美国政府在拉古纳西南部进行的核原料开发使得白人跨国公司获利颇丰,可是这种巨大利润是建立在对土著居民经济的残酷压榨和环境的严重破坏之上。地方政府为了一己私利和白人勾结,促使在保留地采矿一事顺利通过,并采取各种措施为白人极力遮掩。"几年前,白人第一次来到赛博丽塔政府赠地的时候,他们并没有说是要开采什么矿。他们开着美国政府的汽车,给了土地出让协会五千美元,让当地人对此事三缄其口"(*Ceremony*,243)。地方政府的保密措施使得开矿一事秘而不宣地进行着,自从核工业和军国主义在布普洛西南部扎根之后,有毒的核废料使得普韦布洛人赖以生存的格兰德河受到了的严重污染。"内华达州地下核试验产生的核废物严重污染了日趋减少的地下饮用水。从废弃矿山泄漏的化学污染物将重金属汞和铅带到了地下含水层和地表河流"(*Sacred Water*,9)。在《典仪》中,西尔科不遗余力地控诉了核污染对保留地环境造成的巨大的破坏。

> 那年,云雾状的橘色砂岩台地和峡谷早已干涸;至今为止,新墨西哥州的地方政府拿去了政府赠地的一半,因此造成了当地人没有足够的土地用来养牛,而过度的放牧使得已有的土地沙漠化严重;雨水夹杂着灰色的黏土侵蚀了河谷,只有盐地的灌木丛站稳了脚跟。此时,大部分的牛因为干旱而纷纷死去,矿区方圆一平方英里的土地被戒严了,矿区四周围着高高的铁丝网,上面用西班牙语和英语写着,禁止任何人入内。(243)

美国政府对贫困的保留地短视而欺骗性的做法不但没有改善土著人的生活,反而加重了对他们的剥削。虽然铀矿曾为拉古纳带来短暂的利润,但美国印第安人所面临的处境与第三世界国家堪有一比。"美国印第安人所遭受的压迫和剥削和第三世界最贫穷最落后的国家相差无几。在那里,婴儿死亡率最高、人均寿命最短、营养不良发生率最高、死亡率最高、失业率最高、人均收入最低、疾病尤其是瘟疫的传染率最高规、教正育程度最低"(LaDuke and Churchill,246)。开采铀矿项目使得美国政府和矿业公司获利颇丰,相形之下,赛博丽塔地区的采矿作业却导致当地生态环境日益恶化,水土的流失造成洪灾泛滥、土地贫瘠化相当严重。"1943年早春,铀矿被泛滥的地下水湮没……当年夏天,铀矿再次进水,这次白人没有运来水泵或者压缩机。因为他们已经拿到了所需的东西,就关闭了铀矿。可是铁丝网和警卫却一直保留到1945年的8月。那时,他们的铀有了新的来源,这早已不再是秘密。灰色大货车把机器拖走了"(*Ceremony*,243—244)。矿井关闭后,矿业公司对没有恢复的土地弃之不管。项目废止后留给当地人的是突兀峥嵘的"铁丝网"、落寞冷清的"看门人的小屋""满目疮痍的土地"和"最后一只死去的瘦骨嶙峋的牛"(*Ceremony*,244),他们在孤寂衰败中诉说着历史与过往。

在《典仪》中,铁丝网是现代文明的隐喻:一方面它代表了美国人征服西部的丰功伟绩,另一方面作为阻断或隔离的标志(二战期间日本集中营就是很好的例子)它是战争暴力的象征。在《伟大的战争和现代记忆》一文中,保罗·福塞尔(Paul Fussell)把铁丝网描绘成一个强有力的战争意象,并以讽刺的口吻讲述了其演变的历程,即从农牧业的良性工具,发展成一战期间用于构筑战壕的致命武器(42,96)。然而,在核殖民的历史语境下,铁丝网是核殖民曾经存在的不可辩驳的见证。虽然政府用铁丝网将铀矿层层包围旨在让人们远离危险,但是铀矿带来的危害和影响,岂是铁丝网能围住的。

铀矿石原本是大自然巧斧神工的杰作,可是一旦落入核武器主义者和军国主义者的手中,就变成了扼杀生命的利器。在矿井的入口处,塔尤发现了缀满黄色铀矿条纹的灰色岩石,"灰岩布满了粉状的黄色铀矿条纹,如花粉一样明亮而有生气;烟黑色的纹理与黄色条纹相得益彰,那是山脉和河流在岩石上留下的痕迹。人类将这些来自地球深处的美丽岩石用于魔鬼计划,实现了只有在想象中才存在的大规模的毁灭"(*Ceremony*,246)。这些有着黑黄交织纹理的铀矿石不再是天然的物质存在,它在科技的作用下变成了具有毁灭整个人类潜质的大规模杀伤性武器。在西方自启蒙以来的文化记忆中,科技能够改变世界、掌控自然,有时甚至不惜以牺牲整个人类的利益为代价。"人类的科技破坏了矿物的天然属性使之变成'非自然'的物质"(Carson,17)。被核工业污染了的美国西南地区和被原子弹摧毁了的广岛和长崎只不过是地球的一隅,可是在当今世界中原子弹给世界带来的威胁却远远不止于此。

毋庸置疑,核武器,无论是生产还是引爆都无法避免地危害当地人的生活和健康。虽然制造核武器、测试核武器和处理核废物的恶性影响依旧存在,但是美国西南部的土著居民还会像广岛和长崎的人民一样继续顽强地生存下去,因为土著人坚信"虽然人类破坏了赖以生存的家园,但是大地母亲是神圣不可侵犯的。不管人类将来变得怎样,地球仍会开满紫色的风信子和白色的曼陀罗花"(*Sacred Water*,9)。诚然，核武器主义和军国主义是破坏性力量的源泉。西尔科坚信，即使人类最终摧毁了自己，可是大地母亲作为历史的见证者将会亘古永存，在不可阻挡的历史洪流中，它向前发展和演变的脚步永不会停息。在小说的结尾处，通过现代化杂糅的部落仪式，塔尤开始领悟到，这种破坏性力量在世界上无处不在，只有在人类与环境之间建立和谐的关系才能抵御这种邪恶力量的侵蚀。

三、冷战的终结话语和归家的两难境地

二战结束后，归家的印第安退伍军人见证了美国政府对印第安人实施"冷战驱动终止政策"（又称"终止政策"）和"重新安置计划"新时期的开始。美国政府 1953 年开始实施的"终止政策"和"重新安置计划"取代了 1934 年以"印第安人重组法"为代表的印第安新政。联邦政府"试图取缔保留地的原有体制，从而重新定位印第安人在美国主流社会中的地位"，并"强制实行种族融合"(Rosier,1301)。为了实现这一目的，联邦政府企图把保留地上的贫困印第安人安置到城市里，借以拆散他们同部落的联系，使其逐渐成为普通的城市居民，以达到全面同化印第安人的目的。

苏联把印第安人保留地和纳粹集中营进行比较，指出两者的相似性，意图揭露美国政府对印第安人的虐待。有趣的是，美国联邦官员竟然认同苏联把印第安保留地看成"集中营"的表述，因而使得"美国印第安人的问题以相当讽刺的方式成为冷战和军备竞赛所关注的一个热点"(Rosier,1301)。作为冷战话语的一部分，终结话语公开宣称的目标是"解放"世界各国被奴役的人民。不止如此，终结话语的目标还包括"解放被限制在'集中营'"的印第安人（1301）。事与愿违，美国印第安退伍军人发现，当他们从战场上归来，他们曾经对荣耀和平等的美好设想被无情的现实击得粉碎。战后的终结政策使得他们与战前相比失去了更多的土地和原本属于他们的家园。

除此之外，美国印第安人在二战中为国家冲锋陷阵、出生入死，可是战后的终结政策使他们陷入归家的两难境地，遭遇普遍性身份危机。印第安人退伍军人的归家历程充满了痛苦和心酸。他们无法回到战前

的生活，更无法融入美国的主流社会。在战前，他们一度被主流社会边缘化；在战争中，为了鼓励印第安人舍生取义、博弈拼杀，主流社会给予了印第安人期盼已久的美国身份，让他们真切感受了自由与平等的美好。然而当他们从战场上归来，却再次沦为边缘人。印第安退伍军人曾获得了平等，又失去了平等；曾离开了边缘，又回到了边缘。他们被困在"尴尬的中间地带"，难以在美国主流社会中找到归属感，又无法延续战前的生活模式。塔尤和他的拉古纳战友们突然意识到，战后他们遭到了美国堂而皇之地遗弃，就像在战前那样，他们"又被当成了不被需要的美国人"（Ganser，154）。反而，他们的归家被看成二战后白人亟待解决的"印第安问题"；报刊报纸、电视电影大肆渲染印第安退伍军人引发一系列棘手的社会问题。在媒体的狂轰滥炸中，"疯狂、内疚、吸毒、有暴力倾向、异化而痛苦的"退伍军人的负面形象在公众心里日益根深蒂固（Searle，148）。国家研究委员会（NRC）在《退伍军人的心理》的调查中指出，即使二战的退伍军人九死一生回到了祖国，对许多人来说，战争并没有结束。他们回到家乡后，将面临新的战斗：他们不得不投入到"反抗疾病、贫穷、文盲、不宽容，不公正的战争……"（9—10）

二战的退伍老兵企图用酗酒狂欢来对抗美国政府的终结话语。退伍老兵哈利（Harley）、艾莫（Emo）、勒罗伊（Leroy）整天坐在迪克西酒馆里，花着用"威克岛留在他颈部的弹片或硫磺岛赐予的炮弹震荡症"换来的残疾人专用券（Ceremony，42—43），在纸醉金迷中发泄着他们对战后美国主流社会的失望和愤怒。如果说酗酒狂欢是再次沦为社会弱势群体的印第安退伍军人应对终结政策的防御手段，那么暴力杀戮则是他们与主流意识形态的正面交锋。二战的退伍军人在家乡生活困顿，人格扭曲，原本完整平衡的人格被巨大的心理落差扯得支离破碎。战争烙在他们心里的创伤后应激障碍把他们折磨得体无完肤。创伤后应激障碍的一个症状就是受害者有无法抑制的攻击和杀死别人的冲动。他们无法停止战时养成的杀戮习惯，虚妄地用同伴的鲜血作为自我生存的见证：

> 他们发现哈利和勒鲁瓦躺在帕瓦蒂山路下面的大圆石旁边。在他们的周围一辆旧的 GMC 小卡车被撞得粉碎，像退伍军人办公室为他们购买的闪亮的金属棺材一样。他们这样死去和在威克

岛及硫磺岛没什么不同：尸体被肢解得面目全非，棺材被密封了。在葬礼的清晨，来自阿尔伯克基的葬礼仪仗队发射礼炮；棺木被两面国旗盖得严严实实，村里人在这里聚集好像只为了埋葬他们的国旗。（*Ceremony*，258—259）

直到 20 世纪 70 年代，暴力在拉古纳部落有增无减。西尔科在她的散文集《黄女人和精神之美》中描述了印第安保留地的"自杀俱乐部"引诱很多青少年纷纷自杀身亡，这种"无动机的谋杀在印第安成年人中也很普遍"（*Yellow Woman*，131）。印第安人不堪承受强权的重压，他们用自杀的疯狂对抗理性的现实。美国政府剥夺印第安保留地的终结政策是几个世纪以来的欧美殖民主义的延续。正如苏珊·德·拉米雷斯（Susan Berry Brill de Ramirez）指出，"欧美的种族灭绝、弑神、破坏保留地以及贬低印第安人的文化传统和信仰"（104），给印第安人带来的伤害罄竹难书。印第安人保留地的采铀热潮早已过去，奇怪的疾病和金钱崇拜依然存在，生活支离破碎、难以为继，失业率在百分之五十上下浮动，人们陷入空虚与绝望。

西尔科用凝重深邃的现实主义笔触悉数二战后冷战初期，战争创伤、核殖民和冷战终结话语对美国印第安人的戕害，呈现了印第安退伍老兵在归家之时所面临的战争创伤难以愈合、家乡环境污染和个人精神幻灭的艰难境遇。塔尤的战友艾莫等人用酗酒狂欢和暴力杀戮完成了他们对战后美国社会的致命报复，而塔尤选择了自律克己、张扬印第安文化传统来抗拒美国冷战终结政策的文化同一性的侵蚀，从而在精神顿悟中完成民族身份的自我重塑。西尔科笔下的塔尤就是一个"类似于冷战初期反抗终结话语的活动家"（Coltelli，148）。然而，西尔科的这种顿悟早已超越了单一事件的维度，在充满人文关怀和生态关怀的字里行间展现了她对当今世界核暴力威胁下的人类生存状况的忧思。西尔科以笔为剑，警醒世人：不要忘记美国在马绍尔群岛进行的67 次核试验使这个风景秀丽的热带天堂变成核辐射的人间地狱；不要忘记人类在和平利用核能的历史上曾多次发生核泄漏，放射性污染面积日趋扩大，附近居民被迫集体迁移；更不要忘记投放在伊拉克土地上的 2000 吨贫铀弹使这个原本富足而平静的国度怪病迭出不穷、婴儿出生缺陷率急剧攀升，从而人丁凋敝、人心离散。西尔科寄予其反冷战叙事之中的独特生态关怀和人文关怀是她对美国冷战思想的最大颠覆。

引用文献【Works Cited】

Allen, Paula Gunn. *The Sacred Hoop: Recovering the Feminine in American Indian Tradition*. Boston: Beacon, 1986.

Arnold, Ellen L. "An Ear for the Story, an Eye for the Pattern: Rereading *Ceremony*." *Modern Fiction Studies* 45.1 (1999): 69 – 92.

Becker, David. "The Deficiency of the Concept of Post-traumatic Stress Disorder When Dealing with Victims of Human Rights Violations." *Beyond Trauma: Cultural and Societal Dynamics*. Ed. Rolf Kleber, Charles Figley, and Berthold Gersons. New York: Plenum Press, 1995. 99 – 110.

Brill de Ramirez, Susan Berry. *Contemporary American Indian Literature & the Oral Tradition*. Tucson: U of Arizona P, 1999.

Buell, Lawrence. *The Environmental Imagination*. Cambridge: Belknap of Harvard UP, 1995.

Carson, Rachel. *Silent Spring*. New York: Mariner, 2002.

Coltelli, Laura. "Leslie Marmon Silko." Interview. *Winged Words: American Indian Writers Speak*. Lincoln: U of Nebraska P, 1990. 137 – 153.

Cutchins, Dennis. "'So That the Nations May Become Genuine Indian': Nativism and Leslie Marmon Silko's *Ceremony*." *Journal of American Culture* 22.4 (1999): 77 – 89.

Fussell, Paul. *The Great War and Modern Memory*. London: Oxford UP, 1975.

Ganser, Alexandra. "Violence, Trauma, and Cultural Memory in Leslie Silko's *Ceremony*." *Atenea* 24.1 (2004): 145 – 159.

Guo Ying, Wang Jianping. "Reconstruction of American Native Cultural Identity: Leslie Marmon Silko's *Ceremony*." *Journal of Northeastern University (Social Science)* 2(2007): 86 – 89.

［郭颖、王建平：《莱斯利·西尔科的〈典礼〉与美国印第安文化身份重构》,《东北大学学报》(社会科学版)2007 年第 1 期第 86—89 页.］

Herken, Gregg. *The Winning Weapon: the Atomic Bomb in the Cold War 1945 – 1950*. New York: Knopf, 1980.

Herman, Judith. *Trauma and Recovery: The Aftermath of Violence—From Domestic Abuse to Political Terror*. New York: Basic Books, 1992.

Jacobs, Connie A. "A Toxic Legacy: Stories of Jackpile Mine." *American Indian Culture And Research Journal* 28.1 (2004): 41 – 52.

Kang Wenkai. "Native American Femininity in Silko's Works." *Contemporary Foreign Literature*. 4(2006):84-89.

［康文凯:《西尔科作品中的美国土著女性特征》,《当代外国文学》2006 年第 4 期第 84—89 页.］

LaDuke, Winona, and Ward Churchill. "Native North America: The Political Economy of Radioactive Colonialism." *The State of Native America: Genocide, Colonization, and Resistance*. Ed. M. Annette Jaimes. Boston: South End P, 1992:241-66.

Matthiessen, Peter. *In the Spirit of Crazy Horse*. New York: Penguin, 1992.

National Research Council. *Psychology for the Returning Serviceman*. Eds. Irvin L. Child and Marjorie Van De Water. Washington and New York: Infantry Journal, Penguin, 1945.

Nelson, Robert M. *Place and Vision: The Function of Landscape in Native American Fiction*. New York: Peter Lang, 1993.

Qin Sujue. "The Geviert of Sky, Earth, Gods and Mortals: The Ecological Holism in *Ceremony*." *Foreign Literatures* 3(2013):112-119.

［秦苏珏:《天、地、神、人的四元合一——论〈仪式〉中的生态整体观》,《国外文学》, 2013 年第 3 期第 112—119 页.］

Rosier, Paul C. "'They Are Ancestral Homelands': Race, Place, and Politics in Cold War Native America, 1945-1961." *Journal of American History* (March 2006): 1300-1326.

Seyersted, Per. *Leslie Marmon Silko*. Boise, Idaho: Boise State UP, 1980.

Ruppert, James. *Mediation in Contemporary Native American Fiction*. Norman: U of Oklahoma P, 1995.

Searle, William J. "Walking Wounded: Vietnam War Novels of Return." *Search and Clear: Critical Responses to Selected Literature and Films of the Vietnam War*. Ed. William J. Searle. Bowling Green, OH: Bowling Green State U Popular P, 1988.147-159.

Silko, Leslie Marmon. *Ceremony*. New York: Viking, 1977.

——.*Sacred Water*. Tucson: Flood Plain Press, 1974.

——.*Yellow Women and A Beauty of the Spirit: Essays on Native American Life Today*. New York: Simon & Schuster, 1996.

Stein, Rachel. "Contested Ground: Nature, Narrative, and Native American Identity in Leslie Marmon Silko's *Ceremony*." *Leslie Marmon Silko's Ceremony: A Casebook*. Ed. Allan Chavkin. Oxford: Oxford UP, 2002.

193 – 211.

Van der Kolk, Bessel A. and Onno Van der Hart. "The Intrusive Past: The Flexibility of Memory and the Engraving of Trauma." *Trauma : Exploration in Memory*. Ed. Cathy Caruth. Baltimore: Johns Hopkins UP, 1996. 158 – 182.

Weaver, Jace. *That the People Might Live : Native American Literatures and Native American Community*. New York and Oxford: Oxford UP, 1997.

Zhang Huirong. "Separatism and Holism: Psychological Trauma Healing in *Ceremony*." *Foreign Literatures* 2(2011):145 – 151.

[张慧荣:《分裂观与整体观——〈典仪〉中的精神创伤治疗》,《国外文学》2011 年第 2 期,第 145—151 页。]

作者简介:李雪梅,大连外国语大学英语学院副教授。

原文载于《当代外国文学》2015 年第 2 期。

历史想象与传奇叙事

——论《天使在美国》的现代性诗学救赎

朱雪峰

《天使在美国》(*Angels in America*)是当代美国剧作家库什纳(Tony Kushner)的两部曲史诗剧,其中上部《千禧年来临》(*Millennium Approaches*)首演于 1991 年,下部《变革》(*Perestroika*)首演于 1992 年,不仅获得普利策戏剧奖和托尼最佳剧目奖等重要奖项,而且成为世纪末美国剧坛难得一见的观演盛事,囊括多项艾美奖与金球奖的 HBO 电视短剧集改编更扩大了其国际知名度。此剧的轰动效应部分得力于题材的时代性,剧本从 20 世纪 80 年代中期的艾滋大暴发切入当代美国社会政治现实,批评新保守主义政府对同性恋弱势人群的冷漠歧视。但剧中直抒胸臆的政治介入也在美国剧评界引发了争论,既有人击掌称颂其进步主义和行动主义[1],也有人冷言哂笑其激进"左倾"[2]。自称库什纳"崇拜者"的布鲁姆(Harold Bloom)则表达了对剧作里政治意识的担忧:"对社会的讥讽,如同对政治的关切,驱使着库什纳写作时代剧。"(1,4)在布鲁姆的评价体系里,时代剧意味着有朝一日被时间遗弃,没入时代的废墟,他因此提议道:"王尔德睿智地以艺术为无用,他可以是库什纳当前最好的导师。"(2)此类政治褒贬往往忽视了剧中高情远致的历史诗学主题,其实库什纳笔下的当代美国更具有历史寓言性质,这部副标题为《国家主题同性恋幻想曲》(*A Gay Fantasia on National Themes*)的美国史诗剧意在反思现代性困境,剖析现代悲剧的根源并探寻救赎之路。剧作家化用由悲入喜的传奇情节模式,透过亦真亦幻的戏剧魔镜,指出现代性救赎不是回归至前现代犹太基督教传统的末日启示话语,而是由个人想象力驱动历史嬗变,以喜剧的沟通、接纳主题取代悲剧的隔离、驱逐主题,个人与社会融通,人类与自然融通,共建新型公民社会和宇宙人文主义千禧年。这一历史想象超越了剧评界乐道的库什纳政治乌托邦信念;在爱默生(Ralph Waldo Emerson)超验哲学及其相应艺术论的直接影响下,主张"理智悲观主义、意志乐观主义"的库什纳试图以传奇诗学为现代性危机解咒。

一、瘟疫:现代性危机与悲剧

威廉斯(Raymond Williams)认为重大悲剧总是诞生于"某显要文化行将崩溃和转型之前"(77—78);在库什纳看来,暴发于 20 世纪 80 年代的艾滋悲剧揭示了现代美国文明的深重危机并促其转型。《天使在美国》(以下简称《天》)以"恶讯"开场(Angels,Kushner,15),既指艾滋来袭,也指随之而来的现代性危机暴发。当时美国正值里根时代,60 年代受到重创的传统价值强势回归,结束了罗斯福新政开创的新自由主义时期,新保守主义成为政法界主流意识形态。如钱满素论证,美国作为首例现代民主国家的唯一传统是尊重个人普遍价值的自由主义,"正是自由主义体现了所谓的现代性"(《天》,6—7)。当代美国的新自由主义和新保守主义均源自古典自由主义并拥护其核心价值"自由"与"平等",但新自由主义更偏重平等,新保守主义更偏重自由,80 年代以来双方道德及世界观鸿沟日趋扩大,最终激化为一场定义美国的文化战争,同性恋权利问题尤其是两派交锋的重要场域之一。文化战争在《天》中具化为人物冲突,五位同性恋男主角分属两个对立意识形态阵营:大牌律师兼权力掮客罗伊(Roy Cohn)是保守派共和党人,法院书记官乔(Joe Pitt)是受其荫护的共和党青年,他俩是隐藏身份的同性恋者;文员路易斯(Louis Ironson)热衷于阔谈各种进步主义理论,设计师布莱尔(Prior Walter)与护士百丽孜(Belize)同此立场,他们是公开身份的同性恋者。库什纳不仅借双方戏剧冲突申明了自己的政治态度,更通过反面人物罗伊和乔的个人悲剧表达了他的现代性反思。

作为新保守主义代言人,罗伊和乔信仰个人意志至上论,将责任与自由截然对立的现代个人主义迷思决定了他们的悲剧命运。其中乔的道德困境具有早期现代悲剧色彩,刚刚苏醒的自我在自由和责任间取舍两难。身为摩门教徒和共和党人,乔的保守主义信念与同性恋自我相抵牾,起初他选择在异性婚姻中背离自我,以为如此方能拯救灵魂;

邂逅路易斯后乔转身拥抱自我,同时却无情地抛弃了患有抑郁症的妻子哈珀(Harper Pitt)。责任与自由无可避免地发生冲突,乔的内疚与快乐都是真实的,他的悲剧源于个人对抗社会的现代性原罪。倘若乔是早期现代悲剧里进退维谷的普通个人,肆无忌惮、为所欲为的罗伊则是晚期现代悲剧里的古典悲剧英雄逆转。渴望无限个人权力的罗伊许愿来生投胎"八脚"章鱼(17,247),"八脚"(octopus)罗伊是"肿脚"俄狄浦斯(Oedipus)的现代畸变,巧取豪夺的章鱼就是他心目中的里根时代精神。罗伊的自我镜像与现代个人主义理论先驱霍布斯(Thomas Hobbes)笔下四位一体的利维坦形象相呼应:圣经里撒旦化身海洋怪兽利维坦(*Bible*,Job,40—41),独霸象征地狱的咸水世界;霍布斯则在著作《利维坦》(*Leviathan*,1651)里以同题海兽象征集巨人、巨兽、巨型机器和上帝于一身的现代国家强权。罗伊的政治哲学源于其极端个人主义世界观,他视大千宇宙"如太空里的沙尘暴"(19),荒芜残酷,置身其中爱和责任都是"陷阱",人们相拥取暖仅出于胆怯(64);他因此热爱食物链政治,认为政治即手段肮脏的"求生游戏"(74)。出于同样的原因,他否认自己是同性恋者,声称政治身份决定性别身份,同性恋仅指那些"零影响力"、抗议十五年仍无力推动反歧视法案的人(51)。当进化论演变为社会达尔文主义,现代世界沦落为霍布斯原始丛林,产生纳粹种族灭绝等现代悲剧似乎天经地义。但《天》剧中罗伊的命运最终发生了逆转:他被诊断为艾滋患者后迅速被新保守主义政府抛弃,纽约律师协会借故吊销了他的律师执照,协会负责人窃笑说"已憎恶这变态小丑三十六年"(245)。剧中人罗伊以同名历史人物为原型,其去职背后的同性恋憎惧也有史可考。在主流掌权者的心目中,同性恋他者理应从权力中心祛除,于是罗伊从权力金字塔尖跌至底层,沦为他本人耻与为伍的同性恋艾滋患者,这一命运逆转是罗伊极端个人主义美国梦的悲剧反讽。

罗伊的利维坦认同也再现了现代性困境的另一面,即理性主义的过度膨胀。启蒙运动以来个人主义与理性主义如影随形,美国社会达尔文主义者索姆奈(William Graham Sumner)认为理性主义即"剥除约束己身的各种传统,宣称个人完全独立"(5)。至 20 世纪 80 年代,宗教等传统信仰的中心地位早已被科学理性崇拜取代。当罗伊盘踞在权力网络中央,四通八达的电话线成了他手脚的一部分,丧失电话就是丧失"身体机能"(*Angels*,Kushner,161),这半人半机器的异化怪物是现代人借助科学追求无限自我扩张的表征。启蒙运动彻底终结了宗教时代,现代人的理性似乎全面胜出,以人神之战为主题的悲剧传统也颓然没落。吊诡的是,此时大写的人反成了人类自身天敌,战争杀戮和生态毁灭随科学演进而升级,在 20 世纪达到顶峰。《天》里极端科学理性的象征是核能,1986 年 4 月 26 日的乌克兰切尔诺贝利核泄漏灾难在剧中播报(260—261),为美国悲剧提供了更广阔的世界语境。失控的科学是现代世界上空萦回不去的阴霾,理性病毒的蔓延加速破坏了人类对邪恶的免疫机能。

在库什纳看来,20 世纪 80 年代中期的艾滋大暴发使得现代性危机不再是修辞,而是性命攸关的残酷现实。这场瘟疫揭开了日常生活的面具,把剧中人抛到一个"致命的时刻"(14),生命褪去了政治巧言的外衣,裸体接受人性的试炼。危机当前,不仅新保守主义政府采取不作为的缄默态度,任由艾滋患者挣扎自灭,新自由主义者的软弱自私也浮出水面。笃信人类进步的路易斯发现自己面临两难:爱人布莱尔罹患艾滋,他必须在自由与责任间进行选择。路易斯以进步为借口选择了自由,他听从内心的恐惧,抛弃了即将走向死亡的布莱尔。路易斯慨然批判所谓里根"时代精神",其实他自己也是"里根的孩子",正如他在美国国歌主题句"自由者之地,勇敢者之乡"后补缀的自嘲,"我的名字就是不负责"(77—78,96,105)。进步派和保守派都蔑指对方为"自由主义"(69,96),貌似不同的两派其实是现代性悖论在社会意识形态上投射的左右镜像。艾滋危机让路易斯看清了理论雄辩背后的自己:他也是囚禁于自我神龛的孤独个人,缺乏分担社会责任的勇气。

阿尔托(Antonin Artaud)曾把残酷戏剧比作瘟疫,因为后者既有启示作用,也有净化功能(30—31)。剧作家库什纳笔下的艾滋瘟疫也不仅揭示了现代性危机的真相,而且提供了反思求生的契机,促使人寻找阻止人类历史悲剧的途径。剧中历史意象来自德国思想家本雅明(Walter Benjamin)写于 1940 年二战爆发之际的最后名篇《论历史哲学》:"历史天使看见同一场灾难不断在残骸之上堆积残骸,抛掷在他的脚下。天使想要停留,唤起死者,将碎片拼凑完整。"(258)受到这一历史天使意象的启发,《天》剧里与本雅明同名的艾滋患者布莱尔·沃特在生命无望、爱人无情的绝境中被天使选为先知,他将承担向乱世传达神启的使命,预言千禧年即将来临。千禧年期待实为当时大众心态的写照:20 世纪 70 年代见证了美国 19 世纪初以来声势最浩大的宗教复兴运动,而世纪末日传言从 1973 年开始酝酿,至 1984 年已满城风雨,人们对各种宗教启示录文本表现出"前所未有的国际兴趣"(Schwartz,241)。艾滋作为"第一场后现代瘟疫"(Grmek,ix)无疑更加剧了大众的世界末日恐慌,宗教救赎现代性的呼声随之高涨。库什纳以天使在艾滋危机中降临人间的奇幻剧情再现了这种世纪末宗教情结,随后又以喜剧将之颠覆。

二、寻启:千禧年神话与喜剧

"现代性的问题不在命运万能,而在命运缺席,"伊格尔顿(Terry Eagleton)如是诊断 20 世纪的症结(128)。库什纳笔下的天使控诉人类以进步逼走了上帝,造成宇宙混乱和人间灾难;天使提供的灵丹秘籍是"止步"(*Angels*,Kushner,178),即放弃现代性,回归神的时代。剧中天使授书的情节来自美国本土基督教派摩门教:1830 年纽约州人史密斯(Joseph Smith)宣布受天使神谕获《摩门经书》一部,书中言称耶稣复活后率以色列人远渡重洋来到了美洲,史密斯据此成立摩门教。不久,摩门教徒因受迫害从纽约州向犹他州迁徙,在那里建立了他们的迦南美地盐湖城;摩门教西迁史复制了《摩门经书》杜撰的以色列新传,是现实模仿文字、书写创造历史的一个实例。《天》中另一支重要教派便是犹太教,天使所授经书中熊熊燃烧的希伯来文首字母在犹太教里是上帝的象征(*Angels*,Kushner,105,176),上帝即文字,经书即历史。当代摩门教和犹太教均教规严饬,其虔诚信众与现代世俗社会保持距离,并依照犹太基督教的末日启示期待千禧年。据称千禧年来临时天使将把撒旦投入深渊,烈士和圣徒将复活,人们生活在千年太平盛世,直至千禧年末耶稣基督复临人间,届时所有死者都将复活,依生前所行接受最后审判,得救者进入永恒的天堂,其他人共撒旦没入永恒的硫黄火湖,时间和历史就此终结(*Bible*,Revelation)。末日启示录即上帝通过先知之口预言未来,是上帝对人类历史的预写。

然而《天》不仅引用了末日启示录里的千禧年叙事,更以喜剧戏仿解构了这一神话。圣经里性的神启意象是婚姻或贞洁,而同性爱和乱伦、通奸同属地狱意象,是魔鬼对两性关系的"邪恶戏仿"(Frye,149,156)。《天》却以同性恋者布莱尔为神启先知,打破了宗教加诸同性爱的道德诅咒。剧中天使授书的场面亦非充满敬畏的原典再现,而是带有几分喜剧调侃。天使依照上帝预写的历史指使布莱尔挖掘经书,这位现代版先知却不为所动,天使无奈之下动用神力,自掘经书并现场改写:"看哪,先知受他的夜梦指引,走向圣器的藏匿之处,然后……修改原文:天使确实在先知挖掘神器时援手相助,因为先知身体虚弱,尽管意志并不薄弱。"(Angels,Kushner,172)由于先知的抗拒,天使被迫更正上帝用过去时预写的历史,但仍谎称先知的懈怠在其病体而非信念。该谎言作为历史被记录下来,是对启示录可靠性的微妙反讽。不仅如此,布莱尔还惊叹天使授书的场面"非常斯皮尔伯格"(124),千禧年神话反似在摹仿好莱坞电影,上帝预写的历史被人类的现代流行文化逆写。

剧作家库什纳还以喜剧笔触直接质疑上帝作为人类历史作者的威信。剧中天使授书过程中一度出现程序失误,暴露了天庭的"组织混乱"(171),原来早在 20 世纪初上帝已在人类现代性的震撼下抛下天庭,效仿不负责的人类去追求个体自由;创世者和创造物的伦理关系从此被颠倒。天使再次降临人间时,布莱尔与天使搏斗后登上通向天堂的天梯。与天使肉搏的情节和天梯意象均出自《创世纪》,人物原型是以色列先祖雅各布,但雅各布后代得上帝恩宠的条件是尊奉上帝,而布莱尔登天梯是为了归还经书,离开天庭时他更建议众天使起诉上帝遗弃子民。在此,神的戒律权威被人的法律正义取代。剧中缺席的上帝和撒旦罗伊反似一对拍档,罗伊死后进入"天堂或地狱或炼狱"(274)与上帝之火对面相伴,炎炎炙烤中他依旧巧舌如簧,自荐为上帝律师并建议以贿赂击败布莱尔的起诉,应声而起的雷鸣暗示着上帝的响应。如果上帝同意在人类法庭上作弊,将由上帝施行的末日审判自然也难言公正。

不仅上帝书写的历史脚本不再可信,先知布莱尔看到的天庭也是一片废墟,仿佛 1906 年大地震后的旧金山,正是那一天上帝离开了天庭,天庭里的时间就此冻结。天使们一边摆弄着破旧的收音机监听人间消息,一边批评人类永无止歇的科技创新,"在这破烂玩意儿和魔鬼反应堆的恶臭烟柱之间,毫无区别"(262)。天堂生活静如止水,人们不得不把渴望"变数"（chance）的心情倾注于纸牌游戏（268）。千禧年神话许诺的永恒并不能让人满足，对人类历史来说，变数就是不确定性和悬念，有变数才会有未来。反进步、反科技的天使是宗教保守主义的代言人，在他们苦心维系的天庭里，布莱尔看到的神启意象是圣经《启示录》里天国意象的逆转，花园被枯木（人们坐着打牌的木箱）取代，城市被废墟（震后旧金山）取代，上帝的羔羊被布莱尔走失的爱猫小希巴取代，它最终被服药后梦游天堂的哈珀带回人间。

天堂里唯有压抑、窒息、停滞，宗教回归带给人类的并非福音，现代性危机的救赎需另觅蹊径，这就是布莱尔或库什纳对宗教神启的解读。与此对照的另一种天堂来自护理艾滋病人罗伊和布莱尔的百丽孜，他想象天堂宛如灾后重建中的现代都市旧金山，是地狱意象和天堂意象的组合：废墟与野花、垃圾与宝石、旧与新、厉风里先知的鸦群（Angels, Kushner, 209），这矛盾杂陈的地方就是恶之花盛开的现代人间，现代主义的两面性虽令人困惑，却比死寂的天国更让人迷恋。在百丽孜的想象中此地充满希望，随处可见投票箱，神祇皆为混血儿，"种族、品味、历史最终被超越"（210）。库什纳在此向旧金山在现代同性恋平权运动中的历史地位致敬：1969 年纽约石墙反叛事件启动同性恋解放运动后，旧金山是最早在空间、经济、政治、文化等各方面真正赋予同性恋者平等权利的城市（Castells, 138），因此成为同性恋人群公认的圣地。天庭之旅和百丽孜超越"种族、品味、历史"的人间友爱令布莱尔悟得真正的启示：救赎人类现代悲剧的唯一路径是指向未来的变革。布莱尔的家族历史就是人类历史缩影，其祖先里两位病殁的同名者分别死于中世纪末黑死病和 17 世纪伦敦大鼠疫，两次瘟疫都曾带来世界末日恐慌，却又分别是文艺复兴和启蒙运动的前奏，历史随之两度狂飙突进。艾滋是 20 世纪末又一场瘟疫，但库什纳认为人类也不会因此止步或倒退。正如本雅明的历史天使面向过去，但它的双翼被风暴鼓动着前行，"这风暴就是我们所说的进步"；进步的推动者意识到自己"即将让历史的连续统一体爆炸"（Benjamin, 257—258, 261）。利奥塔、波德里亚等后现代主义者也热议历史爆炸，但与他们的历史终结论不同，本雅明所谓历史爆炸的结局不是熵化中无限重复、无限拟真的后现代碎片，而是打破历史保守与封闭，带来新的转机。本雅明的预言在《天》里作为互文出现，历史人物罗森伯格（Ethel Rosenberg）的幽灵来到罗伊病榻前,她在麦卡锡时代的红色恐慌中被罗伊诬告致死,现在她来告诉自称历史"注脚"、自贺因"挤进历史"而"永生"的罗伊:"历史马上就要爆裂,千禧年就要来临了"(*Angels*,Kushner,118,189)。罗森伯格的喜悦与宗教无关,本雅明面对纳粹铁蹄也曾以神学修辞呼吁人们救世:"此刻作为弥赛亚时间之模型,是整个人类历史的极度浓缩";"时间里的每一秒,都可能是弥赛亚来临的窄门"(Benjamin,263—264)。同样,对写作于 20 世纪 80 年代末艾滋瘟疫中的《天》来说,以变革自救于此刻的危机就是救赎整个人类历史乃至浩瀚宇宙。

《天》的千禧年神话戏仿并非后现代解构,而是意图发起一场变革行动,扭转历史悲剧为喜剧。与此呼应,两部曲史诗结构强调了从上部《千禧年来临》悲剧情境至下部《变革》喜剧结局的转变。如库什纳所说,《变革》"本质上是喜剧,剧中问题基本以和平方式得以化解"(*Angels*,Kushner,142)。用作剧名的俄文"变革"(Perestroika)指 20世纪 80 年代中期开始的苏联改革,最终导致 1989 年东欧剧变和 1991年苏联解体,全球冷战随之结束。这一系列重大事件把人类历史推至新的节点,理论家们对此诠释各异。福山(Francis Fukuyama)认为冷战结束标志自由民主制度成为"人类意识形态进化的终点"和"人类政府的最后形式",因此意味着"历史终结"(1)。与此相反,华勒斯坦(Immanuel Wallerstein)认为冷战结束意味着自由主义失败,因为冷战双方属于同一个追求技术现代性的世界体系,苏联解体打破了两极平衡状态,历史又有了发展变化、寻求人类自由解放现代性的希望(126—127,141,232—242)。库什纳的历史解读等同于华勒斯坦,他在下部《变革》里借喜剧程式表达了一种憧憬未来的变革历史观。

剧本采用年轻人反叛老年人这一常见的喜剧人物对抗模式,弗莱认为后者代表社会权威,而喜剧作家往往采取前者立场,其社会颠覆性就在于此(164)。《天》以卡通化历史人物罗伊和里根为父辈形象,他们代表美国主流意识形态和社会政治权力中心,是布莱尔等边缘青年的反叛对象。剧中祖父辈人物则以年迈的犹太拉比和世上最老的布尔什维克为代表,他们分别在两部曲的开场发表演说,抗议美国现代性对其心目中黄金时代的侵蚀:生活在美国的拉比宣称美国"不存在"(*Angels*,Kushner,16),瞽者老布尔什维克则在"下一个美好理论"出现之前抵制变革(148)。但布莱尔拒绝天使神谕也就拒绝了一切怀旧、静止或倒退的提议:"我们不能就此停下。人非岩石——进步、迁徙、运动是……现代性,是活着,只要活着就得这么做"(263—264)。剧终时年轻人的意志终于胜出,"里根的孩子"路易斯回到布莱尔身边,以罗伊为精神导师的乔影只形单,而他的母亲汉娜(Hannah Pitt)被年轻人群体接纳,体现了喜剧的包容感化倾向。汉娜原为视一切反常为罪恶的正统摩门教教徒,听到儿子的同性恋告白后从盐湖城赶往纽约阻止,结果她未能改变乔,却在帮助陌生人布莱尔的过程中改变了自己,摆脱偏见成为多元文化认同者。剧本尾声套用传统喜剧的大团圆节庆场面,布莱尔、路易斯、百丽孜和汉娜在中央公园相聚,此时布莱尔已携艾滋病毒生存整五个年头,他的朋友们就是剧名里的"美国天使"(Angels in America),这些活生生的个人而非天庭里的"美国天使"(Angel in America)生成一个超越血缘纽带的新家庭,路易斯和布莱尔之间的情爱也被友爱取代,突显出尾声的社会隐喻:"世界只会向前运转,我们将成为公民。"(280)布莱尔以散场词邀请观众加入节庆,共同建构新型公民社会:"你们都是神奇绝伦的造物,每一个人。我祝福你们有更多生命。伟大的工程开始了。"(280)从《千禧年来临》到《变革》,《天》完成了从悲剧到喜剧的转化,两部曲合成一部人类自我创造、自我更新的悲喜剧传奇,历史的黑暗迷宫似乎豁然洞明,由此通向人间世俗千禧年。

三、救赎:历史想象与传奇

《天》以喜剧收煞的传奇叙事令观众欢欣鼓舞,在批评界却引起一些诧异的嘘声。有学者认为《变革》的喜剧是"进步的童话",或"对一种更和善、更温柔之千禧年的盲目希望",是"百老汇的乐观"(Mcnulty,51,53)。萨弗兰(David Savran)批评《天》最终选择了自由多元主义,他认为这种"最美国的意识形态"或"新的美国宗教"是化装为"异识"的"共识"政治,几乎海纳百川,把一切政治文化立场包容于"对一个乌托邦国家的幻想",在那里"千禧年既触手可及,又遥遥无期"(219—223)。萨弗兰因此断定《天》"与其说颠覆不如说重申了主流文化"(224)。如此分析有一定道理。弗莱(Northrop Frye)认为传奇和神话同属"神话时代的文学",都具有社会意识形态传播功能,而且传奇比其他文学形式更善于表现"梦想成真",因此历代主流阶层都将其理想投射于特定传奇(188)。美国自有其国家传奇,清教徒先辈的"山巅之城"与"新耶路撒冷"理想孕育了美国例外主义,成为美国文学尤其惠特曼等19世纪浪漫主义作家的重要母题。深受惠特曼影响的《天》再现了这一国家主题,临危受命的布莱尔是先知与救世主的结合体,他的使命既是带领美国走出时代悲剧,也是让美国成为人间伊甸园或新耶路撒冷。《天》以传奇叙事解构宗教神话的同时,确实在某种程度上加强了美国神话。

但若要客观评价《天》的传奇情节模式,还需从历史语境来分析。萨弗兰对《天》的批评主要基于经典马克思主义立场,他认为《天》在表现种族、性别压迫的同时忘记了经济压迫,"以身份政治取代了马克思主义分析","马克思主义意义上的革命显得近乎不可思议、自相矛盾"(223—224)。确实,库什纳更乐于描绘多元文化而非阶级斗争,最终关注大写的人而非经济的人,这一人文主义选择与《天》的写作背景有关。20世纪下半叶,激进的60年代结束后欧美社会进入后现代时期,破碎、含混、重复、戏仿、自反、自觉的戏剧性成为后现代戏剧的主要诗学特征。上述特点在20世纪初的历史先锋派剧作中已经显现,先锋艺术家企图以令人震惊的表现形式激起观众的现代性危机意识。但如费舍-利赫特(Erika Fischer-Lichte)所言,先锋派与后现代主义的主要区别在于时代精神的变化:经60年代文化激荡后,至80年代先锋派的"震惊"效果已不复存在,先锋派手法成为观众习以为常的剧场常态,此即后现代主义(273)。又如科普兰(Roger Copeland)指出,60年代戏剧与80年代戏剧的最大区别是前者追求"未经中介的在场",即以戏剧还原本真存在,而后者追求"技术中介"的表演,媒体时代的存在本身已经被中介(28—29,40)。此时早期现代主义的尼采悲剧观已悄然变身为后人文主义,后现代戏剧以玩世不恭的反讽为主要情节模式,有尼采忘却存在的审美迷醉,但无尼采直面存在的悲剧认知。而《天》以传奇表达对生命和人性的热忱追求,某种程度上正是对后现代戏剧的故意反叛,拒绝其艺术自律论和历史虚无主义。萨弗兰认为《天》之所以未能打破美国神话,归根结底是由于戏剧处在美国精英文化边缘,有艺术威信却无经济资本,戏剧艺术家作为"统治阶级中的被统治者",其尴尬地位导致对霸权价值的挑战难以彻底(224—225)。这一经济决定论的推断至少是片面的,忽略了艺术创作的个性特征,尤其是库什纳以诗学创造现实的写作意图。

其实《天》并非一味乐观的轻喜剧或浪漫传奇,而是以充满怀疑的悲剧意识为底蕴。为悲剧辩护的伊格尔顿认为,悲剧在当代并不意味着命定论、政治绝望或历史终结,而是承认人性弱点和命运多变,承认变革的缓慢进程,他称之为"冷静的现实主义"(12)。《天》是具有悲剧意识的传奇,可以被称为"冷静的浪漫主义",第二部《变革》虽号称"喜剧",但团圆结局抹不去冬末的淡淡忧虑,无限接近的春天尚未真正到来③,先知布莱尔日益模糊的视力也流露出剧作家本人对未来的怀疑。悲喜交融正符合库什纳自我剖白的写作态度:"理智悲观主义、意志乐观主义"(Kushnerand Cunningham,73)。库什纳认为"政治运动、解放运动、革命和任何人类计划或任何人之存在一样,注定要向时间、衰微、死亡、悲剧屈服",他因此引用奥尼尔之喻"迷雾"来形容"笼罩于美国历史每时每刻"的迷茫与困惑(Kushner,xvii,xxiv)。但与悲剧情结的奥尼尔不同,库什纳择道"意志乐观主义",他相信雾中人里的勇者将继续前行,所以《天》终究不是悲剧,而是以希望救赎悲剧的传奇。纵观现代悲剧理论谱系,黑格尔"理性"和尼采"非理性"先后取代了古希腊悲剧的"命运",两者间库什纳更倾向前者。但黑格尔悲剧论把抽象的绝对理性与血肉的个体生命相对立,理性进步需以牺牲个人为代价,库什纳对此难以认同。如克拉斯诺(David Krasner)指出,新黑格尔主义的进步信念曾是路易斯抛弃布莱尔的借口,路易斯的转变表明了库什纳对黑格尔式悲剧的否定(106)。《天》启示的救赎之路最终来自与黑格尔同持绝对精神论却更为乐观的美国超验主义哲学家爱默生。《变革》篇首语即引自爱默生的散文《论艺术》(*Art*,Emerson,431),库什纳以诗体重塑了这句话的形式:"灵魂是进步的/它从不重复自己/每一行动都试着创造/新的更美好的整体"(*Angels*,Kushner,145)。

和库什纳一样,爱默生并非天真的乐观主义者,他对人生悲剧性洞若观火:"不识痛苦的人只见过半个世界……黑夜时分,我们的存在宛如自卫,挣扎着抵御入侵的太虚,但这恐吓者即将吞噬我们,它已对短暂的缓刑失去耐性"(*Tragic*,Emerson,405)。但在欣赏宇宙一体论东方思想的爱默生看来,存在的痛苦起于自我的迷执,他主张以哲学人生观替代悲剧人生观,从追求个人意志转而关注宇宙意志及整体幸福,顺应"人的天性",无所忧,甚至无所求,以平静、平衡、乐天知命的心态,"客行于自然"(*Tragic*,Emerson,408,411—413)。这一达观的人生态度基于爱默生超验主义,所谓"自然"(Nature)与心灵相对,涵盖"与我们隔离的一切,哲学区分为非我的一切,包括自然界和艺术,所有他人和我自己的身体"(*Nature*,Emerson,8)。自然世界即浩瀚宇宙的各种物质形态,然而宇宙只有唯一心灵,人与万物皆与此灵性融通,这就是超验主义的核心理念"超灵"(Over-soul)。库什纳在《天》中以诗学方式表达了同样的宇宙人文主义主题,批评罗伊式自我隔绝的极端个人主义,主张个人与社会及宇宙万物的精神融通。抛弃布莱尔后的路易斯曾尝试总结时代,"现如今,没有联系,没有责任"(*Angels*,Kushner,77);而剧终时他已回到布莱尔身边,领悟到世界的真谛是"互联"(278)。

剧中以人与自然界和解为"互联"标志,水火意象的变化尤其象征从隔绝到融通的变革。圣经之火往往喻指上帝的谴责,在《天》里则意味着人类因破坏自然而受到惩罚:臭氧层破坏后的地球"皮肤灼伤,鸟儿变瞎,冰山融化","世界末日就要到了"(34)。临近尾声时,哈珀看到在饥荒、战争、瘟疫中死去的人灵魂升空,织就一张"巨大的灵魂之网"填补了臭氧层空洞(275),火也从严酷的上帝之怒转化为尾声里哺育万物的自然之暖(278)。这天人合一的想象正是对爱默生"超灵"的生动演绎。剧中水意象也同样经历了逆转,罗伊幻想的海水世界象征地狱,他和布莱尔身体里喷泻而出的血水则象征艾滋,但剧终时死亡之水已被象征生命的泉水意象取代。《天》由悲入喜的传奇叙事更体现了人类历史与自然界的应和,故事主线发生于 1985 年 10 月至 1986 年 2 月,尾声则是四年后的 1990 年 2 月,经过漫长的秋季和冬季之后,终于春天在望。弗莱以四季对应四种文学情节模式:秋天的悲剧,冬天的反讽或讽刺,春天的喜剧,夏天的传奇(Frye,161—239)。《天》从秋季渐入春季,尾声里布莱尔对夏季绿色世界的期待预示着从悲剧走向喜剧的传奇完成,印证了爱默生所言"人与植物的玄妙联系"(*Nature*,Emerson,11)。甚至科学也不再与自然对立,剧终前出现的飞机是哈珀逐月飞往人间天堂旧金山的载体;科学也可以是人类追求自由解放现代性的工具,只要学习和运用时"怀有爱"(*Art*,Emerson,440),爱即打破个人的藩篱。当悲剧的隔离/驱逐主题被喜剧的沟通/接纳主题取代,个人与社会友睦并存,人类与自然和谐共处,其结局就是宇宙人文主义千禧年。库什纳的生态愿景反映了他对人类历史和宇宙未来的艺术想象与诗学建构。

库什纳建构历史的诗学动机与爱默生的浪漫主义艺术观相吻合。对爱默生来说,艺术之美即捕捉自然之灵,想象之用即发现万物互化(*Conduct*,Emerson,1110—1111);这一艺术观是超验主义与个人主义的结合,强调个人想象力在超验认知过程中的主观能动作用,"通过艺术家主观呈现,唤醒观众对宇宙关系及力量的意识"(*Art*,Emerson,437)。《天》剧中曾自疑"巫婆"(185)的哈珀(*Angels*,Kushner,107)和先知布莱尔同具超凡想象力,虽互不知晓对方的存在,他们却在彼此梦境中三度相遇。哈珀不禁以后现代口吻发问:"我不明白……想象不能创造任何新的事物,不是吗? 它只能回收世界的碎片,然后重组成像。"(38)甚至库什纳也在舞台提示里承认这种梦遇"令人困惑"(36),但无中生有的想象力正是此剧题旨所在,真正的艺术想象是与行动结合创造生活。当哈珀终于离开乔飞向旧金山开始新生时,正是卓越的个人想象力让她跨越了启示的门槛,在三万五千英尺高空看到一张"巨大的灵魂之网",并由此领悟到人类灵魂与自然、与时间合一的超验本质(275)。哈珀基于个人想象力的历史顿悟反映了剧作家库什纳对人类历史本质的诗学认知。剧中天使意象不仅呼应本雅明笔下悲伤而无奈的"历史天使",也呼应爱默生笔下的"历史缪斯",后者将向以主体意识去思考历史的人吐露神谕(*History*,Emerson,239)。布莱尔在尾声介绍他最钟爱的毕士达天使塑像,它"纪念死者却暗示一个不死的世界,用世上最沉重的材料石与铁铸成,达千斤重却拥有双翅,是飞翔的动力和工具"(*Angels*,Kushner,279)。与从天而降的传谕天使不同,天使塑像是人类历史的艺术化身和人类生命欲望的艺术能动表达,它实现了爱默生所言雕塑艺术的最高价值,即"作为历史,作为命运肖像的一笔线条,完美又悦目,在这命运的指挥下所有生物都向着他们的至福走去"(*Art*,Emerson,432)。爱默生把人类历史之美等同于命运之善,这一至美至善的作品需由历代艺术家的个人想象力来实现。与此契合,《天》即库什纳对历史美好本质的个人艺术表达,在人类历史喜剧与悲剧之间,库什纳的艺术天平倾向前者,砝码就是重塑过去、改变现在、创造未来的传奇诗学想象力。

库什纳曾赞扬艾滋剧先驱作品《正常的心》(*The Normal Heart*,1985)创造了"变革社会"的奇迹,称此剧具有布莱希特式精确写实特征，其直击命题的简冷风格是实现政治意图的最佳戏剧形式（Kushner,vii,ix）。然而《天使在美国》的主题及风格都有别于前者，虽然继承了前者的现实问题关注，却超越了此时此地的社会政治批评，显示出更宏大的历史哲学视野和更具个性的诗学想象。剧中一方面揭示危机背后的深层现代性悲剧因素，另一方面针对全面否定现代性的宗教救赎论，指出现代性不可避免、前现代宗教家园不可回归。库什纳致力于探究现代性诗学救赎的可能性，借助爱默生超验哲学及其相应艺术论，他提示为现代性解咒的关键在于打破个人与社会及宇宙万物的隔绝，通过每一位宇宙公民的主体艺术想象力推动历史嬗变。《天使在美国》以魔幻与现实杂糅、悲剧向喜剧转变的传奇诗学，将库什纳的现代性反思、社会变革理想和宇宙人文主义千禧年预言演绎于方寸舞台，其社会意义与诗学意义的互证展现了戏剧这一古老公众艺术形式的当代价值。

注解【Notes】

① 举例参见 James Fisher,2。

② 举例参见 Mark Steyn,7 - 14。

③ 尾声标注 1990 年 2 月，而布莱尔告诉观众此时是 1990 年 1 月，剧本 1993 年初版和 2003 年修订版均存此矛盾。这一时间上的微妙"笔误"透露出剧作家对结局举棋不定的矛盾心情。

引用文献【Works Cited】

Artaud, Antonin. *The Theater and Its Double*. Trans. Mary Caroline Richards. New York: Grove Press, 1958.

Benjamin, Walter. "Theses on the Philosophy of History." *Illuminations*: *Essays and Reflections*. Ed. Hannah Arendt. Trans. Harry Zohn. New York: Harcourt, Brace and World, 1968. 255 - 266.

Bible: *Authorized King James Version*. Ed. Robert Carroll and Stephen Prickett. New York: Oxford UP, 2008.

Bloom, Harold. "Introduction." *Tony Kushner*. Ed. Harold Bloom. Philadelphia: Chelsea House, 2005. 1 - 6.

Castells, Manuel. *The City and the Grassroots*. Berkeley and Los Angeles: U of California P, 1983.

Copeland, Roger. "The Presence of Mediation."*TDR* 34.4 (1990): 28 – 44.

Eagleton, Terry. *Sweet Violence: The Idea of the Tragic.* Oxford: Blackwell, 2002.

Emerson, Ralph Waldo. "Art." *Essays and Lectures.* Ed. Joel Porte. New York: Library of America, 1983. 431 – 440.

——. "The Conduct of Life."*Essays and Lectures.* Ed. Joel Porte. New York: Library of America, 1983. 937 – 1123.

——. "History." *Essays and Lectures.* Ed. Joel Porte. New York: Library of America, 1983. 237 – 256.

——. "Nature."*Essays and Lectures.* Ed. Joel Porte. New York: Library of America, 1983. 5 – 49.

——. "The Tragic."*The Complete Works of Ralph Waldo Emerson.* Vol. 12. Boston & New York: Houghton Mifflin, 1904. 405 – 417.

Fischer-Lichte, Erika. "Avant-Garde and Postmodernism: Theatre between Cultural Crisis and Cultural Change."*The Show and the Gaze of Theatre: A European Perspective.* Iowa City: U of Iowa P, 1997. 261 – 274.

Fisher, James. "Preface." *Tony Kushner: New Essays on the Art and Politics of the Plays.* Ed. James Fisher. Jefferson, North Carolina, and London: McFarland, 2006.

Frye, Northrop. *Anatomy of Criticism.* Princeton and Oxford: Princeton UP, 1990.

Fukuyama, Francis. *The End of History and the Last Man.* New York: Free Press, 2006.

Grmek, Mirko D. *History of AIDS: Emergence and Origin of a Modern Pandemic.* Trans. Russell C. Maulitz and Jacalyn Duffin. Princeton: Princeton UP, 1993.

Hobbes, Thomas. *Leviathan.* Ed. A. P. Martinich and Brian Battiste. New York: Broadview, 2011.

Krasner, David. "Stonewall, 'Constant Historical Progress,' and *Angels in America*: The Neo-Hegelian Positivist Sense." *Tony Kushner: New Essays on the Art and Politics of the Plays.* Ed. James Fisher. Jefferson, North Carolina, and London: McFarland, 2006. 98 – 111.

Kushner, Tony. *Angels in America.* New York: Theatre Communications Group, 2003.

——. "Preface". *The Normal Heart & The Destiny of Me.* Ed. By Larry Kramer.

New York：Grove，2000.

Kushner，Tony，and Michael Cunningham. "Thinking about Fabulousness."*Tony Kushner in Conversation*. Ed. Robert Vorlicky. Ann Arbor：U of Michigan P，1998. 62 - 76.

Mcnulty，Charles. *Angels in America：Tony Kushner's Theses on the Philosophy of History*. Ed. Harold Bloom. Philadelphia：Chelsea House，2005. 43 - 58.

Qian，Mansu. *Emerson and China：Rethinking Individualism*. Beijing：SDX Joint Publishing Company，1996.

［钱满素：《爱默生和中国：对个人主义的反思》，北京：生活·读书·新知三联书店，1996 年。］

——. *The Historical Transformation of American Liberalism*. Beijing：SDX Joint Publishing Company，2006.

［钱满素：《美国自由主义的历史变迁》，北京：生活·读书·新知三联书店，2006 年。］

Savran，David. "Ambivalence，Utopia，and a Queer Sort of Materialism：How *Angels in America* Reconstructs the Nation." *Theatre Journal* 47.2（1995）：207 - 227.

Schwartz，Hillel. *Century's End：A Cultural History of the Fin de Siècle from the 990 to the 1990s*. New York：Doubleday，1990.

Steyn，Mark. *Communism Is Dead；Long Live the King*!. Ed. Harold Bloom. Philadelphia：Chelsea House，2005，7 - 14.

Sumner，William Graham. *On Liberty，Society，and Politics：The Essential Essays of William Graham Sumner*. Ed. Robert C. Bannister. Indianapolis，Indiana：Liberty Press，1992.

Wallerstein，Immanuel. *After Liberalism*. New York：New Press，1995.

Williams，Raymond. *Modern Tragedy*. Peterborough：Broadview Press，2006.

作者简介：朱雪峰，南京大学外国语学院教授

原文载于《当代外国文学》2013 年第 3 期。

语言与风格

凯·瑞安诗歌中的"老调新谈"

吕爱晶

著名诗人凯·瑞安(Kay Ryan, 1945——　)凭其独特的游戏诗歌在当代美国诗歌多元并存的局面中脱颖而出,于2008—2010年两度荣膺桂冠诗人的称号。瑞安是美国历史上以公开的女同性恋者身份,获选为国家桂冠诗人的第一人。她崇尚诗歌是一种高级娱乐,善于从陈词滥调的习语中汲取创作的灵感。习语是在日常生活中容易被人忽视的一种奇特事物。它富有诗意并蕴含人类神秘的经验,是一种转移了的空间,或者说是一种隐喻的地方,但它被瑞安精心编织在诗歌中且加以时代韵律的演奏,立刻散发出老调新谈的游戏异彩。在瑞安看来,习语来自普通老百姓的日常生活,是形形色色的生活经验的产物,具有完整而独特的意义。习语镶嵌在瑞安的诗歌中,反映了当代知识分子的思维方式和生存谋略,也是诗人构建游戏诗学的重要元素。

一、习语的游戏空间:日常生活

汉斯-格奥尔格·伽达默尔(Hans-Georg Gadamer)认为游戏是人类生活的一种基本职能,是生命存在的自我表现(34—35)。游戏体现了一种近乎绝对自由的精神。罗兰·巴特(Roland Barthes)在《文之悦》(*The Pleasure of Text*)中指出,游戏文本能给予人摆脱束缚后的自由感和快慰。瑞安与伽达默尔、巴特的思想有异曲同工之妙。她认为诗歌创作是一种高级娱乐游戏。

2009年10月,她发起了"心之悦诗歌"(Poetry for the Mind's Joy)①项目,倡议诗歌文本的游戏性。而习语在瑞安的游戏诗歌中扮演了一个重要角色。习语是日常生活中普通老百姓生产活动和生活经历的结果。日常生活是人们每天所做、所想、所感觉的事物。它是一种普通文化的场所,也是瑞安诗歌习语的游戏生存空间。

瑞安偏好安静,常静静地待在家里或骑着自行车细细品味日常生活中的愉悦游戏。在诗歌中,瑞安着重描写日常生活中游戏瞬间的美丽,找寻游戏美学的艺术维度。兹举《一只猫/一个未来》(*A CAT/A FUTURE*)为例:

> 猫随时
> 可以决定
> 拉上眼后的
> 百叶帘,
> 而凝视
> 中的一切没有
> 改变,但猫已
> 不在那里。同样
> 未来可以关
> 闭,
> 但它仍在那
> 里
> 没有丝毫的无礼。(11)[2]

有关猫眼睛的习语比较常见。如:"掩耳盗铃——猫闭眼偷吃奶油"(The cat shuts its eyes when stealing cream);"小人物也有相应的权利——猫也可看国王"(cat may look at a king)。猫是世界上最为常见的宠物之一。与一般人的观察视角不同,诗人从猫的生活习性游戏般地跳跃到了"未来",赋予未来新的思想维度。未来如同猫的凝视,看似百叶窗可以随时拉上拉下,掌控一切。"而凝视/中的一切没有/改变,但猫已/不在那里"。未来看似可以掌握,但未来的容貌似乎永远无法知道。这里的猫具有了更深层次的哲理意蕴。在瑞安看来,日常生活现场是生活最本真的实在,是一种自身具有目的性的存在方式,生活的意义就是体味其中呈现的丰富感性和实现其感性满足。人类需要通过理性逻辑去分析和认知世界并从中得出客观真理,应该通过活生生的个体的灵性去感受生活世界,呵护和体验日常生活中那些能证实生命存在的细节与点滴、琐屑与片段、感性与美感等游戏审美元素。这与列斐伏尔(Henri Lefebvre)的思想颇为相似:让日常生活成为艺术品。

与诗人艾米莉·狄金森(Emily Dickinson)、玛丽安娜·穆尔(Marianne Moore)等相似,瑞安也倾向于描写日常生活,挖掘和表现其中蕴藏的不同美丽。细心的读者会发现瑞安诗歌中的日常生活混合着一种熵的场景。兹举《苦药》(*Bitter Pill*)为例:

> 一粒苦药
> 不需要
> 吞下去
> 才有药效。
> 只需
> 读药瓶上
> 你的名字
> 就有作用。
> 仿佛有
> 某种抗安慰剂效用。
> 仿佛自我
> 渴望
> 被毁掉。(13)

诗歌的标题令人联想到习语"吞下苦果"(bitter pill to swallow),表示难以接受的苦事。这里以药丸为例引发了一种生活的痛楚。苦涩的药丸,不管是否吞下,只要读到药瓶上的说明书,药丸的苦味已是一种深深的痛楚潜入心房。如同济慈《夜莺颂》(*Ode to Nightingale*)中的发话者喝了毒酒一样,心在痛!这种痛楚又令人想起瑞安恬淡寡欲的生活。诗人被称为"现代隐士",常常远离繁华的城市生活,在自己有限的空间思考和体会生活的意义。或许,科技发达带来的喧闹生活对于诗人来说就是一剂苦药。科技就像一粒苦涩的药丸,它可以治愈生活中的一些"疾病",但是药三分毒,"仿佛自我/渴望/被毁掉"。诗中的自我或指人类。今天的人们用倍增的速度和心态去苛求经济和社会的发展,但热力学第二定律(熵增加原理)表明,能量只能不可逆转地沿着一个方向转化,即对人类来说是一种从可利用的到不可利用的状态,从有效的到无效的状态转化。这种无效能量已从人们那里不可挽回地失去了,尽管它现在并未湮灭。熵就是这种不能再被转化做功的能量的总和。熵的增加就意味着有效能量的减少。当熵达到最大值,一切能量差别均趋向于零,所有可能的有用能量消耗一空,宇宙的每一个角落将是永恒的死寂。也就是说,宇宙正无可挽回地走向死亡。过分追求物质和能源,只会给人类带来毁灭性的灾难。这才是人生游戏的一剂终极苦药。

诗人对日常生活的描写反映了时代的脉动——宏大叙事消解,日常生活回归人们的视野中心。战后,实用主义的意识形态在人们生活中一步步建构,文学的审美意识悄悄地发生了变化。传统的高雅、严肃和纯粹色彩的文学正渐渐被日常生活文学所替代。理查德·罗蒂(Richard Rorty)说过:"永远不会有一首最终的诗歌"(319)。人们不再苦寻终极和完美的事物,转而关心现在。把持当下已经成为当代哲学的主旨。列斐伏尔认为,"日常生活是欲望与需要、严肃与轻浮、自然与文化、公共与私人之间的结合点和冲突点"(转引自吴宁,173)。"日常生活绝非只是社会生活中那卑微烦琐的一面,它同时也是社会活动与创造性的汇聚地和策源地"(Lefebvre,19)。日常生活蕴含超常的惊人活力与无限的游戏创造能量。它是人生存的领域,也是习语的生存空间。离开日常生活,习语就不存在。

瑞安用诗歌的形式展现了习语游戏空间—日常生活的璀璨,构筑"心之悦诗歌"大厦,意欲从永恒轮回的日常生活深处发现历史的无穷希望与可能性,寻找人类的希望。

二、习语陈述:游戏和诡计的空间

习语是人类文化语言中的一个特殊组成部分,是伴随历史的转移而可以转移的东西,是被定义保留在语言领域的人类宝藏。因为唯有可转移的东西才具有可论述性。远古的习语与人类最初的言语行为有关。对话者在交流或商议的特殊情境中运用言语行为实现并占有语言而攫取一定的话语权,进而主宰历史也造就了历史。习语讲述着人类的智慧,而习语中蕴含的"神奇"的故事也为后来者提供了在未来可以运用于生活的策略和战术。或许,这是瑞安选择习语内容作为诗歌主题的一个重要计谋。米歇尔·德·塞托(Michel de Certeau)说:"日常生活中布满奇迹,与作家或艺术家的作品一样令人惊叹……没有特定的名字,各种各样的语言引起了瞬息即逝的欢乐,这些欢乐出现、消失、再出现。"(247—248)习语往往因为其惯常性被人无视,在追求典雅、传统曲高和寡的诗歌中,习语常被处理为当然缺席。而文学是一种螺旋式的发展,语言在文本中扮演着一种进与退、来与去的角色,轮流被吸引。被忽视而带有奇迹习语被瑞安捡起,堂而皇之成了其游戏诗歌的一个重要"赌注"。

在萨拉·费伊(Sarah Fay)的采访中,瑞安答道:"我经常思考一些陈词滥调的事情……当我想写点东西的时候,这些喻义丰富的老生常谈就会开启我的思绪之门。"(Fay,58)瑞安善于从平凡的日常生活中读出游戏般的"陌生",从平淡的事件引发戏剧化的新意。如《石灰光》(*Lime Light*):

> 人不能靠
> 石光灯工作
> 满满一碗
> 就摆放在
> 臂弯处
>
> 发出的
> 只是
> 一片不祥之光
> 映照
> 厨房的桌面上
>
> 水果贩子
> 整个摇摇欲坠的金字塔
> 怎比得上

白天的光亮。(15)

石灰在高温下可以发出强烈的白光。在电灯没有发明之前,剧院的舞台脚光常采用石灰光照明,由此而成为聚光灯的代名词。习语"在石光灯下"(in the lime light)表示"站在聚光灯圈里""引人注目"。诗篇的伊始告诫世人不能靠石灰光工作,但接下来叙述者没有直接说明原因,反而与读者玩起了捉迷藏的游戏,带着读者进入了厨房的私密空间。这时叙述和传说扮演着同样的角色,它们在从日常中隔离出来的神奇的、过去的、渊源的空间中展开。叙述又像是一次旅行,穿越时间抵达现代人的日常生活空间。置换了空间的石灰光不再是绚丽舞台之光,而是生活中的不详之光。石灰光又令人想到了"磷光现象"之鬼火传说。一碗石灰发出的光如同水果垒起的摇摇欲坠的金字塔,无法与天然的日光相比。石灰光是一种不正常的光,所折射的是一种不正常的生活。传统的习语"在石灰光下"暗示着今日引人注目的明星生活的空虚和无聊。这首诗是瑞安诗歌主题书写奇妙方式的典型,她常让一些陈词滥调的习语镶嵌在一些旅行的文本中,拾取一份冷静和智慧。习语成了日常生活过程中的一个"神话",是某个不成形时期的分离之物,但又被分解、组合成各种不同的愉悦,肢解为记忆和连续的知识。正如巴特所言:"文本构筑在无法追根寻源的、无从考据的文间引语,属事用典,回声和各种文化语汇之上。由此呈纷纭多义状。它所呼唤的不是什么真谛,而是碎拆。……文本的指向是一种和乌托邦境界类似的性快感的体验。"(Barthes,7—8)

《石灰光》也渗透了瑞安对诗歌创作的探索。当代美国的诗坛被高度学院化的氛围笼罩,往届的桂冠诗人几乎都是"诗人—文学教授"型的人物,他们是诗人兼大学文学创作等课程的主讲教授。而瑞安从未参加过创作班的学习,也未讲授文学写作之类的课程。她只是加州的马林学院(College of Marin)的兼职"矫正英语"教师,是纽约艺术圈的局外人。诗人在《局外人的艺术》(Outsider Art)中批判了一群所谓的艺术家。他们的创作过程只是一道道工艺流程,其艺术的感知力和创作力完全被预定的工序限定。而瑞安式的局外人是指一群不拘泥于体制、捍卫艺术的特立独行的作家。瑞安常以局外人的身份自居,过着平静、深居简出、类似自我放逐的生活。她与当前创作团体明星般的生活保持一定的距离。《克利兰夫实话报》(*The Plain Dealer*，Cleveland)评道："瑞安诗歌有趣而创意独特。其与心灵对话的方式与当代诸多诗歌截然不同。凯·瑞安执着地探寻自我表现和无情蜉蝣的存在意义。"③蜉蝣，同"蜉蝣"。成虫不取食，寿命极短，只能存活数小时，多则几天，故有朝生暮死之说。它的昆虫名 ephemeron/ephemera 是亚里士多德给起的，意思是"短促"，寓指人生的短暂。瑞安深知要成为布鲁姆式的"强健诗人"④(the strong poet)，必须在短暂的生命中独守一份特性和孤独，守望自己内心的情感世界，拒绝将自己完全托付给任何一个团体，反对程序化、同质化的创作模式，追寻自己独特的写作风格而实现自我解放。"从 19 世纪开始的自我解放使艺术家不再立足于一个团体之中，而是为自己造出一个团体，甚至他本身就是一个团体，由此带来一切与这种状况相适应的多样性"(伽达默尔，8)。瑞安曾声明："我想通过诗歌赢得逝者的尊敬。"(qtd.in Bawer，147)"一个人必须拥有自己的空间。而所有的事情在密谋着关闭这个空间。作家与写作协会的年会(AWP)让我窒息，关闭了我的空间"(Ryan，344)。瑞安不愿被流行的学院派诗歌同化，意图寻找这样一种诗歌形式：倡议以游戏诗歌新的形式去刷新旧有的诗歌形式，摆脱传统的理性思维对创作的全方位的垄断，反抗诗歌在校园里的重复循环。瑞安试图探求当代美国诗坛多元情势下一个卓越而独特的声音，体现了一个自由知识分子边缘化的"改革使命"意识，用孤独和疏远的痛苦经历开启对知识分子的潜能和使命的自我理解。独立知识分子的独特见解和理解力赋予了他们对生活的更真实、更权威的把握。

瑞安对习语的启用，在一定程度上是对欧洲文化精髓的一种承继。中世纪作家，喜欢在文本和传统的词语中注入新的东西。其精妙的步骤使许许多多的差异渗透进作为模型的权威写作当中，但这些作家的游戏并不遵守传统文本的法则。这些诗学的诡计，穿越了几个世纪之后，在瑞安诗歌的创作中保留着自身，而瑞安敏捷地利用习语及其他手法对其使用。正如伽达默尔所言：

> 现代艺术当然并不只是与前者(传统艺术)相对抗，它也从中获得自己的力量和冲动。……我们的日常生活就是由过去和将来的同时性造成的一个持续不断的进步。能够如此携带着向将来开

放的视野和不可重复的过去而前进,恰是我们称为"精神"的东西的本质。……记忆和回忆把过去的艺术和我们的艺术传统接纳下来,这种活动与运用闻所未闻的反形式的形式来尝试新的实验的勇敢的精神,是同样的精神活动。(12—13)

瑞安尝试用习语来唤醒人们对过去的记忆,又在回忆中调试新的实验。如此,当代艺术的碎片形式和传统艺术的语言形式联结在一种更深刻的延续性中,象征着人们的艺术感受的一种回复。习语被打了印记,它们向人们展示了陈述过程的烙印,也表征了社会的历史真实性。在这个历史真实性之中,表现的系统和生产的方式似乎不再仅仅作为规范性的框架,而是作为诗歌使用者的操纵工具和策略出现。

三、习语哲理的娱乐:一种游戏的逻辑

巴特认为"阅读的快乐显然源自断裂"(Barthes, 13)。间断具有色情的意味,间断性的阅读能给人带来快乐。布鲁姆说:"瑞安的作品看似简单却是一幅幅精美的艺术作品。其看待历史的自然视角类似于爱默生和狄金森。这使我明白诗歌的间断性阅读也会得到相应的回报。"⑤快乐所需要的是断层,是中断,是风蚀。而习语就是风蚀的结果,是一种出现损失的语言。正是这种语言才能给人带来一种迷醉的感觉,引发出种种的哲理娱乐。在《扶梯》(*Carrying a Ladder*)中,诗歌借用古老的话题"梯子"展开:"我们总是/时刻扛着/一架扶梯,但它/是隐形的。"(1—4)隐形的梯子使人联想到了一幅漫画《十字架》。其实,每个人每天都背负着各种各样的十字架在艰难前行。它也许是学习,是工作,是情感,是必须承担的责任和义务。但正是这些构成了人类存在的理由和价值。而诗中的梯子如同漫画中的十字架,是人生的一种负荷,但它可以使你:

> 得到够不着的
> 苹果。仿佛
> 你有法子爬出
> 危险

和歉意。(17—21)

借助梯子的力量,你可跨越生活中的一道道鸿沟,包括危险和歉意。可见,真正的快乐源自挑战后的结果,世上的某些黑暗、痛苦和孤独只有自己去穿越和经历才能体会到酣畅淋漓的愉悦!瑞安常从老生常谈的话题中游戏般析出新的寓意。如《鸡窝》(*Home to Roost*)、《狗腿》(*Dogleg*)、《云》(*Cloud*)等。这些诗歌看似平淡、诙谐,但探索的是人内心深处的严肃话题。诗人洞悉习语是从历史背景中提炼出来的资料,在特殊的时间、地点和竞争环境中排除了说话者的运作,是一定历史的产物。而这种无法根除的东西将通过定义保留在一定的领域里,从而赋予了习语以特权。习语是人类可以最简便地在一定的场所中截取、记录、传达和论述的世间之物,是人类的智慧。然而,习语不能与历史情境分开,习语通过诗歌蕴含的故事反映了某个空间、规则、分类等共时组织中所有可能事物中的一系列联系。这个日常的历史真实性在使用中的意义迁移(变义或美化)同样也丰富了依照形势运作的主体(行动者和创造者),而这些构成了他们每日生活的网络,所到之处的缺席不断萦绕人们的生活。而人类,带着这些习语与数千种存在的组合联系的痕迹开始畅想。正如瑞安所言:"当我在观众面前朗诵诗歌时总是招来许多笑声,但我告诫他们这是一个漂亮礼物,当你带回家时就会发现礼物变得令人惊骇。我无法忍受作品太严肃,但并不意味着我的诗歌不严肃。"(qtd. in Fay,51)如《零赌注》(*Nothing Ventured*):

> 没有东西以整块形式存在能捆扎成包。
> 所以,如你不投注
> 这事不是随便一说,
> 它是那笔大赌注。
> 你难道不奇怪
> 人们怎么会
> 把时间和空间的
> 库储都认为无所谓?
> 他们将怎样抽干
> 那些巨型水罐

　　　　直到底部露出淤泥和蝾螈
　　　　还想让人家感恩？（13）

　　习语"不入虎穴，焉得虎子"（Nothing ventured，nothing gained）指不经历艰苦的冒险，就不能取得真知。而诗歌中的冒险是指恣意浪费时间和空间的行为。"冒险者"最后得到的"真知"是蝾螈。蝾螈因其形象凶猛、丑陋，皮肤有毒，又好夜间活动，往往被喻为黑暗之魂。诗人启用"赌注"习语时偷换了看问题的视角，从而使古老的习语获得新生，具有新的含义：最大的冒险就是对时间和空间的挥霍。又如《诱饵山羊》（Bait Goat）：

　　　　放出一个字
　　　　像放出一只诱饵山羊
　　　　然后等待
　　　　另外七只
　　　　到近前来。
　　　　不过要小心：
　　　　成群地涌来
　　　　会把你的字
　　　　挤走。（10）

　　从题目来看，诗歌似乎要讲述古老的诱饵山羊故事，但叙述者在寻找一种文字："放出一个字……然后等待/另外七个。"（10）数字"7"在西方是一个神圣而又充满神秘色彩的数字，它对西方文化乃至整个世界的文化都产生了深远的影响。比如有"希腊七贤""七大主教""七宗罪"等。而诗歌叙述者诙谐地引申为"七只羊"，突出诱饵山羊的"生产力"。把文字比作诱饵羊，牵出语言文字膨胀的威力。文字的降临带来了无穷尽语言游戏的降临，揭示语言幻化的乌托邦。如此哲理性的娱乐诗歌在瑞安的作品中比比皆是，如《鲨鱼的牙齿》（Sharks' Teeth）、《时间的边缘》（The Edges of Time）等。这些习语看似老套、迂腐，但内容寄寓深远，令人回味无穷，浮想联翩。通过这些习语，瑞安游戏般传达了特殊的场景、事物以及现象，继而引发对普遍性的沉思。这有点像海明威的小说,表面看似简单,实则具有一种"骗人的朴素"以及"冰山"下的厚重。

总之,瑞安诗歌中的习语反映了时代审美准则的变化和游戏精神:平凡的日常生活中蕴含游戏的无穷能量。诗人对历史、社会、人生等诸多方面的思考折射出其构建诗歌主体的焦虑、担当和策略,凸显了当代知识分子在美国主流文化圈外寻求自己独特艺术话语的生存状态和心理特征。同时,诗人通过习语的意指体系来表现日常生活追求快乐和自由的游戏审美旨趣。其对游戏文本的探索,也为当今地球上遭受生活困扰的人们提供了一些新的精神指导。

注解【Notes】

① "心之悦诗歌"项目是瑞安针对当前美国风行的学院派诗歌发起的项目。她希冀由此能引起国内大学对诗歌游戏性的关注。

② 本文诗歌均选自瑞安的《尼亚加拉河》《瑞安诗歌精选集》和《象岩》三部诗集。如译文未注明译者,均为作者翻译。

③ 参见《瑞安诗歌精选集》的封底评语。

④ "强健诗人"出自哈罗德·布鲁姆(Harold Bloom)的《影响的焦虑》(*The Anxiety of Influence*)。布鲁姆认为强健的诗人是以坚忍不拔的毅力向威名显赫的前辈进行至死不休挑战的诗坛主将,其诗歌风格独特。

⑤ 参见《象岩》的封底评语。

引用文献【Works Cited】

Barthes, Roland. *The Pleasure of the Text*. Trans. Richard Miller, New York: Hill and Wang, 1975.

Bawer, Bruce. "Civilized Pleasure." *The Hudson Review* 59. 1 (Spring, 2006): 142 – 152.

De Certeau, Michel. *La Culture au Pluriel*. Trans. Li Shufen. Tianjin: Tianjin People's Publishing House, 2002.

［米歇尔·德·塞托:《多元文化素养:大众文化研究与文化制度话语》,李树芬译,天津:天津人民出版社,2002 年。］

Fay, Sarah. "Kay Ryan: The Art of Poetry No. 94." *The Paris Review* 187. 94 (2008): 49 – 79.

Gadamer, Hans. *Die Aktualitat Des Schonen*. Trans. et al. Beijing: SDX Joint Publishing Company, 1991.

［伽达默尔：《美的现实性》，张志扬等译，北京：生活·读书·新知三联书店，
　　1991 年。］

Lefebvre，Henri. *Critique of Everyday Life* Vol. Ⅱ. London and New York：
　　Verso，2002.

Rorty，Richard. *Pragmatism Philosophy：Rorty's Self-selected Wor*ks. Trans. Lin
　　Nan. Shanghai：Shanghai Translation Publishing House，2009.

［理查德·罗蒂：《实用主义哲学》，林南译，上海：上海译文出版社，2009 年。］

Ryan，Kay. *The Niagara River*. New York：Grove Press，2005.

——. *The Best of It：New and Selected Poems*. New York：Grove Press，2010.

——. *Elephant Rock*s. New York：Grove Press，2010.

——. "I Go to AWP." *Poetry* 7(2005)：343 – 380.

Wu Ning. *Henri Lefebvre's Critique of Everyday Life*. Beijing： People's
　　Publishing House，2007.

［吴宁：《日常生活批判——列斐伏尔哲学思想研究》，北京：人民出版社，2007 年。］

作者简介：吕爱晶，湖南科技大学外国语学院教授。
原文载于《当代外国文学》2015 年第 1 期。

《占乩板旁的对话》中语言
超越观与游戏观的争锋

杨国静

一、引言

在过去近半个世纪里,西尔维娅·普拉斯的诗歌研究经久不衰。她的作品宛如商场橱窗里的服装体模,随着时尚的流变被文学批评家们穿戴上形形色色的理论华服。[①]但是,正如时尚往往屈从于非理性的冲动一样,批评家对普拉斯文学作品的关注也呈现出明显的冷热不均。这里,我们所要关注的《占乩板旁的对话》,就是一首长期以来处于学术批评焦点之外的诗歌。

《占乩板旁的对话》创作于 1957 年,但是,这首被普拉斯自己认为是"迄今最具雄心"(*Journals*, 293)、旨在实现自己由少女作家向成熟作家转型的长诗在其生前一直没有发表。直到 1981 年该诗才通过泰德·休斯编辑的《普拉斯诗集》(*Collected Poems*)得以面世。但是,休斯显然并不看好它,仅仅把它作为对另一首诗歌《占乩》的补充而存录在诗集的文后注释之中。他的处理有其合理性,因为单纯从诗歌技巧看,这首诗歌颇有斧凿痕迹,而且其现实指涉(两位主人公以及其中的事件都直指现实中的休斯和普拉斯的私生活)也相当明显。这些特点让它很难入当时已是英国诗坛盟主、同时又深受私生活困扰的休斯的法眼。奇怪的是,大量普拉斯研究文献表明,后来许多学者,包括那些对其早年诗联有较高评价的学者,好像都没能够走出休斯的思维定式,几乎无人给这首诗歌以应有的关注。1981 年之后,在诸多对普拉斯研究产生重大影响的专著和文集中,如 Wagner-Martin(1987)、Wagner-

Martin(1999)、Bundtzen(2001)、Peel(2002)、Bassnett(2005)等都只字未提或约略提及而未作任何评论,只有 Rose(1991)对该诗作了简短的论述(155)。而事实上,当我们从现当代语言哲学的视角切入时,这首诗歌却足以向我们展现普拉斯诗歌中一个罕为人知的侧面。

《占乩板旁的对话》围绕着占乩游戏而展开。它是 20 世纪 20 年代到 60 年代曾一度风靡美国的一款由两人或多人参与的游戏。在一块印有一圈字母、"是"与"否",以及其他符号的平板上,游戏者预定某一问题,再转动一个可以用作指针的物体(在诗歌中是一个倒扣的玻璃杯),然后根据物体所指向的不同字母读出其信息。由于该信息往往被视为神灵的预言,使得这个简单的游戏带上了几分"通灵"的神秘色彩。而在文学界,该游戏所表现出的文字游戏特色,与当时诗坛风行的"即兴写作"不谋而合,成为不少诗人创作灵感的源泉。詹姆斯·梅瑞尔(James Merrill)甚至以它为主要创作方式,历时 20 余年,写下了长达560 多页的长诗《桑多弗变幻着的光》。正如海伦·温德勒所指出,占乩板是"一个可以就字母和数字、确证和否决之间的组合提供无限可能的符号系统"(83)。这个符号系统和语言一样,是一个包含着无数含混、歧异和创造性的交流平台,是"语言本身的隐喻"(Materer,138)。《占乩板旁的对话》表面看来仅仅关乎夫妻间的休闲娱乐,但是占乩板的运用和潘神(Pan)的出场,使得这种带有厚重语言隐喻的娱乐行为远远超乎游戏之上,反映出两位主人公面对某种神奇语言力量的迥异态度。这种神奇的语言力量让读者很自然地联想到诗歌创作,而在我们看来,这首被普拉斯自称为"很具戏剧性,很富哲思"(*Letter Home*,324)的长诗有其更为深刻的哲学内涵——它反映了 20 世纪西方哲学界两种不同语言观的交锋。

二、两种不同的语言观

在西方文化中,"人言神授"在启蒙运动之前似乎是不言自明的。在柏拉图《对话·克拉底鲁篇》中,苏格拉底关于语言起源的第一条建议就是:人的语言来自神(56)。在《圣经·创世纪》中,上帝语言是一切意义的源泉,受造万物在上帝的语言中诞生,因而也就内蕴了上帝的语言。但是,亚当的诞生与万物不同,他有泥土的形体,又在上帝向其鼻孔吹气的过程中接受了上帝语言的命名能力。尽管上帝并没有把自己语言的创造能力赋予亚当,但是上帝把万物带到亚当面前任由亚当为它们命名。亚当命名万物的语言直接来自上帝,必然是一种完美的语言,体现出语言与万物之间必然的、直接的联系。万物在亚当命名过程中获得各自的名称,这些最初的名称也自然地表现为一种与万物内在本质相一致的语言系统。由此可见,《圣经》的创世理论实际上向我们展示了三种语言存在:完美的上帝语言;具有完美命名能力的亚当语言;以及承继于上帝的创造,又在亚当的命名中具体化的物的语言。巴比伦塔之后,一方面,人类的语言开始变得混乱,语言多样性引发语言与其指示物之间指涉关系的任意性加大,也使得人类对亚当语言的思念变得更加迫切。另一方面,由于人类拥有共同的始祖亚当和夏娃,因此,在所有的语言中,都保留着亚当语言的原始成分。也就是说,人类回归亚当语言既有它的迫切性,也有它的可能性。著名的语言史专家阿斯莱夫把这种充满神秘解经色彩的语言起源观称为"亚当理论"(Adamic doctrine)(*From Locke to Saussure*,9—10)。

与"亚当理论"针锋相对的是随启蒙运动而来的理性主义语言观。在 1690 年出版的《人类理解论》一书中,英国哲学家约翰·洛克(John Locke)从分析人类抽象能力的高度解释人类语言的起源问题。他认为,"词语是任意地用来标记某些观点的……唯一代表的就是人类意识中的各种观点"(291)。也就是说,思维先在于语言,语言本质上是约定俗成的,人的语言是进化的产物而非神授的特权。这一主张在阿斯莱夫看来,是任意性、非本质论、种属范畴以及不可译性(语言相对主义)等现代语言学理念的根源(*Language and Victorian Ideology*,366)。洛克的语言起源理论经由 18 世纪法国语言学家孔迪亚克(Condillac)而影响了整个欧陆语言研究,并成为索绪尔语言思想的直接来源。这条荣始自洛克的理性主义语言观脉络被阿斯莱夫称为"洛克传统"(Locke's tradition)(*From Locke to Saussure*,11—17)。历史上,"亚当理论"和"洛克传统"随着启蒙运动的发展表现出明显的此起彼伏样态。进入 20 世纪,本雅明和维特根斯坦分别以语言的超越观和游戏观而成为上述两大传统的典型代表。

本雅明是"亚当理论"在 20 世纪的主要代表。他继承了《圣经》中关于三种语言的界说,认为对思想内容的所有传达都是语言。语言内在于人类思想表达的所有领域,而且并不限于人类思想表达,它其实与整个大千世界共存。也就是说,任何一种事物都以某种方式参与着语言,在此,语言绝不是隐喻的用法(263)。本雅明对语言的理解至少向我们昭示了两点:其一,语言有着共同的起源,这是语言"可译"的保证,在《翻译者的任务》中,他所强调的正是通过翻译活动解放被囚禁在人类自身语言之中的纯语言,以显现人类语言回归亚当语言的可能性。其二,语言是一种无处不在的精神表达,它没有任何言说的对象或接受者,它只向上帝传达自身(266)。从某种意义上说,这正是《圣经·约翰福音》关于"道即上帝"的另一种表达。这种语言观强调语言与精神、哲学与神学的内在统一性,其内在的精神实质是把人类的语言行为视为一种超越的体验。认识到本雅明这种超越的语言观是理解他艺术理念的关键所在。在《翻译者的任务》一文中,他声称"任何一首诗都不是有意为读者写的,任何一幅画都不是有意为观者画的,任何交响乐都不是有意为听众作的"(279)。在此,本雅明并不是要像唯美主义者那样强调艺术的自在性,而是意在说明艺术是走向上帝的超越体验。因为,艺术就是面向上帝的精神表达,我们"在艺术/语言中"感受超越,而不是"通过艺术/语言"来交流信息。

　　说本雅明是"亚当理论"的继承人不会引发什么异议,但是,断言维特根斯坦是洛克语言思想的传人可能会招致质疑。的确,在其早年的《逻辑哲学论》中,他就注意到语言的"不可言说性"而致力于为语言研究划出疆界,主张"凡是不可说的,对它就必须沉默"(105)。后期的他更是着力批判以理性为基核的逻辑实证主义,但是,他的反理性倾向并没有让他在语言研究上走向"亚当理论",相反,他后期提出来的"游戏说"却在事实上掏空了语言的本质。在《哲学研究》中,他指出,语言技能不是先学习整套的规则再将其付诸运用,而是通过参加各种语言游戏自然获得的(24—27)。也就是说,语言的意义决定于语言使用中的具体语境,"一个词的含义就是它在语言中的用法"(33)。他指出,试图在语言现象中找出一个共同之处只能是徒劳,因为,它和所有游戏一样,彼此之间没有必备的、定义性的共同特征,有的只是建立在盘根错节的复杂网络之上的"家族相似性","我们根本不是因为这些现象有一个共同点而用同一个词来称谓所有这些现象"(48)。维特根斯坦的游戏观绝不意味着语言就是"说着玩",它是一种既不被动地取决于规则,又依赖我们对规则的理解和遵从的社会实践。通过对语言游戏本质的揭示和对游戏规则的强调，维特根斯坦把意义的生成看成是具体语境下的实践过程。在这样的过程中，上帝隐身了，不再是意义的终极生产者。语言与上帝的天然联系不复存在，借由语言而体验超越的任何努力自然不过是痴人说梦。由此，"反理性"的维特根斯坦以其悖论性的理性运思，颠覆了语言的本质主义神话，成为"洛克传统"事实上的继承人。

三、《占乩板旁的对话》的语言路线之争

有学者指出，普拉斯的早期作品是对基督教信仰的全面否定，后期作品则有明显的奥教倾向（Materer,132）。在我们看来，她的奥教倾向与20世纪上半叶英美诗坛的神秘主义回潮以及泰德·休斯的影响有着深厚的渊源。在现代主义诗歌潮流中，叶芝、庞德、T. S. 艾略特以及D. H. 劳伦斯等人纷纷以"新异教立场"投身到复兴英美诗歌的努力之中（Kearns,82—83），而在随后年轻一代（如迪伦·汤玛斯、西奥多·罗特克以及休斯等）的作品中，神秘主义氛围也非常浓郁。这些人大多数对普拉斯的诗歌创作产生过重大影响，尤其是休斯，正是在他的影响下，普拉斯变得比以往更为"迷信"，对以占星术、塔洛牌和占乩为代表的奥教文化产生了浓厚的兴趣（*Letters Home*,280）。休斯醉心于奥教的动机与此篇论文无关，但是，在《普拉斯诗集》的文后注释中，他把普拉斯对占乩的迷恋简单地看作是"偶尔自娱自乐"（276），显然过于草率。相比之下，阿瓦尔雷斯（Alvarez）对于普拉斯奥教倾向的理解就更有说服力：

> 她和她丈夫都相信奥教。作为艺术家，我觉得这很自然，因为他们俩都试图为自己焦躁不安的深层自我寻找出表现的手段。但是，我认为在他们的信仰之外还有某些因素的存在。……然而，虽说他们俩频繁地谈及占星术、睡梦和魔法——频繁到无法认为那仅仅是一时的心血来潮——我还是有一种印象，那就是：他们内心对待这些东西的态度是截然不同的……
>   在泰德的诗歌里，它们的效果（指奥教意象所产生的神秘性和

离奇效果，笔者注）通过对威迫感和暴力直截的、难以回应的表达来体现；而在普拉斯的诗歌中，虽然该效果经常更为强烈，但它们只不过是一种附带产物，源自作家难以克制对参悟事理的欲求。（28—30）

阿瓦尔雷斯的这段话为我们理解普拉斯的奥教倾向提供了一个非常有意义的视点，那就是，尽管普拉斯的某些诗歌具有神秘主义色彩，而且有时还十分浓厚，但那往往是她艺术手法的衍生效果而不是她的创作动机。这一视点为我们在更宏观的、社会、历史与文化层面上理解普拉斯的诗歌提供了理论支持。这篇文章正是在这样一种宏观的层面上，从语言哲学的高度，尝试着揭示作者掩盖在《占卜板旁的对话》游戏面纱之下的语言焦虑。

《占卜板旁的对话》中的游戏在一对夫妻之间展开，正如前面所说，占卜本身有着明显的语言隐喻，而在夫妻手下不断旋转的玻璃酒杯不仅喻指着两人的话轮更替和言辞交锋，更是"第三种声音"——潘神话语的传声筒。在希腊神话中，潘神是一位象征着生殖力和艺术创造力的牧神，而希比尔（Sibyl）则是一位女先知的名字，是神秘信仰的代言人。她的丈夫勒罗伊（Leroy）的名字源自法语，原意为皇帝，那是"语言就是法令"的话语独裁者。普拉斯对语言的关切从她对两位主人公的命名就可见一斑。而异教神灵的出场更为这样的关切涂抹上浓厚的神秘色彩。诗歌在希比尔对游戏的质疑声中展开：

那就去拿个酒杯来吧。但是我清楚今晚
和前几个夜晚没有任何区别：
彼此隔着咖啡桌相视而坐，
碰碰我们的运气，……

让我们假想
一面埃及，抑或希腊诸神的画墙，
诸神在墙面上向外张望，热切
却又带有干冰一样的冰冷刺痛。而时钟
清楚见证我们的寓言行动退化到一圈字母：

总数二十六。"是"与"否",外加一块光板。(*Collected Poems*, 216)

不难看出,希比尔的消极态度与她先前的失望经历有关,她的话使人觉得有一种力量总是让占卜的精神诉求退化、萎缩于无形。她以不得已的口吻接受丈夫玩游戏的建议,却从一开始就刻意回避精神话题,声称"除了彩票,遗嘱,/还有什么/是我们真想要了解的?"(278)勒罗伊关于询问创作、爱情和来世的建议也被她一一否决。倒是勒罗伊似乎更热衷于来世话题,指出潘神在彩票上的不灵验可能使"他更像一位哲学家"(277),并极力鼓动希比尔就来世话题发问。

随着对话的深入,潘神作为"共同话语"的意象逐渐明朗。两位主人公都意识到维持潘神在场的重要性,总是担心彼此的争执会令他懊恼而离去。但是,这个"共同话语"又始终岌岌可危,并最终随着玻璃杯的落地而粉碎。这种悲剧性的后果正是两人截然不同的语言观使然。

第一,希比尔是语言超越观的信徒,以其神秘的感知力成为本雅明思想的代言人。对于希比尔而言,神灵的重要性——不管他是潘还是其他什么神——首先在于他能否成为"沟通我们世界和他们世界的媒介"(281),抑或说,他能否跨越人类语言的界限,沟通超自然与人类自身。在同期创作的《占卜》中,普拉斯塑造出另一个希比尔式的说话人,为我们理解希比尔提供了一个极佳的例证:

> 一位阴气袭人的神灵,阴影的神灵,
> 从黑暗的深渊前来,附身玻璃杯上。
> 窗外,没有出生的和业已毁灭的,
> 与飞蛾脆弱的苍白相聚,
> 羽翅间闪现嫉妒的磷光。
> 朱紫,铜绿,炭火中的
> 太阳色无法为它们带来彻底的慰藉。
> 想想它们的极度渴望,暗不见底,
> 为了要收复自己血的热度。
> 玻璃杯口从我的食指上吸走血温
> 古老的神灵呓出语句作为回报。(*Collected Poems*, 77)

神灵的到来让说话人意识到某些幽灵般他物的存在,意识到生命在自我与他物之间的流动。这种生命的流动是人的词语化的语言和物的非词语化语言的对话,它超越人与物的边界,验证了两种语言的共同起源。同时,通过这种交流,说话人神启般地收获了更为纯粹的人类语言——诗歌,从而感受到走向上帝语言的可能性,在语言中体验到超越。换句话说,作为超越人类词语之上的交流,生命的流动是一首更为纯粹的无形之诗;而说话人以生命的温热换回的诗歌不过是这无形之诗的有形外衣而已。

同样,在《占乩板旁的对话》中,希比尔并不在乎潘神能否给现世的自我带来什么可感的神迹,而是希望他能够昭示一种可以沟通自我与另一世界的语言,实现与另一世界的存在者(主要是她的亡父)的对话。借用本雅明的观点,作为共同话语的象征,潘神的重要性不在于保障水平的人际交流,而在于他能否胜任"三种语言"间的翻译者角色,从而纵向地进行物与人、人与神的交流,为凡俗的人们带来超越的体验。所以,只要潘神的回答让这种体验看似可能,希比尔就会对潘神大加赞赏。例如,当潘神坚定了她来生世界的信念时,她感激他的客观公正;当潘神以"身披羽毛"回应她对父亲的天使猜想时,她再次对潘神赞誉有加(278)。面对勒罗伊的指责,希比尔坚定地表达出个人的信念,并且对他总是以冷峻的理性把自己拖曳回人类语言的界限之内表示不满,声称勒罗伊正在把潘神降格到一个假先知的地位:

> 我宁愿为了一位女巫而被捆上火刑柱,焚烧、卷曲
> 成为灰烬,也不愿意恭迎来自我们鄙俗自我的
> 可怜暴发户,一副先知装扮,狡猾地偷取
> 藏在我们自家橱柜中的石材
> 去搭建他伪善的塔楼。(*Collected Poems*,280)

希比尔宁愿像女巫一样,为了追求对某种超越力量的信仰而走上火刑柱,也不愿像勒罗伊那样用自我的意志绑架潘神,把后者变成自我意识的代言人。

第二,相对于希比尔的超越诉求,勒罗伊则是语言游戏观的拥趸,以其理智的判断力成为维特根斯坦理论的传人。对于勒罗伊而言,召

唤潘神的重要性恰恰因为他是生殖力和艺术能力的象征。与希比尔不同,勒罗伊对能否在占卜中感受超越无动于衷,他也无心迎接另一种语言的灵显。他理性得过于尖刻,像对待庄稼一样"种植和养护"神灵(280),声称希比尔的信仰就像蒙着眼睛给玩具驴子安装尾巴一般可笑(283)。他把希比尔"天使翅膀"的猜想贬低为"虫豸的羽翼"(279);把希比尔心中神圣的"上帝的馅饼"和"上帝的头颅"看作是她"摘自自我任性之树上的两颗果实"(283)。他召唤潘神的目的仅仅是出于他对艺术创造力的渴望,因为在西方文化里,自然的生殖力向来是艺术创造力的天然隐喻。占卜作为一种交流、合作的平台,使对话双方相互借鉴、激发灵感成为可能。因此,在勒罗伊看来,潘神绝不是什么不可言说的象征,他只不过是两人理性运思的产儿,是融汇两人智慧的优生子,一个需要不时打一顿屁股的小懒虫(281)。正如希比尔对他的批评:

> 而你,渴望
> 了解我们才艺的深浅:娇惯着潘,
> 就像他是我们头生的淘气包
> 融汇了你我的才智,
> 聪明的孩子,将来会以娴熟的格律
> 创作古怪的诗篇,只要现在以责骂
> 或者微妙的鼓励要他多加吟诵。(*Collected Poems*,280)

可见,潘神对勒罗伊而言,仅仅是一个被掏空了实质的语言隐喻。占卜无关乎超越,只是一场游戏,一种通过夫妻情智合作来推进诗歌创作的实践。同维特根斯坦强调游戏规则一样,勒罗伊对希比尔一次次打破游戏规则感到十分懊恼,指责希比尔"从来不在食言上浪费时间":

> 你会取消他的神灵资格,只要
> 他倾向在你最爱话题上证实
> 笼罩在你心头的丝丝不祥;可是
> 你会在他再次施展魔法之前
> 为他签发一张神界的通行证。(*Collected Poems*,281)

勒罗伊显然无法体察到希比尔打破游戏规则的内在动机。对于一位愿意为信仰而献身的"女巫式"人物来说,希比尔关心的并不是勒罗伊所看重的诗歌创作。她的终极关切总是指向一个无法言说的、符号之外的超越世界,而语言的重要性仅仅在于它是表达内心体验不得不依靠的外在交流手段。安德希尔(Underhill)曾经指出,言语表达对神秘主义者来说虽然必不可少,却又仅仅是他们超越体验的低劣象征,(125—126),作为人类艺术的一部分,再完美的诗歌语言也摆脱不了人类语言的先天不足。正如本雅明所言,诗歌、音乐和美术等人类艺术仍然是不纯净、不够完满的语言,人类心灵追求的是靠近上帝语言的那种没有什么不可表达的纯粹性(276—277)。因此,纵然潘神来自另一个世界,只要他被限定在人类语言的疆界之内,他就不可能成为一个真正称职的中介、一个合格的"翻译者"。勒罗伊在诗歌这样一个存在于人类语言疆界之内的话语层面上理解潘神,必然会招致一直试图超越这个疆界的希比尔的不满。

第三,希比尔与勒罗伊的语言路线之争,也在更深刻的层面上反映了当代社会语境下对话语权力的争夺。正如伊格尔顿在评价伽达默尔基于语言游戏观之上的对话理论时所指出的,伽达默尔在把历史视为无休止的对话时,忽视了历史中意识形态的问题。所谓的对话往往是掌权者对无权者的独白,或者即便真有对话,双方也很难居有平等的地位(64)。类似的不平等也清晰地体现在这对夫妻间的占卜游戏中。那就是,在"上帝声音已经很微弱"(281)的今天,超越信仰和理性精神从游戏一开始就不是以平等的姿态出现在我们面前。希比尔显然意识到了这一点,开始时并不愿意卷入游戏,一旦游戏开始,她又刻意回避类似的话题。她应该清楚,面对勒罗伊这样的强势话语的代言人,她在语言中体验超越的梦想注定只能是自己一厢情愿的幻想。而勒罗伊所强调的游戏规则从一开始就是理性的产物,是继启蒙运动而来的、对知识与智慧的浮士德式欲望的体现。面对勒罗伊指责她对潘神的不忠("你并不真地在乎奏响芦笛的/次等小精灵是谁,吹的什么曲儿")以及她信仰的盲目("你需要/世间万物皆带神谕,好牢牢/守住自己的信仰")(280),希比尔反唇相讥,他也一样有着顶礼膜拜的偶像,在他所谓的规则背后,是理性主义者的支配意志,是希望通过集体创作来丰富个人想象力、强化个人话语权力的深层动机。

你也会跪着
直到它结束，然后偷偷寻找
喇叭的电线，像合乎逻辑的论点
拉扯到隔壁的房间。如果
你能如福尔摩斯般发现一面白墙
你就会视内心的话语俨然出自上帝
足以让喋喋不休的鸟儿站满树枝。(*Collected Poems*，230)

膨胀的理性让勒罗伊大有取上帝而代之的野心，他把自己的语言视同上帝的创世语言，可以在言说中创造万物。希比尔清楚地看出，她眼中沟通两个世界的潘神，正在蜕变为"我们两人直觉的傀儡"(*Collected Poems*，219)。她眼看着自己借由语言体验超越的原初动机正转化为一场围绕话语权力的争斗："这块木板就是我们的战场"(*Collected Poems*，284)。因此，希比尔对勒罗伊的谴责，从另一个层面上说，是对勒罗伊以自我的理性绑架他人信仰的不满。

这样鲜明对立的语言观，这样截然不同的话语立场，必然令这对夫妻的占乩游戏难以为继。希比尔拒绝妥协，一怒之下把玻璃杯摔得粉碎。玻璃杯的破碎意味着潘神的离场、对话的终结。不管两人对潘神的在场有着怎样迥异的精神诉求，这种后果都标示着沟通渠道的丧失，显然不是两人愿意看到的。因此，玻璃的碎片令勒罗伊顿觉阵阵寒意，而希比尔也感到房间里哀伤弥漫(*Collected Poems*，285)。在哀伤中，两人感受到裂痕在生成、扩大：

勒罗伊：我看到裂痕的出现
在客厅里扩大成圆而枷锁中苍白的你，横跨裂缝两侧，
我爱之人的幽灵。
希比尔：我见到分歧在阴暗之上盛开，鲜艳、怪异
胜过所有兰花。(*Collected Poems*，285)

随着游戏的终结，回到现实中的夫妇彼此声称要"忘掉/这座迷宫""发誓/不让猜忌在言语争执中/化为教条"(*Collected Poems*，286)，但是，这与其说是安慰对方，不如说是纾解自己，以至于诗歌结尾处的一

连串祈祷也显得越发苍白、无力：

> 希比尔：但愿时代的礼数可
> 以支撑我们度日。
> 勒罗伊：但愿所有的思想和
> 行动，在关键的时刻，
> 都足以见证我们的意图。
> 合：但愿灯火熄灭之际，
> 两个真实的人能在真实的房间里共呼吸。(*Collected Poems*, 286)

　　总而言之，作为语言的隐喻，占乩对于希比尔而言，宛如本雅明的"翻译"过程，以追求终极意义为目标。这其中，作为共同话语的象征，潘神扮演着本雅明笔下"纯语言"的角色，昭示着人类语言走向"亚当语言"的可能性。希比尔神秘、感性的话语表达出她对超越体验的渴望。这样的渴望让她无视任何规则的束缚，一次次打破理性逻辑的边界。而对于勒罗伊来说，占乩就是面向当下的艺术创作过程，它犹如游戏，没有什么本质意义可供追寻；潘神也不过是两人合作意志的产儿，是诗学能力的见证人或仲裁者。勒罗伊冷峻、理性的裁断出于他对集体创作的期望。这样的期望让勒罗伊希望希比尔能够遵循规则，理智地把游戏进行到底。不难看出，普拉斯通过一场占乩游戏，描画出当下语境中人们对语言的不同精神诉求，表达出诗人自己对于语言问题的深刻关切与焦虑。正如我们在文章一开始的时候所强调，这首诗歌具有明显的现实指涉性。这一事实让我们有理由相信，希比尔和勒罗伊在一定程度上是现实中普拉斯和休斯的化身。那么，普拉斯在这首诗歌里所表达的就不仅仅是对语言本质的焦虑，而在更深刻的层面上反映出现实中其与休斯在艺术创作、社会话语权力乃至人生价值与信仰等诸多领域的不和谐。联想到本诗创作于两人婚后不久的1957年，诗歌中希比尔和勒罗伊的争执似乎也预兆了现实中普拉斯与休斯未来的不幸。

四、结语

普拉斯不是一位哲学家,不可能在诗歌创作的过程中想着抽象、深邃的语言哲学问题。但是,关于语言的哲思却宛如幽灵,一直游荡在西方文学的场域上空,20世纪的英美诗歌更是如此。从埃兹拉·庞德在文化造血的高度上创造性地理解中国语言,到 T. S. 艾略特在《四个四重奏》中对语言与精神超越关系的冥思,再到垮掉的一代以反文化的语言对抗主流思想的运动,文学从来就没有割断与语言哲学问题的关联。究其根本,语言哲学问题是人类生存问题的直接反映,语言哲学史上两条路线的争执本质上反映出特定时代背景下两种人生态度的对抗。无论诗人和哲学家的思想有着怎样的天壤之别,共通的生存体验却往往可以让他们产生类似的时代关怀。作为一位创造性运用语言的天才,一位以强烈感性体验人生的作家,普拉斯的创作本身虽然没有太多的哲学运思,但是隐含在其人生感悟之下的语言焦虑为我们从语言、文化高度之上理解其作品提供了合理性保障。

注解【Notes】

① 肯尼斯顿根据学术侧重把研究普拉斯的学者分为四类:传记类研究,如 David Holbrook,Edward Butscher,Diane Middlebrook,Jacqueline Rose 等;神话类研究,如 Judith Kroll,Ted Hughes,Jon Rosenblatt 等;女性主义研究,如 Sandra Gilbert,Lynda Bundtzen,Susan van Dyne 等;文化研究,如 Margaret Dickie Uroff,Robin Peel,Tracy Brain 等。(Keniston,140 - 41)

② 《圣经·约翰福音》开宗明义:"太初有道,道与上帝同在,道就是上帝。"这里的道就是逻各斯,就是语言。

③ 伽达默尔指出:"我在书中先是讨论艺术游戏,然后考察了与语言游戏有关的谈话的语言基础。……这样,我就必须在我业已扩展到语言普遍性的本体论观点中重新召回游戏概念。这就使我把语言游戏同艺术游戏(我在艺术游戏中发现了诠释学典型现象)更紧密地相联系。这样就显然容易使我按照游戏模式去考虑我们世界经验的普遍语言性。"(伽达默尔,631—632)

引用文献【Works Cited】

Aarsleff,Hans. *From Locke to Saussure*. Minneapolis:U of Minnesota P,1982.

——. "Language and Victorian Ideology."*American Scholar* 52.3 (Summer 1983)：365 – 372.

Alvarez，Al. *The Savage God*：*A Study of Suicide*. New York：Random，1971.

Bassnett，Susan.*Sylvia Plath*：*An Introduction to the Poetry*. 2nd ed. New York：Palgrave Macmillan，2005.

Benjamin，Walter.*The Selected Essays of Walter Benjamin*. Eds. Chen Yongguo &Ma Hailiang. Beijing：China Social Sciences Press，1999.

［本雅明：《本雅明文选》，陈永国、马海良编，北京：中国社会科学出版社，1999 年。］

Bundtzen，Lynda. *The Other Ariel*. Amhurst：U of Massachusetts P，2001.

Eagleton，Terry.*Literary Theory*：*An Introduction*. 2nd ed. London：Blackwell，1996. Rpt. Beijing：Foreign Language Teaching and Research Press，2004.

Gadamer，Hans-Georg. *Truth and Method*. Trans. Hong Handing. Vol. 2. Shanghai：Shanghai Translation Publishing House，1999.

［伽达默尔：《真理与方法》下卷，洪汉鼎译，上海译文出版社，1999 年。］

Kearns，Cleo M. "Religion，Literature，and Society in the Work of T. S. Eliot." *The Cambridge Companion to T. S. Eliot*. Ed. David Moody. Cambridge：CUP，1994. Rpt. Shanghai：Shanghai Foreign Language Education Press，2000. 77 – 93.

Keniston，Ann. *Overheard Voices*：*Address and Subjectivity in Postmodern American Poetry*. New York：Routledge，2006.

Locke，John. *An Essay Concerning Human Understanding*. 25th ed. London，1825. 〈http：// www.archive.org〉

Materer，Timothy. Occultism as Source and Symptom in Sylvia Plath's "Dialogue over a Ouija Board." *Twentieth Century Literature* 37 (1991)：131 – 147.

Peel，Robin.*Writing Back*：*Sylvia Plath and Cold War Politics*. Madison：Fairleigh Dickinson UP，2002.

Plato.*The Complete Works of Plato*. Trans. Wang Xiaozhao. Vol. 2. Beijing：People's Publishing House，2003.

［柏拉图：《柏拉图全集》第二卷，王晓朝译，北京：人民出版社，2003 年。］

Plath，Sylvia. *Collected Poems*. Ed. Ted Hughes. New York：Harper & Row，1981.

——. *The Journals of Sylvia Plath 1950-1962*. Ed. K. V. Kukil. London：Faber，2000.

——. *Letters Home*：*Correspondence 1950-1963*. Ed. Aurelia Plath. London：Faber，1975.

Rose，Jacqueline. *The Haunting of Sylvia Plath*. Cambridge：Harvard UP，1991.

Underhill，Evelyn. *Mysticism：A Study in the Nature and Development of Spiritual Consciousness*. 12th ed. Minaola：Dover Publications，2002.

Vendler，Helen. "James Merrill." *James Merrill*. Ed. Harold Bloom. New York：Chelsea House，1985. 69－93.

Wagner-Martin，Linda. *Sylvia Plath：A Biography*. New York：Simon & Schuster，1987.

——. *Sylvia Plath：A Literary Life*. New York：Palgrave Macmillan，1999.

Wiki.〈http：//en.wikipedia.org/wiki/Ouija〉

Wittgenstein，Ludwig. *Tractatus Logico-Philosophicus*. Trans. He Shaojia. Beijing：The Commercial Press，1996.

［维特根斯坦：《逻辑哲学论》,贺绍甲译,北京:商务印书馆,1996 年。］

——. *Philosophical Investigations*. Trans. Chen Jiaying. Shanghai：Shanghai People's Publishing House,2001.

——.［《哲学研究》,陈嘉映译,上海人民出版社,2001 年。］

作者简介：杨国静,上海财经大学副教授。

原文载于《当代外国文学》2009 年第 3 期。

论卡弗短篇小说简约中的丰满

李公昭

    1981 年,雷蒙·卡弗发表了他的第三个重要短篇小说集[①]《我们谈论爱情时谈论什么》,[②]将美国简约派小说创作推上了一个高峰,卡弗也从此被贴上"简约主义"(minimalism)作家的标签,并以其删减至骨的风格使其成为美国 80 年代简约派的领军人物。[③]

    简约主义原本是西方 20 世纪 50 年代在建筑、音乐、绘画等方面兴起的一场艺术运动,其特点是内容与形式上的简约与冷峻风格,目的在于让观赏者能够不受主题、构思、流派等因素干扰,全身心地沉浸于艺术欣赏中。在谈到 60 年代简约主义视觉艺术时,金·莱文指出:"简约主义是一种没有内部关系的艺术,是一种由割裂的立方物体、静态与不变的块状形式组成的减法艺术。"(Levin,28)[④]

    艺术上的简约主义运动极大地影响到了美国当代文学的创作。弗雷德里克·卡尔教授将简约主义文学归人后现代派创作,认为简约主义聚焦在"省略"与"间断"(intermittence)上:"在此类作品中,读者意识到字与字之间的空间,……沉默……每一个真正的简约主义作品都是一个极其大胆的举动:是一个通过否定真实(negating the real)以达到展示或揭露目的的做法。"(Karl,384—385)[⑤]在《关于简约主义的几句话》中,约翰·巴思更是对简约主义的渊源、发展、特点、表现等一一梳理、逐个点评,被卡弗称为是对简约主义文学的最好论述。[⑥]文章将其特点归纳为"紧凑、间接、现实或超现实、情节简约、外省、表面冷静",具体表现为三个方面:

    一是,单元、形式与篇幅的简约。运用短词、短句、短段落、小小说。

    二是,风格的简约。用词朴素、句法简单,不用圆周句、连环谓语、主从结构、修辞装饰、比喻语言,语调平淡,无感情色彩。

三是,材料的简约。即用最少的人物、最少的叙述、最少的背景描述、最少的行动、最少的细节。(Barth,2)⑦

卡弗的创作风格很好地体现了卡尔与巴思对简约主义创作策略的看法。在篇幅上,卡弗的短篇小说多数只有两三千字,短的如《我们谈论爱情时谈论什么》中《受欢迎的技工》甚至不到三百字。在语言上,卡弗充分运用沉默、空白、省略、否定、脱漏(gaps)、暗示、不完全叙述等策略制造出一种开放文本。往往一句话、一个意思只写一半或大半,其余的留给读者自己根据作品的上下文和自己的生活体验去揣摩体会。在情节上,卡弗一改"开头—发展—高潮—结局"的传统叙述模式,故事往往从被叙述事件的中间开始,到他认为该结束时便戛然而止,既无任何圆满结局,更不会为读者提供所谓的答案。此外,卡弗的作品基本无传统意义上的情节,他所撷取的只是生活中的一个场景、一个片段、一段对话。即使是十分有限的细节也是一再压缩,给人一种情节不完整、意义不确定的感觉。习惯于传统写作方法而又初读卡弗作品的读者往往会在一篇作品读完两遍甚至三遍后仍一头雾水,不知所云。如《我们谈论爱情时谈论什么》中的第一个短篇《何不起舞?》:一位中年男子在傍晚时分将所有家具搬到院内,一对路过的青年男女以为在甩卖旧货,便上前讨价还价,男主人不仅满口答应,还请他们在院子里喝酒、听唱片、跳舞。事后女孩逢人便说此事,"过了一阵,她不想说了"(10)。在这么一个不到两千字的"干巴巴"的片段中,卡弗想说明什么? 在第七个短篇《洗澡》中,故事女主人公安·威丝为儿子 8 岁生日到面包房订了生日蛋糕,并计划举办生日聚会,但就在生日的上午儿子出了车祸,被送进医院。威丝太太和丈夫焦虑不安地守候在昏迷不醒的儿子旁,其间先后回家洗澡,每次都会接到在他们听来是莫名其妙的骚扰电话。故事在没有结尾、没有答案、令人恐惧的沉默和不确定中戛然而止。这些电话来自何人? 是面包房还是医院? 是催取蛋糕,还是通知儿子的病情? 一切只有靠读者自己去想象。

在谈到卡弗作品的极简特性时,著名文学评论家弗兰克·科摩德指出,"卡弗的作品形式是如此地节俭,以致读者得在读完作品后好一会儿才能领悟到作品中哪怕最不起眼的一支笔也表现了整个文化和整个道德状况"。但卡弗"如此地节俭"也招来了一些评论家的非议,认为卡弗所代表的简约派创作手法过于"贫乏",像是患了"厌食症"。卡弗的作品被形容成"冻得干巴巴的小说",卡弗的现实主义也被说成是一种"经济超市(K-Mart)式的现实主义"。(Nordgren,69)⑨詹姆士·埃特勒斯在《大西洋》月刊上发表评论认为卡弗的人物"没有性情、没有个性、没有性别、没有种族、没有阶级、缺乏快感,就好像是实验室切割出来的产品",因此"给人一种饥饿感,令人渴望油腻、质感、暴食。"(Atlas,97)埃特勒斯甚至将卡弗的作品比作纽约曼哈顿方方正正的玻璃大楼,看上去只是一个个的平面,没有任何细微变化。⑩

似乎是受到了上述批评的影响,1983年卡弗发表了他的第四个重要短篇小说集《大教堂》。在该短篇小说集中,卡弗对自己的叙述策略做出了重大调整,大有从此告别简约、拥抱丰满之势。其中《一件小小的好事》(以下简称《好事》)便是揭示卡弗从简约到丰满这一变化的典型例子。

《好事》是《洗澡》的改写版、丰满版。在《我们谈论爱情时谈论什么》中,《洗澡》只有三千来字,《好事》则扩充了三分之二的篇幅,达一万字之多。《洗澡》以威丝太太接到一个"不祥"电话结束,整个故事制造出一种不确定、因而不祥的基调,让人更多感受到的是生活中无处不在的"威胁"(menace)。《好事》不仅延续了故事的情节,还化解了威丝夫妇与面包房老板之间的冲突,故事在大团圆的气氛中结束。不仅在情节上,在语言上,《好事》也变得十分丰满。《洗澡》中沉默、省略、空白、脱漏的地方被一一填上。原来那种中性、冷漠、不确定的叙述被具有人性化的叙述取代。试比较《洗澡》与《好事》中,化验员来给孩子抽血时的描述与对话:

> ……护士走进来。医生走进来。
> 一个化验员走进来抽血。
> "这我不懂。"母亲对化验员说。
> "医嘱。"化验员说。(《洗澡》,53)

> ……护士们,和前一夜不同的护士们时不时走进来。这时一位化验室的年轻女人敲了敲门走进来。她穿一条白色便裤,上面是一件白色罩衫,手里端着一个装着东西的小托盘,她把托盘放在

床旁的架子上。她一声不吭地从男孩的胳膊上抽血。霍华德闭上双眼，女人找到了男孩胳膊上合适的地方，把针头扎了进去。

"这我不懂。"安对女人说。

"医嘱。"年轻女人说。"让我干什么我就干什么。他们说抽那人的，我就抽。他到底怎么了？"她说，"他可真可爱。"⑪

（《好事》，386）

《洗澡》中，"医嘱"两个字的极简回答表明化验员不愿交流和对威丝太太不幸遭遇的冷漠态度。而在《好事》中卡弗不仅用"年轻女人"取代了不知性别的化验员，还增加了对她衣着的细节描写。在回答威丝的问题时，她也表达了自己对病人和家属的关切与同情。此外，值得注意的是《洗澡》中只有母亲和男孩有名字，其他人都只是"那个丈夫""那个医生""那个护士"，而在《好事》中，我们不仅知道母亲和男孩的名字，还知道丈夫叫作霍华德，医生叫作弗朗西斯。日本学者桥本广曾对《洗澡》和《好事》做过细致的比较研究，指出两个版本存在着 5 个方面的变化：

（1）普通名词（母亲、父亲等）到专有名词的变化。

（2）刻板人物到具有细腻心理活动和个性人物的变化。

（3）异化、无契合、缺乏同情或交流的人际关系到具有同情、兴趣、休戚与共的变化。

（4）日常生活中的威胁到愈合、新生的变化。

（5）残篇、相似的名词和名词短语到叙述和长句的变化（Hashimoto，116）。⑫

与冷峻简约的《洗澡》相比，《好事》内容丰满、情节完整、结局圆满、人情味十足，显然更受读者欢迎，也因而获得 1983 年的欧·亨利短篇小说奖。卡弗本人也更喜欢后一个版本。在接受麦克弗里教授的采访中，他明确表示《好事》具有许多乐观主义因素，作品的风格也较为丰满、慷慨。因此，尽管有人喜欢《洗澡》，但他本人认为《好事》写得更好。⑬ 此对于自己被贴上"简约主义"的标签，卡弗颇不以为然，曾多次表示了自己对该标签的反感："这个词让人联想到狭窄的视野与有限的能力……的确我尽量删除故事中每一个不必要的细节，尽量将词语删减到骨头。但这并不意味着我就是一个简约主义者，即使是，那也只限于《我们谈论爱情时谈论什么》一书。"[13]通过比较分析《洗澡》和《好事》,本文也正是为了得出和卡弗一致的结论,即卡弗不是简约主义作家。

卡弗反对自己被贴上简约主义标签是完全可以理解的,因为:首先,简约主义的确不代表他所有的创作风格——《我们谈论爱情时谈论什么》之后发表的作品,无论是新作还是重写,的确具有明显的丰满倾向;其次,任何作家都不会喜欢被贴上某个标签,限定为某一风格或流派,就像托尼·莫里森不喜欢被贴上"魔幻现实主义"的标签,或某位著名演员不喜欢被说成是"小品演员"一样。但显然,卡弗反对简约主义的理由是不充分的。事实上,简约并不一定"视野狭窄"或"能力有限"。巴思认为简约主义是继承了圣经、神谕、谚语、格言、警句、箴言等写作传统:"简洁是智慧的灵魂""沉默是金"。简约主义风格存在于所有的历史时期与文化中。美国六七十年代兴起的"表面冷静的现实简约主义"(巴思语)文学也是其所在社会、历史、文化的反映,巴思将其归纳为六个方面。[16]对于卡弗而言,形成他简约主义风格的还有两个重要原因,即他所接受的影响和他早期贫困生活的背景。

在《我们谈论爱情时谈论什么》发表前两个月,卡弗在一篇后来题名为《论写作》的文章中谈到他如此简约创作的方法来源于三句话。一是埃兹拉·庞德的名言:"陈述基本精确是写作的唯一道德准则。"二是俄国短篇小说作家契诃夫故事中的一句话:"……突然一切在他心里清楚起来。"三是杰夫里·沃夫的忠告:"不要耍廉价的伎俩。"最后一句被卡弗扩展为"根本不要耍伎俩","一进去就出来,不要耽搁这三句话不仅是对卡弗创作方法的最好概括,也为我们阅读与理解卡弗作品提供了一把钥匙,那就是卡弗的短篇小说是在思想表达"基本精确"的前提下将情节一再压缩,将语句一再简化。然而,就写作风格而论,对卡弗影响最大的应是海明威的"冰山理论"(即八分之七的叙述淹没在文本的表面之下)和他的省略原则:"你可以省略任何你知道你可以省略的东西,省略的部分不仅可以强化你的故事,而且还能让大家除理解外感受到什么。"[17]卡弗的老师,著名作家约翰·加德纳也给过他类似教导:"如果能用 15 个字,而不是 20 或 30 个字说出来,那就用 15 个字说。"[18]显然,海明威和加德纳的简约理论成为卡弗创作的基本指导思想。每完成一个作品的初稿,卡弗都会进行反复修改、删减,甚至重写。他说:

"我一直喜欢把句子拿出来,把玩、重写,把句子删减得看上去比较坚实。"⑩有些短篇的修改竟多达三四十稿。在被问到修改后作品会删掉多少时,卡弗答道:"很多。如果第一稿有 40 页,在完成时通常只剩下一半。"⑳在这方面,有一个人物是不能不提的,那就是《我们谈论爱情时谈论什么》的责编——戈登·里什。通常里什会把卡弗短篇小说中的情感宣泄部分尽数删去,使故事更具张力,因为他强烈地感受到卡弗作品透射出一种独特的"灰暗感"(bleakness)。在他看来,这正是卡弗作品最为显著的特点,而简约艺术的"零情感体验"便是传达这种灰暗特点的最有效手段。㉒

　　卡弗的"灰暗感"与他贫困的生活背景密切相关。他出生于俄勒冈州西北一个只有 700 多人口的克拉茨坎尼镇,三岁时全家迁往华盛顿州东部的亚基玛林区。父亲是林区木料加工厂的锉锯工,母亲在餐馆做记账兼侍者,全家过着十分贫困的生活。卡弗曾回忆他们家"在很长很长的时间里都买不起一辆车……"并且"在很长很长的时间里家徒四壁,空空如也"。㉓他就是在这样的环境中长大的。1957 年,刚过 19 岁的卡弗娶了年方 16 的玛丽恩·柏克,6 个月后便生下了女儿克莉丝丁。为了养家糊口,他不得不整日在外打工挣钱,甚至做过医院的门房。但即使这样,还是入不敷出,于是妻子不得不去做女招待或小贩。同年 10 月,儿子万斯又降临人世,使得他们本来已十分贫困的生活雪上加霜。早年生活的贫困与辛酸都被卡弗记载在自己的作品中,体现在他所创造的人物身上,如侍者、技工、邮差、车夫等。对于这些来自社会底层的扛活族,卡弗是再熟悉不过的。"你不是你的人物,但你的人物就是你自己。"卡弗如是说。㉔访谈中,他明确指出:"从本质上说,我也是这些迷乱困惑人群中的一个。我来自这样的人,好多年来都和他们一起扛活谋生……无论白天还是夜晚,只要听到有人敲门,或是听到电话铃声,他们就会心惊胆战。他们不知如何支付房租,也不知道冰箱坏了该怎么办。"㉕他们的生活中总是蛰伏着各种各样的经济、情感和婚姻等方面的危机与无奈,他们的家庭也总是处于崩溃与解体的边缘。面对生活的各种"威胁"与困境,这些缺乏教育、来自下层的体力劳动者既不善言辞(inarticulate),也不知如何与别人沟通与交流,只好通过沉默、酗酒甚至家庭暴力来宣泄他们对生活的不满与愤怒。因此,作为某种语言上的"客观对应物",卡弗运用省略、空白、沉默等手段来暗示他笔下人物的心灵困境；选择貌似"干巴巴"的、极简、极单调、极贫乏的语言来对应他们生活中的单调、空洞与无奈；采用间断、不完全信息、双重文本、开放性结尾等方式制造出一种不确定、不安全和存在主义的危机感。正是通过上述写作策略，卡弗才极其深刻精辟地表现了普通人"日常生活的可怕蕴意"。㉖

劳里·钱皮恩认为卡弗人物的沉默显示了他们缺乏与他人交流的能力，因此他的故事表现的常常是话语本身，反映了各种话语模式的后果。㉗尔·特拉斯勒指出卡弗的叙述是一个"排斥的话语"（discourse of exclusion），阅读卡弗是读者与作者对话的过程，没说的和说出来的话语之间存在一种辩证关系。㉘仍以《洗澡》为例。丈夫刚放好洗澡水时电话第二次响了起来，他摘下听筒，对方只说了两个字："好了。"在《好事》中，这个情节被改为："……但当他拿起话筒喊'喂！'时，线路那端没有任何声音。然后打来电话的人挂了电话。"在处理《好事》这个情节时，卡弗反而比在《洗澡》中变得更为吝啬，用完全的沉默取代"好了"两个字。然而这个沉默的效果却是震撼性的。可以想象，如果电话那头做出相对完整的陈述，告诉丈夫，他们为儿子定做的蛋糕好了，那么不仅这个情节不会产生震撼效果，而且整篇故事都将面临"崩盘"的后果。"好了"，而不说明什么好了，是一种不完整信息，客观上给人一种不确定和不祥的感觉。但如果连"好了"两个字都没有，则在该故事特殊的语境中立即制造出一种更加紧张不安的气氛，因此里卡多·索布莱拉认为："拿起电话却听不到对方的声音这么一个简单的举动听起来却像是一个巨大的灾难。激烈的情绪被压抑在沉默中，致命的人性崩溃危机通过作者精心建构的话语从字里行间暗示出来。"㉙迈克尔·伍德也认为："在卡弗先生的沉默中，有许多说不出的话被说了出来。"㉚"少即是多"（Less is more）。卡弗是深得这一悖论的精髓的。在他多数作品中，无论表现人物还是行动，卡弗都不着任何修饰，只是勾勒出故事的骨架，调动甚至依赖故事的省略或隐含部分来制造一种张力，让人在细细阅读、慢慢咀嚼、回味良久之后突然产生出一种内爆式的顿悟，感受到平实无华的文字所蕴含的一种可怕的力量与震撼的效果。

沉默与"好了"的例子表明，简约与丰满可以是一种辩证关系。精心建构的简约可以制造出"简约中的丰满"，而过分注重丰满则也可能会画蛇添足、适得其反，有损作品的艺术性。与《洗澡》相比，虽然《好事》在个别地方比《洗澡》还要简约,但总体来说情节完整、人物有血有肉、结尾乐观圆满、整个作品"几近完美"。㉛然而,我们也应看到,这种完美的结局缺少了《洗澡》那种特有的冷峻和揪心揪肺之感。《好事》无须读者太多参与——多数叙述与信息是完整的,没有留给读者许多读后的思考空间——就像看完了一出有开头、发展、高潮和结局的悲喜剧,读者在获得了自己想要了解的一切后,终于可以心满意足地合上书本,高高兴兴地离开书斋。原先开放性的文本"成长"为一个闭合性的文本。《洗澡》则因为文本中大量的空白、省略、沉默和开放性结尾而将读者置于一种始终不确定的境地,需要读者高强度地参与创作,充分发挥想象,读出文本可能隐含的意义,找到自己认为可能的答案。从这个意义上说,一百个读者阅读《好事》可能会得出一个相同的答案,而一百个读者阅读《洗澡》则可能得出一百个不同的答案。这似乎更符合卡弗的创作思想。他曾说要想干净利落地解决自己笔下人物和情景的问题是不合适的,在某种程度上也是不可能的。作者的任务,如果有的话,不是提供结论或答案。㉜在这一点上,"较为丰满而慷慨的"《好事》似乎背离了卡弗创作的初衷。事实上,卡弗不少后来发表或改写得丰满的故事都在得到丰满的同时或多或少地牺牲了其原有的冷峻、坚硬与简约。《好事》倒数第四段,面包房老板邀请威丝夫妇一起品尝新鲜出炉的面包卷,说,"在这样一个时刻,吃是一件小小的好事"(404),作品完全应该在回到标题句后立即结束,"一进去就出来,不要耽搁"。但卡弗又絮絮叨叨地写了三段,只是为了引出最后一句:"他们一直聊到清晨,窗户透出晨曦的微光,他们都不想走了。"(405)同样,在改写后的《这么多水,离家这么近》中,语句长起来,情感丰富起来,但初版的那种纯净与张力似乎少了许多。试比较妻子与丈夫间的一段对话:

【初版】

"你知道。"我说。

他说:"我知道什么了,克莱尔?

告诉我我该知道些什么。"他给我来了个自以为意味深长的一瞥。"她死了,"他说。"而且我和别人一样不好受。但她死了。"

"问题就在这里。"我说。(80)

【改写版】

"你知道。"我说,一边摇了摇头。

他说:"我知道什么了,克莱尔?

告诉我。告诉我知道什么。我什么都不知道,我只知道一件事:你最好别在这件事上做文章。"他给我来了个自以为意味深长的一瞥。"她死了,死了,死了,你听见没有?"他过了一会儿说,"真他妈的可惜,没错。

她是个年轻姑娘,真是可惜,我也不好受,和别人一样不好受,但她死了,克莱尔,死了。现在我们什么也别说了。求你了,克莱尔。现在我们就什么也别说了。"

"问题就在这里。"我说。"她死了。但你不明白吗?她需要帮助。"(217)

不难看出,"丰满版"尽管加进了许多情感色彩,但并没有增加更多实质性的信息,却比"简约版"长了近三分之二。原先需要读者凭借自己的想象去填补的省略与空白在"丰满版"中已由卡弗填满;原先文本中因为省略、空白而产生的多种可能和多重理解也因"丰满"而消失。批评卡弗作品"干巴巴"的人士从二元对立的角度出发简单地认定简约的形式等于贫乏的内容,缺乏质感的作品也必定是的了"厌食症"的作品,而忽略了简约与丰富的辩证关系。简约的作品可以言赅意深,甚至"不着一字,尽得风流"。相反,过于丰满的作品也可能因为"油腻"而给人一种餍足感,令人渴望清淡。

卡弗之所以在1981年后艺术观念发生重大变化从简约转向丰满也是和他生活状况的变化密切相关的。"我已不再酗酒,"他说,"也许随着年龄增长,我看到了更多希望。"[③]在和麦克弗里教授的访谈中,他再次表示自己的生活已不同以前:"现在我有了希望,而那时我没有希望——'希望'这儿的意思是信念。"[④]不难想象,在生活境遇得到了很大的改善,在生活展现出慷慨、希望与信念的一面时,卡弗的作品与创作思想自然也发生了很大的变化,情节与语言丰满起来,人情味浓郁起来,情感也丰富起来。威廉·斯多尔教授认为这些变化代表了卡弗从"存在现实主义"到"人道现实主义"的变化。[⑤]然而,纵观他的全部创作,简约仍然是他创作的艺术基调。菲利浦·卡森指出,尽管《好事》和

《大教堂》可能是最受读者欢迎的两个短篇,但具有讽刺意味的是,这两个短篇恰恰是最不代表卡弗创作生涯的,即使在他最后一个集子《我打电话的地方》中,重写或新创作的故事也都没有仿效这两个故事。㉟事实上,卡弗最大的艺术成就不是他表面的丰满,而是他洗尽铅华的简约,以及他透过简约风格和读者参与所共同创造的丰满。也许在美国当代作家中,只有卡弗真正成功地实践了海明威的"冰山理论"。

我们谈论雷蒙·卡弗时谈论什么?

答:他的简约、他的简约中的丰满。

注解【Notes】

① 此前卡弗实际已发表过三个短篇小说集,但第一个短篇小说集《将心比心》(*Put Yourself in my Shoes*,1974)只印了 75 册,不具影响,因此本文有"重要短篇小说集"之说。卡弗 1982 年发表的第五个短篇小说集《野鸡》(*The Pheasant*)只印了 176 册,因此在论述《大教堂》时也用"第四个重要短篇小说集"的表述。

② Raymond Carver,*What We Talk About When We Talk About Love*,New York:Vintage Books,1981.文中所引该作品的内容均出自此,由本文作者译出。下文只注出版年份与页码。

③ 尽管包括卡弗本人在内的许多人并不认可这个标签,但美国诸如《哥伦比亚美国文学史》《哥伦比亚美洲小说史》等权威文学史都把卡弗及其创作纳入"简约主义"创作范畴。约翰·巴思在"关于简约主义的几句话"一文中也把卡弗与 Frederick Barthelme,Ann Beattie 等人并称为简约主义作家。《哥伦比亚美国文学史》"当代小说"一章作者,Larry McCaffery 教授认为《我们谈论爱情时谈论什么》是迄今为止简约主义的"杰作"(见 Emory Elliott,*Columbia Literary History of the United States*,Part 2,New York:Columbia University Press,1988,p.1162)。

④ Kim Levin,"The State of the Art," *Beyond Modernism*:*Essays on Art from the 70's and 80's*.New York:Harper,1988,p.28.

⑤ Frederick R. Karl,*American Fictions* 1940/1980,New York:Harper,1983,pp.384 – 385.

⑥⑭㉒㉝㉟ Narshall Bruce(Sentry and William L. Stull,eds,*Conversations with Raymond Carver*,Jackson and London:University Press of Mississippi,1990,p.206,p.72,p.44,p.87,p.304,p.6.

⑦⑮⑯ John Barth,"A Few Words About Minimalism",*The New York Times Book Review* 28 Dec.,1986,p.2,p.2,p.2,p.25.巴思归纳的六个方面为:一是,越战的"民族后遗症",这是一场给美国人民带来深重灾难,让美国老兵"提都

不想提"的战争,反映在安·比蒂等简约主义作家作品中的便是一种回避式的、非内省的、简约主义的话语;二是,美国 1973—1976 年的能源危机让民众开始反思与批评美国浪费与挥霍的生活方式,与之并行的则是微型经济车与微型小说的兴起;三是,由于电视电影录像的泛滥,包括许多教师在内的年轻作家的读书时间大大减少,国民阅读与写作能力总体下降,简约主义也许正是与这种形势相适应的写作策略;四是,在美国的商业社会中,读者注意力的时限越来越短,很少有人具有闲暇与精力去阅读大部头的作品;五是,对以罗伯特·库弗、威廉·盖斯、托马斯·品钦,以及巴思本人为代表的"繁复主义"(maximabsm)或"大部头主义"(fabulism)创作倾向与他们冗长的、学院式的理性或"巴洛克"风格的逆动;六是,对美国广告中夸张语言的抵制,对商业或政治广告宣传中的操纵与谎言的反对,因此简约主义的口号是"该怎么就说什么"(Telling It Like It Is)。

⑧ 参见英文原版《我们谈论爱情时谈论什么》封底。

⑨ Joe Nordgren, "Raymond Carve," *Dictionary of Literary Biography*, Vol.130, Michigan: Gale, 1993, p.69.

⑩ James Atlas, "Less Is Less." *The Atlantic* 247, 6 June 1991, p.97.

⑪ Carver, *Where I'm Calling From*. New York: Vintage Books, 1989, p.386. 文中所引该作品的内容均出自此,由本文作者译出。下文只注出版年份与页码。

⑫ Hircmii Hashimoto, "Raymond Carver: Precisionist." *Tokai English Review*. No.5, Dec., 1995, p.116.

⑬⑲⑳㉓㉕㉜㉞ Larry McCaffery and Sinda Gregory, *Alive and Writing: Interviews with American Authors of the* 1980s, Urbana: University of Illinois Press, 1987, pp.68-69, p.75, p.75, p.80, p.78, p.77, pp.67-68.

⑰ William L Stull, "Raymond Carver," *Dictionary of Literary Biography Yearbook* Detroit: Gale, 1984, p.240.

⑱ Ernest Hemingway, *A Moveable Feast*, New York: Scribner's, 1964, p.75.

㉑ Carver, "The Paris Review Interview" *Fires*, Santa Barbara: Capra, 1983, p.203.

㉔ David Koehne, "Echoes of Our Own Lives" *Interview with Raymond Carver*, April 15, 1978. 〈http://world.std.com/ptc/rayarticle html〉

㉖ Gary L. Plsketjon, "Normal Nightmares", *Village Voice*, 18 Sept., 1978, p.132.

㉗ Champion, Laurie. "What's to Say: Silence in Raymond Carver's 'Feathers'", *Studies in Short Fictioin*. Spring, 1997, p.2.

㉘ Michael Trussler, "The Narrowed Voice: Minimalism and Raymond Carver", *Newberry College*, Winter, 1994, p.45.

㉙ Sobreira, Ricardo. "Talking About the Procedures of Raymond Carver". 〈http://world.std,com/-ptc/Carver-Article,html〉

㉚ Michael Wood, "Stories Full of Edges and Silences." *The New York Titties*, Books, 26 Apr., 1981, p.34.

㉛ 乔纳逊·亚德力在《华盛顿邮报图书世界》中撰文认为《洗澡》是一个优秀短篇,但《好事》则几近完美,参见 *Contemporary Authors*, New Revision Series, Vol.17, eds. Linda Metzger and Deborah A. Straub, Detroit: Gale, 1986, p.57。桥本广等人也认为,与《洗澡》相比,《好事》代表着作者在风格上进人了一个美学成熟的阶段。(Sobreira)

㉟ Phillip Carson. "Carver's Vision". 〈http://world,std.com/ptc/〉

作者简介：李公昭,杭州师范大学外国语学院教授。

原文载于《当代外国文学》2005 年第 3 期。

"一个代表他自己的别人的声音"

——约翰·贝里曼的抒情史诗《梦歌》

黄宗英

惠特曼曾经在《回首走过的路程》一文中回顾自己的创作生涯,觉得自己心中很早就萌发了这么一种愿望:"一种坚定不移的情感或抱负——用文学或者诗歌的形式,忠实地、毫不妥协地表达出一个不仅存在于美国社会而且与当今美国的重要思想及真实现实相吻合的、我自己肉体的、情感的、道德的、精神的、美学的个性特征;并且以一种较之以往任何诗歌与著作都更加朴实坦率、更为包罗万象的心眼来拓展这种富有时代脉搏的个性"①。约翰·贝里曼(John Berryman,1914—1972)1971年接受采访时说,《梦歌》的创作意图与惠特曼《草叶集》相似:"它的目的是要记录一个人物,使他清晰可见,让他接受种种考验,预示他将要面临的地狱,并通过他,预测这个国家的未来,并且将他与他的国家紧密联系。"②在谈论一位理想的诗人时,爱默生曾说:"诗人具有代表性。他在局部的人中间代表了完整的人,他提供给我们的不是他的财富,而是全民的财富。"③由于诗人代表着全民,因此爱默生认为,当"所有卑微的私心杂念荡然无存"时,"我变成了一只透明的眼球。我不复存在,却又洞悉一切。世上的生命潮流围绕着我穿越而过,我成了上帝的一部分或一小块内容"④。可见,美国诗人与民族的关系是不可分割的,个人与国家的关系也就成为美国现代长篇诗歌的一个重要主题。诗人往往透过个人视角放眼整个民族与时代的未来,置个人的情感于民族乃至人类的命运之中,融诗人抒情式的灵感与史诗般的抱负为一体。现当代美国长篇诗歌也因此成为形式与内容都很独特的抒情史诗。

一、"一个代表他自己的别人的声音"

贝里曼的《梦歌》共有三百八十五首,第一集出版于 1964 年,取名《梦歌 77 首》(77 Dream Songs),四年之后增补到三百零八首,改名为《他的玩具,他的梦,他的休息》(His Toy, His Dream, His Rest, 1968),时隔一年又增补到三百八十五首,更名为《梦歌》(The Dream Songs, 1969)。《梦歌》单卷本共分七部分,每首诗歌分三小节,每节六行;诗行齐整,节奏流畅。就形式而言,贝里曼的《梦歌》不同于艾略特的《荒原》、威廉斯的《帕特森》等 20 世纪美国长篇诗歌。他首先"构思了一部日记,一部梦的日记"⑤。其次,为了区别诗人与诗中人,贝里曼塑造了一个主人公亨利。贝里曼在《梦歌》序言注释中说:"这首诗,尽管角色众多,但都围绕着一个名叫亨利的虚构的人物(不是诗人,不是我),一个刚刚步入中年的美国白人,有时以一个黑人的面孔出现。他蒙受过不可挽回的损失,有时以第一人称叙述,有时用第二人称甚至第三人称说话;他有一位没有名姓的朋友,常常叫他博恩斯先生以及其他许多绰号。"⑥在一次访谈中,当问起为什么将《梦歌》称为一首歌时,贝里曼回答说:"哦,那是人物性格,那是亨利。……我之所以把它称为一首歌是因为我完全不同意艾略特的理论,诗歌非个性化理论。……我反对这个理论。在我看来,事情正好相反,诗歌起源于人物性格。"⑦艾略特通过运用"非个性化"诗学理论,在《荒原》中将诗人所谓"对生活的满腹牢骚"⑧变成了战后西方一代人的精神幻灭。但是,贝里曼是通过梦的形式,将一个时代的心声个性化了,使一个民族的、史诗般的话语变得个人化,更富有抒情的色彩。在 1970 年的一次访谈中,贝里曼对他与诗中人亨利的关系问题又做了这样的说明:"显然,亨利既是我又不是我。我们在一些地方是一样的。但是,我是一个活生生的人,而亨利只不过是一连串想法,我的想法。……他只做我让他做的事情。如果我已经成功地使读者感到他真实可信,那么,不仅诗中所提到的事情,他还可以做任何事情,不过需要读者的想象。那就是这个世界。"⑨贝里曼似乎有些自相矛盾,但也正是这种自相矛盾的艺术张力使他的《梦歌》同时具备了抒情诗与史诗的艺术魅力,贝里曼笔下的亨利不仅成为诗人自己的化身,而且可以是一个民族、一个时代具有普遍意义的代表。《梦歌》也因此有了史诗般的意义。

其实,贝里曼早就意识到自己在创作一部长篇"史诗"并将自己看成"一位纯粹的史诗诗人"⑩。但是,《梦歌》的结构与西方传统史诗大相径庭。《梦歌》中的"许多(诗)歌是按照字母顺序排列的;但是,绝大多数诗篇是围绕着主人公亨利在其特定时期里心中所面临的恐惧和充满的希望而创作的。这就是我的创作思路"⑪。因此,贝里曼认为《梦歌》"有一个情节",但是这个情节"就是亨利在这个世界上所表现出来的个性"⑫。贝里曼将形成《梦歌》独特结构的因素概括为以下四个方面:第一,《梦歌》是围绕着一个虚构的主人公以及他的生活环境和社会关系创作的;第二,《梦歌》的结构与创作这部长诗的十三年间诗人所涉及的有关宗教学以及相关学科的知识有着密切的联系;第三,《梦歌》分七个部分,但每个部分自成一体,结构时而严谨时而松散;第四,《梦歌》的创作与诗人个人生活的环境有紧密的关系。例如,贝里曼说,"假如他没有获得一笔古根海姆研究基金并决定将它用于支持自己在都柏林的生活,那么第七部分的绝大多数诗篇就不可能存在。我有自己的个性和计划,一个诗歌格律的计划——那是具有原创性的"⑬。然而,贝里曼这个所谓具有原创性的格律计划始终是一个包罗各种哲学和神学思想的个性,是一个开放式的格律计划:"从某种程度上看,亨利处于一个我们所经历的现实之中,也就是说,他和我一样,过去都不知道这个残酷该死的地狱将要发生什么。不论发生什么,他都必须面对,必须忍受。比如,他在第四部分中死了,但是在长诗的结尾,他仍然活着,而且还活的很好。"⑭显然,只有梦才是表达一个人心灵深处那黑暗、骚乱、狂暴、阴郁等情感的最佳艺术形式。因此,他觉得"弗洛伊德对梦的解释有些不对,或者说是完全错误的",梦不仅仅是一个人"孩提时期或者前一天经历的/艺术再现";"梦是一个人全部精神生活的/一幅全景画"⑮。在这个层面上,贝里曼的梦歌不仅是诗人自己内心的一种梦幻式的、支离破碎的情感外露,而是一个具有代表性的美国人的心路历程。《梦歌》也因此走出了一个瞬间的、个人的、抒情的情感世界,而进入了一个时代的、民族的、史诗般的精神世界。

在《梦歌》中,贝里曼让一个虚构的人物亨利以不同的人称进行言情叙事。这一手法可谓对现当代美国长篇诗歌创作的一大贡献。实际上,亨利相当于贝里曼个性的另一面,并且几乎与诗人的自我无法分辨。在《"我自己的歌":意图与本质》一文中,贝里曼不但阐明了惠特曼在诗歌中如何运用"我"这个第一人称代词,而且表达了他对这一代词的理解以及在创作中的应用:"对惠特曼来说,诗人就意味着一种声音……一个代表着他自己的、同时也代表着别人的声音;一个代表他自己的别人的声音——这就是我的意图。那么,别人指谁呢?——美国人民,人。一个声音——那就是,表达(不是创造)——表达已经存在的事物。"⑯与惠特曼笔下的那个包罗万象的"我自己"一样,贝里曼《梦歌》中的"我"也表现为一个个性,或者说一个声音,"一个代表着他自己的、同时也代表着别人的声音;一个代表他自己的别人的声音"。亨利只不过是诗人乔装打扮起来的一个虚构人物、一个虚构的声音,他毕竟不是现实中那个伤感、怀旧、自省的贝里曼,不是那个活生生的、"有社会保险号的贝里曼"。尽管惠特曼要在《草叶集》中"赞美我自己,歌唱我自己",但他始终没有忘记那个"一个人的自己",那个"'一个朴素',而不特殊,'脱离'而又属于'全体'的'现代人'"⑰。同样,贝里曼诗中的"我"既代表普遍意义的人(代表别人)又代表个人(诗人自己)。在同一篇文章中,贝里曼还引用惠特曼的话语:"《草叶集》……主要是我自己情感世界与个性的外露——自始至终自由地、完整地、真实地记录一个人物,一个人(我自己,在十九世纪下半叶,在美国)。"⑱

二、《梦歌 77 首》

贝里曼将《梦歌 77 首》(下简称《梦歌》)的前二十六首分成第一部分,并冠以"进去吧,黑人,时不再来"⑲的引言。引言用黑人的俚语写成,以上帝的口吻说出,似乎命运在召唤着亨利,让他面对人生,去拥抱生活。这个引言首先让我想起的是 17 世纪英国诗人罗伯特·赫里克(1591—1674)的抒情诗《致妙龄少女:莫误青春》。诗中第一节是这么写的:"趁早吧,快采那玫瑰花苞,/时间老人永在飞翔;/同一朵儿今天还在微笑,/明天就要枯萎死亡。"⑳其中第一行可谓流芳百世的名句,其意境与我国古诗词《金缕衣》中的"有花堪折直须折,莫待待无花空折枝"异曲同工。然而,假如我们细读贝里曼《梦歌》的第一部分,我们就会发现这个开篇引言中上帝的旨意似乎已经为时太晚。《梦歌》第一歌写道:

那天亨利怒冲冲地躲了起来，

他的心情难以平静，闷闷不乐。

我看出他的心事——想把事情说清。

他们以为他们能够成功，这种想法

使得亨利既鬼迷心窍又心灰意冷。

可是他本该出来并把事情说清。

整个世界就像一个毛纺的情人

似乎曾经站在亨利的身边。后来，突然离别。

此后，一切结果都出人意料。

亨利撬开心扉，毫不掩饰，

我真不知道他如何幸存下去。

他现在要讲的是一个很长的

可以容忍却令人吃惊的故事。

曾在一棵桑树上，我很高兴

在树顶上，我放声歌唱。

汹涌的海浪冲向大地

而每一张床铺已空空荡荡。（3）

    诗中第一节很容易让人联想到艾略特《阿尔弗瑞德·普鲁弗洛克的情歌》中那个"行动迟缓、性格阴郁、心情压抑、自我封闭"的普鲁弗洛克。普鲁弗洛克"有追求幸福与爱情的强烈愿望，却始终没有吐露真情的勇气"[21]。同样，贝里曼笔下的亨利似乎也有"把事情说清"的强烈愿望，但尽管"他的心情难以平静"，他还是"怒冲冲地躲了起来"，并感到"闷闷不乐"。尽管亨利因为某种想法而"鬼迷心窍"，但事情的结果可能每每使得他"心灰意冷"。既然无法拥抱世界，享受人生，那么他只好躲避现实，托梦于虚无了。然而，如何在这么一个连"情人"都是"毛纺的"虚无社会中"生存下去"呢？这是亨利心中始终无法解开的一个疙瘩，但同时也是贝里曼借助诗中人亨利之口道出的一个具有普遍意义的人生呐喊。莎士比亚笔下的哈姆莱特就曾经质问人生意义："是生存，还是死亡？"艾略特《阿尔弗瑞德·普鲁弗洛克的情歌》中的现代人普鲁弗洛克也曾不断地自问："我有无勇气/打扰这个宇宙？"看来，躲避现实，还是面对人生是第一节中的核心问题；而诗人（"我"）"看出他（亨利)的心事",认为亨利"想把事情说清"却又没有果断地站"出来把事情说清"。这种矛盾心理反映了当代西方社会人们的异化心理和精神虚无。在第二节中,这个虚无的世界被比作"一个毛纺的情人"。如果连情人都变成一种毛纺的玩具,那么人世间就无从谈起什么情感寄托,世界上的真情实感就成了无源之水、无本之木。生与死也就没有实质性的区别。艾略特笔下的那个精神枯竭的现代荒原意象似乎也出现在贝里曼的梦幻世界之中。一切都将变得虚无缥缈。本来"站在亨利身边"的人却无缘无故地"突然离别"。然而,这"突然离别"的结果却"出人意料"。亨利反而敞开胸怀,毫不掩饰地述说起自己的人生经历。对此,诗人感到不可思议。至此,我们不难看出诗人创作的意图:在第一节中,他陈述了主人公亨利的矛盾心理;在第二节中,他分析了主人公对人生意义的思考;最后,在第三节中,贝里曼表达了主人公决定面对现实的决心,"他现在要讲的是一个很长的/可以容忍却令人吃惊的故事"。这种结构与英国文学史上彼特拉克体十四行诗的逻辑结构有相似之处。一般说来,彼特拉克体十四行诗的头四行引出问题,随后四行进一步设问或者展开叙述,接着后六行的内容大致上对前八行中所叙述的问题作答。这种结构酷似人们通常从客观观察入手进而推出结论的逻辑思维方式,前呼后应,逻辑严谨②。然而,诗人在这三节中似乎用了三个叙述者的声音,每两行为一个单位。头两行中,叙述者的声音显得比较客观,既交代了诗中人的目的又介绍了诗歌的主题;第二个声音以第一人称形式出现,可以看成是诗中虚构的主人公亨利的声音,他在回忆往日美好的时刻、记忆中的桑树和歌曲;但是,第三个声音却难以界定,听起来比较笼统模糊,而且居高临下,似乎是一个普通人而不是任何一个特定人的声音。而且,这第三个声音是以现在时的形式出现,给人的感觉是一个全知的视角,有如汹涌的风浪席卷大地的每一个角落。叙述声音时而直言于读者,时而诉诸戏剧性的自我,时而暗示虚构的另类,真真假假、虚虚实实,好一曲多声部的人生梦歌。也许,贝里曼将自己的诗篇称为"歌"是有其结构上的考虑。③首先,贝里曼是要抒发自己内心瞬间的情感,同时他要影射时代的精神。《梦歌》第一首中这种"矛盾"—"思考"—"决心"的逻辑思维结构恰好预示了诗人决心在他长篇诗歌中探索诗中人心路历程的创作抱负。尽管在第一首的最后一节,我们看到了这样的诗句:"曾在一棵桑树上,我很高兴/在树顶上,我放声歌唱",但是这一切都已成为历史。诗中人亨利("我")已经不可能遵照引言中上帝的旨意去享受人生了,而等待他的却是《梦歌》第四首中的"一种与他作对的法律"(6)。第四首写的是亨利在一家餐馆里目不转睛地盯着一位妇女,想象着自己在对她说"'你是我多少年来夜里见到的最俏的女人/亨利那双发呆的眼睛/已经大饱眼福,太棒了。'我向前走去/(令人失望)我的意大利雪糕"(6)。显然,亨利大失所望,因为他甚至不能碰她一下。眼前那虚无的世界留给他的只是一块甜美却又令人心寒的雪糕。《梦歌》第一部分中大部分诗歌都在表现亨利"是一个人,一个美国人。/那一点没错"。可是,"他像一只耗子一样活着"(15)。虽然这个"美国人"还不像艾略特《荒原》中那些虽生犹死的现代人那样生活在"耗子窝里,/在那里死人连自己的尸骨都丢得精光"㉔,但是,《梦歌》中所表现出的对生活的厌倦之感也让人感觉到现代生活的精神空虚。第十四首干脆这么写着:"生活,朋友,真讨厌。我们绝不该这么说。/毕竟,天空闪耀,大海思恋,/我们自己一样闪耀,一样思恋,/而且小时候,妈妈曾对我说/(一遍又一遍)'想要承认你感到厌烦/就意味着你/内心空虚。'我现在断定我/内心空虚,因为我厌烦透了。/我讨厌所有的人,/我讨厌文学,尤其是伟大的文学,/我讨厌亨利,由于他的暴烈与苦恼/如同阿喀琉斯一样糟糕,//他热爱人和艺术佳品,这些也让我讨厌。/那恬静的山峦、杜松子酒,都像个累赘,/一条狗夹着自己的尾巴跑了/躲进了山林、大海、天空,/撇下我,摇着尾巴"(16)。尽管亨利"热爱人和艺术",但是他性情"暴烈",充满"苦恼";而诗中的叙述者"我"虽然流连于那闪耀的天空、思恋的大海,但他似乎从小就"厌烦"生活,"内心空虚"。对他来说,那"恬静的山峦""伟大的文学"、销魂的"杜松子酒"都成了生活的"累赘"。他简直连"一条狗"都不如。他无法在自己心灵空漠之时,像一条狗一样"夹着自己的尾巴跑了/躲进了山林、大海、天空",而是被生活所"撇下","我"变成了一条无人宠爱的狗,"摇着尾巴"。这是诗人自我内心的剖白,是对现代孤独的极写。

贝里曼给《梦歌77首》第二部分(第27—51首)的引言为"我是他们的阴—乐",而且告诉我们引言影射《圣经·旧约》中《耶利米哀歌》的第三章第六十三节。耶利米是公元前七世纪至公元前六世纪时一位希伯来先知,但他是一位悲观的预言者,一位针砭时弊的人。在《耶利米哀歌》第三章中，耶利米被耶稣基督逐出家门，流浪在暗无天日的茫茫黑夜之中。在第六十三节中，他抱怨仇敌聚集在他的周围，嘲讽他的痛苦。耶利米说，"瞧他们，有的坐着，有的站着，唱着歌对我进行嘲讽"②。然而，贝里曼的引言"我是他们的阴—乐"给我最直接的感受是他借用了黑山派鼻祖查尔斯·奥尔森在《马克西姆斯诗篇》中生造的"mu-sick"一词，意为"Muse-sick"（缪斯—病了），或者"music sick"（病态的音乐），故试译为"阴—乐"，与"音乐"双关谐音。奥尔森生造该词的目的是用一种病态的交响"阴—乐"来影射现代美国社会的"腐朽"③。贝里曼借亨利之口，不仅像耶利米那样道出自己内心的苦闷和对未来的悲观，而且要像奥尔森那样创作一部揭露和抨击美国腐朽的现代文明的抒情史诗。《梦歌》的创作灵感是抒情式的，但是诗人的创作抱负是史诗般的。惠特曼在《我自己的歌》的第一章中就说："我，现在三十七岁，一开始身体就十分健康，/希望永不终止，直到死去。"⑤贝里曼在《梦歌》第四十首中也声称，"即使我见到我的儿子/永远不会，从头再来，/自由的、黑色的、四十一岁"（44）。惠特曼要"赞美我自己，歌唱我自己"，一个代表着整个美利坚民族精神的"自我"，而贝里曼心中的梦歌是一曲苦涩的"阴—乐"："我们给时间留下的伤痕，所有别的时代，/依然存在。"他希望能够通过亨利"那不加修饰的韵文"，祈求上帝，容许他忏悔，让他结束一段苦闷，重新开启一段新的生活。

　　贝里曼于1954年间开始创作《梦歌》。1956年，他出版了诗集《向布拉兹特里斯女士致敬》（*Homage to Mistress Bradstreet*），获得洛克菲勒研究基金。但同年，他与他的第一个妻子艾琳离婚，接着又与伊丽莎白结婚。这一切都表明贝里曼在经历着一段紧张的精神危机，但似乎同时预示着一个新的人生转折。于是，《梦歌》第三部分（第52—77首）的引言是"但是，还有另外一种方法"（1）。然而，这"另外一种方法"究竟指什么呢？从他的诗歌中看，我认为它可能既暗示诗人对人生的一种新的理解，又标志着他艺术生涯的一个新的起点。《梦歌》第五十二首是一首"无声的歌"（59），亨利似乎在一家医院里住院，"亨利是否还将关心女人和牛奶呢？"在《梦歌》第五十三首中，我们看到"他躺在世界中间，浑身痉挛"；而在《梦歌》第五十四首中，我们发现亨利开始思考人生，"我半躺在那华贵的床铺上，梦见我的妻子，/我的第一个妻子，/和我的第二个妻子和儿子。……我想起了我热爱的诗人"（61）。《梦歌》第三部分的最后几首诗多数与亨利的创作有关。在第七十四首中，贝里曼写道："亨利恨这个世界。这世界的一切对亨利来说／将不能产生任何思想。／亨利刺破了自己的手，感觉不到疼痛，／写了一封信，／述说了自己在这个世界／中的痛苦。"(81)接着，在下一首的开篇，他写道："翻开它，想了想，像个疯子／亨利出版了一本书。／没有招来什么不是。"这首诗歌曾经就像一棵小树，小狗在树边撒尿；可如今，它已经成长为一棵"枝叶茂盛、树干粗壮、蓝绿湿润的／大树，培育它的是那位野蛮的、有思想的／幸存的亨利／开始让路客从绝望中出"(82)。在这一部分的最后一首诗歌中，尽管诗中人亨利"在众人面前，仍然陌生腼腆"，但似乎对一种新的生活和命运的挑战已经有所准备："两只手各拿着一本自己的书／他已整装待发，准备继续前进。"(84)

三、"不可挽回的损失"

然而，《梦歌》给人印象最深的是这一曲交响"阴—乐"中所表达的那种"不可挽回的损失"的情感。从《梦歌》序言的结尾看，这个"不可挽回的损失"应该指的是诗人父亲那一波三折的婚姻以及最终的自杀。当父亲1926年自杀时，贝里曼年仅十二岁；同年，母亲改嫁，全家从弗罗里达州迁居纽约城。父亲的自杀在诗人幼小的心灵上留下不可磨灭的伤痕。当时，他感到"万念俱灰"。不过，他还是庆幸自己有这么一个苦难经历。他认为一个艺术家要获得成功，就必须经受必要的磨难。他说："当一位艺术家经受过最痛苦却没有置他于死地的苦难时，他才是最幸运的人。在那种时刻，他才真正进入角色。贝多芬是个聋子，戈雅是个聋子，弥尔顿是个瞎子，就是要经受这类考验。"而《梦歌》创作就是基于诗人生活中一系列的不幸与苦难："曾经被人打得鼻青脸紫、四脚朝天，得过癌症，除了老年痴呆症以外，他什么毛病都有……我希望自己就像被钉在十字架上处死一样。"⑧在《梦歌》第七十六首中，亨利是这么说的："最近我不会有什么糟糕的事。／那事你怎么解释？——我会的，博恩斯先生，／就因为你那令人困惑、怪僻的冷静。／再冷静不过了，没有女人、没有电话，博恩斯先生能有什么坏事吗？／——假如人生是块手绢似的三明治，／／带着死亡的羞怯，我去见我的父亲／他竟然那么早就弃我而去。／一颗子弹躺在水泥的台阶上／紧挨着那令人窒息的南海边/在我的身边,伸开四肢,躺在岛上。"(83)众所周知,隔阂、冷淡、孤独一直是20世纪美国文学的重要主题。贝里曼父亲的自杀就像一团迷雾,一直笼罩着他那颗幼小脆弱的心灵。但是,这一无端的磨难同时磨炼了他坚强的意志。他带着一种"令人困惑、怪僻的冷静",开始品尝那块"手绢似的三明治"。艾伦·金斯伯格曾在《在社交界》一诗中将一个令人眼花缭乱的美国社会比作一个"鸡尾酒会",而将一种充满着"同性恋语言"的肮脏生活喻为"一块硕大的人肉三明治"[22]。貌似富裕的物质生活中隐藏着现代社会最为肮脏、最为可恶的勾当。但是,"现实中的人们,如同诗中'咀嚼''人肉三明治'的'我'一样,虽然身处异化、充满敌意的世界,却仍旧麻木不仁、虽生犹死"[23]。贝里曼笔下的这块"手绢似的三明治"要比金斯伯格那块"硕大的人肉三明治"要精巧、美妙得多。它薄如丝绢,惟妙惟肖,但细细想来,这种薄如纸片的三明治给人的联想也只能是画饼充饥。这又让人想起艾略特《普鲁弗洛克情歌》中的一行名诗:"我曾用咖啡勺衡量过我的生活。"[24]贝里曼这种"手绢似的三明治"所象征的人生虽然貌似华丽,但实之空虚,毫无意义。然而,诗人仍然"带着死亡的羞怯",插上艺术想象的翅膀,"去见(他)的父亲"。只有在艺术的想象之中,他才能与他的父亲"肩并肩,听着爵士音乐,/手挽手,在这美丽的大海边,/哼个小调"。这是诗人对人生的理解,对生活的期盼。如果说亨利的父亲抛弃了他,那么,通过这些诗篇,亨利还是可以见到自己的父亲:"我不见任何来人,于是我就去了"。

父亲的自杀不仅带走了诗人童年的幸福,而且成为贝里曼的一种心病,使死亡成为贯穿《梦歌》的主题。在《梦歌》第一首的结尾两行,诗人就为这一主题的拓展埋下了伏笔:"汹涌的海浪冲向陆地/而每一张床铺已空空荡荡。"时空无限的海浪与那一张张象征着有限生命的空床,在人们的感觉印象中留下了一个个连绵不断的、无处不有的死亡意象。《梦歌》有不少诗篇是献给一些诗人的挽歌。在第三十七首中,贝里曼写道:"我一定十分难过/弗罗斯特先生已经离开了我们/……他写过许多动听故事,可在个人生活中/他判若两人;总是,那么艰苦。"(41)《梦歌》第四部分包括了一系列为好友德尔默·施瓦茨写的挽歌。这一部分的引言是这么说的:"如果没有恐惧,就不可能有任何有意义的事业。我多半时间会被吓死。"(89)当然,这里所说的死是"被吓死",而不是真正意义上肉体的死亡。贝里曼《梦歌》中一些最完美的诗篇是以亨利的死而复生为题材的。这一主题常常表现为主人公"亨利灵魂深处的黑暗或者一个自我的死亡和另一个自我的再生"⑫。《梦歌》第七十八首是个例子："他眼前发黑,那疯狂的微笑消失了,/他的研究变得无人知晓,/越来越少地让自己的身体/有足够的营养和休息,/变得简直怪诞,渐渐地/消瘦下去,不像你和你,/越来越小,直到他的上犬牙都/明显可见,还有满脑子的记忆/这些就够他受了/来自上上下下的命令,/沃尔特'圆圆的口腔',黑格尔的三位一体将/糅合成,如果你同意的话,/一位美国诗人的创作技能/尴尬的亨利听说自己是个人物,/而那位年轻的斯蒂芬·克莱恩/记忆力更强,也更富有悲剧感,/这些代表前辈,悠闲又艰难,/而亨利的光阴正不断地流逝。"(93)表面上看,这首诗歌是在描写主人公亨利精神崩溃、肉体死亡的过程。他不但眼前发黑、笑容消失,而且因缺乏足够的营养和休息,他的身体逐渐消瘦,直到上犬牙都变得显而易见。亨利的光阴已经所剩无几。然而,一个肉体的亨利的消亡似乎伴随着一个艺术想象的、诗性的亨利的复活。他的艺术不仅变得"无人知晓",而且"简直怪诞",不能给自身的艺术生命提供"足够的营养和休息"。因此,他的艺术个性便"越来越小",直至蜕变为只剩下他的"上犬牙"和脑子里的一堆记忆:诗人沃尔特·惠特曼、斯蒂芬·克莱恩、哲学家黑格尔等。然而,这些记忆对他产生了深远的影响,使他的艺术死而复生。惠特曼"圆圆的口腔""黑格尔三位一体"的哲学思想等一系列"来自上上下下的命令"汇成了"一位美国诗人的创作技能"。尽管这一切使得亨利感到"尴尬不安",但是他已经听说"自己是个人物"。想必,贝里曼已经从惠特曼"圆圆的口腔"与黑格尔三位一体的哲学思想的相结合中,窥视到了一位美国史诗诗人的责任与抱负以及一部新型美国史诗的艺术魅力。在《梦歌》第四部分中,这种以想象亨利之死亡开篇,又以一个另类的亨利复活作结的结构形式的确有其独特的艺术魅力。

四、"不断倾注,一心追求"

亨利的死而复生象征诗人艺术生命的新生。但这种新生始终笼罩在一种恐惧之中。《梦歌》第五部分(第92—145首)的引言:"对我来说,我始终感到害怕,而且十分害怕。我害怕将来所要做的一切"(89)。
第九十二首写的是亨利在医院里甚至感到"在他心目中什么地方有个
黑色的东西"(109)。在第九十四首中,我们看到亨利"这次回来后,
(他)病了很久,/无人探望。医生将医院所能用得上的东西/都用在优
柔寡断的亨利身上/而护士们把它拿出来又放回去,/笑得像魔鬼一样,
嘴上挂着一个永恒的'我们'"(111)。尽管如此,在这一时期,贝里曼迎
来了自己艺术生涯的一个春天。1965 年,他的《梦歌》获得普利策诗歌
奖;他还获得了 1966—1967 年度的古根海姆研究基金拉塞尔洛伊恩斯
奖。1966—1967 年间,贝里曼利用这笔由古根海姆纪念基金会提供的
研究基金,支持自己以及家庭在都柏林的生活,创作了《梦歌》第七部分
的大部分诗篇。此外,他还获得了美国诗人协会提供的五千美元的研
究基金和全美艺术捐赠基金会提供的一万美元的研究基金,并于 1967
年发表了他的两部诗集《贝里曼十四行诗集》和他的《短诗集》。1968
年,贝里曼发表了他的又一本重要诗集《他的玩具、他的梦想、他的休
息》。这本诗集获得了国家图书奖和柏林根奖。第二年,贝里曼就推出
了《梦歌》全集。至此,贝里曼在美国诗坛可谓赫赫有名,他的艺术生涯
也可谓登峰造极。可是,名誉对他来说又意味着什么呢?我们在《梦
歌》一百三十三首中可以窥见诗人的心思:"当他名声在外时——可是,
什么是名声?/他失去了往日对自己姓名的迷恋,/事物似乎变得不那
么重要,/包括名声……/可是,那期盼已久的名声所带来的/乐趣在哪
儿?除非名声可以给他带来轻松?/亨利说,我觉得又冷又累,名声使
我懒散,/而我仍然必须竭尽全力。/真的,那不要紧。真的,那不要
紧。/要紧的似乎只是一个永不停步的亨利/不断倾注,一心追求。"显
然,贝里曼淡泊名利。真正要紧的应该是如何使自己始终是"一个永不
停步的亨利"、一个"不断倾注、一心追求"的亨利。在这里,似乎我们又
听到了惠特曼《我自己的歌》中"他那圆圆的口腔还在倾注着,而且把我
灌注的满满的"③。这种惠特曼式的"不断倾注"与"一心追求"的艺术
特点塑造了贝里曼笔下这个新型的艺术形象——一个"永不停步的亨
利",一个包罗个性与全体、特殊与普遍、抒情性与史诗性的新型人物。
因此,贝里曼说:"人们会认为诗人不过是一条渠道,但有其自身伟大
的、丰富的经历;他敞开心扉,讲述自己的故事。我不得不说我喜欢这
种诗歌理论,而不喜欢二十五年前我读本科时那种风靡各类评论书刊

的诗学理论。这与济慈认为诗人虽不存在，却'永远在、永远为了、永远灌注'其他事物的观点是异曲同工，也一样谦虚"㉞。由此可见，贝里曼《梦歌》中这个以不同的人称出现的"永不停步的亨利"与惠特曼《我自己的歌》中那个"辽阔博大、包罗万象"的"我"是如出一辙。尽管贝里曼的创作灵感是个人的、瞬间的、抒情式的，但是他的创作抱负却是民族的、时代的、史诗般的。与惠特曼的《我自己的歌》、艾略特的《荒原》等许多现当代美国长篇诗歌一样，《梦歌》也是一部典型的抒情史诗。

注解【Notes】

① Walt Whitman, *Leaves of Grass*, New York：Vintage Books，1992，pp.658.

② John Berryman, *Interview（with Joseph Haas）in Panorama*, Chicago Daily News(6－7 Feb.1971)，p.5.

③④ Ralph Waldo Emerson, *The Selected Writings*，New York：The Modern Library,1992,pp.288,6.

⑤ 张子清：《二十世纪美国诗歌史》,吉林教育出版社,1995 年,第 630 页。

⑥⑮ John Berryman, *The Dream Songs*, New York：Farrar, Straus and Giroux,1969,pp.ⅵ,349.

⑦⑪⑫⑭ John Berryman, *Interview in Harvard Advocate* 103,No.1(spring 1969),pp.5－6.

⑧ Valerie Eliot,ed.,T.S.Eliot：*The Waste Land*,A Facsimile and Transcript of the Original Drafts,New York：HBJ Book,1971,p.1.参见赵箩蕤,《我的读书生涯》,北京大学出版社,1996 年,第 19 页。

⑨⑩㉘ John Berryman,Interview(with Peter A.Stitt) in *Paris Review* 14,no.53(Winter 1972),pp.309,195,204.

⑬㉜ James E. Miller, *Jr. The American Quest for a Supreme Fiction*, Chicago：U of Chicago P,1979,pp.242－243,253.

⑯⑱ John Berryman, "Song of Myself：Intention and Substance" in *The Freedom of the Poet*,New York：Farra,Straus and Giroux,1976,pp.227－241.

⑰ 黄宗英：《抒情史诗艺术管窥》,载《国外文学》(2000/3)，第 41 页。

⑲ John Berryman,*The Dream Songs*,New York：Farrar,Strausand Giroux,1969,p.1.引文均由笔者译自原作《梦歌》。

⑳ 王佐良主编：《英国诗选》,上海译文出版社,1988 年,第 102 页。

㉑ 黄宗英：《艾略特〈荒原〉中动物话语》,载《英美文学研究论丛》(第二辑)，汪

义群主编,上海外语教育出版社,2001年,第23页。

㉒㉓ 黄宗英:《英国十四行诗艺术管窥——从华埃特到弥尔顿》,《国外文学》,1994年第4期,第43,42页。

㉔㉛ T.S Eliot,*The Complete Poems and Plays 1909—1950*,New York: Harcourt,Brace & World,1971,pp.40,5.

㉕ 参见《圣经》(和合本),国际圣经协会,1995,第1138页。

㉖ Charles Olson,*The Maximus Poems*,Berkeley:U of California P,1983,p.7.

㉗ 惠特曼:《草叶集》,赵箩蕤译,上海译文出版社,1991年,第59页。

㉙ Allen Ginsberg,*Selected Poems 1947—1995*,NewYork:Harper Collins Publishers,1996,p.3.

㉚ 文楚安主编:《透视美国——金斯伯格论坛》,四川文艺出版社,2002年,第199页。

㉝ 惠特曼:《草叶集》,赵萝蕤译,上海译文出版社,1991年,第99页。

㉞ John Berryman,*The Freedom of the Poet*,New York:Farrar,Straus & Giroux,1976,p.232.

作者简介:黄宗英,文学博士,北京联合大学教授。

原文载于《当代外国文学》2003年第3期。

跨界与多元

文学的推销

——解读乔纳森·弗兰岑《自由》的商业性

陈广兴

  2010 年的美国文坛因乔纳森·弗兰岑(Jonathan Franzen,1959—)而热闹非凡。弗兰岑的小说《自由》(*Freedom*,2010)尚未发表,美国总统奥巴马即从书店购得禁止外流的预读本,在媒体的热炒下,引来一片批评之声,也点燃了公众对新作的期待。《时代周刊》为弗兰岑撰写专文,将其登上封面,冠以"伟大美国小说家"的头衔。英美媒体纷纷撰文回应,连中国多家报刊都转述一个伟大作家的诞生。《自由》面世后旋即引发抢购热潮,迅速登上畅销书榜。弗兰岑携新作成为"奥普拉读书会"的座上宾,"点石成金"的奥普拉把作家其人其作推向新的高度。弗兰岑作为 2010 年美国文坛的主角,带着公众人物的独特气质和强烈的时代性,以自身的成功演绎了小说作为商品的推销手段。

  然而就在 1996 年,弗兰岑撰文表达了对小说和小说家命运的担忧。弗兰岑在著名文化刊物《哈泼氏》(*Harper's*)上发表了题为《间或有梦:图像时代写小说的理由》(*Perchance to Dream:In the Age of Images,a Reason to Write Novels*)的长文,在这篇通常被称为《哈泼文》的文学宣言中,弗兰岑认为小说的影响力日渐式微,小说的道路越走越窄,小说家的选择大幅缩水。面临大众媒体的负面影响,弗兰岑表达了对小说发展前景的担忧(*Perchance to Dream*,35—55)。此前弗兰岑发表过两部长篇小说,《第二十七座城市》(*The Twenty-Seventh City*,1988)和《强力运动》(1992),均如石沉大海。《哈泼文》的发表,对籍籍无名的弗兰岑而言,难免有自我辩白的嫌疑。时隔五年,弗兰岑发表第 3 部长篇小说《纠正》(*Correction*,2001)被誉为"新世纪最优秀的作品之一"(Burn,83),获得"国家图书奖"。弗兰岑借此一夜成名,成为美国重要作家。姑且不论弗兰岑是否"伟大",但作为小说家,他无疑非常成功。《纠正》就雄辩地证明了这一点,而《自由》引发的喧嚣与骚动更是锦上添花。《哈泼文》如同一个分水岭,区分了弗兰岑创作的两个阶段。他的成功不是单纯的文学创作的成功,而是一种文学内外市场运作的胜利。本文拟以弗兰岑最新作品《自由》为例,探讨其文内文外的推销手段,来揭示其成功背后的秘密,继而对文学的商业性和经典的生成机制进行思考。

一

《自由》顺应了美国文坛的现实主义转向,以深沉的关怀烛照普通民众的真实生活,为作品赢得普通读者市场。

弗兰岑在书写前两部小说的时候,秉承了后现代主义的叙事手法和哲学立场,似乎在努力成为伟大的后现代作家。他对此直言不讳:"我在书写自己的阴谋和末世论为主题的体制小说的时候,我盼望得到学术界和文坛的认可,这种认可品钦和加迪斯得到过,而索尔·贝娄与安·贝蒂(Ann Beattie)却没有"(*Mr. Difficult*, 103)。弗兰岑模仿后现代主义前辈,选择一些诸如印度人控制美国警察局和波士顿地震等"疯狂的情景",并以"巨大、外化的错综复杂的情节"来呈现,同时作者冷漠而无动于衷地任凭事情发生(*Interview with Donald Antrim*)。然而弗兰岑的两部后现代小说《第二十七座城市》和《强力运动》并未取得预期的成功。

弗兰岑注意到美国现实主义文学浪潮正在悄然而至。美国印第安纳大学教授罗伯特·勒贝因发现,美国"后现代主义文学至少自 20 世纪 80 年代以来逐渐被重新焕发生机的现实主义所代替"(Rebein, 220)。他认为,有心的读者完全可以从过去二十多年美国小说的出版、主流媒体的书评和学校文学课程安排上印证这一事实。不要说像威廉·沃尔曼(William T. Voll-mann)这样不太出名的后现代作家开始发表诸如《皇室家庭》(*The Royal Family*, 2000)等现实主义小说,就连后现代小说的旗手唐·德里罗也书写了明显带有现实主义特征的《地下世界》(*Underworld*, 1997)。对现实主义的偏爱在美国已经蔚然成风,每年都有成千上万的年轻人从事文学创作,参加各种文学讲习班,而他们得到的效仿对象往往是现实主义的雷蒙德·卡弗(Raymond Carver),而不会是后现代主义的罗伯特·库弗(Robert Coover)。由于多媒体和通俗文学的竞争,当今严肃小说的读者流失非常严重。而后现代主义小说以其文字游戏和碎片化叙事等手法,使得读者更加望而却步。其实弗兰岑《哈泼文》大量的篇幅就在论述严肃文学的困境。在这种情况下,现实主义转向必将成为很多作家的选择。虽然在谈到后现代主义创作失败的时候,弗兰岑声称自己更加钟情于现实主义,他曾说,"我喜欢的是与社会紧密相关的小说"(*Mr. Difficult*,103),但弗兰岑的现实主义转向,是他在后现代主义小说创作中的受挫导致的,更多是出于生存的需要、基于读者市场做出的明智调整。

弗兰岑把自己的写作称为"悲剧现实主义"。希望立足于最"平常"的身份,用无功利的心态书写他喜欢的"人物和地点"(*Perchance to Dream*,54)。弗兰岑用尼采的悲剧思想来解释自己的"悲剧现实主义",认为"用美学的形式再现人类的痛苦具有拯救意义"(52)。弗兰岑明白,信息时代的读者已经发生了极大的变化。一方面,现代媒体以其多样性和及时性,为读者提供了充分的信息来源,读者阅读小说的初衷不再是获取信息。另一方面,文学的揭露和反抗功能也往往是经院学术圈子的自说自话,通常是一种停留在纸面上的伪"颠覆性"。读者阅读小说的动机,还是想从小说的人物身上寻找认同,借助作者的叙述,体悟自己的生活。弗兰岑的"悲剧现实主义",显然是针对这样的读者市场而采取的相应产品策略。

弗兰岑 2010 年发表的《自由》充分体现了"悲剧现实主义"的宗旨,为作者赢得了大量的普通读者。作者不是如后现代主义作家那样塑造抽象而符号化的人物,而是立足于最大化地呈现美国最普通的民众。小说中的人物都是最正常不过的人物,既无过人的天赋,也无古怪的癖好。所有的人都在按部就班地学习、工作、生活。即使偶尔有出格行为,也未超出普通生活的可信范畴。同时,《自由》刻意地避免了文学界所热衷的"种族、性别和阶级"主题,而是讲述一个中产阶级家庭的故事。小说中的伯格兰德一家四人住在明尼苏达州的圣保罗市。父亲沃尔特是个老好人,待人诚恳,思想开明,一心拯救世界,有时未免书生意气;妻子帕蒂小时不受家庭看重,婚后努力做好家庭主妇这一职业,有点虚荣，有点自我中心；女儿杰西卡喜爱读书，娴静少言，是个大好的文学青年，具有书呆子的执拗劲；儿子乔伊独立早熟，虽然不是事事都离经叛道，但其行为总会有出人意料之处。此外，还有三个重要人物，其一为独立摇滚音乐人理查德，其二为乔伊的女友康妮，其三为沃尔特后来的女秘书拉里萨，均是虽有瑕疵却极其"正常"的人物。书写普通民众，聚焦"主流"人物，使得更多的读者能够从中找到自己的影子。

《自由》也不像后现代小说那样刻意发明情节，大量堆砌事件，而是着眼于最具体的生活细节。小说没有剧烈的社会动荡，意外事故非常罕见，巧合在小说中也很少发生，小说人物也从未处于某种极端的情景之中。这种四平八稳的书写，最大限度地刻画了普通民众最真实的生活面貌。帕蒂是全职太太，日常工作就是买菜做饭，相夫教子。不大关注听话的女儿，却特别宠爱儿子，在邻居面前总是以抱怨为由，来夸赞儿子。母亲的溺爱培养了乔伊过于强烈的独立意识，夫妻二人经常因教育乔伊而发生分歧。乔伊与邻家女子康妮相好，和父母冲突后搬去邻家与康妮同住。这使沃尔特和帕蒂的夫妻关系雪上加霜。随着两个孩子陆续上了大学，他们变卖房产，举家前往华盛顿。帕蒂一直对大学时认识的理查德念念不忘，终于在湖滨小屋与理查德干下了苟且之事。沃尔特从中知道了两人的私情，暴怒中把帕蒂赶出家门。帕蒂去和理查德同居，沃尔特和拉里萨顺理成章地走在一起。拉里萨在车祸中罹难，沃尔特去湖滨小屋隐居。帕蒂与理查德性格不合，几个月后分手，在经历了一连串的事件后，帕蒂决心去寻找沃尔特，两人最终言归于好。故事始终在家长里短的细节中推进，涉及方方面面的生活情景，读者在其中很容易产生共鸣。

《自由》所呈现的真实，更多是人物的心理真实。由于弗兰岑认为小说已经不再是提供信息的手段，因此小说的关键是呈现人物内心，让读者从中寻找慰藉。小说人物大多生活在痛苦之中，心情压抑、精神抑郁几乎成了所有人的共性。与其前两部后现代主义特色的小说不同，《自由》中虽然也出现以掠夺石油为目的而发动的伊拉克战争，虽然也有各种形式的环境破坏和政治腐败，但这些事情对人物的日常生活并没有带来直接的影响。弗兰岑在《哈泼文》中说道，他"每天都面临一种内心的困境：我的痛苦是来自某种灵魂的内在缺陷，还是来自社会的缺陷"？（*Perchance to Dream*, 36）。同样，我们也很难确定《自由》中的人物为何受苦受难,不能断定是社会因素还是个人因素让他们痛苦。精神抑郁是现代社会比较普遍的现象,不仅弗兰岑本人如此,他的好友大卫·华莱士一生受到抑郁症的折磨,2008 年不堪忍受病痛,以自杀结束生命。《自由》中的人物吸毒者有之,酗酒者甚众,其根本原因就是由于心里的痛苦所致。

《自由》中人物的痛苦,远离了经典悲剧的范畴,贴近了普通民众的生活。弗兰岑在采访中曾说:"根据我个人体验,每天的生活,甚至每一小时的生活,都是不断的冲突和分裂。"(Connery,37)弗兰岑很推崇尼采的悲剧概念,把自己的创作称为"悲剧现实主义"。悲剧的核心就是内心的分裂,分裂就意味着冲突和选择。人的悲剧性,更多是内在和心理的,这一点在《自由》中也有很充分的体现。在威廉·斯泰伦(William Styron)的《苏菲的选择》(Sophie's Choice,1979)中,苏菲被纳粹逼迫从儿子和女儿中选择一个送往毒气室。像这样极端的选择在《自由》中并不存在,更多的是稀里糊涂的内心纠结。帕蒂迷恋性感的理查德,却达不到刻骨铭心;帕蒂很在乎沃尔特对自己的爱,却做不到死心塌地。帕蒂真心实意地想过好与沃尔特的日子,却难以遏制心底对理查德性的渴望。无论是帕蒂与沃尔特的结婚,还是与理查德的私情,严格来说,都没有经过激烈的思想冲突,都是针对眼前情况的即兴举动。帕蒂的情况对小说中其他人物都适用,古典悲剧中价值观的激烈冲突被随波逐流的偶发事件所取代。这样的情节虽然破坏了经典悲剧的纯粹性,却更加符合日常生活的真实面貌,自然能够得到更多读者的认同。

近年来,经济危机席卷全球,美国民众的生活受到极大影响,各种社会问题日益突出。"9·11"事件和反恐战争也进一步激发了美国民众对现实生活的关注。美国近几年的主要获奖作品几乎都是关注普通民众生活的作品。以普利策小说奖为例,美国女作家伊丽莎白·斯特鲁特(Elizabeth Strout)以《奥利芙·吉特里奇》(Olive Kitteridge:A Novel in Stories,2008)获得 2009 年普利策奖小说奖,讲述退休女教师的日常生活;保罗·哈丁(Paul Harding)以其处女作《小炉匠》(Tinkers,2008),获得了 2010 年度的普利策小说奖,讲述了一个普通家庭父子三代的人生体验。《自由》以细腻的笔触,聚焦美国最普通的人物,描述他们最真实的生活,揭示他们最深沉的痛苦,呼应了文学向现实的回归,迎合了美国民众对国计民生的关注。同时,透过平淡的生活表面,体察现代人类滔天的欲望和无边的痛苦,《自由》的确能够赢得那些在欲望都市挣扎的读者的共鸣。弗兰岑"有能力把读者置于人物的生活之中,使他们的痛苦成为我们的痛苦"(Robson,75)。小说中浪子回头的故事和大团圆的结局,也为经济困顿中的美国民众带来一丝暖色。诚如弗兰岑本人所言:"写出无比真实的语言,让人们能够从中找到慰藉:这难道还不够吗?"(*Perchance to Dream*,49)

二

《自由》沿袭德里罗式文学传统,撰写美国文坛所看重的"皇皇巨著",借此获得批评界的认可。

仅仅凭借书写普通民众的日常生活,的确不足以成为影响深远的著作。一方面,经过后现代的发展,人们对小说的写实能力产生怀疑,对小说的建构性进行反思。因此,后现代之后的现实主义不同于传统的现实主义,必须重新思考小说的真实性问题,并以适当的方式予以实现。另一方面,人类进入网络时代和全球化时代,生活方式发生巨大变化,个人的生活时刻处于巨大的全球化网络之中。经济危机、反恐战争、气候恶化、能源危机等全球性话题,与美国普通民众的日常生活息息相关。孤立的个人生活,已很难真实体现普通民众的生活方式。面对这两方面的问题,弗兰岑向后现代主义学习,选择"皇皇巨著",来书写自己的现实主义小说。

"皇皇巨著"(big, ambitious novel)是美国当代著名批评家詹姆斯·伍德对几部后现代大部头著作的称呼,用来指品钦的《梅森和迪克森》(*Mason & Dixon*,1997)、德里罗的《地下世界》、拉什迪的《她脚下的土地》(*Ground Beneath Her Feet*,1999)和华莱士的《无尽的玩笑》(*Infinite Jest*,1996)等作品(Wood,178)。伍德所列举的"皇皇巨著"部头巨大,内容庞杂,用来体现后现代主义者所关注的碎片化和多元化的生活。伍德将这些后现代巨著命名为"歇斯底里现实主义"(hysterical realism),并对其持否定态度,认为这些作品试图以包罗万象的内容来获得影响力。弗兰岑虽然摒弃了这些作品的后现代手法,避免了伍德所批评的对活生生人性的忽略,却沿袭了其"巨著"形式,用现实主义手法书写"皇皇巨著"。用韩国东西大学的迈尔斯的话说,弗兰岑遵循"皇皇巨著"的传统,"在小说中塞入所有相关主题,然后寻找一个足够'典型'的家庭把所有的事情拢起来。在书的前后封面之间塞入美国社会的方方面面越多,他就会被认为越雄心勃勃"(Myers,115)。在他看来,只要是"皇皇巨著",人们还没有阅读,就会被贴上重要作品的标签。实际情况也的确如此,弗兰岑的《自由》尚未出版,就已经被媒体定义列入重要作品的行列,"皇皇巨著"的身份功不可没。

马克·格雷夫(Mark Greif)认为,伍德所谓的"皇皇巨著"是由于"小说之死"的威胁所致(Greif,11—30)。弗兰岑很显然对此深有同感,《哈泼文》基本上就是对"小说之死"的阐述和抵制。小说之死虽然由来已久,但真正进入主流文学批评视野则始于二战后特里林(Lionel Trilling)的《艺术与命运》(Art and Fortune,1948)一文。特里林认为小说死亡的原因有三:第一,小说作为一种文类,已经枯竭;第二,小说应特定文化环境而生,而文化环境已时过境迁,新的文化环境呼唤新的想象形式;第三,小说所反映的现实虽然存在,但其强度更甚,小说反映乏力(1271—1272)。弗兰岑在《哈泼文》中列举了小说生存面临的众多威胁,诸如通俗文学、非虚构文体、大众媒体的空前鼎盛、时代的复杂化、读者的流失等。弗兰岑同二战后的诸多美国作家一样,需要借助"皇皇巨著"这样一种强有力的方式,来证明小说的"活力"。

"皇皇巨著",顾名思义,一定要巨大。这种巨大既是本书实际的厚度,也是一种延展性和开放性,一种包罗万象的感觉,其内容之丰富,要远胜情节的需要。从页码上来说,《自由》厚达576页,完全符合"巨大"的标准。从内容上而言,小说绝不仅仅局限于人物的塑造和情节的铺陈,也不仅仅如《纽约时报》著名书评人角谷美智子所说——《自由》描述了"一幅美国中产阶级生活的巨大的、厄普代克式的图画"(Michiko Kakutani)。弗兰岑想要呈现的是20世纪末到奥巴马执政伊始这段时间的美国全景图。弗兰岑在接受采访时说:"人物总是与更大的美国视野共存。"(Connery,38)为了能够产生这样的"美国视野",弗兰岑将伯格兰德一家置于宏大的文化和历史背景之中。

从地域上,弗兰岑设计了非常广阔的小说背景:小说不仅在美国中部和东部来回切换,而且新加坡、拉丁美洲、东欧、伊拉克、以色列等世界各地与小说人物的生活密切相关,赋予小说宏大的地理背景。从主题上来说,弗兰岑致力于表现美国的重大事件和全球性的重要主题:美国近年来最大的政治事件莫过于"9·11"恐怖袭击、阿富汗战争和伊拉克战争,对美国普通民众的生活产生深远的影响,弗兰岑通过人物设计和情节安排,让小说人物和这些事件发生密切的联系。小布什政府与奥巴马的竞选也是近年来美国人热议的话题,弗兰岑的小说人物也参与其中,与切尼等人摩肩接踵。生态危机已经成为全球话题,同样占去了小说相当的篇幅,小说中最主要的两个人物——沃尔特和拉里萨——的工作和生活与环境保护息息相关。其他重要主题也一一出现在《自由》中,诸如官商勾结、媒体暴力、网络经济、流行文化、商品时尚、能源危机、人口膨胀等。美国生活琐碎的细节和主题更是不胜枚举。

简明易懂的情节和栩栩如生的人物虽然能够吸引一部分普通读者,但仅仅凭这两样东西,不足以吸引文学评论家和研究者,而正是这些人掌握着当今严肃作家的命运。弗兰岑一直很爱惜自己的羽毛,一直以严肃作家自居,2001 年他与奥普拉的争议就源于此点。当今作家的文坛地位主要由三方面因素决定:第一,文学评奖;第二,批评家的评论;第三,高校文学课堂。文学评论家和研究者决定着所有的三个方面,因此,要想在美国文坛有所作为,除了满足读者需要,还必须能够吸引研究者的关注。是否发表过"皇皇巨著",是定位一个作家的重要依据。发表过"皇皇巨著"的作家,有更大的机会进入文学史,并成为批评家关注的对象。美国文坛的两位老将罗斯(Philip Roth)和欧茨(Joyce Carol Oates)老而弥辣,健笔如飞,近年来每年都有新作问世,数量虽多,却因分量单薄,难获文坛青睐。

三

除作品本身的因素以外,弗兰岑驾驭媒体时代的宣传手段,以高超手法为新书造势,把《自由》变成一个新闻事件,从而提高小说的知名度。

商业社会中,文学也成为一种商品,并遵循商品的流通原则。弗兰岑在 2010 年的美国文坛掀起的喧哗,无疑是作为商品的文学的自我宣传。虽然弗兰岑在《哈泼文》中认为大众媒体对严肃作家构成了严重的威胁,但他本人借助广播、电视、报刊、网络成为 2010 年的美国文坛的

重要人物，无论美国读者是否真正能够通读其小说，《自由》的销售业绩
却是每个作家梦寐以求的结果。弗兰岑的成功，与他驾驭媒体的高超
技巧密不可分。

媒体社会的秘诀是：不怕有人批评，就怕没人搭理，曝光率是提高
知名度、进而获得成功的关键。弗兰岑很显然深谙此道。2001年《纠
正》发表之后，奥普拉将其列入推荐书目，邀请弗兰岑到节目座谈。弗
兰岑收到邀请后，对媒体表达了自己对奥普拉选择标准的质疑，害怕奥
普拉推荐书目的标签影响自己高雅文学的身份。弗兰岑的言论引起轩
然大波，奥普拉随即取消了对弗兰岑的邀请。一时间众人纷纷撰文，有
人对他的言行进行批评，有人则对他进行维护，所讨论话题蔓延到白人
（弗兰岑）与黑人（奥普拉）的种族之争、严肃（弗兰岑）与通俗（奥普拉）
的文化之争。争吵使弗兰岑声名大举，其作品《纠正》获得良好的市场
业绩。

《自由》也采取了相似的市场手段。在小说正式出版之前，弗兰岑
在《纽约客》上两次出版了该书的一些章节，并频频现身公共场合，阅读
部分章节，并讨论新作。在正式出版之前，一个早期版本被"错误"出
版，出版商哈泼科林斯虽然推出了以旧换新，但成千上万本已经销售出
去的"错误"版本很难召回。同样在《自由》出版前夕，《时代周刊》把弗
兰岑登上封面，并发表由著名《时代周刊》书评人格罗斯曼（Lev
Grossman）撰写的文章《乔纳森·弗兰岑：伟大的美国小说家》
（*Jonathan Franzen：Great American Novelist*）。10年前史蒂芬·金
也曾获此殊荣，以在世作家身份登上《时代周刊》封面，弗兰岑曾批判
说，史蒂芬·金是"大额的合同使他登上封面"，真正的推手是金钱，而
非文学本身（*Perchance to Dream*，38）。我们其实也可以以同样的观
点看待弗兰岑登《时代周刊》事件，因为究其实质，这是为新作宣传造
势而已。《华盛顿邮报》的评论员伦·查尔斯认为，这一事件和后来奥
巴马总统获得预读本事件，使得弗兰岑的《自由》成为2010年度美国
"最翘首以盼"的作品（Charles）。虽然我们相信读者对弗兰岑的期待，
与其国家图书奖获得者的身份和新作的内容密不可分，但这两起媒体
事件对《自由》的宣传作用无疑是巨大的。

虽然弗兰岑与奥普拉曾发生过不愉快，但《自由》发表后很快入选
奥普拉读书会书目，弗兰岑也应邀出席讨论作品。杰里米·格林对奥

普拉读书会进行过详尽的研究,发现该读书会的精髓就是"小说和生平之间的联系"(Green,84)。要么作品被当作作者亲身体验的描述,要么作品被当作读者应该模仿的状态。在《自由》中,我们可以非常容易地在作品和弗兰岑之间建立联系,例如弗兰岑本人和沃尔特一家的美国中部生活,作者生活中和小说中的父母与子女之间的关系,弗兰岑的观鸟爱好与小说中沃尔特的爱好,弗兰岑好友华莱士的咀嚼烟草习惯与小说中理查德同样的习惯。同样,小说中多个人物的迷途知返,也能为读者指明人生方向。其关键词"自由"屡屡出现在行文中,更是为"小说和人生"提供充分的发挥余地。例如帕蒂"感觉有一种更加空泛的自由在折磨着她,但她却无法对其放手"(179)。针对这句话,读者拥有巨大的阐释空间,可以从自由与责任、自由过度的危害等角度谈论人生体验。弗兰岑积累的名声,加上小说中众多的"人生感悟",顺理成章地使他成为奥普拉的一时之选,而这反过来又增加了弗兰岑成功的筹码。

从文学成就本身来说,弗兰岑的《自由》在描绘日常细节、刻画人物心理、反映时代特征、表达社会关注等方面体现了作家高超的写实技巧。然而文学作品的市场表现并非简单地取决于艺术成就。文学批评界早已对"小说之死"的论调失去了兴趣,倒是小说家却时时提及这个话题。小说固然不会死亡,当前小说家所面临的压力却实实在在,与日俱增。经过现代主义和后现代主义,小说技巧已经很难推陈出新。读图时代读者的流失也是不容忽视的事实。想要在当今的文学市场上分得一杯羹,绝不是一件容易的事情。把握文学市场,在文学内外进行营销,弗兰岑算得是一个成功者。

引用文献【Works Cited】

Burn, Stephen J. "Jonathan Franzen." *American Writers, Supplement XX*. Ed. Jay Parini. New York: Charles Scribner's Sons, 2010. 83 – 99.

Charles, Ron. "Jonathan Franzen's New Novel *Freedom*." *The Washington Post* 25 August, 2010.

Connery, Christopher. "The Liberal Form: An Interview with Jonathan Franzen." *Boundary* 2(2009): 31 – 54.

Franzen, Jonathan. "Mr. Difficult." *The New Yorker* (29) 2002: 100 – 112.

——. "Perchance to Dream: In the Age of Images, a Reason to Write Novels." *Harper's Magazine* 292. 1751(April 1996): 35 – 55.

——. *Freedom*. New York: Farrar, Straus and Giroux, 2010.

——. "Interview with Donald Antrim". *Bomb* 77 (Fall 2001). 22 July, 2011. 〈http://bombsite.com/issues/77/articles/2437〉

Green, Jeremy. *Late Postmodernism: American Fiction at the Millennium*. New York: Palgrave MacMillan, 2005.

Greif, Mark. "'The Death of the Novel' and its Afterlives: Toward a History of the 'Big, Ambitious Novel'." *Boundary* 2(2009): 11 – 30.

Grossman, Lev. "Jonathan Franzen: Great American Novelist." *Time Magazine* 12 August, 2010. 22 June, 2012. 〈http://www.time.com/time/magazine/article/0,9171,2010185,00.html〉

Harding, Paul. *Tinkers*. New York: Bellevue Literary Press, 2008.

Kakutani, Michiko. "Jonathan Franzen's 'Freedom' Follows Family's Quest." *The New York Times* 15 August, 2010.

Myers, B. R. "Smaller Than Life, Jonathan Franzen's Juvenile Prose Creates a World in Which Nothing Important Can Happen." *The Atlantic* 3 (2010): 114 – 120.

Rebein, Robert. "Turncoat: Why Jonathan Franzen Finally Said 'No' to Po-Mo." *The Mourning After Attending the Wake of Postmodernism*. Eds. Neil Brooks and Josh Toth. New York: Rodopi Press, 2007, 201 – 222.

Robson, Leo. "I Feel Your Pain, The Difficulty of Being Jonathan Franzen." *New Statesman* 27 September 2010, 74 – 77.

Strout, Elizabeth. *Olive Kitteridge: A Novel in Stories*. New York: Random House, 2008.

Trilling, Lionel. "Art and Fortune." *Partisan Review* 15.12 (December 1948): 1271 – 1272.

Wood, James. "Hysterical Realism."(2000) *The Irresponsible Self: On Laughter and the Novel*. New York: Picador, 2005. 178 – 194.

作者简介：陈广兴，上海外国语大学文学研究院副研究员。
原文载于《当代外国文学》2013 年第 1 期。

赌博合法化的意识形态"规训"

——奥斯特小说《偶然的音乐》读解

李金云

美国作家保罗·奥斯特(Paul Auster,1947—　)的小说《偶然的音乐》(*The Music of Chance*)1990年发表后,引起众多评论者的关注。小说的情节并不复杂,关于小说的主题却众说纷纭。有学者认为,小说主人公的遭遇反映出后现代社会不存在绝对的自由,自由总是暗含着种种限制(Oberman,191—206)。与此不同,马克·欧文认为,小说揭示出现代社会不存在所谓的意义与目的,一切都取决于偶然(Irwin,80—83)。国内学者李琼则认为,奥斯特通过描述故事主人公对自由的争取与失败的整个过程,揭示出20世纪后期美国的资本主义体制已经严格控制了每个个体(53—80)。笔者曾从小说的叙事特征入手,指出奥斯特在小说中运用流浪汉小说与希腊悲剧两种不同的叙事类型,揭示出现代美国社会中人们的命运取决于金钱与权力(李金云,32—39)。

以上这些研究丰富了小说的内涵,有利于读者更好地理解小说。但这些研究大都没有涉及小说中的一个关键因素——赌博。美国学者艾尔·道藤虽注意到赌博这一因素,并结合鲍德里亚的相关理论对小说进行研究,指出赌博的蓬勃发展是晚期资本主义的"症候"(Dotan,161—77),但他的结论似乎不够全面,他仅仅分析了主人公奈施与波兹的赌博经历,忽略了小说中其他与赌博相关的因素。事实上,小说中人物福勒尔、斯特恩、奈施和波兹等都直接与赌博相关。赌博是理解小说《偶然的音乐》的一个关键入口,由此我们可以窥见当代美国资本主义社会隐蔽的权力操作机制。

一、彩票:非法与合法

小说《偶然的音乐》呈现的赌博包括两种形式:彩票[①]与扑克牌赌博。富翁福勒尔与斯特恩便是买彩票发家的。他们两个原先是普通工人,两人收入较低,家庭生活也不如意。他们的共同爱好是购买彩票,两人约定共同购买一张彩票,奖金五五分成。身为会计的福勒尔很清楚地知道,彩票的中奖率微乎其微。他们之所以坚持这种几乎无望的游戏,是因为这可以为他们灰暗的生活提供些许幻想的空间。"我们买那些彩票只是因为我们可以谈论偶然中奖后,我们将用奖金做什么。那是我们最喜欢的一种消遣:坐在斯特伯格·戴利餐馆内,边吃三明治,边设想中奖之后我们的生活将会怎样"(Auster,72)。

因为美国历史上长期禁赌,彩票在美国合法发行的时间并不长。禁赌与美国传统的新教伦理有一定关系,这种伦理认为人生的目的在于劳动。"上帝的神意已毫无例外地替每一个人安排了一个职业,人必须各事其业,辛勤劳作",厌恶劳动被认为是堕落的表征(韦伯,125)。这种新教精神还宣称,社会为每个人都提供平等的机会,任何人都可以通过辛勤劳作发家致富。美国资本主义发展初期的自由竞争阶段确实提供了大量相对平等的机会,个人可以通过勤奋工作达到成功。但20世纪六七十年代美国进入国家资本主义时期,出现许多大规模的跨国公司和联合企业,它们在国内、国际市场上都攫取着巨额的利润。这不仅使个人与小公司的机会急剧减少,而且使"机会均等、劳动致富"的新教伦理变为一种遥不可及的神话。澳大利亚国立大学赌博研究中心的麦克米伦教授认为,在国家资源和经济机会变得有限的情况下,会发生文化价值的重估,赌博这时也被赋予与以往完全不同的含义,例如赌博可以增加就业岗位,带来税收等(McMillen,19)。

新泽西尔州政府在1964年率先发行彩票,取得巨大的经济利益,许多州紧随其后,彩票在美国全面进入合法化时期。有趣的是,购买彩票的人绝大部分是工人、体力劳动者等社会底层人员。美国学者沃克研究指出,彩票在工人与其他穷人那里要比在中产阶级与富人那里更受欢迎,政府彩票收入的一大部分来自社会下层群体(Walker,59—60)。英国学者布莱洛克也指出,彩票与社会经济状况密切相关,

"彩票的销售会随着社会贫困率的上升而增长"（Blalock,83）。对穷人来说,彩票似乎给他们提供了一种成功的机会与希望,可以让他们暂时摆脱现实的桎梏,沉浸在高额奖金的美好幻想中。小说中,富翁福勒尔与斯特恩便是很好的例证。

现实中被剥夺了经济机会的底层大众纷纷购买彩票,视之为改变命运的手段,政府也充分利用报纸、电视等媒体来扩大宣传那些偶尔的中奖事件,以造成一种大奖唾手可得的假象。"政府通过大众媒体的广泛使用,来合法化并促进彩票活动,并大力宣传一美元即可改变命运的信息……向大众传递机会对每个人都存在的虚假说法"（Nibert,324）。小说中,福勒尔与斯特恩中了两千多万美元的大奖后,电视、报纸、杂志的记者蜂拥而至,"人人都想跟我们谈话,给我们拍照。好久之后才平息下来。我们成了名人……成了真正的民间英雄"（74）。值得注意的是,媒体的关注点是他们中两千多万美元大奖的事件本身,却对他们之前十几年购买彩票未果的经历避而不谈。

阿尔都塞将媒体定义为一种意识形态的国家机器,他认为,媒体是一种有效的控制民众思想的工具,电视、广播、杂志每天向民众灌输一定剂量的统治阶级的意识形态,从而使他们认可并安于被统治、被剥削的现状（Althusser,335—347）。国家资本主义时期,富有的资产者通过吞并、购买等手段掌握了绝大多数的传媒公司,并通过它们向社会大众灌输自己的意识形态。彩票极低的中奖率在此被无限放大,一种赢者寥寥的经济投机被宣传为一个人人可以利用的发财机会,这构成了对穷人现实生存状况的一种想象性歪曲,使他们将自己的失败归因于运气不佳,而不去追问现有社会体制是否合理。

彩票由此成为一种有效的社会减压剂。美国学者凯普兰指出,彩票通过提供虚幻的发财梦来抚慰下层民众,转移其对穷困失意生活的注意力,随着彩票合法化进程的推进,彩票发挥着越来越重要的社会控制作用（Kaplan,104）。彩票的发行诱使民众将注意力集中在"预测个人运气、幸运数字等各种迷信活动上"（Toneatto and Nguyen,295）。小说中,福勒尔宣称数字是有灵魂的:"十二是正直、勤勉和睿智的;十三是一个孤独者,一个为得到想要的东西而毫不犹豫去触犯法律的可疑角色。"（73）

福勒尔与斯特恩中奖后,便再也没有购买过彩票。两人辞掉工作,搬到乡间别墅里，开始做包括期货、债券、房地产在内的一系列投资，并都取得巨大的经济收益。福勒尔得意地宣称，那张小小的彩票是"进入天堂的钥匙"，"一旦我们富有，我们就会变得很富有。一旦我们很富有，我们就会变得极其富有……好运似乎总伴随我们"(75)。事实上，福勒尔与斯特恩的投资成功并非偶然的个案，而是那个时代资本扩张与投资必然带来高额回报的结果。小说中类似的例子还有，奈施与姐姐从父亲那里继承的数十万美元的遗产其实并非父亲经营的小五金店的盈利收入，而是他的炒股与投资所得。奈施在公路上偶遇的职业赌手波兹自小父母离异，他与母亲艰难度日，父亲曾先后两次来看望他，每次都驾着豪华轿车且出手阔绰，其财富亦非劳动所得，而是来自垃圾债券(Junk Bonds)的买卖等。[2]

二、赌场赌博：穷人与富人

随着彩票的合法化，扑克、老虎机、赛马等其他形式的赌博也纷纷获得合法性，1978 年新泽西州的大西洋赌城正式开赌，标志着美国全面进入赌博合法化时代。与参与者大部分是低收入阶层的彩票不同，赌场吸引各个阶层参与其中，但是赌场对于底层的劳动者与富有的资产者的意义完全不同。美国内华达大学赌博研究中心的艾丁顿(W. R. Eadington)教授指出，对那些缺少工作与经济保障的人来说，赌博的目的在于赚钱；而对那些富有的人来说，赌博的目的在于娱乐(qtd. in Aasved, 48)。这种区分在小说《偶然的音乐》中得到了充分的体现。

小说主人公奈施和波兹参与赌博的目的是赚钱。奈施自小遭父遗弃，他和身为洗衣工的母亲相依为命。结婚后奈施一家住在租来的房子里，勉强度日。母亲几年前的一场大病使他身负重债，妻子不堪重负离他而去。经济困窘剥夺了他身为丈夫的尊严，将其挤压为一种空洞存在。父亲迟到的遗产对他已无意义，绝望之中，他辞去工作，处置掉所有家当，驾着刚买的新车，开始在各州无目的地漫游，享受金钱带给他的前所未有的自由。可漫游一年之后，遗产将尽，这意味着他又要落入先前生活的"铁笼"内。惶恐之中，他频频光顾赌场，试图赢点钱以延长他的自由，但他输掉的要比赢来的多。

与奈施不同，波兹直接以赌博为生。中学毕业后，波兹以父亲所给的五千美元为赌资,开始混迹于各类赌场,过着朝不保夕的日子,却坚持认为这是一条"通往名望与财富巅峰的大道"(49)。让波兹如此沉溺于赌博的还有另外一层原因,即赌博给他带来掌控自己命运的美好感觉。赌博除一定的技巧外,偶然性发挥着极为重要的作用。"偶然性使赌博成为一种民主机制,它向所有人敞开了可能性"(Smith,104)。赌博似乎摆脱了现实中的剥削关系,赌民们以技巧和运气参与角逐,机会均等,赌桌由是成为民主的集中体现,而这正是美国的资本主义体制所缺乏的。波兹自豪地宣称,赌博中"最重要的是我在做我想做的事情。如果我输了,那是因为我笨;如果我赢了,钱都是我的。我再也不必听任何人的责骂……我是自己的老板"(32)。

与底层劳动者不同,上层资产者完全将赌博视为一种娱乐活动。波兹曾与几个纽约的律师、证券经纪人一起玩扑克赌博,对这些富人来说,赌博的目的在于"寻求一点周末的兴奋与刺激"(25)。与这些人一样,彩票中奖之后的福勒尔与斯特恩也频频光顾赌场、找寻快乐,在大西洋赌城,两人二十分钟便输掉一万美元。这让同桌赌博的波兹很是吃惊,"在我的一生中从未见过如此愚蠢的赌钱"(31)。不仅如此,福勒尔和斯特恩还对波兹的牌技大加称赞,并邀请他到家中再赌一把。波兹对此当然求之不得,只是苦于缺乏赌资。与奈施的偶然相遇解决了这个难题,两人约定由奈施出赌资,波兹赌赢后五五分成。

奈施所提供的一万元赌资是其遗产的最后一部分,因此这场赌博对他而言意义重大:如果赢了,他就能继续公路上的漫游,继续享受自由;如果输了,他将一无所有。福勒尔与斯特恩玩牌却不是为了钱,而是为了提高牌技。他们邀请波兹后,立即重金请来扑克高手培训了一周,两人牌技大有起色。波兹虽然在扑克赌博刚开始时领先,但最终还是败在两人手下,不仅输掉包括奈施的车在内的一切,而且还欠下一大笔赌债。

具有讽刺意味的是,尽管先前两位富翁声称他们打牌不是为了钱,或许他们付给扑克高手的培训费要远远超出这次赌博所得,但赌博结束之后,他们坚持对方必须在还清赌债后才能离开。无奈之下,奈施与波兹只好接受以体力劳动来偿还赌债的提议。酷爱历史收藏的福勒尔从爱尔兰买来一个 15 世纪的城堡,并花巨资将城堡的每块石头运回家中,准备修一面石头墙。奈施与波兹正好可以充当修墙的劳力。工资、住宿等细节商定后,双方签下合同,约定两人工作五十天后便可还清债务、离开此地。于是他们开始了在富翁管家严密监视下的艰苦劳动。

可以设想的是,如果这次赌博富翁输了,那么输的结果将对他们毫发无伤,或许他们会再请来高手培训,直到赌赢为止。然而经济状况本来就岌岌可危的奈施与波兹却担负不起输的后果,这直接导致他们被强制劳动的可怕后果。赌博绝非波兹所认为的可以主宰自己命运的方式,也绝非机会均等的民主场所,在很大程度上它是"资本主义经济剥削的另一种方式",是"资本主义加强自身的另一个途径"(Aasved,49)。

三、赌博合法化:幻觉与现实

许多研究者都指出赌场赌博本身没有制造任何产品,不会创造新的财富,宏观上看是弊大于利。美国学者格瑞夫斯曾用十年时间考察美国赌博的收益与成本后指出,赌博造成的犯罪、失业、贫困等社会问题的治理成本是其收益的三倍多(Grinols,184)。既然赌场赌博成本远大于收益,为什么许多州纷纷将其合法化?

奥秘首先在于赌博强化了美国既有的分配机制,从中得利的是少数的赌商及投资人,为其成本买单的则是社会大众。

其次,合法化的奥秘还在于赌博发挥着重要的意识形态功能。阿尔都塞指出,统治阶级的有效统治既需要监狱、警察等暴力性的国家机器,又需要文化、教育等意识形态的机器。两种国家机器相辅相成、共同发挥作用,以确保"生产关系的再生产,即资本主义剥削关系的再生产"(Althusser,344)。20世纪后半叶美国已进入国家资本主义时代,资本的扩张保障的只是少数资产者的利益,广大民众被裹挟其中,成功的机会少之又少。奈施、波兹及他们的母亲便是明显的例子。然而合法化后大面积蔓延的赌博不但成功地掩盖了这个现实,而且对它进行了改写:资产者的富有是其运气和才能所带来的,穷困者的贫困也是其运气与才能造成的,与社会体制无关。由此,借助于赌博的意识形态功能,资产者便能顺利地继续其统治。

阿尔都塞曾一针见血地指出,意识形态其实与社会现实不符,是对大众的生存状况的一种歪曲,是"个人同自己身处其中的实在关系所建立的想象的关系"(355)。所谓机会均等、成败在天的主导意识形态不过是种幻觉,真正的现实是小说中斯特恩建造的"世界之城"所展现的"规训"与"惩罚"。该"世界之城"是斯特恩用木头制作的微型城市,由四个场所组成:银行、法院、监狱和图书馆。监狱中的情形被特别展现出来:一些犯人在愉快地劳动,一个被蒙面的犯人正在等待被处死。

有批评家指出,斯特恩的"世界之城"象征着一种世界秩序,这种世界秩序有效地控制着社会中的每个人,并成功地把个体"规训"为符合要求的主体(Woods,152)。"世界之城"中的银行确立了每个人的经济地位与阶级地位;法院与监狱通过法律与暴力对那些抵抗的个人进行惩罚,用福勒尔的话讲,即把"恶"转变成"美德";图书馆则代表着文化、教育等意识形态国家机器,它们塑造并决定着个人的观念体系。阿尔都塞认为,意识形态的功能在于"把个人传唤为主体",保证主体承认自己的身份并按照身份要求具体行事,并且绝大多数情况下主体都在进行着自我监督(261—372)。那些不符合要求的主体则会受到监狱、警察等的威胁与惩罚,或被迫认同统治阶级的意识形态,或被清除出局。

奈施便是一个被统治阶级的意识形态成功驯服的主体,他没有去质疑先前倍受挤压的贫穷生活,而只是凭借无目的的公路漫游来享受些许自由。与富翁的赌博惨败后,他毫无疑义,甚至心甘情愿地接受他们筑墙还债的提议,一厢情愿地认为筑墙是合同约定下的自由劳动,而忽视了被囚禁、被强制的现实。然而当合同规定的五十天期满后,两位富翁却擅自违反合同,将劳动时间又延长三周。波兹忍无可忍决定逃跑,并三番五次劝奈施一起离开,但奈施拒绝了,"如果我在还清债务之前偷偷离开,那我还算什么东西"(166)。如同福柯圆形监狱中的犯人,奈施感觉到自己时刻处于福勒尔与斯特恩的监视之下,这促使他自觉地按照两位富翁的规定来要求自己,将外在的权力内化为一种自我监督。

与奈施不同,波兹对筑墙还债的提议心存疑虑,他告诫"奈施信任那些混蛋是一种错误"(111),并力劝奈施不要签字。但福勒尔威胁说要叫来警察,波兹不得不接受该合同。有学者曾指出,出身贫寒、受教育较少的年轻人更容易对现状提出质疑,如果他们能够正确地分析社会现状并找到其背后隐藏的权力压迫机制,他们将会成为社会变革的决定力量,但无所不在的赌博否定了这种可能性,因为它凸显的是运气与技巧,鼓励的是迷信与愚昧(Nibert,328)。波兹虽出身下层,受教育较少,对社会体制也有一定的怀疑,下意识地认为现实中的一切都对富人有利,"这个世界掌控在一群混蛋手中"(135)。但他的这种质疑并未走多远,赌博成功地转移了其注意力。他没有去追问为何两位富翁有权强迫自己劳动,而是一味地寻思自己赌输的原因,并最终将之归因于奈施的中途离开。那天赌博开始时,奈施坐在波兹身旁观战,当看到波兹连连获胜时,他放心地到外面休息了一会儿。这本是最平常不过的事情,在波兹眼里却非同小可。他声称这"破坏了宇宙的一种根本原则"(138),损坏了他的好运。波兹将一切都归因于运气,这从根本上消解了其潜在的革命性。不仅如此,当他对富翁擅自延长劳动时间的做法进行抵抗并试图逃跑时,他受到了最严厉的惩罚,被打得奄奄一息,成为权力体制的牺牲品。

赌博本身其实无固定含义,它犹如一个无固定含义的能指,其所指随着时代与社会的变化而变化。通过奥斯特的小说《偶然的音乐》,我们可以看到赌博在美国 20 世纪六七十年代的特定所指,它已然成为美国资本扩张时代一种有效的"规训"手段,是主流意识形态的一种新的强化机制,是当代美国资本主义社会的"安全阀"。在赌博合法化之前的美国社会中,赌博与懒惰、罪恶、病态相联系,被认为是一种需要严加防范的活动;但在合法化后,它与休闲、娱乐、常态相联系,被认为是一种正常需要的行为。在其变换的所指背后有一点是确定无疑的,即任何时候赌博的所指均由统治阶级根据具体的政治、经济条件给定,赌博由此成为一种具体的社会表征。小说《偶然的音乐》为我们掀开当代美国资本主义社会厚重幕布的一角,使我们得以窥见赌博合法化的真正原因、意识形态"规训"功能以及美国被有效遮蔽的权力运作机制。

注解【Notes】

① 彩票是赌博的一种形式,购买彩票的人试图以极小的投入来赢取最大的收益,见 Lottery. 26 Dec. 2014. Wikimedia Foundation. 28 Nov. 2015.〈http://en.wikipedia.org/wiki/Lottery♯United_States〉

② 垃圾债券主要是一些小型公司为筹集资金而发行的一种非法证券,20 世纪 70 年代以前它的信用受到怀疑,问津者较少。70 年代以后,它的市场急剧膨胀,迅速发展起来。

引用文献【Works Cited】

Aasved，Mikal. *The Sociology of Gambling*. Illinois：Charles C Thomas Publisher，2003.

Althusser，Louis. "Ideology and Ideological State Apparatuses." *Philosophy and Politics：An Althusser Reader*. Ed. Chen Yue. Changchun：Jinlin People's Publishing House，2003. 335 - 47.

［路易斯·阿尔都塞：《意识形态和意识形态国家机器》，载陈越编：《哲学与政治：阿尔都塞读本》，长春：吉林人民出版社，2003 年，第 335—47 页。］

Auster，Paul. *The Music of Chance*. New York：Penguin Books，1990.

Blalock，Garrick. "Hitting the Jackpot or Hitting the Skids：Entertainment，Poverty and the Demand for State Lotteries." *Perspectives on Gambling：Lotteries，Wagers and Casinos*. Ed. Malden Laurence. Oxford：Blackwell Publishing Ltd.，2007. 80 - 96.

Caplan，Roy. "The Social and Economic Impact of State Lotteries." *Annals of the American Academy of Political and Social Science* 474 (1984)：98 - 106.

Grinols，Earl L. *Gambling in America：Costs and Benefits*. Cambridge：Cambridge UP，2004.

Irwin，Mark. "Inventing the Music of Chance." *Review of Contemporary Fiction* 14.1 (Spring 1994)：80 - 82.

Li，Jinyun. "On the Narrative Art in Auster's *The Music of Chance*." *Contemporary Foreign Literature*，2014(2)：32 - 39.

［李金云：《论奥斯特〈偶然的音乐〉的叙事艺术》，《当代外国文学》2014 年第 2 期，第 32—39 页。］

Li，Qiong. *Paul Auster's Quests：Finding One's Place in the Darkness*. Xiamen：Xiamen UP，2012.

［李琼：《保罗·奥斯特的追寻：在黑暗中寻找自己的位置》，厦门：厦门大学出版社，2012 年。］

McMillen，Jan. "Understanding Gambling：History，Concepts and Theories." *Gambling Culture*. Ed. Jan McMillen. London & New York：Routledge，1996. 12 - 28.

Nibert，David. "State Lotteries and the Legitimation of Ineniquity." *The Sociology of Risk and Gambling*. Ed. James F. Cosgrave. New York & London：Routledge，2006. 330 - 349.

Oberman，Warren. "Existentialism Meets Postmodernism in Paul Auster's *The*

Music of Chance." *Critique* 45.2 (Winter 2004): 191 - 206.

Smith, James F. "When It's Bad It's Better: Conflicting Images of Gambling in American Culture." *Gambling Cultures*. Ed. Jan McMillen. London & New York: Routledge, 1996. 98 - 112.

Toneatto, Tony, and Linda Nguyen. "Individual Characteristics and Problem Gaming Behavior." *Research and Measurement Issues in Gambling Studies*. Ed. Garry Smith, David C. Hodgins, and Robert J. Williams. Amsterdam & Boston: Elsvier Academic Press, 2007. 291 - 304.

Walker, Douglas, and John D. Jackson. "Can Casinos Cause Economic Growth." *Perspectives on Gambling: Lotteries, Wagers and Casinos*. Ed. Malden Laurence. Oxford: Blackwell Publishing Ltd., 2007. 137 - 151.

Walker, Michael. *The Psychology of Gambling*. New York: Pergamon Press, 1992.

Weber, Max. *Protestantism and the Spirit of Capitalism*. Trans. Yu Xiao and Chen Weigang. Beijing: SDX Joint Publishing Company, 1987.

［马克斯·韦伯:《新教伦理与资本主义精神》,于晓、陈维纲等译,北京:三联书店, 1987 年。］

Woods, Tim. "The Music of Chance: Aleatorical (Dis) harmonies within 'The City of the World'." *Beyond the Red Notebook: Essays on Paul Auster*. Ed. Dennis Barone. Philadelphia: U of Pennsylvania P, 1995. 143 - 161.

作者简介:李金云,文学博士,武汉科技大学外国语学院副教授。

原文载于《当代外国文学》2016 年第 2 期。

认知诗学的"可能世界理论"与
《慈悲》的多重主题

熊沐清

引　言

认知诗学(cognitive poetics)得名于以色列特拉维夫大学的楚尔(Reuven Tsur)。楚尔在1992年出版了一本可以说是认知诗学的发轫之作:《走向认知诗学理论》(*Toward a Theory of Cognitive Poetics*)。2002年,英国学者斯托克维尔(Peter Stockwell)出版了《认知诗学导论》(*Cognitive Poetics：An Introduction*),翌年,加文斯(Joanna Gavins)和斯蒂恩(Gerard Steen)出版了姊妹篇《认知诗学实践》(*Cognitive Poetics in Practice*,2003),之后其他学者又陆续出版了多部认知诗学专著或文集,如楚尔的《走向认知诗学理论》第二版(*Toward a Theory of Cognitive Poetics*,2008)、吉尔特(Geert Brne)和范戴尔(Jeroen Vandaele)的《认知诗学:目标,成果与不足》(*Cognitive Poetics：Goals，Gains and Gaps*,2009)。2009年,斯托克维尔推出了他的新著《文本结构:关于阅读的认知美学》(*Texture：A Cognitive Aesthetics of Reading*)。一时间,认知诗学的热潮似乎开始涌现。但国内学界对认知诗学的介绍及其方法的创造性运用还不多,本文将以《慈悲》(*A Mercy*,2008)为实例对认知诗学的一个重要范畴"可能世界理论"作简要介绍。

《慈悲》虽然篇幅不长,却具有史诗般的宏大和力度,描绘了一幅17世纪晚期美国殖民和拓荒时期的社会生活画卷,尤其对蓄奴制着墨较多。不过,《慈悲》的主题并不限于"蓄奴"或"奴役",而是有着更为宏阔的视域和更为深刻的关切。本文力图运用认知诗学的可能世界理论探讨这部小说如何利用独具匠心的叙事策略编织起真实而繁复的可能世界,借以表现多样统一的多重主题。

一、认知诗学的可能世界理论

"可能世界理论"(possible worlds theory)是认知诗学一个非常重要的理论领域。"可能世界"是模态逻辑的基本概念,指一种可以想象的事物状态的总和,它既可以指我们生活在其中的现实世界,也可以指与现实世界不同但可以思议的其他世界。斯托克维尔借用了逻辑学中的世界理论,认为现实世界只是许多个可能世界之一种,并进而借用这种观点来讨论"话语世界"(discourse world):"话语世界"可以理解为读者与可能世界的互动,是具有叙事和认知维度的、想象的可能世界。斯托克维尔希望能把该理论的应用扩大到整个小说的讨论中,使之包括整个语篇,涵盖丰富的文学话语世界(Stockwell,99)。

艾琳娜·塞米诺(Elena Semino)在可能世界理论框架中提出"文本三层次"说,认为人们在理解话语时——不管这话语是事实的还是虚构的,都会在头脑中建构一个心智的再现(mental representation,或译"心智表征")。这些心智的再现在心理学中叫作"心智模型"(mental models),在认知语言学中叫作"心智空间"(mental spaces),在认知心理学中它又叫作"叙述世界"(narrative worlds),在认知诗学中则叫作"文本世界"(text worlds)。典型的文本世界分析通常始于把一个特定话语分解为三个相互关联的层面。第一层面是"话语世界"(discourse world),其言语事件中有两个及两个以上的参与者。它可能是面对面的也可能是远距离的对话,或者是任何形式的书面交际。随着语言事件的发展,每个参与者都构建了一个心理表征或"文本世界",依靠这个心理表征他们就能够处理和理解当前的话语了。这个"世界"组成了文本世界理论分析的第二个层面。一旦文本世界建构完成和开始发展,从起始的文本世界中分离出来的无数的其他"世界"就会产生。这种分离构成了话语世界理论的第三个层次,即"亚世界"。(Gavins & Steen,85—97)

根据艾琳娜·塞米诺,可能世界理论在认知诗学中的作用主要有4个:

（1）界定虚构作品。这一功能主要用于解释读者是如何理解和接受作品的，或者说，解释文学作品如何作用于读者，如何被读者理解为"真实"。比如，拿到海明威的某一短篇，读者意识到这是一篇文学作品，一方面，读者不会把它与自己的真实世界等同起来，但另一方面，不管读者把海明威的这一作品看作自传还是看作历史小说来读，他们都可能假定这个文本真实世界在其他方面都与读者的"真实"世界相符合，因而就会在读者自己的地理和历史知识基础上使这个虚构世界变得有血有肉。（Gavins & Steen, 85）因为，"现实和虚构在认知上并不是分离的，两种现象根本上说都是以同样方式进行处理的。"（熊沐清，11）

（2）描述虚构世界的内在结构。赖恩（Ryan）把某一特定文本领域中的真实领域称为"文本真实世界"，而把所有未能实现的世界称为"文本备选的可能世界"。赖恩的这一区分为区分虚构的与非虚构的文本提供了一个基础，即：一方面，在非虚构文本中，文本真实世界（text actual world）对应于读者的"真实"世界，也就是说，与读者心目中的"真实"世界相符；另一方面，在虚构文本中，文本真实世界则是与读者的"真实"世界分离且不相同的。赖恩的文本世界包括：知识世界（Knowledge worlds，涉及人物的信念）、知识世界的预期扩展（Prospective Extensions of Knowledge worlds，涉及期待等）、意图世界（Intention worlds，涉及计划）、义务世界（Obligation worlds，涉及道德介入和禁忌）、愿望世界（Wish worlds，涉及愿望）、幻觉世界（Fantasy Universes，涉及梦幻和幻觉）。（Gavins & Steen, 87）

（3）区分不同体裁。可能世界理论是由逻辑学进入到叙事学领域的，目前，它还仅限于在叙事作品中运用，因而，它"区分"了叙事作品（小说、故事等）与非叙事作品（如抒情诗）这些不同文学样式。

（4）可能世界方法尤其有助于描述文本领域的内在结构和解释情节的发展。（Gavins & Steen86）世界之间（如愿望世界与真实世界或义务世界之间）的冲突推动情节发展。赖恩主张，情节的发展可以从同一文本域中包含的多种世界之间的相互关系变化中得到解释。比如，海明威的短篇（A Very Short Story）的特点就是人物浪漫的愿望世界与故事结局的冲突，所有的愿望世界都落空了。

笔者认为，可能世界理论的作用还可以再加上 3 个，即：

（1）有助于分析文本的多重叙述层和叙述视点，也可以说是对第 2

条的补充和细化。可能世界理论在解释小说内在结构时对"叙述层"概念有辅助、印证乃至替代的功用，有助于更好地解释一些叙事学方面的课题，如叙述人、叙述对象、视点、焦点、故事内与故事外、同故事与异故事等。叙事学虽然关注了叙述层，但同一叙述层则可能有多个可能世界，这就可以将叙述层的内在结构剖析得更为精细。

（2）有助于分析文本的多重主题和意蕴。叙事学关心的焦点是"Who sees?"，而可能世界理论还关心"What to be seen?""How is it to be understood?""How is it to be true?"等问题。

根据刘易斯的模态实在论原理：一个世界可能处的每一种状态都绝对是某个世界实际所处的一种状态，并且一个世界的每一个部分可能处的每一种状态都绝对是某个世界的某个部分实际所处的状态。所以，"每一个世界在其自身当中都是现实的，从而所有的世界都具有同等的地位"（刘易斯，666）。这就给予我们这样的启示：每一个可能世界都具有其内在的根据，是一个相对自足的"存在"或"实体"，有自己的运行规律。它与另外一个可能世界可以是有关联的（比如具有内在的相似性关系或时空关联），但从逻辑上说，"世界彼此之间是时空和因果孤立的；否则，它们将不是整个的世界，而是一个更大的世界的部分"（刘易斯，653）。因此，在不同的可能世界中，至少有一事物状态在一可能世界出现，在另一可能世界不出现。这就意味着：一个可能世界中蕴含的主题，不一定在另一可能世界中为真（即有相同的主题蕴涵）。

（3）有助于挖掘文本的审美潜能。认知诗学的可能世界理论还可以用来描述价值可能世界（possible world of value）。广义的价值论涉及对人的精神活动各领域的评价，即涉及认识、行为和欣赏方面。人们常常分别用真或假、善或恶、美或丑来评价上述三个方面的事态或心态。它们分别被称作认识价值词、道德价值词、审美价值词。它们运作的范围可分别被称作认识世界、道德世界和审美世界（弓肇祥，304）。塞米诺也指出："情节的美学价值根本上有赖于叙事世界里实质域的丰富和变化程度。"（Gavins & Steen，88）

总之，叙事学主要是关心技术层面上的问题，而可能世界理论始于解决逻辑上的真值问题，在认知诗学中发展为解决文本世界的真实性和价值问题，而这个真实性与价值问题又可以引发一连串思考。换言之，可能世界理论带给我们的不是一个现成的文本分析模式，而是启发我们去审视更多的东西。正是由此出发,我们发现《慈悲》并不是仅仅讨论"奴役"主题,而是通过创造多重可能世界去展现更为宏阔的视域和更为深刻的关切,表达包括"奴役"在内的多重主题。

二、《慈悲》中的"人性"主题

概括地说,《慈悲》的主题包括奴隶问题(不仅是黑奴,也涉及白人奴隶)、两性问题、母女问题、姐妹情谊、宗教问题、"美国梦"、殖民地时期的经济生活问题(包括商业伦理)等。而归根结底,作者关注的是人性问题,所以书名是"慈悲",这是一个关乎人性的问题。

莫里森当然关注蓄奴制问题,但她在《慈悲》中并不是专门探讨这个问题,这超出了她的能力范围。蓄奴制这个题目太大,如果专门讨论它"对我来说就如同驾一只小筏子闯进大西洋"(Norris,2008),所以她只能去写一个个具体的个人,以特殊反映一般,用艺术的手法再现三百多年前那一段血腥的历史。从认知诗学角度看,蓄奴制及其发生的时代只是小说的"背景"(ground),作者想要着力探讨的才是"图形"(figure)。莫里森的终极目的是要透过历史迷雾探讨深藏其中的普遍真理(Brand,2008)。所以,有学者评论道:"这部篇幅短小的小说具有史诗般的视界,莫里森的崇拜者赞扬小说那强烈的主题发展,即使他们会为人物因此未能得到充分发展而感到有些遗憾。"(Whipple,2008)

那么,莫里森要探讨什么样的普遍真理呢? 笔者认为:对人性弱点的剖析是小说最核心的主题。虽然限于整体篇幅和结构上的切割(几个主要女角色各占一章),这部小说中的人物性格大多没有得到充分展开,但有一点是很明显的:几乎没有一个人物是完全彻底的负面人物,也没有一个完美的"好人"。莫里森一反传统的"主人—奴隶"叙事套路(Galehouse,2008),没有描述特定的主人—奴隶间的冲突。如对白人农场主的评价还是比较好的,这就表明,莫里森在小说中对奴隶制的批判是着眼于制度而不是塑造一个"奴隶主"典型。即使是最具负面色彩的多尔特格(D'Ortega),莫里森也只是透过雅各布(Jacob)的眼光,让雅各布"想象"他们恶毒地对待仆人(20)。而且,多尔特格并不是小说的主要人物。这样一来,似乎小说并不着意刻画某个坏人——当然也没有着意刻画某个好人,这就不仅突破了以往类型人物的成规,也没有典型人物,而是一组人物群像。

另一方面,小说中的各色人物有着不同的阶级、种族和文化背景,但他们具有一定代表性:莉娜是本地人的代表,丽贝卡是白人代表,弗洛伦丝是非洲黑人代表,雅各布是心地较好的农场主代表,多尔特格是较为负面的农场主代表,神秘的"铁匠"则是难以企及的"理想的化身"或者传递神意的使者。几个女性更具有代表性和一致性:她们某种意义上都是奴隶,而且都有着相似的人性弱点,也都受到不同形式不同程度的伤害。所以,包括雅各布,他们都需要"慈悲"。正是因为这些各色人等都需要"慈悲",莫里森才以一种神谕的口吻、"神谕的句式"(voice-of-God sentence)讲述他们的一个个故事。(Long)

商业伦理是小说尤其是第二章的主题之一,但它服务于一个更高层级的主题,即人性的主题。雅克布既是一个相对好的白人奴隶主,又是一个非常实际而规矩的生意人,贩卖人口不在他的生意范围内:"我只做货物和黄金买卖。"(25)他认为,在多尔特格骨子里有些东西是逾越了天主教教义的,它们是如此肮脏和污秽。但是雅克布能做的只是洁身自好,"除了商业上的来往,他是不会跟他们中的高层或底层打交道的"(23)。对于多尔特格用奴隶来还他欠下的债,"想到自己接受把小女孩当作部分偿款,他感到羞耻"(32)。但雅各布也有自己的弱点:对于多尔特格的富有和骄奢,他不免有"嫉妒之心",在脑海中想象着这对夫妻举办婚礼时的各种缺陷,从而聊以自娱(19)。这可以算是他道德上的小小瑕疵。而到后来,他砍掉 50 株树为自己修建豪宅,给自己招来了厄运,"当他的大房子快要完工时,他病倒了"(44)。

健康美丽的莉娜(Lina)也有她的弱点:当丽贝卡来到农场成为农场女主人之初,"一个拘谨的欧洲女孩却有着当然的权威使莉娜感到愤恨"(53)。她对索柔(Sorrow)没有好感,断定女主人之前几个儿子的夭折一定是因为索柔所受的诅咒造成的(55)。此外,她也是一个缺乏独立品格的人,"她分类整理着积累着哪些敢去想的,哪些从记忆里删除,她就这样塑造着自己的内在和外在。直到女主人的到来,她的自我塑造几近完美。很快就不可压制"(50)。

女主人丽贝卡(Rebekka)也不完美。她在丈夫死后曾试图把莉娜赶出家门,又打算把弗洛伦丝卖掉(155)。她对女仆们是刻薄的,"不论什么天气,她都让莉娜、索柔、索柔的女儿和我(指弗洛伦丝)不是睡在牛棚里,就是睡在堆满砖块、绳索工具和建筑废料的贮藏室里"(159)。"有一天晚上下着冰冷的雨,索柔和她女儿在楼下先生死的屋子门后避雨,小姐打她耳光,打了很多次"(159)。

莫里森探讨的人性并不是抽象意义上的普遍人性,而是在美国蛮荒时代特定环境中受到激发并得以充分显露的人性或人性的弱点。在这种情境中,人性——负面的或正面的——才能得到最充分的显现。简言之,她要着力探讨的不是人面对自然威力或面对世俗诱惑,而是在困难条件下,人与人的关系以及在这种关系中显露出的人性,是"人类特性的意义以及它与群体的关系,是两者间关系的建立或分离"(Long,2008),正是由这一目的出发,莫里森才得出结论:人们需要慈悲。这种慈悲有宗教意味,却未必是纯粹宗教的命题。所以,小说在最后点题说:"接受对他人的支配是艰难的;夺取对他人的支配是错误的;把自己交给他人支配是邪恶的。"(167)这个递进句式表明:最不幸的是把自己任由他人支配,也就是丧失了独立人格和主体意识。这种"任由他人支配"中的"他人"不仅是指白人奴隶主,也不仅是指同种族同肤色的他人(对女性而言指男人),甚至指向上帝!小说中还有这样一句话:"这不是上帝赐予的圣迹。这是人给予的奇迹。"(166—167)这句话表明:"慈悲"来于人自身而不是来于上帝。这是对书名的提示:人性的弱点使人们需要慈悲,而这种慈悲只能来自人自身。

在莫里森看来,人性的弱点集中体现在内心自由的缺失。小说中,弗洛伦丝(Florens)转述铁匠(Smith)的话说:"奴隶比自由人还自在。"(160)这就意味着内心的自由比人身自由更重要。比如弗洛伦丝,她的最大弱点就是缺乏主体性和独立人格。她不仅人身不自由,精神上也不自由。"精神上的不自由让弗洛伦斯在恋爱中也忽视自我","这种甘心受缚的心态注定了弗洛伦斯在爱情上的失败"(王守仁、吴新云,39)。

小说中有一段弗洛伦丝和心上人的对话堪称全书的"点睛之笔":

我问你,你为什么要毁了我。

……

因为你是一个奴隶。

……

你什么意思？我是奴隶，那是因为我是主人买来的。不对，是你自己成了奴隶。

怎么这样说？

你头脑空空，身体狂野。我爱你。

那也是奴隶的方式。(141)

铁匠说弗洛伦丝自愿做奴隶，哀其不幸之余更怒其不争。这一段有点题之妙。没有了内心的自由或者对自由的追求，那就只能是一个奴隶；如果人们又没有了相互之间的怜悯即爱，那么"他们都是孤儿，每个人都是"(59)。

三、多重世界中的多重主题

如前所述，奴隶或蓄奴制问题是全书的核心问题，但莫里森并不是单纯讨论这个问题。作品众多的"可能世界"中并没有一以贯之地专注于奴隶问题，而是探讨在特定背景下由奴隶问题引发和激化的人性问题。

《慈悲》全书没有标出章节序数，但实际上共有 12 章。小说首先引起读者关注的是：莫里森交叉使用第一人称和第三人称叙述，把全书分为了两种不同类型的叙述文本。小说的奇数章和偶数章各自是不同类型文本世界。其中，奇数章是第一人称叙述，偶数章是第三人称叙述，但最后两章都是第一人称叙述。第一人称叙述的奇数章和第三人称叙述的偶数章不仅是不同类型文本世界，更重要的是两种不同文本世界有着不同功能，也有着不同的主题和侧重。整体而言，奇数章较多地涉及思维呈现，因而较为直接地起了点题的作用，如第九章结尾处；此外，也较多地探讨了两性之间的关系。而偶数章则更多地描述了当时的社会生活场景。奇数章和偶数章构成了全书相辅相成的两条主要叙述线索，编织起了多重文本世界，借以表现多重主题。

可能世界理论在主题揭示方面给我们一个启示：不能仅仅关注某个单一主题，因为每一个可能世界都有自己的中心话题和主题，这就要求我们既要将全书视为一个整体，又要充分重视一个个可能世界，而且要把这个可能世界本身看作一个自足的整体，注意它的相对独立性，因为"在一个世界，一个世界是现实的；而在另一世界，另一个世界是现实的"(刘易斯,668)。正是在这样纷繁多样的可能世界中,《慈悲》表现了多重主题。所以,莫里森没有把故事的场景置于某一固定地点,也没有把叙述者固定于某一个人,而且也没有把故事主题固定在某一特定人物身上,虽然奇数章的故事主体是固定的。

奇数章是女主人翁弗洛伦丝的自述。黑人女孩弗洛伦丝被母亲卖给农场主雅各布,而且是母亲恳请雅各布带走女儿(7)。这件事成了弗洛伦丝心中长久的痛和难解之谜。这一事件在第二章得到了详尽的描述。第二章以第三人称叙述了雅各布如何买走弗洛伦丝。弗洛伦丝的母亲非常急迫地说:"求求你,先生。不要带走我。带走她。带走我的女儿吧。"(26)雅各布对母亲如此急于出卖自己的女儿也深感不满,认为这是"最卑鄙的交易。"(26)小说的最后一章即第十二章是"母亲"(mãe,葡萄牙语,意为"母亲")的自述,她呼吁女儿"理解我"(162),并说出当初为何要雅各布把女儿带走的原因:因为雅各布"心中没有兽性"(163)。这一事件是小说一个结构性情节,贯穿于小说的始终,并由此构成小说的话语世界。从认知诗学世界理论来说,它是推动叙述在文本世界中向前发展的功能推进命题(function-advancing proposition)(Stockwell,137)。这一可能世界的主题无疑是对"蓄奴制"的批判和对"奴役"的剖析。

如前所述:一个可能世界中蕴含的主题,不一定在另一可能世界中为真(即有相同的主题蕴涵)。每一个可能世界都有自己独立存在的根据,使自己迥异于另外的可能世界。因此,在这部中型小说里,莫里森编织了多重文本世界,并借由这一个个不同的可能世界表达出不同的关切和主题。事实上,莫里森在这部小说中是多意图的(many-minded)。

小说的偶数章(第十二章除外)是由故事外叙述者叙述的"可能世界",而且,每一章讲述一个主要人物的故事。并且,除第二章外,其余各章的主要角色都是女性,且每一章围绕一个不同女性主角讲述故事,第十章则对各个女主角的最终命运做了交待,同时讲述了两个次要男角色威拉德(Willard)和斯卡利(Scully)的故事,从而从不同人物角度编织了一个个不同的可能世界。其中,更多的是关于两性、伦理、宗教等问题的探讨而不仅仅是奴隶买卖和蓄奴制。

小说第二章的主角是雅各布,这一章讲述他去向白人农场主多尔特格讨债的经历。在这一章里,雅各布一路走来一路思忖,他想到了殖民初期的争战:六年前由黑人,本地人,白人,以及被释放的黑白混血囚犯以及奴隶等参与的那场"人民战争"(10)。战争使许多人背井离乡,四处漂泊。雅各布质疑这场战争到底是为了上帝、国王还是为了土地?(11)他其实清楚:年复一年的任意扩张也许由教会主张,由公司统管或者王室送给儿子或喜爱子女的礼物变成了私人财产(12—13)。这是关于殖民扩张的主题。雅各布对教会也多有嘲讽:牧师阔步走在镇上;他们的教堂危及镇上的广场;法律,法庭以及部落是他们专有的领域(13)。雅克布看来并无太重的宗教意识:"雅克布想要的伴侣是这样的:她不属于任何教会并且已到了生育年龄。"当然,两性关系也是必然会涉及的。雅各布理想中的伴侣应该是这样:顺从但并不卑微,受过教育但并不高傲,独立但有教养。他不需要一个爱唠叨的女人(20)。"在适当的环境下,女人是自然可以信赖的"(34)。这里父权制影响显而易见。他的妻子丽贝卡就是这样的理想女性,"她身体里没有丝毫泼妇的因子"(20)。

其余各章也自成一个可能世界,服务于不同的主题和叙事目的。第四章是从女奴莉娜的视角看到的一个可能世界。这个可能世界里充满着种族和宗教的冲突。莉娜是一个"对任何事情甚至对月亮是否升起都怀疑不定"的人(58),可是她清楚地知道:在她曾被带去的城镇里,根据法律,任何非洲人若有这种大胆的怀疑行为都将要挨鞭子。令人难以理解的是:欧洲人可以平静地反驳母亲,用比麋鹿叫声还大的火枪当面射杀老人,或因为一个非欧洲人直视了一个欧洲人而恼怒(46),而当她需要帮助时,威拉德和斯卡利这两个本不会让她失望的人也不再出现,毕竟他俩都是欧洲人(57)。这些都暗示了种族差异与种族歧视。

宗教冲突也是小说主题之一。尽管莫里森并非无神论者,而且她的作品包括《慈悲》的书名都具有浓烈的宗教意味,但这并不表示她没有自己的宗教思考,尤其应该注意的是:她不能让笔下人物具有和她完全一样的宗教观,在人物所处的可能世界中,人物是独立的。小说中多处提到或论及宗教,而且大多隐含着嘲讽。由于这些嘲讽并不仅仅出现在某个单一的可能世界,这就有可能视为接近莫里森本人的宗教观。

莉娜虽然从小受到母亲的宗教熏陶,但她生性倔强,大人们认为穿兽皮会惹怒上帝,所以烧了她的鹿皮衣服,给了她件粗呢衣,剪掉了她胳膊上的珠子手链,剪短了她的头发。最终长老会的人抛弃了她(48)。

而在丽贝卡心目中,宗教,根据丽贝卡从她母亲那儿得来的经验,就是由强烈的憎恨点燃的火焰。她的父母对彼此以及对孩子们都漠不关心,他们热情的火焰都留给了宗教信仰,而任何一滴给陌生人的慷慨的水都可能浇熄这火焰。丽贝卡对上帝的理解是微弱的,她将其看成不过是一个权力更大一点的国王,但是她并不因为自己不够充分的献身精神而感到多么羞愧,她觉得他不会比那些信徒想象的更气派、更强大。浅薄的信徒更希望上帝是浅薄的,而胆小懦弱者则信仰着一个狂暴、复仇的上帝(74)。

看来,丽贝卡对宗教似乎不是那么虔敬。她对宗教教派之间以及政教之间的斗争也"十分厌恶,迫不及待想要逃离,不论以任何方式"(77)。究其原因,幼小时宗教对人性的束缚埋下了不敬的种子,而成年后几个子女的相继夭亡更使她丧失了信心,所以在丽贝卡的可能世界里,我们一次次听到对宗教的嘲讽:告诉上帝她并不感激他的照看,这些也许会让她感到窘迫(79)。

没错,这些都是异教徒们的说法,可是却比丽贝卡一遍又一遍地听到的那些浸信会教众"我承诺我们会在审判日相见"的祈祷要让人感到安慰得多。整个夏天,她总是坐在门前做着缝纫,说着些亵渎信仰的话语(80)。

丽贝卡和莉娜的一段对话更直接以上帝为话题:

> 我认为上帝不了解我们的本性。如果他了解的话,他会喜欢我们,但我觉得他并不了解。
>
> 可是他造就了我们人类。不是吗,小姐?
>
> 是的,他还造就了孔雀的尾巴,这可更难。噢,小姐,我们会唱歌说话,孔雀则不会。
>
> 我们需要这样。孔雀不用。还有什么是我们人类特有的? 思想。创造东西的双手。
>
> 很好。但那是我们的活动。不是上帝的。他在这个世界上忙于其他事情。无暇顾及我们。
>
> 那他若不是时刻关照着我们的话,又在做些什么呢?上天知道(80)。

从这里我们不难看出丽贝卡对上帝的嘲讽。尽管丽贝卡越来越虔诚，但她心中始终是犹疑的。小说中也提道："她的信仰如此不坚定，也难怪上帝未曾保佑那个婴儿的灵魂，让她永远地消逝了。"(78)

弗洛伦丝的母亲也缺乏坚定的宗教信仰。在小说结尾处，她引述神父的话，却没有自己明确的表态："他听不懂或是不相信。他告诉我不要绝望，不要灰心，要全心全意地爱上帝和耶稣，为末日审判时得到解救而祈祷；不管别人怎么说，我不是没有灵魂的野兽，不是被诅咒的；新教传教士也犯错，也有罪；如果我保持思想和行为的清白，我就会超越不幸的人生进入永恒。阿门。"(166)这里也隐含了对宗教的嘲讽。

另一个重要的主题是"姐妹情谊"。作为一个女性作家，莫里森不可能不注意或者不流露出对这一问题的关注。事实上，从小说的结构和人物塑造就可以看出，莫里森把更多的笔墨给了女性。小说中现身的主要人物，其实就是雅各布和他身边的几个女子：他的妻子丽贝卡和女奴弗洛伦丝、莉娜和索柔(Sorrow)。莫里森分别给丽贝卡、莉娜和索柔一章篇幅，而只给了男性角色中雅各布一章篇幅。人物塑造方面，莫里森在小说中表现出了对女性一以贯之的同情态度，"因为女人长久以来活得不容易"(144)。

每当丽贝卡为自己的女性弱势、独身到一个陌生国度和一个陌生人结婚而担忧时，是那些女人消解了她的忧虑(83)。当这位来自欧洲的新娘踏下马车的那一刻，就和莉娜之间瞬间产生敌意(52)。然而，在这辽阔沉寂的蛮荒之地，这种相互嫉恨是完全没用的。即使在莉娜帮女主人接生第一个孩子之前，她俩都不可能持续冷战。基于当时境况，生存是第一位的，这也从另一个方面表明怜悯的必要。"她们两人互相作伴，渐渐就体会到比身份对立更有趣的事情"(53)。"姐妹情谊"超越了身份和种族，丽贝卡和莉娜渐渐"开始成为朋友"(53)。

艰难的生活使农场上的几个女人从敌视到接近再到理解和亲密，虽然"她们花了很长时间才建立起彼此间的信任"(75)，但最终获得对家庭的理解："一对善良的夫妻(父母)，三个女佣(可以叫作姐妹)。"(144)叙述人的补充评述把"姐妹情谊"明白无误地表述出来，这几个孤苦伶仃的女人必须像一家人那样才能在这片由男人主宰的蛮荒之地生存下去。

两性关系也是莫里森关注的问题之一。通过丽贝卡的遭遇，莫里森概述了17世纪英国贫穷妇女的命运。丽贝卡没有钱，又不愿兜售货物，不能摆个小摊或是去当学徒来换取吃住，即使进修道院也被上流社会所禁止，她的未来只能是当女佣、妓女或者是妻子，所以她远涉重洋来到蛮荒的美国(78)。至于莉娜，那些给莉娜取名的长老会教徒们从未问过她的经历，她在法律上没有身份，没有姓氏，不会有人把她当作欧洲人(52)。索柔的名字 Sorrow 意为"悲哀"，木匠说：不要在意她叫啥名字，你想怎么叫就怎么叫，因为她是被遗弃的(120)。Sorrow 名字的含义不仅折射出她的命运，而且也暗示了她作为人的权利被剥夺。在那个时代，殴打妻子是很常见的事(95)。女性地位的低下由来已久，在基督教诞生之前就已如此了，而上帝的形象只不过是父权社会的幻想产物。如路斯(Sheila Ruth)指出：由于西方文化是父权制文化，它的宗教包括其神祇也是父权制的(392)。在《慈悲》里，丽贝卡不无抱怨地想："对于一个男人来说被视而不见是难以忍受的。如果乔布是个女子又怎敢抱怨。而且如果——其实已经这么做了——上帝还屈尊告知她是多么弱小，多么容易被忽视，这又有什么好奇怪的呢？"(91)

"男女有别"在这里是显而易见的。小说最后，弗洛伦丝的母亲更是"总结性"地指出："我想，男人是通过凌辱畜生、妇女、水和庄稼来成长的吧。"(163)这句话虽然是在讲述家族间争斗的语境中所说，但无特指的两个词"男人"和"女人"表明：她绝非"就事论事"，而是在"借题发挥"。

由于整个小说不是由一个叙述者来叙述，也不是围绕一个固定的人物展开，所以，每个主要人物都有自己的"可能世界"，而她/他在自己的可能世界中都具有存在的合理性与正当性。"参与者的不同信念世界影响到话语世界的建构"(Stockwell，148)，所以各个不同的可能世界可以具有不同主题或不同价值观。这些可能世界不仅是相对完整的，蕴含一个个相对独立的"故事"，而且它们也是"真实的"，"可以看起来像一个完整的世界"(刘易斯，634)。这种叙述策略不仅有利于情节的多线条发展和人物群像的塑造，也有利于不同话题的深入和不同主题的表达，比零敲碎打、蜻蜓点水般触及主题要集中、深刻得多。

四、《慈悲》中多重世界的通达策略

按照可能世界理论,人物的各种可能世界构成了一个个私人的嵌入叙事(private embedded narrative),而这些叙事相互又构成了复杂的关系。正是这些"关系"造成了矛盾冲突,推动了情节发展。这部小说充分表现了莫里森在组织故事素材时的非凡创造力,使作品"以异于寻常的形式呈现,即变形处理。这是创作者在创作过程中对客观事物或社会现象固有形态做出的有意或无意的改变"(熊沐清,12)。

但《慈悲》中的多重可能世界虽然有着相对独立性,作为一部小说这些可能世界之间必须有某种关联。换言之,人物、事件、题材、主题等方面均应具有内在统一性或关联性,否则整部小说就会显得散漫。根据可能世界理论,不同可能世界跨界联系主要有两种方式,一是时空联系,二是内在相似性联系。这两种联系方式也是《慈悲》中多重可能世界的逻辑关联。时空联系是小说的时代和环境背景,各个可能世界都置于 17 世纪末殖民初期的北美,而内在相似性则集中体现在蓄奴制背景下人性的展露。作为文本世界,这些联系还需要一定的话语表征。在《慈悲》中,有两个行为要素是这种多重可能世界联结与通达的话语表征。这两个行为要素表现为一个隐喻和一个话语模式。隐喻是"行走"及其语义场,话语模式是"设问"(questioning)。

"行走"及其语义场包括"走"(walk)、"旅行"(journey)等,这两个词在小说中出现频率很高。此外,还包括由"行走"衍生出的"脚""鞋""探寻"等多种物体或行为,而其中的"探寻"也可包含"设问"。斯托克维尔把阅读比喻成"文学之旅",认为"阅读是一次旅行"(153)。而"旅行"在《慈悲》中则是物理性的"行走"。"行走"和"鞋"这两个行为要素经常相互关联,成为可能世界中的"世界伙伴"。刘易斯说:"一个可能世界拥有部分,即可能个体。如果两个事物是同一世界的部分,我称之为世界伙伴(worldmates)";"世界伙伴是可共存的(compossible)"。其中,"行走"和"鞋"是"经由其对应物以代理的方式成为世界伙伴"。(刘易斯,630)

"设问"作为话语方式也与"行走"隐喻形成高度相关。作品一开始就提出问题,寻找答案,寻找道路。小说中的所有旅途都是在"寻找","寻找"成了小说的结构性隐喻。小说一开始,弗洛伦丝就问道:"奇怪的事情随时随地都在发生。这一点你是知道的。我知道你是知道的。问题是谁对这些事负责任呢?"(3)小说开篇也提到了"鞋":弗洛伦丝用自己的鞋去触碰一个妇女的围裙(3),希望引起注意。紧接着第二段是一个不同寻常的段首句:"这开头就从这鞋开始吧!"(4)接下去,她谈到自己有两件担心的事:渴望找到"你"(即铁匠)和害怕自己的"迷失"。于是她"问我自己究竟该走哪条路? 谁可以告诉我?"(4)此后,从第三章直到第七章,她一直"在路上"。清早,她搭乘马车上了邮路前往北方(39),然后往西向"你"走去,"在灯火熄灭之前赶路";天黑了,她也曾犹豫:"我还能再走吗? 应该再走吗?"(41)到第七章时,已经再次天亮了,她犹豫不决该向北还是向西(101)。一路上,她几乎都是独自一人,"只有我的眼睛伴随着我的旅程"(114)。弗洛伦丝的旅程在第九章才告结束,她总结说:"我寻找你的旅程是艰辛漫长的"(135),其中一个原因应该与"鞋"有关:"我走了一夜。就一个人。没有先生的靴子走路可真难。"(157)这里的"鞋"既是物件,更是隐喻,所以她痛苦地说:"我没有鞋子,没有心跳没有家也没有明天。我走了一天。我走了一夜"(158)。

关于"行走"和"鞋"的这类描写在小说中随处可见,如此高频率高密度地描述这些行为和物件,已经超出了通常的叙述,这些行为和物件被置于"前景化"的位置,它们已经成为"图形",而且具有了"隐喻"和"象征"的性质。为什么小说如此强调"鞋"和相关概念如"腿""脚""靴"? 就字面意义而言,女主人公想要一双鞋而不得,反映了当时奴隶尤其女奴隶的悲惨境地。"鞋"只是最普通也最必要的人类生活必需品,而女主人公弗洛伦丝居然苦求不得,其所受到的待遇当然就是非人的了。而就其比喻义来说,"鞋"的缺失暗示了人性的缺失,生活依据和依靠的缺失。饶有意味的是:小说开始时莉娜说,弗洛伦丝的脚不够坚实,难以应对艰难的生活(4)。在小说结尾处情况有所变化,"我的脚板像柏树一样硬"(161),表明人物已趋向成熟。

"行走"是一种普通的人类行为,是"事件"或"行动"的必要前提。有了它,一系列事件才得以发生,它们由此构成了故事的物理基础。但它们如此高密度地出现,与一个个人物的故事有关,从而也与一个个可能世界的建立有关。没有它们故事无从发生。有了这些纷繁的"行走",丰富多彩的生活画面才得以展开,17世纪美国社会的百态才得以再现,人物的各种经历才得以叙述,各种人物的形象也才得以鲜活。比如雅各布,他在前往马里兰、弗吉利亚途中,不仅"看"到了当时生活的真实情景,还一路思考、评论那时的宗教、文化、蓄奴制等问题。当然,更具深意的是"行走"的隐喻意义。书中的"行走"在很多场合意味着"寻找"——寻找恋人,寻找自由,寻找"美国梦",寻找种种问题的答案。在《慈悲》中,弗洛伦丝梦中的所求其实是她的向往。作为比喻意义上的"寻找",小说中的设问一直持续到小说结尾。在即将结束自己的真情告白时,弗洛伦丝担忧地问自己,"讲完之后我该如何打发这些长夜呢?梦不会再来了"(160)。直到此时,她仍然没有得到可以使自己放心的答案,虽然她宣称"奴隶。自由。我自由了",其内心仍然是忐忑的,所以她一再设问:"看见了吗?""听见了吗?"(161)

从认知角度看,上述这些行为和物件在小说中频繁出现,于是获得了前景化,与其所在的可能世界形成了图形——背景关系。而从可能世界理论来看,它们在《慈悲》中是功能推进命题,组成了各种状态、行动、事件和过程,以及与文本世界中的人和物有关的观点或论断,同时推动叙述在文本世界中向前发展。

结　语

《慈悲》的艺术感染力很大程度上源于其广泛涉及的生活面。莫里森围绕几个主要人物创造出既有关联又相对独立的多重可能世界,并让这些多重世界蕴涵多个声音多个主题,由此得以多角度多侧面地再现三百多年前的北美生活场景,表达对人性的多角度思考。"行走"和"设问"两个功能推动命题以实现多重可能世界的通达,同时它们又取得了文本中图形的地位,从背景中凸显出来,提升了审美注意度,有助于彰显和深化主题。另一方面,《慈悲》也体现了审美多样性原则,其叙事域中有效领域的丰富性和多样性及其多样统一极大丰富了这部小说的审美价值和思想蕴涵,基于可能世界理论的解读在此大有助益。

引用文献【Works Cited】

Brand, B. "You Say I Am Wilderness. I Am." 2008. ⟨http://www. amazon. com/review/RR3U80PEW7M1A⟩

Galehouse, Maggi. "A Mercy by Toni Morrison." Hearst Communications Inc. 2008. ⟨http://www. chron. com/life/books/article/A-Mercy-by-Toni-Morrison-1758717. php♯page-1⟩

Gates, David. "Original Sins." *Sunday Book Review*. 28 Nov. 2008. ⟨http://www. nytimes. com/2008/11/30/books/review/Gates-t. html⟩

Gavins, Joanna & Gerard Steen, eds. *Cognitive Poetics in Practice*. London and New York: Rutledge, 2003.

Gong, Zhaoxiang. *The Possible Worlds Theory*. Beijing: Peking UP, 2003.

［弓肇祥:《可能世界理论》,北京:北京大学出版社,2003 年。］

Lewis, David. "On the Possible Worlds." *Logic and Language: Analects of Analytical Philosophy*. Eds. Chen Bo and Han Linhe. Beijing: Dongfang Publishing House, 2005. 624 – 672.

［刘易斯:《论可能世界》,见陈波、韩林合编《逻辑与语言——分析哲学经典文选》,北京:东方出版社,2005 年,第 624—672 页。］

Long, Karen R. "Toni Morrison's A Mercy Shines Light of Meaning on a Dread Past." *The Plain Dealer*, 2008. ⟨http://www. Cleveland. com/books/index. ssf/2008/11/toni_morrisons_a_mercy_shines. html⟩

Norris, Michele. *Toni Morrison Finds A Mercy in Servitude*. 2008. ⟨http://www. npr. org/templates/story/story. php? storyId＝96118766⟩

Ruth, Sheila. *Issues in Feminism: An Introduction to Women's Studies*. California: Mayfield Publishing Company, 1995.

Stockwell, Peter. *Cognitive Poetics: An introduction*. London and New York: Rutledge, 2002.

Wang, Shouren, and Wu Xinyun. "Transcending Race: An Analysis of Enslavement in Toni Morrison's *A Mercy*." *Contemporary Foreign Literature* 2(2009): 35 – 44.

［王守仁、吴新云:《超越种族:莫里森新作〈慈悲〉中的"奴役"解析》,《当代外国文学》2009 年第 2 期,第 35—44 页。］

Whipple, Mary. "I don't think God knows who we are. I think He would like us, if

He knew us, but I don't think He knows about us." 2008. 〈http://www. amazon.com/Mercy-Toni-Morrison/product-reviews/0307276767〉

Xiong, Muqing. "Story and Cognition: Remarks on Functions of Literature in the View of Cognitive Poetics." *Foreign Language and Literature* 1 (2009): 6-15.

［熊沐清:《故事与认知——简论认知诗学的文学功用观》,《外国语文》2009 年第 1 期,第 6—15 页。］

作者简介:熊沐清,四川外国语大学教授。

原文载于《当代外国文学》2011 年第 3 期。

反叛的悖论

——新历史主义文学功能论与《麦田里的守望者》

刘　萍

　　20世纪的文论可谓精彩纷呈,热闹非凡。其中俄国形式主义、结构主义、新批评、解构主义诸学说,强调从语音、语义、语法等语言的角度展开对文本的研究,秉承形式主义美学传统,在文论界掀起了一个又一个高潮。与此同时,有关文学的社会功能的探讨亦随之不可避免被打入了"冷宫"。对此,20世纪80年代崛起的新历史主义文论则旗帜鲜明地把文学的社会功能尤其是政治功能纳入理论研究的重点,使得"文学的政治功能"这一似乎过时了的命题在20世纪末再次焕发出蓬勃的生机。本文就想通过新历史主义的文学功能论,来重新审视美国现代经典小说《麦田里的守望者》,希望这一新的视角有助于我们对小说的主题意蕴有更新的认识和评价。

　　众所周知,小说《麦田里的守望者》在出版之初曾经一度被列为禁书。也难怪,纵观全书,我们很难看到什么能给人以安慰或者希望的东西。拿小说的主人公霍尔顿来说,这个出身于富裕中产阶级家庭的年仅十六岁的少年,竟然身负四次被学校开除的记录,并且他毫无悔改之意,在第四次被逐出学校之后,因害怕父母的责骂,干脆只身在美国最繁华的纽约市中心游荡了一天两夜,其间他吸烟,酗酒,嫖妓……一个正值大好年华的青春学子,却这样不求上进,自甘堕落,怎能不令人倍觉惋惜,同时也深感嫌恶呢? 此外,霍尔顿衣衫不整,张口"他××的",闭口"混账",满嘴污言秽语,对他所耳闻目睹的几乎一切社会现象均充满鄙视和厌恶。

　　那么,霍尔顿所面临的是怎样一种社会现实呢? 先来看学校,这里本应是一个健康、纯洁、洋溢青春朝气的地方,学生们在这儿却"一天到晚干的就是谈女人、酒和性,再说人人还在搞下流的小集团……"①年逾七十的老教师斯宾塞先生,本因历经沧桑对少不更事的学生有起码的仁爱和宽容,但他丝毫不顾霍尔顿的内心感受,在霍尔顿即将离开校园之际,故意喋喋不休地刺激他的痛苦,给他原本灰暗的心理又加上了一层阴霾;霍尔顿所唯一敬佩的老师安多里尼先生,却谆谆教导他:"一个不成熟男子的标志是他愿意为某种事业英勇地死去,一个成熟男子的标志是他愿意为某种事业卑贱地活着。"②揭开其莫名其妙、含糊不清的字表,则不难发现这句话所蕴含的赤裸裸的唯利是图的利己主义本质。更有甚者,这位冠冕堂皇的师长后来还被发现有同性恋嫌疑。这给走投无路的霍尔顿又来了当头一棒,令他不知所措……再来看家庭,霍尔顿虽然拥有一个富裕的家庭,但像他众多家境优越的同学一样,父母强迫他读书,只不过为了他将来能出人头地,享受富贵,对于他丰富的情感世界,父母却不屑过问;至于社会,繁华的纽约市中心可谓社会的一个缩影,这儿充斥着欺诈、暴力、淫秽……可谓罪恶的渊薮。

　　我们知道,1951年,塞林格的第一部、也是唯一的一部长篇小说《麦田里的守望者》出版。当时欧洲大陆正处于艰难的战后恢复时期,美国却因为远离战场而受害较少,其物质生产迅速发展,人们的生活水平也大大提高。然而两次世界大战给人们的心灵带来了巨大的冲击,消极、悲观情绪在社会上普遍蔓延。加之当时国内美国政府奉行麦卡锡主义,遏制共产主义,国际上则冷战日趋加剧,更使得整个社会笼罩着动荡、冷酷的氛围。在这种情形之下,人们逐渐抛弃了对理想、信仰的追求,一门心思盯在眼前的实际利益上,一时间自私自利、及时行乐之风盛行。即便有人不安于这种庸俗、颓废的生活,却苦于找不到一条光明的出路,以致出现以酗酒、吸毒、群居等方式反抗现实的"垮掉的一代"。毋庸讳言,这种扭曲、变态的反抗所产生的力量只能是微不足道的,但它以直面疮痕的勇气,把看似鲜亮、繁华的社会表象之下所隐藏的丑陋和罪恶一针见血地揭示出来,因此,其对于社会现实的颠覆性作用显然不言而喻。与此同时,这群叛逆分子所采取的叛逆方式本身,却又不可避免地遏制了颠覆的力量,因其实在不比他们所嘲弄、诅咒的对象高明多少,相反却在有意无意当中与之同流合污了。

　　新历史主义的代表人物斯蒂芬·格林布拉特在其专著《莎士比亚的协合》中,以"社会能量"为纽带,重点考察了文学与社会的关系。关于"社会能量",格林布拉特在书中并没有给出一个明晰的定义,只是从效果上间接地将其概括为:"它以一定的说、听、看的形迹的资格被显示出来,并进而产生、形成和组织起整个社会的身体和心理体验。"③格林布拉特强调文学是社会能量在社会生活各个领域当中"协合"(negotiation)的结果。协合是格林布拉特新历史主义文论的一个重要术语,根据保尔·哈米尔顿的解释,"协合"是指"使莎士比亚戏剧对其社会来源的潜在的批评被限制、其颠覆被宽恕的手段"④。简而言之,协合指社会能量的流动、转换以至于平衡,是社会能量的运作方式,即文学与社会发生关系的方式,亦是作家主体性的体现,它在颠覆(subversion)与抑制(containment)两种社会功能的动态关系中得以实现。格林布拉特指出,在社会政治生活中,统治者运用种种欺诈、卑劣的手段来加强自己的统治,有效抑制了被统治者的反抗,与此同时,其手段的欺骗性,也不可避免地起到了颠覆其统治的效果。由此可见,在社会政治领域中,颠覆与抑制同时发生,相反相成。在格林布拉特看来,处在由于社会能量的协合运作而交织起来的巨大的社会文化网络中的文学艺术,不可避免地深受这种社会现象的影响,表现出鲜明的颠覆与抑制功能。简而言之,"颠覆"即指对代表统治秩序的社会意识形态的反叛;"抑制"则是对颠覆性力量的反叛,二者显然形成一个悖论,而文学就在这看似相悖的境况下与社会现实密切结合,融入社会能量的浩大流程之中。

就《麦田里的守望者》来看,一方面,作者独具慧眼,从社会生活当中选取了一幅幅有代表性的画面进行加工、改造,形成一个迷人的、典型的艺术世界;另一方面,作品本身也以积极的态度介入现实,对社会发生影响,这从小说所带来的巨大的轰动效应,从其所引发人们的模仿、质问乃至对现实的深刻反思便可明显见出。比如主人公霍尔顿,他身上带有鲜明的"垮掉的一代"的特征,是20世纪中期特定历史阶段的产物。他一方面痛恨虚伪、丑恶的现实;一方面却又染上了其中的相当一部分陋习,无可自拔地陷入他原本避之唯恐不及的泥潭。比如他痛恨充斥着虚情假意的电影,在百无聊赖之下,却忍不住跑到电影院里消磨时间,最后又声称:"我能说的只有一句话:你要是不想把自己的肠子呕出来,就别去看这电影。"⑤他讨厌虚荣、庸俗的女友,却情不自禁地迷恋她的美色,最后在想方设法得以与女友约会之后,又毫不客气地斥责女友不值得一会。他厌恶没有爱情的性生活,却又稀里糊涂地叫来了妓女……总之,霍尔顿无情地嘲笑着、诅咒着社会的丑陋和罪恶,用带有冷幽默式的自述方式,表达了对现实的强烈不满。与此同时,他又以自己可嘲笑、可诅咒的所作所为,使自己的反叛被打上了一个大大的问号。由此可见,小说《麦田里的守望者》体现着反叛的悖论,即颠覆与抑制的同时作用。

说到这里,我们对于霍尔顿所处处流露出来的对于社会现实的不满,他毫不掩饰的不合群、不合作态度,应该不难理解了。因为说到底,在这样污浊丑陋的社会当中,所谓的"人才",不过是一帮奸诈、虚伪、唯利是图之徒。霍尔顿打心眼里瞧不起这样的人,但是又苦于找不到别的更好的出路,只能反其道而行之,采取一种极端的方式,尽情嘲弄种种所谓的社会规范。从这个意义上说,那顶倒戴着的红色鸭舌帽,正是霍尔顿反叛社会的一个醒目标志。不过与文学史上以往的叛逆形象相比,霍尔顿显然表现出极大的不同,他既没有强大威猛的力量,也没有义薄云天的气度,相反,他的所作所为几乎没有什么可取之处,但他以自己独特的方式嘲弄、诅咒、抨击了晦暗、肮脏的现实,使人们在忍俊不禁之余,又不免对现实进行深刻反思。站在这个立场上看,我们纵然不好冠之以"叛逆英雄"之名,但"叛逆分子"之称,霍尔顿显然还是当之无愧的。小说正是通过这一主要人物的所见所闻、所做所思,深刻揭示各种社会弊病,表现了隐藏在表面的物质繁荣之下的人们的精神危机,用格林布拉特的新历史主义文论来观照之,小说显然较好地实现了对于社会的颠覆性功能。

那么,对于格林布拉特所强调的抑制性功能,《麦田里的守望者》又是如何体现的呢? 无可否认,小说从头至尾充斥着社会的阴暗面,但仔细读来,也不难发现其中的闪光点。比如霍尔顿一提起来便几乎总是赞不绝口的他的小妹妹菲苾。她虽然年仅十岁,却那么聪明机灵,善解人意。她充满热情,但与社会上一大帮假模假式的成人截然不同,她的感情是纯真的,发自内心的,因而令人由衷地感动,令霍尔顿这个屡遭碰壁、几乎厌弃一切的人一想起来便倍觉亲切、温馨,以致他最终打算装聋作哑去过隐居生活之前,冒着被父母发现的危险,去与菲苾作最后的告别。在菲苾毫不犹豫地拿出自己所有的积蓄——八块六毛五分资助落难的哥哥时,霍尔顿顿时泪如泉涌。我们知道,在这之前,他经历了太多的挫折和打击,身心交瘁,几近崩溃,却从未掉过泪,因为他知道,在那样一个假模假式的社会中,眼泪是不值钱的,没有谁会真正关心、同情他人,正如他曾毫不客气地讥笑那些看电影流泪的人"心肠软得跟他妈的狼差不离",还不无尖刻地宣称:"那些在电影里看到什么假模假式的玩意儿会把他们的混账眼珠子哭出来的人,他们十有九个在心底里都是卑鄙的杂种。"⑥然而就是这个似乎看透一切、打算远远逃开的社会叛逆分子,却在娇弱的、充满稚气的小菲苾面前几乎哭成了泪人,他不再也无法掩饰自己的感情,因为他真切感受到了小菲苾无私的深情。有了如此纯真、善良、可爱的菲苾在,这个世界毕竟不是一无是处,还是值得留恋的。因此,我们的叛逆分子霍尔顿在这份真情的感召下,最终放弃了出走的念头,而是住进医院,接受治疗。可见,霍尔顿由叛离社会到融入其中,小说亦由此实现了其对于颠覆的抑制功能。不过,作为霍尔顿心目中的完美形象,小菲苾无疑在一定程度上被理想化了,使人们在赞赏的同时,不得不投以怀疑的目光,于是由这一人物所突显的抑制性功能也不由自主地随之受挫。

此外,小说主人公霍尔顿固然沾染了种种社会恶习,却并非全无可取之处,在他一天两夜劣迹斑斑的游荡中,我们偶尔也能窥见他尚未泯灭的人性的闪光。比如他在车站与两位修女的邂逅,由于同情两位修女贫困的处境,他毫不犹豫地从自己身上不多的钱中掏出十元来募捐,并抢着替她们付饭钱,分别之后又深为只捐给她们十元钱而自责。不过,最典型地体现霍尔顿人性当中美好一面的,莫过于他向菲苾讲述的有关自己要做一个"麦田里的守望者"的理想:

> 有那么一群小孩子在一大块麦田里做游戏。几千几万个小孩子,附近没有一个人——没有一个大人,我是说——除了我以外。我呢,就站在那混账的悬崖边。我的职务是在那儿守望,要是有哪个孩子往悬崖边奔来,我就把他捉住——我是说孩子们都在狂奔,也不知道自己是在往哪儿跑,我得从什么地方出来,把他们捉住。我整天就干这样的事。我只想当个麦田里的守望者。(161)⑦

通过这一幼稚却真情可感的理想,我们不难看到霍尔顿对这个他尽情嘲弄、无比厌恶的社会还是充满感情的,他相信纯真的孩子是未来的希望,因此他要捍卫这份宝贵的纯真,这样一来,可以想象,未来的社会会日渐洁净、美好起来的。小说亦由此在充满颠覆性的思想的同时,又分明体现着对此的反拨。至此,我们不难看到,小说《麦田里的守望者》较为圆满地体现了新历史主义的文学功能论。

我们知道,《麦田里的守望者》的作者塞林格是一个性格孤僻、怪诞、充满神秘色彩的作家。他成名后隐居乡间,住在山顶上的一所小屋里,周围种满树木,又有高高的铁丝网围着,铁丝网上甚至还装有警报器。如此层层设防,目的无非一个,即远离世俗的困扰,沉湎于自己独立的创作天地中。然而,如格林布拉特所言,艺术家固然可以通过他的训练、天才等在创作时尽量关注其自身,却无法根本摆脱连接包揽社会万象的巨大的文化网络,真正伟大的艺术作品正产生于作家的主观因素与社会的客观因素的冲突与调和。为此,他指出:"莎士比亚戏剧并没有被木制的墙板围得与世隔绝,也并非仅仅反映其周围的社会和意识形态的力量。更确切地说,伊丽莎白和詹姆斯一世时期的戏剧本身便是与其他社会活动相互关联的一种社会活动。"⑧同样道理,高山、树木、铁丝网、警报器等,固然可以在一定程度上拉开作家与外界的距离,却无法使其完全摆脱外界的干预,并且也正是通过对现实的敏锐观察、深刻思索,塞林格的代表作《麦田里的守望者》才以鲜明的颠覆性与抑制性,为新历史主义的文学功能论作了一个很好的注脚,同时也赢得了文坛的广泛赞誉。

我们再来看小说的结尾,对社会充满鄙视和厌恶,甚至打算去过隐居生活的主人公霍尔顿,最终在菲宓的感召下,放弃出走的念头,回到家中,驯服地接受精神治疗。他甚至想念起他所谈论过的每一个人,包括曾经伤害过他、以前他会避之唯恐不及的人,似乎他跟这个社会完全妥协了,对于反叛的抑制性力量仿佛取得了最后的胜利。然而,小说又写下了这样的结束语:"说来好笑,你千万别跟任何人谈任何事情。你只要一谈起,就会想念起每一个人来。"(198)⑨这又毫不客气地调侃了霍尔顿自己在上文中所透露出来的平和与温情,颠覆性思想显然包孕其中。

毋庸讳言,关于文学的社会政治功能的论述,并非新历史主义文论所首创。早在两千多年前,古希腊先哲柏拉图对此就曾做过较为清晰、完备的阐述。在柏拉图看来,诗是蛊惑人心、助长陋习的动因,因此他毫不客气地要把诗人逐出理想国:"我们会对他说,我们不能让这种人到我们城邦里来；法律不允许这样，这里没有他的地位。"⑩与此同时，柏拉图又指出"许可歌颂神明的赞美好人的颂诗进入我们的城邦"⑪，因其有利于理想国的统治。由此，我们不难看出，在柏拉图那里，文艺与现实是密切相关的，并且文艺应该以服务于政治为己任，否则便要取消其存在的权利。我国儒家传统所宣扬的"文以载道"的思想，也显然与之不谋而合。至于所谓的社会主义现实主义、革命的现实主义诸说，无疑是将文学的政治功能推向了极端，在这种理论的指导下，文艺几乎完全唯政治马首是瞻，毫无批判性可言，因此自然是只有抑制而无颠覆了。以格林布拉特为代表的新历史主义文学功能论，则强调颠覆与抑制的同时发生，相反而相成，并且在一定条件下还可以相互转化，这就有效地拓宽了理论研究的视野，也更加符合文学自身的规律。无数优秀的文学作品正是在这种颠覆与抑制的矛盾运作中包孕着丰富的社会内涵，并由此产生深远的社会意义。

说到这里，也许会有人提出异议，因为在《麦田里的守望者》中并没有什么政治性很明显的情节，用颠覆与抑制理论来阐发其社会功能，似乎有过激之嫌。诚然，如果我们以狭义的"政治"概念来理解，新历史主义文学功能论的确有不少偏颇之处。但仔细考察其理论，我们不难发现，新历史主义所谈的"政治"是一个非常宽泛的概念，包括阶级、种族、性别和性等各方面的关系。从这个意义上看，或许可以说，政治就是人们之间的关系。因此，小说《麦田里的守望者》固然涉及教育、友谊、亲情、宗教等，用新历史主义的文学功能论来阐释之，还是有其说服力的。

此外，格林布拉特主张文学研究应将作者、作品与社会环境三者结合起来进行，"其恰当的目标便是一种文化诗学"⑫。顾名思义，"文化诗学"这一概念应当说是比较富有辩证意味的，它既注意到文学与文化系统（或者说社会环境）的密切关系，又不忽视文学艺术本身的审美特性。然而联系格林布拉特的批评实践，我们不难看到，他关注的重心显然是在前者，后者则或多或少被忽视了。而作为一部享誉世界的文学名著，《麦田里的守望者》在艺术上无疑是颇具特色的，如细致入微的心理描写、独具一格的语言风格等，在给人以深刻的思想启迪的同时，亦给人以独特的审美享受。对于文学的审美功能的忽视，不能不说是新历史主义文学功能论的一个缺憾。

注解【Notes】

①②⑤⑥⑦⑨ 塞林格：《麦田里的守望者》，施咸荣译，译林出版社，1997 年。

③⑧ Stephen Greenblatt，*Shakespearean Negotiations*. University of California Press，1988，p.6，pp.45—46.

④ Paul Hamiton，*Historicism*. Routledge，1996，p.157.

⑩⑪ 柏拉图：《理想国》，郭斌和、张竹明译，商务印书馆，1997 年，第 102 页，第 40 页。

⑫ Stephen Greenblatt，*Ranaissance Self-fashioning*：*From More to Shakespeare*. The University of Chicago Press，1980，pp.4 – 5.

作者简介：刘萍，南京大学中文系博士生。
原文载于《当代外国文学》2002 年第 3 期。

个性消失与平淡之美

——约翰·阿什贝利诗歌《使用说明书》的旅游视角分析

罗　朗

约翰·阿什贝利(John Ashbery,1927—　　)是美国20年来非常具有代表性的后现代主义诗人,在当代美国诗坛上产生了巨大而深远的影响。目前,国内评论界已经开始关注和介绍这位当代美国诗人了。《当代外国文学》在1997年第1期专门刊登了他的几首作品的翻译和两篇评论文章:张耳女士的《凸面镜中的自画像——浅谈约翰·阿什伯里的诗》和方成的《存在性·理解视野·认知空白——试论约翰·阿什伯里的诗歌》①。郑敏先生1998年出版的《诗歌与哲学是近邻:结构—解构诗论》,也特别在两篇文章中谈到了他的诗歌创作情况。2003年河北教育出版社出版了马永波翻译的《约翰·阿什贝利诗选》(上、下),这是国内学者第一次尝试集中翻译他的诗歌作品。《当代外国文学》在2005年第3期刊发了《约翰·阿什贝利早期诗歌的先锋艺术特点——评他的试验诗集〈网球场的誓言〉与纽约行动画派的影响》,开始对其诗歌作品进行细读研究。这些评论和翻译都标志着国内对这位当代美国重要诗人的研究越来越全面和深入。但是,对这位诗人的具体诗歌作品的解读,还处在起步阶段,还需要进一步的研究和介绍。

约翰·阿什贝利的早期诗集《一些树》(*Some Trees*)是诗人开始其诗歌创作的重要作品。作为后现代主义的先锋诗人,他在这部早期诗集中的试验色彩其实并不是很明显,我们可以看到,诗人更多的是在训练自己尝试各种题材的诗歌创作。收进这本诗集的诗歌,意象不连贯,意义含糊,但是诗歌结构形式还是比较传统的,如诗歌题目所示,有十四行诗、坎佐尼体、田园对话诗、隔行同韵体等,还有大量的标题诗。其中《使用说明书》(*The Instruction Manual*)一诗被广泛引用,理查德·

艾尔曼（Richard Ellmann）选编的 1973 年版《诺顿现代诗选》(*The Norton Anthology of Modern Poetry*)就已经收录了这首诗,选编的理由很简单,这是阿什贝利诗歌最容易读懂的一首。而且,从这首诗入手,可以找到很多分析解读其他诗歌的钥匙。

一

这首诗的标题和内容相差很大。诗歌标题是《使用说明书》,但其实是一首浪漫的幻想诗。这首诗歌独特的叙述方式、叙述角度和特别的韵律感,使其成为这部诗集中最受读者欢迎的诗歌。阿什贝利后来谈到了创作这首诗歌的情景,并解释了诗歌标题的由来:他当时正在为一个出版商编写一个材料,并不是撰写一个"使用说明书"。但是,在纽约这间没有窗户的办公室里,编辑工作非常枯燥无聊,在这种沉闷的工作状态下,他回想起了刚刚结束的墨西哥之旅,于是即兴创作了这首诗歌[②]。

这首诗创作于 1955 年,是最后收入诗集《一些树》中的两首诗之一。美国诗歌评论家梅杰·裴洛芙(Marjorie Perloff)认为此诗不是阿什贝利的典型风格,但有一些让人感兴趣的地方,特别是其"现实—梦幻—现实"风格,让人充分感受到 M. H. 阿伯拉姆斯所提到的"大浪漫主义诗歌"的特点[③]。但是,阿什贝利真有浪漫主义的风格吗?

诗歌开头部分描写了诗人在办公室里独自撰写使用说明书的场景。在枯燥的工作中,诗人慢慢睡着了,进入了梦想世界。诗人开始旅行,来到一个著名的墨西哥城市:瓜达拉哈拉。这是墨西哥中部的一个重要城市,虽然阿什贝利本人很想游览这个城市,可是在 1955 年的墨西哥之行中他们并没有到达这里,也许正是这种遗憾促发了诗人的想象力。在想象中,诗人来到这座城市,从市中心的公共广场出发,来到演奏民间音乐的小乐台,又转入一条后街,从后街来到教堂塔楼,眺望整个城市。诗人结束了他的梦幻之行,回到现实的枯燥工作中。这样的描述方式,体现了"现实—梦幻—现实"的特点。整首诗歌的关键部分就是中间的"梦幻之行"。这个部分的描述有其独特的视角和特点,使得这个"梦幻之行"显得不是那么梦幻。在梦幻中,诗人首先来到了城市的公共广场:

你的公共广场,城市,精致的小乐台! (11)④

然后他的视线从乐台转向了旁边的卖花少女,附近的白色小货摊,最后集中在游行队伍前面的小伙子和他的妻子身上:

首先,走在队伍前面的,是一个衣冠楚楚的小伙子
穿着深蓝色的服装。头上戴着一顶白帽子
留着胡须,为这个场合特意修剪过。(19)

还有他的妻子,她的"玫瑰、粉色和白色"的方形披肩,她的"美国样式"的拖鞋,以及她的"一柄扇子"。其中,诗人还顺带开了一个玩笑:

她带着一柄扇子,因为生性谦逊不想让人过多看到她的脸。
但每个人都忙着照料自己的妻子或心爱的人
我怀疑他们是否会注意到这个留胡子的男人的妻子。(24)

这时,一些男孩过来了。诗人特别注意到其中一个"衔着牙签"的小伙子:"等等——他在那里——在乐台的另一侧"(32)。此时,诗人集中关注这个小伙子和他的女朋友:

(他)正在与一个十四五岁的少女
一本正经地谈话。我试着听听他们在谈什么
但是他们似乎只是在窃窃私语——很可能,是羞答答的情话。(35)

这个时候,音乐会进入了幕间休息,诗人从公共广场转入了一条后街,"这里你可以看见一座带绿边的白房子"(46)。诗人走进了房子,跟一个"穿着灰衣服"的老妇人攀谈起来。老妇人谈起了她在墨西哥城工作的儿子,还为他们奉上饮料。"如果他在,他会欢迎你们。但是他在那里的一家银行工作。瞧,这是他的一张照片"(53)。不知不觉,天色黯淡了,诗人要离开了,"我们感谢她的款待,因为天色已晚"(55)。

接下来诗人他们来到了一座"教堂塔楼":"我们必须找一个高处,在离开前眺望一下城市的全景。"(56)这时我们又听见了另外一个老人

的声音。他是塔楼的看守人：

> 一个穿棕灰色衣服的老人，问我们在城里已经多久了
> 我们喜不喜欢这里。(60)

虽然看守人的问候是间接引语，我们还是"听"到了声音。而诗人的声音却被省略了，没有表达出来。诗人来到了塔顶："整个城市之网在我们面前展开"(62)。他们看见了粉色和白色的富人区，深蓝色的穷人区，还有市场、公共图书馆，以及他们刚刚去过的广场。还有那个乐台和老人的小院子。诗人回想这一天的旅程：

> 多么有限，但又是多么完整，我们游览了瓜达拉哈拉！(72)
> 除了在这儿留下来，还有什么要做的？而这我们又办不到。(75)

二

这样的视角转换和叙述安排，可以被称为"旅游视角"。这种视角有几个特点：① 描写的平淡性——在情景描写和叙述的时候，没有进行深入描写，只是感性的体会和把握。② 场景安排的转换特点——在场景的转换上很快，从中心广场到后街，到城市的最高点，这样的场景安排属于典型的"旅游线路"。③ 叙述者自身的角度安排——叙述者的角度因为场景的转换而发生变化，叙述从细节到宏观，从人物描写到城市的整体描述，因为叙述者自身视野的变化而变化。

这首诗在场景描写上表现出一种随意的平淡特点。

首先是用词，没有特别夸张和艳丽的词汇。整首诗的用词，更多的是描述性词汇，很少用形容词。在对游行队伍的描写上，诗人只用了"年轻""美丽""漂亮"等几个普通的形容词来形容具体的几个人物。在后街的场景描述中，老妇人"穿灰衣服"，用"一把棕榈叶扇子扇凉"，她的儿子是"一个黑皮肤的小伙子"，"从磨损的皮相框里向我们露齿微笑"。在教堂塔楼里，他们遇到一个看门人，"一个穿棕灰色衣服的老人"。这些词汇多是普通的一般性形容词，没有繁复的诗意表达。通过这些平淡的形容词，诗人在诗歌创作上显示出平淡的特色。这种用词的平

淡还表现在叙述的语气词上。在诗歌的 34 行中,"我试着听听他们在谈什么",表达出一种随意和漫不经心的语气特点。在 35 行中,"但是他们似乎只是在窃窃私语——很可能,是羞答答的情话",诗人用了"似乎""只是"和"很可能"表达一种不确定的猜测。在 44 行中,"谈着天气,也许,谈着他们孩子在学校的表现"同样表达一种不确定和漫不经心的语气特点。

其次,在场景的描述上,也不是全面细致的描写。在公共广场的场景中,主要是对游行队伍里一对年轻夫妻的描写,描写了小伙子的服装和帽子,还有胡须;描写他的妻子时,专门描写了他妻子的"方形披肩""拖鞋"和"扇子",在描写游行队伍中的另外一群年轻人时,特别提到一个"衔着牙签"的小伙子。在后街的场景描写中,主要突出的是"凉爽而幽暗"的背景;在教堂塔楼的场景中,诗人着眼于远处的轮廓和大体的色彩。这样的场景安排更像是一幅具有透视关系的印象派绘画:近处的人物描写突出外貌细节,远处的背景描写就显得模糊不清。这种场景安排显示出作者受到绘画的很大影响。

另外,也应该注意到,虽然这首诗中没有夸张和艳丽的词汇,但是诗人特别喜欢使用一些颜色词。诗人在描写卖花少女的时候,使用了鲜明的颜色词:"她玫瑰色和天蓝色的条纹装(哦! 如此的玫瑰与天蓝的阴影)",她"举着玫瑰色和柠檬色的鲜花"。附近"是白色的小货摊","身穿绿衣的妇女为你供应绿色黄色的水果"。在游行队伍中间,一个"衣冠楚楚"的小伙子,"穿着深蓝色的服装","头上戴一顶白帽子",他可爱的妻子的"方形披肩是玫瑰、粉色和白色"。站在游行队伍旁边的"一个十四五岁的少女",她"穿着白衣服","微风拂弄着她橄榄色颊边的长发","乐手们混在人群中间,穿着油腻的白制服"。诗人来到一条后街的时候,看见了"一座带绿边的白房子",而教堂塔楼,是一座"褪色的粉色塔楼,对着蓝天"。当诗人来到教堂塔顶眺望这个城市的时候,他看见"粉色和白色的房子,还有覆盖绿叶的零散的平台"的富人区;"深蓝色房子"的穷人区;"漆成几种灰绿色和米色"的公共图书馆。在这些词中,请注意诗人常用几种颜色词:白色、绿色、蓝色和粉色。当然,对于颜色词的偏爱显示了诗人所受的纽约画家的影响,这种影响贯穿了他的整个诗歌创作⑤。在这些颜色词的使用上,诗人采用的主要是大色调的表现,而不是细致的色彩描述。这些色调关系突出表现了诗人对于整个城市的"印象"。这些整体印象又具有很大程度的"模糊性"和"表面性",更多带有旅游者的感受特点。这种色彩关系和场景的转换描写也是趋向一致的,"模糊性"和"表面性"的描写贯穿在整首诗歌之中。

除了这些在诗歌词汇上体现出来的特点,当我们阅读这首诗歌的时候,也能很明显地觉察到诗人在场景安排上体现出来的"旅游线路"。诗人首先来到的是城市的中心位置——公共广场。这是城市的中心,也是游人最集中的地方。他从这里开始他的诗歌旅游。他的描写重点不是广场周围,也不是中间的乐队,而是游行队伍中的人群。他的视角从一对年轻的夫妻,转到一群小伙子身上,又注意到一个穿白衣的女孩。然后,他离开城市的中心,来到后面的街道,走进一家院子,和主人家攀谈。最后,他来到城市的最高点,眺望整个城区。这是典型的"旅游线路"安排。这种安排是用最短时间感受一个城市的最好方式。但是,这种"旅游线路"的安排也暗示着诗人对这个城市了解的局限性和表面性。尽管他的视角有三次大的改变,但是无论是在细节描写还是城市概貌的描述上,我们都可以看出他对于这座城市的了解其实是比较简单和模糊的。

三

那么,诗人为什么要停留在这种简单而模糊的状态? 他对于这个城市的描写为何显得如此随意和局限? 为何诗化的语言描述如此朴素和简单? 这首诗歌给我们读者造成了一种什么样的审美效果? 或者,换句话说,我们如何欣赏这首诗歌? 我们如何进入这个文本?

从初次阅读的体会来看,这首诗给我们的感觉是平淡的。从以上分析中,我们可以看出无论是用词、修辞还是场景的描述,诗歌都透出一种平淡的味道。但是,当你再读这首诗歌的时候,你会感觉到这种平淡的味道总是萦绕在你的心头,挥之不去。很明显,这首诗歌具有一种"平淡美"的味道。

这种"平淡"的味道是因为诗人的语调是平淡的,诗人的描述是从一个普通旅游者的角度出发。这个旅游者并不强迫读者跟着他的主观意识前进,而是退到一个次要的位置,陪伴着读者一路走来。并且,描述有关景物的时候,这个旅游者也显得不紧不慢,他并不过分强调他所描述的景物特点,他只是比较客观,甚至比较"冷静"地叙述他所见到的场景。因此,读者并没有感到作者的"主观压力"。我们可以充分地感到"读者的自由",没有被作者的"自我"完全挤占,这个"隐匿的读者"具有很大的空间。

而且,很明显的是,诗人也充分地意识到了这个读者的存在。诗人说,"于是,我以自己的方式开始做梦"(6),"让我们趁此机会溜到一条后街去"(45),"这里你可以看见一座带绿边的白房子"(46),"看——我告诉你!"(47)。这些例子都说明了诗人是在向另外一个对象说话,而这个对象是否在诗歌中明确了身份呢? 读罢这首诗,我们始终没有明确这个对象是谁。在诗歌中,"他"隐而不现。但是,我们可以换一个角度考虑问题。其实,这个并不明确的对象正是我们这些所谓的"隐匿读者",正是诗人倾诉的对象,也是诗人陪伴的对象。如果把这首诗歌的人称代词统计一下,主要是这几个表示主体和相对客体的人称代词:"我们"(we 或 us),"我"(I 或 me)和"你"(you)。根据这几种人称代词在这首诗歌中出现的频率,可以统计出:"我"出现了 16 次,"我们"出现了 16 次,"你"出现了 4 次。由此不难发现表示相对客体的人称代词"我们"和"你"出现的次数是最多的。如果把"我们"和"你"看作是暗示和指向这个"隐匿读者"的话,统计的结果是 20 次,超过了暗示主体的第一人称代词的出现频率。

这个"隐匿读者"的出现排挤了诗人的巨大"主观压力",使得诗人在进行自我表达的时候必须充分考虑另外一个对象的存在,而不可能完全抒发自我的感情和态度。诗人的"自我"意识到了另外一个客观对象的出现,虽然这个对象相对来说比较沉默,但是沉默并非表示不存在,沉默本身就是一种存在的方式,而且从某种意义上来说还不是完全消极的存在,而是伴随着诗人的主观意识一起共同游览了这座城市。因此,我们可以感觉到当诗人的自我在进行表达时,是处于"克制"状态的。对于这个"梦想之城"(瓜达拉哈拉)的描述是平淡的,并没有"梦想"之中的激动和夸张,而是显得比较平静和淡漠的。因此,诗人的平淡的"主观态度"给读者的造成的压力比较小。读者能够轻松而且和缓地伴随着诗人的"自我"游览和体会这座城市。

阿什贝利通过这种"退让"的方式,书写了一种轻松愉快的诗歌,也创作出了一种同样轻松愉快的环境氛围，使得作者的意识也能进入他的诗歌世界之中。这样的写作方式虽然显得闲散和漫无目的，却能带领读者慢慢进入他的诗歌世界，慢慢地产生梦幻一般似是而非的感觉。这正是阿什贝利诗歌的一个重要特点，而正是这个特点使得众多的评论家对于阿什贝利晦涩而迷幻的诗歌风格难以把握。很多评论家一方面觉得他的诗歌没有什么明确的意思，另一方面又觉得他的诗歌总是拥有某种吸引人的特点，而这种特点又难以名状。

这种难以名状的东西究竟是什么呢？是什么样的东西让我们的评论家如此难以把握？其实通过以上的分析，我们不难看出，这种难以名状的东西就是诗人对于自我意识的"主观退让"，或者说是对于自我意识"主观压力"的一种故意回避。接受反应理论批评家沃尔夫冈·伊瑟尔（Wolfgang Iser）曾经讨论过类似的问题，他在《隐匿的读者：从班扬到贝克特小说中的交流模式》⑥一书中提出了"隐匿的读者"的概念。虽然他主要集中分析小说，可是这个概念也可以借用到诗歌分析中来。这个概念阐释了读者在阅读活动里的作用，在伊瑟尔看来，隐匿的读者概念是一种文本结构，它期待着接受者的出现，但是又不刻意解释，因此它预设了一个召唤反应的文本结构，促使读者去把握文本。同时，伊瑟尔还认为，文本的召唤和读者的发现形成了一种审美愉悦的形式，它向读者提供了两种可能性：一是，使读者感受到自由；二是，积极培养和陶冶自身的审美能力。⑦

但是，阿什贝利的诗歌所表现出来的特点跟伊瑟尔的"召唤结构"还是有一定差异的。伊瑟尔的"召唤结构"是指在文本中形成各种形式的"空白文本"，促使读者自己去寻找文本的线索，发现属于自己理解角度的文本意义。但是，在这首诗歌中，我们并没有发现这样的"空白文本"，文本是完整的，有始有终，没有空白，也没有断裂。而且，从诗人的交代和总结看来，其实整个文本的结构是非常分明的，层次是非常清楚的。那么，这样一传统的文本究竟是在哪个方面表现得与众不同？

四

对于这首诗歌，我们感受最为深刻的就是，诗人的态度让读者感到了"自由自在"。诗人并没有故意制造出某种特别的"技巧"文本，让读者可以自由地分析和引导自己的结论。相反,诗人采用了传统的诗歌文本,使用的是传统的语言表达方式。

但是,这首诗歌的不平凡之处在于,诗人特别注意在诗歌中表现出来的态度。他通过平淡的语言表述、平实的情节描写和单一的时空安排,以及使用更多的第二人称代词等方式,使诗人自我的态度处于"克制"状态。克制的目的是使读者的自我意识可以拥有更大的空间和自由,使作者主观的压力得到减轻,以促使读者拥有更多的自由表达。这种独特的安排使诗人的活动空间和描述行为具有一些特别的时空特点,使诗人组织其诗歌创作的时候具有一定的阐释空间,但是这种空间并非全知全能,而是具有很大的内在约束性和外部时空的限制特点。这种特点排斥了"无所不知"的诗歌叙述方式,使诗人的个体局限性得到肯定和颂扬,这种做法正符合后现代主义诗歌表达的精神价值。个体局限性的时空表达在诗歌创作中正是为了修正和限制"全知全能式"的叙述方式。

因此,对于个体局限性的颂扬是这首诗歌的一个突出特点。这种对于个体局限的认识体现在诗歌的每个方面。比如,诗人写道:"我试着听听他们在谈什么/但是他们似乎只是在窃窃私语——很可能,是羞答答的情话"(35)。这句诗行中,诗人承认了自我的局限性,他并没有把"全知全能"的叙述方式加入他的诗行中,而是显得非常客气,非常谦逊,用了多个模糊的语气词:"似乎""很可能"等。而在描述这个城市的时候,诗人也表现得很诚实。他说:"我们必须找一个高处,在离开前眺望一下城市的全景。"(56)诗人最后感叹:"多么有限,但又是多么完整,我们游览了瓜达拉哈拉!"(72)这样的叙述方式体现了诗人对于自我局限性的一种把握,他在诗歌叙述中回避了"全知全能"的叙述方式,他让读者的意识参与其中。

伊哈布·哈桑(Ihab Hassan)在总结后现代主义特征时提到一点,即自我的消失。⑧因为,在后现代主义者的眼里,自我的夸大实际上显示了逻各斯中心主义的倾向。因此,阿什贝利在这首诗歌中的"自我退让"在一定程度上呼应了后现代主义的某些主张。不管此时的阿什贝利是否是有意还是无心,他的诗歌中已经流露出后现代主义文化的某些特征,而且这样的特征在他以后的诗歌创作中表现得越来越明显。

注解【Notes】

① 国内对 John Ashbery 的译名有多种,张耳的翻译是"约翰·阿什伯里",郑敏的翻译是"约翰·阿婿伯莱",马永波的翻译是"约翰·阿什贝利",这里从马永波的翻译。

② Sue Gangel,"John Ashbery", in Joe David Bellamy ed. *American Poetry Observed : Poets on Their Work* , Urbana: Illinois UP, 1988, p.18.

③ Marjorie Perloff. *The Poetics of Indeterminacy : Rimbaud to Cage* , Chicago: Northwestern UP, 1983, pp.263 - 65.

④ 诗歌译文主要参考马永波翻译的《约翰·阿什贝利诗选》(上),石家庄:河北教育出版社,2003 年,具体的诗行标明在后面。英文原文请参考:John Ashbery, *The Mooring of Starting Out : The First Five Books of Poetry* , The Ecco Press, 1997, pp.8 - 10.

⑤ 关于阿什贝利的诗歌与绘画的关系,可以参考笔者的另一篇文章《约翰·阿什贝利早期诗歌的先锋艺术特点——评他的试验诗集〈网球场的誓言〉与纽约行动画派的影响》,载《当代外国文学》2005 年第 3 期。

⑥ Wolfgang Iser, *The Implied Reader : Patterns of Communication in Prose Fiction from Bunyan to Beckett* , Baltimore: John Hopkins University Press, 1980."隐匿的读者"跟"隐匿的作者"相关。"隐匿的作者"是 W.C.布思在《小说修辞学》中提出的概念。伊瑟尔反其意而用之,提出了"隐匿的读者"这一概念,意在阐明读者在小说意义构成中发挥的积极作用。

⑦ 关于伊瑟尔和他的读者接受理论,还可以参考金元浦编著的《接受反应文论》第四章"阅读:双向交互作用的动态构成——伊瑟尔的主要美学思想",济南:山东教育出版社,1998 年。

⑧ Ihab Hassan, *The Postmodern Turn : Essays in Postmodern Theory and Culture* , Columbus: Ohio State University Press, 1987.该书在论述后现代主义的文化特征时,曾详细列出了一个对照表格,把后现代主义文化的一些主要特征列举出来,也是我们研究后现代主义的重要参考材料。

作者简介:罗朗,西南大学外国语学院副教授。
原文载于《当代外国文学》2007 年第 1 期。